La fábrica de las sombras

Ibon Martín, nacido en Donostia en 1976, ha conquistado un lugar propio en el thriller nacional e internacional gracias a sus pasiones: viajar, escribir y describir. Su carrera literaria empezó con la narrativa de viajes. Enamorado de los paisajes vascos, recorrió durante años todos los caminos de Euskadi y editó numerosas guías que siguen siendo referencia imprescindible para los amantes del senderismo. Su primera novela, *El valle sin nombre*, nació con el deseo de devolver a la vida los vestigios históricos y mitológicos que sus pasos descubrían. Tras ella llegaron Los Crímenes del Faro, una serie de cuatro libros inspirados por el thriller nórdico que se convirtieron en un éxito rotundo. *La danza de los tulipanes* (Plaza & Janés, 2019) alcanzó los primeros puestos en las listas de más vendidos, consagrándolo como uno de los autores más destacados de thriller tanto en España como en el extranjero, donde varias de las editoriales internacionales más prestigiosas se rindieron al hechizo de su narrativa. *La hora de las gaviotas* (Plaza & Janés, 2021) fue galardonada con el Premio Paco Camarasa a la mejor novela negra del año, y *El ladrón de rostros* lo confirmó como el maestro vasco del suspense. Ya completamente consolidado, en 2025 publicó *Alma negra* (Plaza & Janés), la cuarta investigación de la inspectora Ane Cestero, que también se ha convertido en todo un éxito de ventas.

Novela a novela ha construido un universo muy especial en el que se mezclan con elegancia todos los tonos del *noir*: investigación policial, perfilación criminal del asesino, denuncia de asuntos de actualidad, pinceladas de suspense y ambientaciones poderosas que evocan paisajes rurales y leyendas antiguas.

Para más información, visita la página web del autor:
https://ibonmartin.info/

También puedes seguir a Ibon Martín en Facebook e Instagram:

ibonmartinescritor

@ibonmartinescritor

IBON MARTÍN

La fábrica de las sombras

DEBOLS!LLO

Papel certificado por el Forest Stewardship Council®

Penguin
Random House
Grupo Editorial

Febrero de 2026
Reimpresión: febrero de 2026

© 2015, Ibon Martín
© 2024, 2026, Penguin Random House Grupo Editorial, S. A. U.
Travessera de Gràcia, 47-49. 08021 Barcelona
Diseño de la cubierta: Penguin Random House Grupo Editorial / Marta Pardina
Imagen de la cubierta: Composición fotográfica a partir de imágenes de © Shutterstock

Printed in Spain – Impreso en España

ISBN: 978-84-663-8935-8
Depósito legal: B-21.388-2025

Compuesto en M. I. Maquetación, S. L.
Impreso en Liberdúplex
Sant Llorenç d'Hortons (Barcelona)

P 3 8 9 3 5 A

A Irati, claro

1

Tenía que alejarse cuanto antes. Lo sabía. Cuanto más tiempo estuviera entre los arcos, mayor riesgo correría. Sin embargo, la visión del cadáver balanceándose le resultaba hipnótica. Quería huir, escapar lejos, pero era incapaz de dejar de mirarla. Parecía increíble que una muchacha que hacía apenas unos minutos sonreía y canturreaba confiada le contemplara ahora con unos ojos tan vacíos de todo, abiertos de manera grotesca en un rostro amoratado. De alguna manera, la mirada muerta de la joven todavía mostraba la angustia de quien sabe que lo que está viendo es lo último que verá en su vida.

La niebla, que brotaba del río a aquella hora en la que la claridad del día comenzaba a ceder el testigo a la temprana noche de diciembre, flotaba entre los arcos. La larga galería, encajada entre recias paredes de piedra y con el cielo como único techo, se desdibujaba hacia el final tras el halo blanquinoso. La chica muerta estaba mucho más cerca, en la tercera arcada, allí donde un torrente subterráneo vertía sus aguas gélidas al río que discurría entre aquellas paredes, arrastrando con él una corriente de aire que era la culpable de la oscilación del cadáver.

Contempló sus facciones. A pesar de la boca abierta en busca desesperada de un aire que no llegó, se veía hermosa. En realidad poco importaba. Bonita o fea, ahora no era nada. Solo un cuerpo oscilante que le clavaba una mirada acusadora. No sintió arrepentimiento. Tampoco necesidad de celebrarlo. Solo había hecho lo que tenía que hacer.

Sin previo aviso, el viento que llegaba por el pasadizo lateral ganó intensidad. El frío glacial se tornó más penetrante y el cadáver giró sobre sí mismo, como si quisiera encararse con la larga fila de arcos que se abría a sus espaldas. Sus ojos apagados dejaron de mirarle. De pronto no había acusaciones que afrontar, y eso, en cierto modo, le produjo una inesperada sensación de vacío.

Después de fijarse en sus propias botas, cubiertas hasta los tobillos por el agua del río, y de comprobar, sin sorpresa alguna, que el torrente seguía su curso sin inmutarse ante lo que acababa de ocurrir, alzó de nuevo la vista hacia la joven. Seguía dándole la espalda.

Lanzó un suspiro, lento y sonoro, al comprender que ya no tenía sentido estar allí.

Solo entonces logró darse la vuelta y caminar hacia la salida.

2

Los últimos rayos de sol teñían de dorado el rostro de Leire, que perdía la mirada en un horizonte gris que aún no mostraba los tonos del ocaso. El paso de una trainera llamó su atención hacia la base del acantilado. Era rosa, seguramente la Batelerak de San Juan, su antiguo equipo. Por un momento se imaginó allí abajo, remando con fuerza, cabalgando las olas ajena al frío. Un estremecimiento le hizo arrebujarse en el abrigo. Estaba helada. Ni siquiera la taza de té caliente que sostenía entre las manos le ayudaba a entrar en calor. Como los de la Autoridad Portuaria no enviaran pronto al técnico de la calefacción, se vería obligada a mudarse a otro sitio. Al menos temporalmente.

Suspiró y dio un sorbo al té. Todavía humeaba. Sin apartarse de la ventana, recorrió el despacho con la mirada. Su portátil, apagado, ocupaba el centro de un escritorio en el que había varios papeles con anotaciones y un libro. Su atención se detuvo unos instantes en la portada. La conocía bien. Demasiado bien. Era la última entrega de su trilogía *La flor del deseo*, el único de los tres volúmenes que no había sido necesario reeditar en más de diez ocasiones. Un fracaso para su editor; una decepción para ella.

«Maldita señorita Andersen», pensó con un atisbo de rabia.

Tal vez no hubiera sido buena idea apartarse de su brillante carrera como escritora romántica para convertir las aventuras de la enfermera enamorada en una inquietante novela negra. Hubo lectores que la felicitaron por el giro, pero la mayoría no entendió un final tan extraño para una trilogía cuyos dos primeros volúmenes habían logrado unas ventas que se contaban por decenas de miles de ejemplares.

Sin embargo, no estaba dispuesta a volver a escribir historias de amor. Por mucho que Jaume Escudella, su editor, se empeñara, no pensaba hacerlo. A sus treinta y seis años no podía permitirse que una piedra en el camino diera al traste con sus ilusiones.

Una potente bocina volvió a llamar su atención hacia el exterior. Abajo, entre los pequeños faros de aproximación, un enorme barco de colores apagados enfilaba directamente hacia la bocana. Leire lo reconoció por sus formas como uno de los cargueros que transportaban chatarra para la industria siderúrgica de la zona. Hierros oxidados, troncos para las fábricas de papel y coches para la exportación constituían la mercancía de la mayoría de los barcos que arribaban o zarpaban del puerto de Pasaia. Desde su ventana, la escritora los veía llegar y marchar, como lo había hecho el farero desde que el faro de la Plata fuera construido en el siglo XIX con aires de fortaleza medieval.

Bip, bip.

Era su móvil el que sonaba. Tragó saliva al leer el nombre que aparecía en la pantalla.

—¿Hola? —saludó pulsando la tecla de responder. Hacía meses que no sabía nada de ella y los recuerdos que relacionaba con su nombre no pertenecían precisamente a los días más fáciles de su vida.

—¿Estás aquí? —preguntó una voz femenina que Leire conocía bien.

—¿Aquí? ¿Dónde? ¿En Pasaia? —aventuró inquieta por conocer el motivo de la llamada—. Sí.

—Estoy en la puerta. ¿Me abres?

La escritora asintió con un gesto mientras bajaba las escaleras que llevaban a la entrada. El despacho ocupaba la planta superior. La intermedia acogía su dormitorio, así como otras dos habitaciones que estaban en desuso, con todos sus muebles cubiertos por sábanas blancas. Por último, la planta baja estaba formada por un recibidor, una cocina y un salón cuya decoración parecía varada en los bancos de arena del pasado.

—Me alegro de verte. ¿Estás bien? —la saludó efusivamente la agente Ane Cestero en cuanto abrió la puerta.

—Sí, bueno, más o menos. ¿Y tú? —inquirió Leire recogiendo en una coleta su ondulada melena castaña.

—No me quejo. ¿Me invitas a un té? —preguntó Cestero quitándose los guantes de cuero y dando un paso hacia el interior del faro.

Leire se echó a un lado al tiempo que balbuceaba una afirmación. La primera vez que la agente se presentó en su casa, hacía un año, actuó del mismo modo. Solo que, en aquella ocasión, la escritora se encontraba envuelta en el terrible caso del Sacamantecas. Ahora, al menos que ella supiera, no era sospechosa de ningún crimen ni su vida corría peligro alguno.

La ertzaina entró directamente a la cocina. Conocía el camino.

—Ya no estoy en la comisaría de Errenteria. La resolución del caso del Sacamantecas hizo que mis superiores se fijaran en mí —explicó dejando caer los guantes sobre la mesa—. Desde hace tres meses trabajo en la Unidad Central Criminal. Para mí se han acabado las patrullas de orden ciudadano.

—Estarás contenta —comentó Leire sin comprender aún aquella extraña visita. La ertzaina no llevaba su uniforme reglamentario. Ni siquiera el cinturón con su arma. No estaba de servicio. Sin embargo, algo le decía que su visita no era de cortesía. No, la cortesía no era el estilo de aquella policía que no llegaba a los veinticinco años y que compensaba su escasa estatura con una determinación que, a menudo, lindaba con el descaro.

—Me gusta mi trabajo. Aunque tengo que reconocer que todavía no he vuelto a investigar un caso tan enrevesado como el que resolvimos juntas —apuntó la agente mientras la escritora vertía agua caliente de una tetera ajada por el paso de los años.

Leire sintió un escalofrío al recordar la aspereza de la cuerda con la que el Sacamantecas estuvo a punto de estrangularla. Si no llega a ser por aquella mujer que ahora tomaba té en su cocina, no habría podido contarlo.

—Vaya frío que hace aquí, ¿no? —apuntó Cestero acercándose el té humeante a la boca. Al hacerlo, miró a su anfitriona por encima de la taza. Sus ojos felinos brillaban con fuerza, realzando sus tonos verdes y ambarinos. A Leire siempre le habían resultado cautivadores, casi hipnóticos; unas gemas preciosas en medio de un rostro poco armónico, ojeroso y de barbilla prominente.

—La calefacción —reconoció la escritora—. Hace una semana que no funciona y, por más que aviso, aquí no aparece nadie. Los de la Autoridad Portuaria dicen que es el termostato central. Parece que no es la primera vez que falla. Con Marcos ya ocurrió alguna vez.

Leire Altuna vivía en el faro desde que, casi dos años atrás, coincidiendo con su separación, el anterior farero se jubilara. Aunque la torre de luz estaba automatizada, los responsables del puerto habían optado por mantener la casa habitada. La única función de la escritora era actuar en casos de emergencia, cuando por algún motivo la linterna que guiaba a los barcos se apagaba y era necesario volver a ponerla en marcha en medio de la noche.

Con una mano acariciando el piercing en forma de estrella que lucía en la aleta izquierda de la nariz, Ane Cestero mantuvo la mirada fija en los pequeños azulejos blancos que cubrían las paredes. Después, introduciendo la mano en el bolsillo de la cazadora de cuero negro, extrajo una hoja de periódico doblada.

—Te preguntarás qué pinto yo aquí otra vez —dijo extendiéndola.

Leire cerró los ojos al tiempo que rogaba a un dios en el que no recordaba creer que no fuera nada relacionado con el asunto del Sacamantecas. Aquello de nuevo no, por favor.

Al abrirlos, leyó el titular que señalaba Cestero:

APARECE MUERTA UNA DE LAS RESPONSABLES DE
LA RESTAURACIÓN DE LA FÁBRICA DE ORBAIZETA

La noticia, publicada en el *Diario de Navarra* esa misma mañana, aclaraba que la investigación apuntaba a que se trataba de un suicidio. La fallecida, de veintiséis años de edad, era la historiadora que marcaba el rumbo en una ambiciosa obra que pretendía devolver cierto esplendor a las ruinas de la antigua Fábrica de Armas de Orbaizeta, en la selva de Irati.

—No ha sido un suicidio —sentenció Cestero apretando los labios en una mueca de disgusto.

Leire volvió a leer la parte de la noticia en la que se explicaba que la joven se había quitado la vida colgándose de un arco de la vieja factoría. Después alzó extrañada la vista hacia la ertzaina.

—Saioa Goienetxe no se ha suicidado. Esa obra era su mayor ilusión. Nunca había estado tan feliz —recalcó la agente con gesto apesadumbrado—. Su tesis doctoral versaba sobre la recuperación de ese lugar para convertirlo en un polo de atracción turística que revitalizara una comarca donde hoy solo viven un puñado de ganaderos y leñadores. Como imaginarás, la oportunidad que le habían brindado de llevarlo a cabo era un auténtico sueño para ella.

—¿Cómo sabes todo eso? —inquirió la escritora. Algo no le cuadraba, y no era la seguridad con la que hablaba Cestero, sino el sentimiento que ponía a cada una de sus palabras. Aquello le afectaba a nivel personal.

—Además, estaba encantada con su vida sentimental. Llevaba tres años con un ingeniero papelero de Berastegi. Planeaban irse a vivir juntos ahora que los dos tenían trabajo. Habían empezado a construirse una casa en unos terrenos que la familia de él tiene en el pueblo. —Ane Cestero miró la vieja cocina económica de carbón, que ocupaba buena parte de la estancia, aunque hacía años que nadie la encendía. Sus ojos, vacíos de pronto de vida, parecían muy lejos de allí—. No, no se suicidó. Era todo demasiado hermoso para que quisiera hacerlo.

Leire la estudió largamente antes de volver a abrir la boca. ¿A qué venía todo aquello?

—¿Quién es? —preguntó finalmente—. ¿Quién era?

Ane Cestero recogió la hoja de periódico. Mientras la doblaba, miró a la escritora con unos ojos velados por las lágrimas. Leire jamás hasta entonces la había visto llorar. Sus labios se fruncieron con rabia antes de abrirlos para decir solo unas palabras, pero las pronunció lentamente y en un tono desgarrador.

—Saioa Goienetxe era mi prima.

3

La conducción se volvió infernal cuando llegó a Aribe. El pueblo, en el que apenas se veía luz tras las ventanas de algunas casas, guardaba la entrada al alto valle de Aezkoa. En cuanto se despidió de la carretera principal, que continuaba en paralelo al Pirineo navarro hacia la aún lejana Otsagabia, comenzaron a caer los primeros copos.

«¡Solo me faltaba la nieve!», se dijo Leire angustiada.

La estrecha cinta asfaltada serpenteaba hacia el corazón de la montaña junto al río Irati, del que brotaban jirones de niebla que se aferraban al fondo del valle. Frente a ellos, los focos del Peugeot 206 se convertían más en enemigos que en aliados. El haz de luz chocaba contra las partículas de agua en suspensión para convertirse en una luminosa pared blanca que impedía ver la carretera. Para colmo, los copos, que el viento arrastraba a su capricho, parecían proyectiles que se precipitaran contra el parabrisas.

«¿Quién me mandaba meterme en este embrollo?», se preguntó enfadada consigo misma.

La respuesta brotó de su mente sin darle tiempo a terminar la pregunta: lo necesitaba. Un posible asesinato en un lugar tan recóndito como cargado de historia le parecía no solo una incógnita que pedía a gritos ser resuelta, sino también algo terriblemente inspirador. El desastre comercial de su última novela le había hecho dudar sobre su futuro como escritora. Tal vez debía tirar la toalla y volver a las historias de amor, pero estaba harta de crear mundos irreales de mujeres que iban en pos de hombres de masculinidad perfecta y que siempre acababan en boda o alegría eterna.

La visita de Cestero, sin embargo, despertó en ella algo que si no era instinto se parecía mucho. Quería esclarecer ese caso, quería ver el escenario y hablar con quienes allí estuvieran, quería volver a sentir la adrenalina de tener al asesino al alcance de la mano, como con los crímenes del Sacamantecas. Aunque esperaba que esta vez el precio no fuera tan alto como entonces, cuando estuvo a punto de perder la vida. Y, sobre todo, quería plasmarlo en el papel, inspirar su nueva novela en este caso. Un falso suicidio, una fábrica abandonada en medio de un bosque impenetrable... Tenía un buen comienzo, no podía desaprovecharlo.

Además, estaba en deuda con Ane Cestero. De no haber sido por la ertzaina, el Sacamantecas la habría matado. Por una vez que recurría a ella en busca de ayuda, no podía fallarle.

—¡Mierda! —masculló entre dientes al comprobar que la niebla se hacía más densa a medida que el valle se cerraba. Por suerte, la nevada había cesado. No había sido más que una falsa alarma.

No podía seguir así. Según sus cálculos, aún faltaban cuatro kilómetros para llegar a Orbaizeta; cuatro kilómetros que, en aquellas condiciones, resultarían eternos. Detuvo el 206 a la orilla de la carretera y buscó a tientas el teléfono móvil en el asiento del copiloto. Necesitaba hablar con Iñaki.

Había sido una suerte que le prestara el coche. Leire no tenía más que su vieja Vespa, con la que no se atrevía a alejarse demasiado. A veces, como gran proeza, llegaba hasta San Sebastián, a quince minutos de su faro. Hacía tres o cuatro años se le había ocurrido viajar en ella hasta Hondarribia a través de la sinuosa pero hermosa carretera de Jaizkibel y la aventura acabó en una grúa del seguro porque el motor se recalentaba por el esfuerzo.

El 206 de Iñaki tenía quince años y funcionaba sin problemas. A Leire le costó aceptar el préstamo. De hecho, Cestero se había ofrecido a pagarle el alquiler de un coche, pero el joven no quiso ni oír hablar de ello. O se llevaba su coche o se enfadaría de verdad.

A esa hora, cuando aún no eran las siete de la tarde, lo imaginó en Ondartxo mientras escuchaba los tonos de llamada a través del auricular. Estaría trabajando en la réplica de la nao San Juan mientras charlaba con Mendikute o con algún otro voluntario.

—¿Qué tal, guapa? ¿Ya has llegado? —saludó su voz cuando Leire comenzaba a temer que no atendería la llamada. A menudo, en el astillero tradicional, el ruido de martillos impedía oír nada más.

—No. Por eso te llamo. No sé encender los antiniebla.

Iñaki se rio.

—¿En mi coche? —preguntó incrédulo—. ¡No tiene! Bueno, lleva uno en la parte de atrás. En la parte delantera nada.

Leire suspiró desanimada. Era lo que imaginaba. Probó a mover la manecilla de las luces, pasando de las de cruce a las largas, y de estas a las de posición. De una u otra forma, la visibilidad seguía siendo nula, como si un implacable manto de leche cubriera de pronto el mundo.

—¿Estás ahí? —quiso saber Iñaki. Su voz llegaba ahora entrecortada por la caprichosa cobertura de los valles pirenaicos. Aun así resultaba reconfortante.

—Estoy muy cerca de Orbaizeta. No creo que a más de diez minutos, pero no veo nada. ¿Cómo lo hace la gente que vive aquí? —respondió angustiada.

—Supongo que tienen faros antiniebla, ¿no? —apuntó Iñaki—. Tranquila, será algo pasajero. No conduzcas en esas condiciones.

Leire dirigió la vista al exterior y no pudo evitar un estremecimiento. Aquello no parecía pasajero. El sonido de una lijadora automática a través del auricular la transportó por un momento al astillero. Cuánto daría por estar allí en aquel momento. Era en aquella fría nave iluminada por potentes focos de luz blanca donde había conocido a Iñaki. Durante años solo habían sido dos voluntarios más de Ondartxo, dedicados como los demás a la reconstrucción de viejos barcos, pero tras su separación de Xabier habían intimado más. Su idilio, que comenzó en pleno caso del Sacamantecas, duraba ya doce meses. Leire a veces se sentía como la protagonista de alguna de sus novelas rosas. Solo que con un poco más de sexo. Porque Iñaki era el mejor amante que hubiera conocido jamás. Tenía veintinueve años y, según él, no había estado con más mujeres de las que podían contarse con los dedos de una mano, aunque ella a menudo se quedaba con ganas de preguntarle dónde había aprendido a hacerlo tan bien.

—¿Leire? ¿Estás ahí? —volvió a preguntar su voz, devolviéndola al presente.

—Sí. Esto no tiene pinta de despejar —apuntó ella, creyendo oír un motor en la distancia. ¿O era solo el runrún del río?

—¿Cómo dices? Te pierdo. ¿Te estás moviendo?

La escritora miró la pantalla del móvil para comprobar que la llamada se acababa de cortar.

«Sin cobertura de red».

—¡Mierda! —exclamó tirando el aparato al asiento de al lado.

Giró la manecilla y apagó los faros. No quería quedarse sin batería en medio de la nada. Una desagradable sensación de temor tomó fuerza en su interior al verse rodeada por la oscuridad más absoluta.

El motor que hacía unos instantes le había parecido oír se hizo más audible. Era un coche, no cabía duda. Conforme fue a más, empezó a sentirse esperanzada. No estaba sola. Al fin y al cabo, se encontraba en la carretera que iba a Orbaizeta, un pueblo donde vivían doscientas personas y en el que habría vecinos que trabajarían fuera, de modo que tendrían que volver a casa al acabar la jornada.

El halo de luz que envolvía el coche no tardó en aparecer en el espejo retrovisor. Avanzaba despacio, pero era evidente que se acercaba. Leire pulsó el botón que accionaba las luces de emergencia y abrió la puerta. Lo detendría y le pediría ayuda. Si la llevaba al pueblo, podría dejar el coche de Iñaki en el arcén y volver a por él al día siguiente, una vez que fuera de día y la niebla se disipara.

El vehículo que se aproximaba tomó en la bruma la forma de una inquietante y enorme bola luminosa, un foco descomunal que incendiaba cada partícula de agua en suspensión. De pie junto al 206, la escritora levantó la mano derecha para pedirle que se detuviera. Solo cuando estuvo a muy poca distancia pudo reconocer los cuatro faros, dos de cruce y dos antiniebla, que le abrían paso a través de la traicionera manta lechosa.

—¡Para! ¡Para! —pidió Leire a gritos mientras alzaba ambas manos. El vehículo frenó su avance solo cuatro o cinco metros antes de llegar hasta ella, que lo entendió como una señal para que se acercara.

Apenas le había dado tiempo a dar el primer paso cuando una ráfaga de luz cegadora le obligó a detenerse. El conductor había accionado las largas. Un segundo después, mientras Leire se llevaba las manos a los ojos para protegerse, aceleró y reemprendió su camino.

—¡Para, por favor! —rogó la escritora dándole un manotazo en la carrocería cuando estuvo a punto de atropellarla.

El todoterreno no se inmutó. Continuó alejándose, dejando a Leire sumida de nuevo en una tensa oscuridad. De pronto fue consciente del frío atroz que hacía. No podía quedarse allí.

A un primer momento de incredulidad le siguió un destello de lucidez. Aquello no dejaba de ser una oportunidad. Corrió al Peugeot y arrancó de nuevo el motor. Los pilotos traseros del otro coche todavía estaban a la vista. Le servirían de guía.

El resplandor rojizo le abrió camino entre la niebla, que se hacía más densa allí donde la carretera se aproximaba al río Irati.

De día el paisaje debía de ser hermoso, con los fresnos alineados en formación junto al cauce y los prados aprovechando los escasos espacios libres que dejaba el bosque. Porque a partir de Aribe la selva de Irati comenzaba a tomar forma. A pesar de que era más allá de Orbaizeta donde los hayedos se volvían casi infranqueables, la gran masa forestal se anunciaba mucho antes, a través de arboledas que, en aquella época del año, aparecían en su mayoría desprovistas de hojas.

De noche, sin embargo, con el termómetro del salpicadero marcando solo dos grados en el exterior y sin más luz a la vista que los pilotos rojos del coche que le precedía, a Leire no se le ocurría un lugar menos acogedor.

En una larga recta, aceleró a fondo para acercarse al todoterreno y tomar nota de su matrícula. Un comportamiento tan extraño no podía quedar sin explicación. Le costó acercarse a él. Su conductor pisaba el acelerador cada vez que se aproximaba. Cuando por fin logró tenerlo al alcance de la vista, comprobó desanimada que la niebla impedía ver la placa. Ni siquiera era capaz de ver el color del coche. Era un todoterreno, de eso estaba segura, pero nada más.

El vehículo volvió a alejarse. Antes de perderlo de vista, no obstante, Leire se fijó en que algo ocultaba parte del piloto derecho. Estaba roto y reforzado con cinta americana o algo similar.

«Algo es algo», se dijo poco satisfecha.

Las primeras luces de Orbaizeta no se hicieron esperar. Aparecieron poco antes que el cartel con el nombre del pueblo. La carretera no llegaba a adentrarse en el casco urbano, sino que lo rodeaba por la derecha para continuar remontando el valle hacia el barrio de la Fábrica. Al comprobar que el otro vehículo continuaba hacia allí, Leire estuvo tentada de seguirlo, pero descartó la idea. Sería una pérdida de tiempo. Nunca llegaría a atraparlo a no ser que se detuviera. Y no parecía tener intención de hacerlo.

Leire tomó su bolsa de viaje del asiento trasero y abrió la puerta del coche. Una ráfaga de aire gélido le dio la bienvenida a los Pirineos. Olía a invierno; a lumbre, humedad y hierba fresca. No faltaban las notas dulzonas de las balas de heno apiladas en una esquina. Buscó su gorro de lana en la guantera y salió al exterior. Las calles estaban desiertas, aunque la luz que se adivinaba tras algunas ventanas delataba que había vida en aquellas casas de piedra con tejados en fuerte pendiente. En la más cercana, un Olentzero de trapo colgaba de la ventana a la que intentaba acceder para entregar los regalos navideños.

Caminó hacia un rótulo de color blanco con letras en rojo: HOSTAL IRATI.

Era allí donde había reservado la habitación. El único alojamiento abierto a esas alturas del año que había sido capaz de encontrar.

Conforme empujaba la puerta de madera, las palabras de Cestero volvieron a sonar en sus oídos como si la propia ertzaina estuviera junto a ella:

—Quiero que seas mis ojos y mis oídos allí.

Ane Cestero no podía inmiscuirse en un lugar que estaba fuera de la jurisdicción de la policía autónoma vasca. De lo contrario, de buena gana habría ido a hacerse cargo de la investigación, pero los requiebros administrativos en cuanto a las competencias policiales se lo impedían. Sin embargo, la ertzaina tenía demasiado claro que Saioa no se había quitado la vida y necesitaba algún indicio que obligara a la Policía Foral a replantearse el caso.

—¿Es el hostal? —inquirió Leire al comprobar que las miradas de los cinco hombres que había en el bar se posaban en ella.

—Eso dicen —bromeó el de la barra cerrando el diario y apoyando en una esquina de la cafetera el mondadientes que se sacó de la boca. Los otros cuatro habían detenido la partida de mus y la observaban con curiosidad. Dos de ellos llevaban la txapela puesta a pesar de que un fuego generoso brindaba su calor desde la chimenea.

—Tengo una reserva —anunció la escritora desdoblando el papel que ella misma había impreso.

—No te molestes —le indicó el tabernero, al que calculó unos cincuenta años y una poco disimulada afición por la bebida, como demostraban los marcados capilares de su nariz y un vaso de vino a medio beber junto a la caja registradora—. No hay mucha gente en estas fechas. Leire Altuna, ¿verdad? —dijo tendiéndole la llave.

La escritora observó conmovida que el llavero era una cola de conejo. Su tacto la llevó de vuelta al mercado de La Ribera de su niñez. No había sábado por la mañana que no acompañara a su madre a la compra, y tampoco había semana que el carnicero no le obsequiara con alguno de aquellos suaves tesoros. De vuelta a su casa en Barrenkale, Leire les cosía el aro metálico antes de salir entusiasmada a regalarlas. Desde entonces, y habían pasado muchos años, no había vuelto a ver jamás un llavero así.

Se lo llevó a la nariz y sonrió para sus adentros al descubrir que tenía aquel olor tan característico grabado a fuego en los cajones de la memoria.

«Tengo que llamarle», se dijo al recordar a Irene, su madre. Hacía días que no sabía nada de ella. Ojalá fuera señal de que las reuniones de Alcohólicos Anónimos seguían dando frutos.

—¿Bajarás a cenar? —le preguntó el de la barra al ver que se dirigía a la escalera que llevaba a las habitaciones.

Leire miró el reloj de pared que había entre las estanterías repletas de botellas. Eran poco más de las siete de la tarde. No tenía hambre.

—No. El viaje se me ha hecho pesado —se excusó. Iba a poner el pie en el primer escalón cuando recordó algo—. ¿No sabrás quién tiene un todoterreno?

El tabernero la miró con gesto burlón antes de dirigirse a los que jugaban a las cartas.

—¿Habéis oído? —inquirió—. Un todoterreno.

Leire los vio reírse y murmurar mientras negaban con la cabeza.

—Como no des algún dato más —apuntó el que estaba de espaldas sin apartar la mirada de las cuatro cartas que sostenía con ambas manos—. Rara es la familia que no tiene uno. ¡Aquí vivimos del monte!

El de la barra apuró el vino de un trago y tomó la botella para servirse más.

—¿Qué, pues? —preguntó volviéndose hacia Leire—. ¿Lo buscas por algún motivo?

La escritora estuvo a punto de negar con la cabeza y retirarse a dormir. El espejo de anís Las Cadenas que pendía de una columna le devolvía una imagen cansada de ella. Sus grandes ojos color avellana aparecían enmarcados por arrugas de crispación. Como si pretendiera realzarlo, la coleta que recogía su melena estaba medio deshecha y varios mechones caían desordenados sobre su cara. A pesar de ello, no se vio fea.

—Uno que vive más allá de Orbaizeta, en el barrio de la Fábrica o por allí. Además, tiene un golpe en el piloto trasero derecho —apuntó con la esperanza de que pudieran ayudarla. Tenía la sensación de que estaba perdiendo el tiempo, pero nada se perdía.

—¡A ver quién no tiene golpes! —se mofó uno de los de la mesa—. ¡Mus! —decidió tirando dos de las cuatro cartas sobre el tapete verde.

Sus compañeros dejaron caer también algunos naipes.

—Me da a mí que este va bien cargado de reyes —comentó el más joven de los que llevaban txapela señalando al que tenía a su derecha.

Leire suspiró. No iba a sacar más información de aquellos lugareños que del jabalí cuya cabeza disecada pendía amenazante sobre la chimenea.

—Lo siento, pero sigue sin ser de mucha ayuda tu descripción —apuntó el de la barra negando con la cabeza—. ¿Qué pasa? ¿Has tenido algún percance con él?

—Se ha comportado como un cerdo. Me había detenido a la orilla de la carretera para pedir ayuda y, en lugar de pararse, casi me atropella —explicó desanimada antes de perderse escaleras arriba.

Mientras lograba que la llave girara en la precaria cerradura de su habitación, oyó que abajo se enzarzaban en una estéril discusión. Para unos, la actitud del conductor del coche podía merecer una sanción; para otros, entre los que reconoció la voz del propietario del hostal, era solo moralmente reprobable.

Sin detenerse a encender la luz y exhalando un suspiro de impotencia, se dejó caer sobre la cama. Aquello no iba a ser nada fácil.

4

El suave susurro del río no era el único que se atrevía a romper el silencio de aquel amanecer. Una motosierra lejana anunciaba que la jornada de algún vecino había comenzado antes del alba. Hacía frío. Mucho frío. Los colores aterciopelados con los que el sol naciente teñía el cielo despejado no lograban contagiar su calidez a un suelo tan cubierto de escarcha que Leire lo sentía crujir a cada paso.

Al menos no había barro. De lo contrario, la corta pero abrupta bajada hasta el cauce habría resultado complicada.

Hacía horas que estaba despierta, deseosa de que se hiciera de día para poder acercarse a las ruinas donde había aparecido el cadáver de Saioa.

Lo que todos llamaban río era en realidad un arroyo, el Legarza, de modo que no le resultó difícil caminar por él, pisando las piedras que parecían flotar sobre el agua, hasta llegar a la fábrica abandonada. La visión de la galería le dejó boquiabierta durante unos instantes. No esperaba algo así. A lo largo de casi un centenar de metros, el cauce se abría paso entre dos recias paredes soportadas por una interminable sucesión de arcos de piedra, como un magnífico túnel en el que el cielo fuera en realidad la única cubierta. La niebla impedía ver las últimas arcadas, dando la extraña impresión de que aquel largo pasadizo no acabara nunca. Por un momento, Leire olvidó el motivo que la había llevado hasta allí y contempló embelesada aquella joya de la arqueología industrial que las instituciones se habían propuesto que volviera a ser el motor económico del valle.

El vuelo de un petirrojo, que abandonó con un rápido aleteo una oquedad de la pared derecha, la devolvió al presente. Fijó la vista en el tercer arco; aquel del que pendía Saioa Goienetxe en las fotos que le mostró Ane Cestero. El agua corría impasible a los pies de la escritora, tal como haría mientras el asesino disponía allí el cadáver. Eso en el caso de que realmente hubiera sido un crimen y no un suicidio, como defendía aún la Policía Foral.

No había nada que recordara el incidente, pero Leire tuvo la extraña impresión de que la historiadora volvía a estar allí, colgada, girando levemente sobre sí misma por efecto de la corriente de aire.

—¿Quién ha sido? —le preguntó Leire en voz alta sin apartar la mirada de allí.

La muerta, que adoptó de pronto la cara de la agente Cestero, abrió la boca para contestar, pero solo emitió un sordo lamento.

Leire se estremeció. Tenía las manos heladas. Necesitaba unos guantes. Aunque, pensándolo bien, podría aguantar el frío. Al fin y al cabo, no pensaba pasar más de un par de noches en el gélido Pirineo navarro. Solo necesitaba dar con algún indicio que obligara a la Policía Foral a reabrir el caso, y podría volver a su faro con una historia sobre la que escribir.

Volvió a perder la mirada en el fondo del pasadizo. Los jirones de niebla bailaban y creaban juegos de luz que resultaban turbadores. Aquel lugar parecía embrujado. Luchó contra el instinto que le pedía salir de allí cuanto antes y saltó de piedra en piedra hasta la base del tercer arco. Conforme avanzaba hacia él, tuvo la sensación de que el frío se intensificaba, como si una presencia maligna devorara cualquier ápice de calor.

—Tranquila, es tu imaginación —se dijo en un intento por calmarse.

Sus palabras, apenas un siseo, reverberaron entre las paredes, que se las devolvieron amplificadas pero rotas por el sonido del agua. Entonces reparó en un pasadizo lateral, una especie de ventana que se abría entre el tercer y el cuarto arco. Estaba situado un metro por encima del cauce y, a través de él, caía un torrente de agua. Se trataba de un canal subterráneo que vertía al río tras recorrer las instalaciones de la fábrica. Al acercarse, comprobó que una corriente de aire glacial acompañaba al líquido transparente.

Apoyó la mano en la pared y la sintió áspera y húmeda. El musgo y los líquenes, aferrados a la piedra, daban un toque de color a aquel mundo gris en el que ni siquiera las rojas hojas de las hayas, que flotaban en los remansos del arroyo, lograban contagiar alegría. Alzó la vista y contempló el arco. Allí encima, sobre su propia cabeza, colgaba hacía solo tres días el cuerpo sin vida de Saioa Goienetxe. Según la investigación oficial, la historiadora había accedido al lugar desde el nivel superior de las ruinas. No había necesitado más que ligar la cuerda y dejarse caer hacia el río. El propio peso de su cuerpo se habría encargado del resto.

Un cuervo graznó cerca. Parecía que le avisara de algo. Tal vez aquel pájaro vestido del negro de la muerte lo hubiera visto todo. Leire lo buscó con la vista, pero no lo vio hasta que el ave, oscura como la noche, alzó el vuelo y se alejó aleteando entre las paredes. Con una creciente sensación de angustia, lo siguió con la mirada hasta que la niebla lo devoró. El sonido de sus alas, sin embargo, aún flotó en el corredor durante unos instantes.

Leire decidió que había tenido suficiente. Quería salir cuanto antes de aquel siniestro lugar en el que el mal flotaba en el ambiente.

En el preciso momento en que comenzaba a darse la vuelta, percibió un movimiento con el rabillo del ojo. Había alguien allí, alguien que se interponía entre ella y la salida. Respiró hondo y se obligó a calmarse. Tenía dos opciones: echar a correr y atravesar toda la galería que se perdía en la niebla, o girarse hacia la salida más cercana y enfrentarse al visitante.

No tuvo tiempo de decidirlo.

—Es una pena, ¿verdad? —dijo el recién llegado. Su voz sonaba suave, casi melosa.

Leire apretó con fuerza la mandíbula y se volvió hacia él. La primera impresión fue demoledora. Iba vestido de negro de la cabeza a los pies; no desentonaba en aquel lugar. Un auténtico cuervo humano.

Él pareció reparar en su turbación y se llevó una mano al alzacuellos.

—Eugenio Yarzabal —se presentó—. Soy el párroco del valle.

La escritora esbozó una sonrisa forzada mientras luchaba por calmarse.

—Encantada. Leire Altuna —dijo tendiéndole la mano. La del cura estaba helada, pero le apretó la suya con tal firmeza que le fue imposible evitar un gesto de dolor.

—Oh, perdone. No era mi intención —se disculpó Eugenio antes de señalar la soga—. Es terrible. Si la hubiera visto... Pobre chica, tenía los ojos tan abiertos que parecía que nos veía mientras la bajábamos de ahí.

Leire lo estudió detenidamente. Rondaría los sesenta años, algo menos quizá. No era alto, pero tampoco podría catalogarse de bajo. Las formas redondeadas que adquiría la sotana permitían adivinar ciertos kilos de más, fruto de una vida acomodada. Las mejillas sonrosadas lo hacían parecer afable. Sus ojos no acompañaban. No mostraban emoción alguna. Contrastaban con el rictus triste de su boca, como si en realidad no albergara pena alguna por todo aquello. De algún modo le recordaba a la mirada vacía de aquellos que, tras llevar gafas demasiados años, se operan de la vista pero nada logra devolver la expresión a sus ojos agotados.

—¿Por qué ha venido? —le preguntó el sacerdote sin ningún tipo de rodeo—. ¿Es verdad que la familia no cree que haya sido un suicidio?

La escritora dudó unos instantes, asqueada al comprender que no podría abrir la boca en aquel pueblo sin que todos sus vecinos lo supieran inmediatamente. Solo recordaba haberle explicado el motivo de la visita a la mujer que esa mañana le había servido el desayuno.

—¿Qué cree usted que ocurrió? —decidió preguntar. No pensaba permitir que fuera el cura quien llevara la conversación.

El hombre miró hacia el arco. Quizá fuera la imaginación de Leire, pero le pareció que su rostro se volvía gris, como el propio entorno.

—Este lugar está maldito. Durante siglos, asedios, incendios y destrucción han asolado esto que hoy no son más que ruinas. Una historia espantosa. Sin embargo, nada comparado con la vergonzosa profanación de un templo cristiano que vivimos estos días. —Conforme hablaba, su voz iba ganando intensidad—. ¿Usted cree que es normal que en una iglesia vivan vacas y que el altar mayor sea un sucio abrevadero? —Esperó unos instantes con la mirada fija en ella hasta que Leire negó con la cabeza—. La ira de Dios flota sobre este lugar.

—No ha respondido a mi pregunta —le interrumpió la escritora. Cada vez se sentía más confundida. Mientras hablaba echó a andar hacia la salida. El ambiente se le hacía cada vez más opresivo.

—¡Le parecerá a usted que no es respuesta! —protestó Eugenio siguiéndola sin preocuparse por pisar sobre las piedras que asomaban sobre el agua—. Esa chica pretendía recuperar estas ruinas, convertirlas en un imán turístico según sus propias palabras, pero en ningún caso se planteó rehabilitar la iglesia como lugar de culto. —Hizo una pausa mientras subía por el talud—. Le advertí de la ira de Dios, de la necesidad de restablecer los bienes de la Iglesia, pero no quiso escucharme. La maldición cayó implacable sobre ella. ¿Le extraña?

Leire lo miró desconcertada.

—¿Sabe quién la asesinó? —inquirió.

Eugenio Yarzabal esquivó su mirada.

—Esa joven se quitó la vida. No la mató nadie. Solo la ira divina.

Habían llegado a la explanada superior, que ocupaban las ruinas de la Real Fábrica de Armas. Aquí y allá, decenas de muros derruidos y construcciones en precario equilibrio se extendían en un recuerdo de lo que un día fuera la mayor factoría de Navarra. La maleza y el musgo devoraban las paredes de piedra, en las que se abrían puertas y ventanas que ya no llevaban a lugar alguno. Más arriba, en un tercer nivel al que se accedía por escaleras de piedra, se abría una plaza estrecha y alargada. Uno de los laterales mayores del rectángulo lo ocupaban las ruinas y el otro una hilera de viviendas destinadas antiguamente a los operarios del complejo. Dos coches aparcados ante ellas delataban que estaban habitadas.

La plaza era en realidad todo el barrio. Fuera de ella solo había un puñado de caseríos solitarios, situados a la orilla de la carretera que llevaba a Orbaizeta.

La iglesia cerraba aquella explanada en uno de sus laterales estrechos. Era un templo sin grandes pretensiones, levantado en su día para que los trabajadores de la factoría no tuvieran que caminar más de una hora hasta la misa más cercana, la de Orbaizeta. Cuanto menos tiempo perdieran, más podrían dedicar a trabajar.

Sus ventanas estaban tapiadas con ladrillos y varias balas de heno se apilaban junto a la puerta de entrada.

—¡Es una vergüenza! —protestó Eugenio al ver que la mirada de Leire se detenía allí—. ¡La casa de Dios convertida en un miserable cobertizo para el ganado! ¡Hasta cerdos tienen!

Mientras hablaba, un hombre salió del interior. Vestía un buzo azul y un gorro de lana. Tras él apareció una vaca y después otra, y otra más. Así hasta una veintena de animales que siguieron al pastor. No se molestó en saludarlos antes de perderse por el camino que vadeaba el río para encaminarse hacia los pastos. Algunas vacas, en cambio, se detuvieron y estudiaron interesadas a los intrusos antes de alejarse.

—Hace cuarenta años que el obispado me destinó a este valle —explicó el cura alzando el dedo índice a modo de advertencia—. Desde entonces, no ha habido un solo día que no haya luchado para que esta aldea recupere su iglesia. Así lo quisieron quienes levantaron la Real Fábrica de Armas y así lo quiere nuestro Señor. Y créame que no pienso morirme sin recuperar esta cochiquera como suelo sagrado —enfatizó moviendo el dedo categóricamente.

Leire comenzaba a aburrirse del monólogo de Eugenio Yarzabal.

—¿Y Saioa qué tenía que ver con todo eso? Ella solo dirigía la obra con el fin de abrir el complejo al turismo —objetó.

—¡Le parecerá poco! —Aunque el sacerdote gesticulaba enérgicamente, sus ojos seguían fríos, inexpresivos—. Nunca hasta ahora había habido una oportunidad mejor para restituir el templo a su verdadero dueño, pero ella no quería hacerlo. Creo que era comunista, ¿sabe? De Podemos o algo de eso. Cada vez que se lo pedía, me decía que no estaba aquí para eso y que la Iglesia ya tenía demasiados bienes, que no dejaría de ser rica por contar con un templo menos.

—Razón no le faltaba —masculló la escritora.

Los últimos rastros de amabilidad que quedaban en el rostro del cura se borraron al comprender que tampoco encontraría una aliada en la recién llegada.

—No es cuestión de riqueza —protestó llevándose la mano al alzacuellos para comprobar que estaba bien colocado—. Lo que aquí está en juego es el respeto y la honra al Creador. Es absolutamente inconcebible que su casa haya sido convertida en un sucio establo. ¡Es inadmisible!

Leire recorrió el perímetro de la fábrica con la mirada. Al otro lado del río, en una pequeña explanada, media docena de casetas de obra se alineaban formando un moderno pueblo metálico que rompía la armonía del entorno.

—¿Dónde están los obreros? —preguntó señalando hacia allí.

Eugenio Yarzabal torció el gesto, disgustado por el cambio de tema.

—Todavía no han llegado. Tengo entendido que comienzan esta semana. Ahora bien —recalcó haciendo una larga pausa para abrir la puerta de su coche—, con el suicidio de la historiadora, tal vez haya quedado todo en agua de borrajas. ¿No le parece?

Leire creyó adivinar un tono burlón en las últimas palabras del cura.

Con la mirada fija en el Renault Clio blanco que se llevaba al religioso del recinto de la fábrica, comprendió que, antes o después, tendría que volver a hablar con el padre Yarzabal.

Un día de otoño de 1958

Las primeras luces del día se filtraban entre los postigos abiertos, dibujando en tonos tristes las formas de una habitación presidida por un crucifijo. La puerta del armario estaba entornada, dejando entrever las escasas ropas de Tomás. De hecho, no había en él más que unos pantalones de repuesto y dos camisas. Una de ellas, la blanca, solo era para los domingos y necesitaba pasar una vez más por las manos de su abuela. Obraban milagros y la hacían crecer a medida que el pequeño iba cumpliendo años. Aparte de eso, nada más; solo espacio libre. De haber sido verano, el armario estaría hasta arriba de mantas. Por suerte, eso no faltaba en casa. Las cuatro ovejas de la familia proporcionaban la lana necesaria para que su madre y su abuela pudieran tejerlas. Pero era otoño. Las noches eran ya frías y anunciaban la proximidad del invierno, así que no había una sola guardada en aquellas baldas desnudas.

Tomás se arrebujó bajo la pesada manta. Sabía que de un momento a otro vendría su padre a despertarlo. No le apetecía ir a buscar leña. Prefería ir a la escuela, aunque tuviera que caminar una hora para llegar hasta ella, pero esa semana no podía ser. Había que prepararse para el invierno. La nieve era traicionera y cualquier día le daría por comenzar a caer, haciendo imposible ir en busca de madera.

—¡Vamos, Tomás! —llamó la voz de Maritxu desde el piso inferior—. Tu padre ya está aquí con la carreta.

El pequeño se incorporó bostezando. Hacía frío. Se apresuró a ponerse la ropa que se había quitado la noche anterior y que descansaba sobre la cama de al lado, esa que algún día sería para su hermanito. Porque en su cuarto había tres camitas y solo la suya estaba ocupada. Su madre siempre decía que serían para los hermanos que vendrían, pero Tomás tenía ya diez años y allí no llegaba nadie. Comenzaba a estar molesto, pues sus compañeros de clase tenían con quien jugar en casa y en su caso no pasaba de ser una promesa que no terminaba de cumplirse. Aunque eso parecía a punto de cambiar; en la barriga de Maritxu crecía un pequeño que pronto llegaría. Se moría de ganas por verlo en alguna de aquellas camas vacías y por que le acompañara a jugar.

La escalera de madera crujió conforme bajaba hacia la cocina. Estaba dividida en dos tramos. En el descansillo que había entre ellos se abría una puerta que normalmente estaba cerrada con pestillo. Aquel día, en cambio, estaba abierta. Era lo que llamaban carbonera, aunque en realidad no era carbón, sino leña lo que almacenaban en ella. Cuando Tomás y su padre volvieran del bosque, sería allí donde guardarían los tocones que utilizarían durante el invierno para calentar la casa.

—Buenos días, hijo —le saludó su madre en cuanto entró a la cocina. Un puchero esmaltado humeaba. Olía a leche hirviendo—. Date prisa. Tu padre te espera.

—¿Cuándo llegará? —preguntó el niño apoyando la oreja en la tripa de Maritxu.

—Pronto. Antes de que te des cuenta lo tendrás aquí —anunció la mujer pasándole la mano por el oscuro pelo rizado que había heredado de Manuel. Ella lo tenía liso y, a pesar de que pasaba por poco de los treinta años, las canas comenzaban a ser abundantes—. Venga, no pierdas tiempo o te ganarás una bronca.

Tomás se bebió de trago el vaso de leche. Estaba tibia, recién ordeñada. Gracias a las ovejas no les faltaba nunca. Tampoco queso y algo de carne de vez en cuando, aunque la mayoría de los corderos los vendían a familias más ricas.

—Abrígate. Hace frío —le recomendó su abuela saliendo de la despensa con un puñado de habas secas. Caminaba encorvada por la artrosis, pero todavía era capaz de hacer buena parte de las tareas de casa.

—¡Venga, nos están esperando! —La voz de Manuel llegó acompañada por un par de manotazos en la puerta.

—¡Me voy! *Agur!* —se despidió el niño metiéndose en el bolsillo del abrigo un pedazo de pan de centeno.

—Espera, dame un beso —pidió Maritxu agachándose junto a él. Era una mujer guapa, de rasgos amables, aunque sus ojos negros hablaban de ilusiones no cumplidas—. ¡Madre mía, qué grande te estás haciendo!

—¿Qué tal esta? —propuso Vicente dando una palmada en una de los miles de hayas que los rodeaban. Su mano huesuda destacó sobre el musgo que cubría el tronco.

Manuel dio un par de pasos hacia atrás para poder verla mejor y la estudió detenidamente. Su hijo lo imitó. Era una vieja haya trasmocha como las que solían seleccionar. El tronco se dividía en cinco gruesos brazos a unos dos metros de altura y era precisamente allí donde harían la tala. Era una técnica milenaria cuyo origen se perdía en la noche de los tiempos. Cuando no existía ningún tipo de intervención humana, las hayas crecían rectas hacia el cielo, llegando a alcanzar los veinte metros de altura. En Irati la mayoría eran así. Sin embargo, los leñadores del pasado habían descubierto que si las talaban respetando la raíz, el tronco volvía a brotar, dividiéndose en varios brazos que años después podían volver a ser aprovechados para la saca de madera. A Tomás le había costado entenderlo, pues la impresión inicial era que aquellos árboles crecían así de manera natural.

—¿Por qué no la cortamos más abajo? —preguntó al ver que su padre y Vicente trepaban con sus hachas para ponerse en pie sobre el lugar del que brotaban las ramas.

Manuel se apoyó en una de ellas para mantener el equilibrio. Era un hombre atlético, más bien delgado, como Tomás, al que las vecinas siempre decían que había salido a su padre.

—Porque entonces no volverían a crecer las ramas —explicó Vicente estudiando la madera para decidir dónde golpear primero—. En realidad sí que brotarían, pero los animales adoran los tallos tiernos y no dejarían que el árbol sobreviviera.

Tomás se fijó en la mula. Rebuscaba comida bajo la hojarasca. De vez en cuando mordisqueaba algo, seguramente hierbajos o hayucos, los pequeños frutos del haya.

—Sal de ahí abajo si no quieres que te hagamos daño —le advirtió Manuel al ver que las gruesas astillas que se desprendían con cada golpe caían demasiado cerca de Tomás.

Vicente se apoyó en el hacha y miró al niño.

—Tiene razón tu padre. Además, ahora poco puedes hacer aquí —dijo resoplando por el esfuerzo. Tomás nunca se había parado a calcularle los años, pero lo consideraba un viejo. No sería más joven que su abuela. Era lo que las vecinas deslenguadas consideraban un *mutilzar*, un solterón que no había encontrado pareja y estaba condenado a pasar solo la vejez. A pesar de ello, siempre iba bien vestido y olía bien, a colonia francesa—. Vete a jugar. Ya te silbaré cuando necesitemos que regreses para echarnos una mano con la carga del carro.

El niño se encogió de hombros.

—Para eso podía haber ido a la escuela —contestó alejándose.

—¡Tomás, no repliques a los mayores! —le regañó Manuel.

Oyendo de fondo el golpeteo seco de las hachas en la madera, el niño se fue en busca de la cueva. Eran muchas las leyendas que se contaban sobre ella. Que si comunicaba con el otro lado de la frontera; que si en ella vivían las lamias, esas extrañas criaturas de cuerpo femenino y pies de pato; que si en ella se ocultaba un enorme tesoro... Su padre, sin embargo, siempre le decía que no creyera ninguna, que no era más que un sucio agujero en el que lo más que podría encontrar sería el fardo que algún contrabandista en apuros hubiera tenido que abandonar precipitadamente. Nada más.

Dio con ella fácilmente. No había más que buscar una zona de enormes rocas blancas que destacaban entre los tonos rojizos de la hojarasca. Como siempre que la veía, no pudo evitar sentirse decepcionado. Allí no había más que una oquedad en la que a duras penas podía entrar una persona. Ni siquiera él, un niño de diez años, era capaz de adentrarse en el minúsculo pasadizo que seguía más allá. Su padre tenía razón.

Donde sí había un tesoro enterrado, o eso decían en el pueblo, era en el castillo de Arlekia. Y no estaba lejos de allí. El sendero se desdibujaba entre las hojas caídas, pero Tomás conocía el camino. Sus piedras no tardaron en aparecer entre las hayas. Eran claras, calizas, del mismo tono que las de la cueva, pero más pequeñas y trabajadas por el hombre. En el pasado debía de haber sido imponente, un magnífico vigía del valle donde se encontraban su casa y las ruinas de la fábrica, esas que la maleza cubría casi por completo pero que se intuían enormes. El paso de los años, no obstante, había condenado aquel bastión defensivo a ser una mera montaña de piedras que los vecinos habían removido una y otra vez en busca del tesoro de sus antiguos moradores. Solo un par de paredes, las que estaban formadas por los sillares de mayor tamaño, permanecían en pie. El resto era un perfecto caos.

—Yo te encontraré —anunció Tomás pensando en el tesoro y comenzando a apartar las piedras que pesaban menos.

Los minutos pasaron deprisa. Estaba tan entusiasmado por la búsqueda de las monedas de oro enterradas que Vicente tuvo que silbar por segunda vez para que regresara.

Cuando llegó junto a los mayores, dos de las ramas del árbol descansaban sobre la hojarasca. Su padre y su vecino las estaban despojando de las hojas y troceando en pedazos listos para ser transportados. Lo hacían con sierras y hachas de menor tamaño que las usadas para la tala.

—¿Dónde estabas? —le regañó Manuel adivinando que había estado en el castillo—. ¿Cuántas veces tendré que decirte que dejes estar esas historias de tesoros? A tu tío Pantxo le mordió una víbora por andar moviendo piedras. Nunca he visto a nadie ponerse tan enfermo. —Se detuvo para señalar varios tocones de madera—. Venga, vete cargando el carro.

Tomás se agachó y se fijó en los círculos concéntricos que se dibujaban en la madera fresca. ¿Sería verdad que cada uno representaba un año en la vida del árbol? Le encantaba ese olor dulzón y pegajoso de las hayas recién taladas.

—Espera. Pesa mucho. Mejor entre dos —lo detuvo Vicente al ver que intentaba levantar un leño.

La carreta no tardó en estar cargada. Con la ayuda de unas cuerdas, Manuel aseguró la leña para que no se cayera con el traqueteo del camino.

—Nosotros nos quedaremos aquí cortando más —le indicó a Tomás—. Tú baja con la mula y sube tan pronto como puedas.

—¿La llevo a casa? —preguntó el niño.

Su padre miró a Vicente, que asintió con un gesto.

—No. Esta la descargas en la suya.

Era el acuerdo que tenían con su vecino. Vicente ponía el carro y, entre todos, se ocupaban de hacer acopio de leña para que no faltara en ninguno de los dos hogares. Cada año era así desde que Tomás tenía memoria.

—Dile a tu madre que te ayude, no te vayas a deslomar —le despidió Vicente llevándose la mano a los riñones. Su rostro anguloso dibujó un gesto de dolor—. Creo que empiezo a estar viejo para estos menesteres.

Tomás apenas había comenzado a alejarse cuando oyó que su padre le llamaba.

—¿Qué? —preguntó girándose.

—Esta noche te estrenarás —anunció Manuel con el tono que guardaba para las grandes ocasiones—. Tenemos trabajo, hijo, trabajo de noche. Con once años hice mi primera subida a la muga con mi *aita*, y hoy serás tú quien venga conmigo. Ya casi los tienes.

El niño dibujó una sonrisa de oreja a oreja. Hacía mucho tiempo que oía a su padre abandonar la seguridad del hogar en plena noche y, por más que le había insistido una y otra vez, nunca había querido llevarle con él. Ahora, por fin, había llegado ese día. Ya era mayor.

5

El hombre la miró con gesto desconfiado.

—¿Te envía el cura? —inquirió ladeando la cabeza—. Antes te he visto hablando con él.

—No. Lo acabo de conocer —se apresuró a aclarar Leire. Solo faltaba que enemistades vecinales le impidieran hacer sus indagaciones.

El ganadero se lo pensó unos instantes sin dejar de estudiarla con la mirada.

—Paco Roncal —saludó finalmente sacudiendo la mano que le ofrecía la escritora.

—¿Vives aquí? —preguntó Leire señalando hacia la iglesia.

El ganadero, al que había abordado cuando volvía de dejar las vacas en el prado, la miró con el ceño fruncido.

—¿Trabajas en la obra? ¿Vais a seguir adelante? He oído que igual la paran.

Leire se fijó en sus cejas. Eran grises, como seguramente lo sería su cabello bajo el gorro de lana que le protegía del frío. Las llevaba descuidadas, con los pelos enmarañados, apuntando hacia cualquier parte, igual que los que le asomaban por la nariz y las orejas. Intentó calcularle la edad. ¿Cincuenta? ¿Sesenta? Era difícil. Tenía el rostro enrojecido por el frío y curtido por la vida en aquel rincón de los Pirineos donde los inviernos eran rigurosos.

—No. Me envía la familia de Saioa Goienetxe para investigar su muerte. —Había decidido que no iba a andarse con rodeos con esa gente.

Paco frunció el ceño.

—¿Quién...? —preguntó señalando hacia las ruinas de la fábrica—. ¿La chica del arco? ¿La de la obra? Dijeron que se había suicidado.

—¿Tú qué crees? ¿Crees que se quitó la vida?

El ganadero vagó durante unos instantes con la mirada por las ruinas y la posó finalmente en los barracones de obra que esperaban a sus ocupantes al otro lado del río.

—No lo sé —reconoció—. Parecía una chica normal, pero los días que pasó aquí no creo que le ayudaran mucho. Demasiada presión. No sé. Tal vez eso la llevó al suicidio.

—¿Presión? ¿De qué hablas? —La escritora no entendía a qué se refería.

Paco dibujó una mueca de fastidio.

—Nadie quiere que hagan esa obra. No necesitamos que vengan turistas. Aquí vivimos tranquilos, ¿sabes?

Antes de que Leire pudiera abrir la boca de nuevo, la puerta más cercana del edificio anexo, el levantado siglos atrás como vivienda de los trabajadores del complejo armero, se abrió con un chirrido. Una mujer de caderas anchas y pelo teñido de rubio recogido en un moño se asomó al exterior.

—¿Quién es esta, Paco? —preguntó secándose las manos en un delantal de flores.

La escritora se adelantó y se presentó.

—Yo no deseo mal a nadie, pero esa chica pagó por el daño que pretendía hacernos. De alguna manera, la fábrica se rebeló contra ella y la llevó a quitarse la vida —explicó la mujer del ganadero.

—Marisa tiene razón. Las ruinas se defendieron. No hay mucho más que investigar aquí —murmuró Paco Roncal perdiéndose en el interior de la iglesia.

—¿Cuándo vendrán a retirar todo eso? —inquirió Marisa señalando los barracones—. Porque ya no harán la obra, ¿verdad?

—El padre Yarzabal me ha explicado sus demandas sobre vuestra... —Leire dudó entre llamarlo iglesia o establo y finalmente se limitó a señalar el edificio.

—¿La iglesia? —Marisa despejó rápidamente las dudas—. El tatarabuelo de mi marido pagó por ella al Estado cuando la Iglesia fue despojada de su propiedad, así que ese cura ya puede ir olvidándose de ella. Es nuestra y nadie nos la va a arrebatar.

—¿A ti te parece que esto es una iglesia? —preguntó Paco asomándose por la puerta—. Vamos, entra y decide tú misma.

Leire suspiró. No estaba allí para participar en discusiones entre vecinos, sino para indagar sobre lo que parecía ser un asesinato. Sin ningún interés por verlo, se asomó al interior del templo. La única nave había sido convertida en un establo con sus abrevaderos de chapa contra las paredes y sus pesebres para el heno alineados a lo largo del espacio que antiguamente ocupaban los feligreses durante los actos litúrgicos. Lo único que recordaba que aquello había sido una iglesia eran las dos pilas de agua bendita que colgaban de sendas columnas a ambos lados de la entrada. Ni siquiera el techo conservaba la bóveda, si es que algún día la había tenido. Un sencillo y ennegrecido entramado de madera sostenía un tejado a dos aguas.

Iba a regresar al exterior cuando reparó en el presbiterio. Allí, en el lugar que ocupaba el altar mayor, el edificio conservaba aún las formas redondeadas propias de la cabecera de un templo. Nadie se había molestado en retirar un crucifijo de gran tamaño que permanecía apoyado en la pared del fondo. Del Cristo crucificado que algún día pendió de él no había más rastro que unas argollas sujetas a los extremos de la cruz. Probablemente estuviera en algún museo de Pamplona o adornando alguna rica mansión de Estados Unidos, como tantas obras de arte religioso expoliadas de pueblos de toda España.

—¿A que no tiene nada de iglesia? —insistió Marisa dando unas palmadas en el hocico de una vaca que no había salido a pastar.

—No, claro que no —mintió Leire. No ganaba nada llevándoles la contraria. Si quería contar con su colaboración, mejor tenerlos de su lado.

—Ese cura lo único que pretende es colgarse medallas con sus jefes —advirtió Marisa acompañándola al exterior—. Le falta poco para jubilarse y a los que no hacen méritos no los llevan a las mejores residencias. Mira que tiene dinero el tío, y tiene que estar aquí dando guerra con nuestra iglesia. Con las tierras de su familia en Ujué podría pagarse una residencia entera si quisiera.

Leire no estaba allí para hablar de sus rencillas con el sacerdote.

—¿Quién dio con el cadáver de la chica? —preguntó introduciendo las manos en los bolsillos del plumífero. Las tenía heladas. Los pies también comenzaban a dolerle. Había sido poco precavida al hacer la maleta. No esperaba una diferencia de temperatura tan abismal respecto a la costa.

—¡El cura! ¿No te lo ha dicho? Fue él quien la encontró —explicó Marisa encantada de poder poner el foco sobre Yarzabal—. Las viudas estaban con él.

—¿Las viudas? —Leire no entendía a qué se refería.

Marisa se detuvo ante la puerta de su casa.

—Las Aranzadi —susurró señalando disimuladamente hacia la cuarta casa comenzando desde la suya—. Una madre y una hija a las que se les murieron los maridos muy jóvenes. Se pasan la vida encerradas ahí. —Se le acercó como si quisiera confesarle un secreto. Leire sintió el olor a fritanga que despedía su delantal—. Solo salen para ir a misa y cuando el cura se acerca por aquí. Bueno, y cuando vienen las furgonetas del reparto, claro.

La escritora dio un paso atrás para poder ver la fila de viviendas. Se trataba de un largo y sencillo edificio de dos alturas con desconchados en una fachada que hacía años que no se remozaba. Eran seis puertas las que se abrían en ella. Dos de ellas, las situadas más a la derecha, parecían deshabitadas, porque todos los postigos de las ventanas estaban cerrados. En los restantes cuatro hogares, saltaba a la vista que había vida. Unos geranios en un alféizar, una luz encendida, una ventana abierta para ventilar...

—¿Estarán en casa ahora?

—¿No te digo que no salen nunca? Son como dos monjas de clausura.

—Iré a hablar con ellas —anunció la escritora despidiéndose con un gesto de la mano—. Gracias, Marisa.

—¡Ja! Como si fuera tan fácil —se burló la otra perdiéndose en el interior de su casa—. Ya puedes ponerte una sotana o no te abrirán.

Leire pensó que exageraba. No había timbre junto a la puerta, de manera que tuvo que recurrir a llamar con el picaporte en forma de mano dispuesto en el batiente superior. Varias capas de pintura negra ocultaban casi por completo las formas de los dedos. Con el rabillo del ojo, percibió que se descorría una cortina en el piso de abajo. Tan pronto como se giró para acercarse a saludar, el visillo volvió a cubrir la ventana. El ligero balanceo de la tela blanca indicaba que no había sido fruto de su imaginación. Había alguien allí.

—¿Hola? —saludó golpeando suavemente el cristal con las puntas de los dedos—. Solo quiero hacerles unas preguntas. —La única respuesta fue el silencio—. Es sobre la chica muerta.

—Ya te he dicho que no te abrirían —le advirtió Marisa asomada a una ventana cercana.

La escritora aguardó un minuto más ante la puerta. Estaba segura de haber oído cuchicheos allí dentro. Tal vez discutieran entre ellas si debían o no abrirle. Sin embargo, no hubo movimiento alguno.

Decidida a abordarlas en cuanto salieran por cualquier otro motivo, se giró y miró alrededor. ¿Qué más podía hacer? ¿A quién podía preguntar?

Observaba desanimada que no había nadie a la vista cuando reparó en alguien que cortaba leña en la otra orilla del río. Hasta entonces no se había percatado de que allí, en el lugar donde arrancaba una senda que remontaba el río Legarza y se internaba en la espesura del hayedo, se levantaba una casa solitaria. A diferencia de las construcciones de la plaza, claramente marcadas por su pasado industrial, tenía las formas de un caserío, pero un tamaño notablemente menor.

6

Resoplaba cada vez que golpeaba la madera con el hacha. Una y otra vez, incansable, tomaba impulso y se doblaba desde la cintura para clavar con fuerza el acero en el tronco. Gruesas astillas saltaban con cada toque, obligando a Leire a mantenerse a una distancia prudencial. Los aros concéntricos que determinaban la edad del árbol daban una pincelada de color a la madera profanada. Ajeno a la presencia de la escritora, el aizkolari continuó con sus rítmicos movimientos. Era impresionante, casi sobrehumana, la fuerza que era capaz de imprimir a cada golpe. Solo cuando un crujido sordo acompañó el final de su trabajo, alzó la cabeza para reparar en la recién llegada. Acababa de partir por la mitad un tronco de dos palmos de diámetro y aún era capaz de sonreír.

—Hola —saludó mientras saltaba al suelo y se secaba el sudor del rostro con una toalla blanca—. ¿Puedo ayudarte?

Leire no pudo evitar fijarse en unos brazos donde todos los músculos aparecían dibujados hasta la perfección. El brillo del sudor les confería un aire animal, extremadamente sensual. La camiseta de tirantes no colaboraba, pero no podía negarse que era atractivo. Mucho. Y él lo sabía. De ahí la sonrisa ladeada con la que aguardó a que se presentara.

—Estoy investigando la muerte de Saioa Goienetxe —anunció la escritora. Se sentía incómoda, pero luchó por simular normalidad y aplomo.

El aizkolari dibujó una mueca de tristeza.

—Pobre chica. Hacía tiempo que no pasaba alguien con tanta vitalidad por este lugar. Aún no me explico qué pudo llevarle a cometer esa locura —murmuró negando con la cabeza.

—La familia no cree que fuera un suicidio —explicó Leire—. Por eso estoy aquí.

Si su interlocutor se sorprendió al oírlo, no lo demostró. Mantuvo durante unos segundos la mirada fija en un gorrión que picoteaba entre las astillas en busca de alimento y torció el gesto.

—¿Un asesino aquí, en la Fábrica de Orbaizeta...? No sé. Si te digo la verdad, aquí nadie está bien de la cabeza, pero no veo a ningún vecino haciendo algo así.

—Explícame eso —pidió la escritora frunciendo el ceño—. ¿Por qué dices que están locos?

Él se rio. Era una risa burlona, pero incluía unas notas tristes.

—Ni siquiera sé cómo te llamas. Soy Eneko —se presentó adelantándose para darle dos besos.

Olía a sudor, pero no le desagradó.

—Perdona, qué maleducada. Leire Altuna.

—Antes te he visto hablando con esos —dijo el aizkolari señalando la iglesia—. También con el cura. ¿Te ha parecido que estén cuerdos?

Leire pensó que algo de razón no le faltaba, aunque evitó contestar.

—Pues espera a hablar con los otros —añadió Eneko con un bufido—. No se salva ni uno.

—¿Qué opinas tú de la obra? —quiso saber la escritora.

—¿De la fábrica? —Eneko se giró para recoger una sudadera roja que había dejado sobre un tronco similar al que acababa de cortar—. No me gusta. Desde que hablan de acondicionarla para abrirla a las visitas, los malos rollos no han parado

de crecer. Como si no tuviéramos bastante en este pueblo...
—Hizo una pausa—. Aquí hay muchas envidias y viejas rencillas abiertas. Yo vivo feliz porque aquí tengo mi trabajo y puedo practicar mi afición. Si quiero troncos, no tengo más que ir
al bosque y elegirlos. Mis padres, en cambio, no pudieron
aguantarlo y se fueron a Pamplona.

Leire no entendía a qué se refería.

—¿Qué es lo que no aguantaban?

Eneko dirigió la mirada hacia las casas situadas en la otra
orilla antes de contestar.

—La vida en la Fábrica de Orbaizeta no es fácil. Estamos
lejos de todo, apartados del mundo y, además, mal avenidos.
Cinco familias, siete si sumamos a Chocarro y los Lujanbio,
que viven a medio camino entre nosotros y el pueblo de Orbaizeta. Créeme si te digo que te costará mucho que en alguna casa
te hablen bien de cualquiera de las otras familias. El pasado fue
muy cabrón por aquí y el presente no es mucho más fácil.

Mientras intentaba asimilar sus palabras, Leire recorrió el
entorno con la mirada. En un primer plano, las ruinas de la
fábrica y las viviendas; más allá, los hayedos de Irati, que se extendían hasta el infinito y cuya monotonía solo rompían las
cumbres tapizadas de verde de los Pirineos. Todo ello envuelto
en la alegre cantinela del río Legarza, cuyas aguas limpias atra-
vesaban una postal que inspiraba serenidad. Parecía imposible
que en un lugar así el ser humano fuera capaz de convertir la
vida en un tormento.

—¿Trabajas aquí? ¿Te dedicas a...? —inquirió señalando el
tronco cortado.

—No. Esto es una afición. Lo mismo que otros andan en
bici, yo corto troncos —se rio Eneko llevándose una mano al
pelo, que llevaba corto y alborotado—. Soy talador. Trabajo en
la saca de madera. La verdad es que los árboles son mi pasión.
Esta selva me tiene enamorado.

—Son tu pasión, pero los cortas —apuntó Leire con una
mueca de incredulidad.

—No deja de ser una forma de amarlos —se defendió Eneko apoyando un pie en uno de los dos tocones en los que había convertido el tronco.

Apenas tuvo tiempo de terminar la frase cuando el sonido bronco de un motor desvió su atención hacia la carretera que llegaba de Orbaizeta. Era un camión. En su remolque portaba dos pequeñas excavadoras Kubota.

—¡No jodas que van a empezar la obra! —se alarmó Eneko.

—¿No esperarías que la muerte de la historiadora fuera a pararla? —se extrañó Leire, recordando que sus vecinos también habían mostrado la misma convicción—. El Gobierno de Navarra y la Junta del Valle de Aezkoa seguirán adelante con los trabajos. Al fin y al cabo, Saioa Goienetxe lo tenía todo redactado. Los arquitectos son ahora los que mandan.

Un segundo camión aparcó junto a las ruinas. Portaba un compresor y diversa maquinaria que la escritora no fue capaz de identificar. Sin darle tiempo a apagar el motor, apareció una furgoneta de color blanco de la que se apeó un hombre que se cubrió la calva con un gorro de lana antes de comenzar a dar órdenes. En pocos minutos, había una docena de obreros acarreando materiales entre las casetas metálicas que constituirían su hogar durante las siguientes semanas.

—Vais a estar entretenidos —se burló Leire al comprobar que los Roncal se habían acercado a hablar con los recién llegados.

Eneko soltó una carcajada forzada. En realidad aquello no le hacía ninguna gracia.

—Ya te digo. Para colmo, no se les ocurre otra cosa que venirse a vivir aquí, como si estuvieran de campamento de verano. Esto va a ser una olla a presión —apuntó poniéndose en pie sobre un segundo tronco—. Cuidado. Saltarán astillas.

—¿Quién es ese con el que hablan? —preguntó Leire señalando al joven con el que estaba hablando el matrimonio propietario de la iglesia.

—¿Ese? Iker Belabarze, el arquitecto que se ocupa de la obra —explicó haciéndole un gesto para que le alcanzara el hacha—. Ha venido unas cuantas veces. Siempre con la chica muerta y con ese otro señor de barbita blanca. Los demás son todos nuevos. Deben de ser los obreros, ¿no?

Leire sopesó el hacha. Era más pesada de lo que esperaba. Saltaba a la vista que no era nueva, pero su hoja brillaba como si lo fuera. Se imaginó a Eneko limpiándola a conciencia después de cada sesión de entrenamiento.

—Creo que iré a saludarlo —decidió entregándosela. No parecía que fuera a sacar agua clara de las conversaciones con los vecinos. Tal vez hubiera más suerte con quienes trabajaban con Saioa. Alguien que llevaba meses proyectando la obra con ella la conocería lo suficientemente bien como para que su versión sobre lo sucedido fuera un interesante punto de partida.

—Como quieras. Por mí te puedes quedar conmigo toda la mañana —dijo el aizkolari con un guiño cómplice y una incitadora sonrisa sensual—. Si necesitas algo, ya sabes dónde encontrarme.

Después se dobló por la cintura y descargó los brazos con fuerza haciendo saltar la fina corteza del tronco.

Leire estuvo tentada de quedarse a mirar. No todos los días podía verse a un aizkolari en plena faena sin las aglomeraciones que rodeaban habitualmente las exhibiciones de deporte rural. Aunque, en el fondo, no era eso lo que la retenía, sino el atractivo salvaje que desprendía Eneko. La expresión concentrada de su rostro mientras se empeñaba en descargar su fuerza con precisión matemática le resultaba irresistible. ¿Cuántos años tendría? ¿Treinta, treinta y dos? Menos que ella, eso seguro.

Reprochándose a sí misma que no estaba en Orbaizeta para eso, dio media vuelta y se encaminó hacia las ruinas. Los Roncal ya no estaban por allí. Mejor así. Buscó con la mirada al arquitecto. Daba instrucciones a unos topógrafos con sus aparatos de medición.

Tal vez no fuera el mejor momento para abordarlo, pero tenía que intentarlo.

Bip, bip.

Como siempre que sonaba su teléfono, Leire se dijo que tenía que cambiar el timbre. Hacía dos meses que tenía el nuevo terminal y aún no había encontrado el momento de buscar un tono más personal que el instalado de serie. En realidad solo se lamentaba de ello cuando lo oía sonar. En cuanto colgaba y se guardaba el aparato, lo olvidaba.

Miró la pantalla. Jaume Escudella. Hacía semanas que no sabía nada de su editor. Esperaba que no fueran malas noticias. Últimamente, cada llamada traía consigo un jarro de agua fría. Malas ventas, entrevistas canceladas, actos promocionales pospuestos...

—Hola, Jaume —saludó con un nudo en la garganta.

—¿Qué tal está mi escritora favorita? —Su tono no había dejado de ser empalagoso, a pesar de que Leire le había dejado claro una y otra vez que jamás volvería a acostarse con él. Lo del hotel de Barcelona había sido un error, que ella había llegado a considerar como el mayor de su vida. Afortunadamente, tras casi dos años de aquello, las insinuaciones del editor, tan desagradables al inicio, parecían solo un mal recuerdo.

—Al grano, Jaume —le cortó Leire sin apartar la mirada de Belabarze, que mostraba ahora unos planos a un hombre con casco blanco.

—Tengo una mala nueva. No vamos a sacarla en bolsillo. Ayer estuve reunido con el consejo y no vamos a incluirla en los lanzamientos del próximo verano. Lo siento. —Leire no necesitaba más datos para entender a qué se refería. Una vez que las novelas dejaban de ser una novedad y perdían protagonismo en los escaparates de las librerías, la editorial las publicaba en formato de bolsillo. Era algo que cada vez sucedía más deprisa, entre el sexto y el décimo mes de vida de la obra. Que la tercera entrega de la trilogía no fuera a ser publicada así solo podía ser considerada como la confirmación de su estrepitoso fracaso—. ¿Me oyes, Leire? ¿Dónde estás que hay tanto ruido?

La escritora sintió que algo se rompía en su interior. Hasta entonces todos sus libros le habían regalado grandes satisfacciones y, por más que llevara meses recibiendo una mala noticia tras otra, no lograba acostumbrarse a la nueva situación. Tal vez debiera volver a la novela romántica, como le recomendaron los pocos lectores que se acercaron a saludarla en la feria del libro de Durango. Hacía solo dos semanas de aquello y aún tenía esa espina clavada. Una cosa eran los fríos datos comerciales y otra, mucho más difícil de afrontar, la constatación de que esta vez las colas estaban ante otros autores. El público cambiaba rápidamente sus preferencias y te destronaba tan rápido como encumbraba a otros recién llegados.

—Sí, te oigo demasiado bien —reconoció la escritora esquivando una pequeña excavadora—. Estoy en Orbaizeta, un recóndito pueblo del Pirineo navarro. Ha habido un asesinato y he venido a inspirarme.

Un silencio al otro lado de la línea le indicó que Jaume digería la noticia.

—Así que te empeñas en seguir por ese camino. ¿No te animas a volver a la romántica?

Leire reparó en que el Renault Clio de Eugenio Yarzabal estaba aparcado junto a las escaleras que bajaban a las ruinas desde la plaza. No lo había visto llegar. Buscó al cura con la mirada. No le sorprendió verlo junto al arquitecto y el hombre del casco blanco, de pie ante el edificio de los antiguos hornos, una mole cúbica sostenida por arcos de medio punto que la ruina había convertido en ciegos. Les explicaba algo con gestos airados.

—No puedo escribir más romántica, Jaume. Me supera. Quiero seguir probando con la policiaca —anunció convencida—. Esta vez no pienso poner a la señorita Andersen a investigar. No, voy a ser yo misma la protagonista. Una escritora fracasada que busca su camino en un mundo complicado. Estoy deseando llevar este caso de Orbaizeta al papel. Acabo de llegar y ya estoy alucinando con el potencial que tiene este lugar perdido en el mapa.

—No puedes hacer eso. Estás hablando de periodismo, no de literatura.

—No, claro que no. Soy escritora. Ni yo me llamaré Leire Altuna ni el lugar será Orbaizeta. Ni siquiera la fábrica de armas abandonada será lo que es en realidad. Sé escribir, Jaume. Te aseguro que esta vez será un éxito —dijo buscando más animarse a sí misma que al editor.

Comenzando a bajar las escaleras hacia la fábrica, Leire reparó en los obreros. Algunos habían dejado de descargar sacos de un camión y observaban con gesto divertido al cura. Vestido con su sotana hasta los pies, clamaba indignado que se respetaran los designios de Dios. A su lado, Belabarze intentaba continuar con su trabajo, aunque su rostro mostraba una evidente incomodidad. No parecía un buen momento para abordarlo, pero tenía que hacerlo.

—¡Me encanta! Es una idea magnífica —apuntó Jaume tras pensárselo unos instantes—. El entusiasmo con el que hablas del producto se plasmará sin duda en el resultado final. Espero que cuentes conmigo para publicarlo.

A Leire le disgustaba la terminología que empleaba el editor para referirse a los libros. Para ella, su novela era su obra, su creación, casi su hijo. Él, en cambio, la banalizaba hasta convertirla en un mero producto.

No contestó. Tras terminar *La flor del deseo*, ningún contrato la unía a la empresa de Escudella. Hacía solo un año, entre presiones para que se acostara con él, solo soñaba con poder quitarse de encima a Jaume. Ahora, sin embargo, se sentía en cierto modo en deuda con el editor. Todavía no había oído de su boca un solo reproche por el fracaso de la última entrega. Tendría tiempo para pensárselo.

—Ya hablaremos, Jaume —se despidió antes de cortar la comunicación sin esperar respuesta.

Había llegado junto al arquitecto, que se giró hacia ella con gesto hastiado cuando lo saludó. Una ligera sonrisa de compromiso se dibujó en un rostro que no era especialmente agraciado, pero tampoco podía decirse que fuera feo. Delgado y alto, destacaba sobre el del casco blanco, un tipo un tanto desaliñado.

—Soy Leire Altuna. Me envía la familia de Saioa para aclarar su muerte. ¿Te importaría dedicarme unos minutos?

Las ojeras que se marcaban en el rostro del joven se hicieron más agudas.

—¿Verdad que esta obra no tiene sentido si no se restituye la iglesia? —Eugenio Yarzabal sostenía a la escritora por el brazo mientras intentaba involucrarla en sus demandas.

Iker Belabarze se giró hacia su compañero y volvió a perder la vista en el plano que sostenía entre las manos. ¿Eran lágrimas lo que asomaba a sus ojos?

—Ahora es imposible. Lo siento.

7

Lo vio vadear el río y tomar el camino hacia el bosque, aquel que seguían los vecinos cuando llevaban a pastar al ganado. Era tarde para adentrarse en la selva, y más sin conocerla. La noche llamaba a las puertas y el azul del cielo comenzaba a tornarse gris. De haber sido verano, decenas de golondrinas revolotearían sobre el pequeño barrio en un baile frenético a la caza de los insectos que abandonaban sus escondrijos con el frescor del crepúsculo. A esas alturas del año, en cambio, lo único que acompañaba los pasos del arquitecto era el graznido irritado de un cuervo.

«¿Adónde irá a estas horas?», se dijo sintiendo que se le aceleraba el pulso.

Sin pensarlo dos veces, fue tras él. La muerte de la historiadora no había sido suficiente.

Antes de llegar a las primeras hayas, Iker Belabarze, apenas un bulto negro al que difícilmente se intuían los rasgos de la cara, se giró sobre sí mismo y se llevó algo al rostro. Un destello. Luego otro, y otro más.

Estaba haciendo fotos de la fábrica. Desde donde se encontraba, a cierta altura sobre el valle, gozaba de una buena perspectiva de la explanada que ocupaban las ruinas y la aldea prefabricada que se había adueñado de los pastos al otro lado del río.

Si le extrañó que alguien estuviera vadeando el cauce para seguir su mismo camino, no lo demostró, porque pasados unos instantes volvió a ponerse en marcha. La selva de Irati, tan gris y vacía desde la caída de las últimas hojas, lo devoró enseguida.

«Está subiendo al castillo», comprendió presa de una creciente excitación al ver que no pensaba detenerse.

Las ruinas de Arlekia, a las que llevaba una estrecha vereda a través del bosque, no conservaban mucho esplendor. Apenas un par de recios muros y un foso recordaban el torreón desde el que se protegía Orbaizeta y su fábrica siglos atrás. Sin embargo, su ubicación en lo alto de un contrafuerte rocoso lo convertía en un buen lugar desde el que fotografiar el valle a vista de pájaro. El precio a pagar, una caminata de casi media hora a través de lo más profundo del bosque, era poco recomendable a esas horas, cuando el día comenzaba a morir.

Durante unos momentos lo perdió de vista entre los troncos grises de las hayas, pero sabía que, tras un par de revueltas del camino, volvería a verlo. Al mirar alrededor, la tenue luz que se filtraba entre las ramas le resultó turbadora. El bosque de invierno siempre le había contagiado una profunda tristeza, pero las circunstancias de los últimos días añadían sobre sus hombros una pesada carga negativa.

La silueta del arquitecto no tardó en volver a aparecer entre los árboles. Avanzaba decidido. Conocía el camino. Seguramente lo habría recorrido en alguna otra ocasión para contemplar la fábrica desde las alturas.

De pronto, sin motivo aparente, se detuvo y miró alrededor. Parecía extrañado por algo.

«Él también siente que los árboles espían sus pasos», se dijo agazapándose tras una roca que asomaba entre la hojarasca.

A pesar de que no podía verlo, supo que la mirada de Iker Belabarze había recalado en la piedra caliza tras la que se escondía. Los segundos discurrieron lentamente. El ulular de un cárabo se oía demasiado cerca. No era un buen presagio. Aquellas aves nunca anunciaban nada bueno, lo mismo que los cuervos.

El sonido de las pisadas del arquitecto en la hojarasca delató que reanudaba la marcha. Esperó un minuto antes de abandonar su escondrijo y, solo cuando se aseguró de que los pasos se alejaban, volvió a ir tras él.

El fuerte giro a la izquierda que trazaba la senda para enfilar los últimos metros hasta el castillo no tardó en aparecer. La oscuridad, que comenzaba a ganar terreno al día, se convirtió en su mejor aliada ante aquel tramo del ascenso que discurría entre hayas más jóvenes, de troncos finos y enmarañados, incapaces de ocultar a una persona. Le sorprendió que algunos de aquellos árboles aún conservaran las hojas, pequeños doblones dorados que caerían a la primera racha de viento. En el cielo, Venus brillaba con fuerza, destacando con su luz plateada sobre el tono azul pálido que precede a la noche.

Un repentino silencio le heló la sangre. El cárabo se había callado. La selva de Irati estaba expectante, contenía el aliento. Lo liberó de pronto en forma de un viento glacial que hizo crepitar la hojarasca del suelo. Las hojas cayeron, una lluvia de oro como el tesoro que, según las leyendas del valle, escondían los muros del castillo de Arlekia.

«No debería estar aquí. El bosque está vivo. No hay que entrar en él a estas horas», se dijo debatiéndose entre dar o no la vuelta.

Sin embargo, Iker Belabarze seguía allí. No parecía asustado. Sus pasos dejaron de resonar entre las hojas secas. Había llegado a las ruinas. Lo vio avanzar tambaleante sobre las piedras sueltas que formaban el muro y colocarse al borde del precipicio, en el lugar desde el que la panorámica era más completa.

Una nueva ráfaga de viento, esta vez más fuerte que la anterior, barrió la selva, formando ruidosos remolinos entre la hojarasca. Un ratoncillo asustado corrió ágil hasta su madriguera. El corazón le latía con tanta fuerza que temió que el arquitecto pudiera oírlo. No lo hizo; estaba tan entretenido mirando la pantalla de la cámara que no vio como se le acercaba por detrás y se agachaba para coger una piedra con las dos manos. Era casi blanca, rugosa y cubierta de líquenes en la parte donde había estado apoyada sobre otra de las muchas que formaban el viejo muro.

Se acercó tanto a él que llegó a reconocer la fábrica en el visor digital de la cámara de fotos. El flash delató el disparo mientras un silencio sepulcral volvía a adueñarse de todo. Alzó la piedra y tensó los brazos mientras respiraba hondo. Al hacerlo, no pudo evitar un sentimiento de pánico; la oscuridad era ya casi absoluta y tendría que regresar a través de un bosque en el que no era prudente andar de noche.

El instante que pasó desde que comenzó a bajar los brazos con fuerza hasta que oyó el crujido de su cráneo discurrió tan lentamente que alcanzó a oír un sollozo. Ajeno a la muerte que se cernía sobre él en forma de piedra cargada de historia, el arquitecto estaba llorando. Contemplaba la Real Fábrica de Armas y lloraba.

El sonido del hueso al romperse no le resultó desagradable. Tampoco el lamento ahogado que brotó de la boca del joven mientras se desplomaba para precipitarse al vacío.

Un golpe sordo indicó que el cuerpo había llegado abajo.

Solo entonces, el cárabo volvió a ulular. Lo vio alzar el vuelo desde el muro más alto del castillo para alejarse hacia el corazón de la selva y sintió miedo. Tanto que a punto estuvo de sentarse a llorar impotente mientras contemplaba su lento aleteo.

8

Leire miró el reloj por segunda vez en un minuto. Estaban a punto de dar las ocho y media de la tarde. El retraso comenzaba a ser demasiado abultado como para que ni siquiera llamara para avisar de que llegaría tarde. Tal vez hubiera olvidado la cita, aunque lo había visto muy afectado cuando le habló de las sospechas de la familia sobre la muerte de Saioa. No, no podía haberse olvidado. Probablemente los preparativos para el primer día de la obra se hubieran alargado más de lo previsto. No debía de ser fácil poner en marcha la rehabilitación de semejante fábrica abandonada, y menos cuando su compañera en la dirección del proyecto había sido hallada muerta apenas tres días antes.

—¿Qué pasa, Txema? —saludó alguien abriendo la puerta.

La escritora apartó por un momento la vista del fuego y se giró hacia el recién llegado. No era el arquitecto, solo un vecino del pueblo. Sus botas de agua embarradas delataban que venía de recoger al ganado en el corral ante la llegada de la noche.

—¡Míralo, el resucitado! —se mofó el tabernero sirviéndole un generoso vaso de vino tinto.

—Tres días en cama. ¡Tres! —protestó el otro echando un euro sobre la barra—. En la vida me había cogido una gripe semejante.

—¡Ya será menos! —replicó con expresión avinagrada otro cliente que sostenía un palillo entre los labios—. Lo que pasa es que nos estamos haciendo viejos y cualquier catarro pretende llevarnos al hoyo.

—Habla por ti —protestó el de las botas embarradas—. Aquí el único jubilado eres tú. A mí todavía me faltan tres años.

—Para la mierda de pensión que me quedará, yo estaré condenado a estar detrás de esta barra hasta que me muera —comentó el propietario pasando una bayeta por la cafetera.

—Eso es porque has pagado pocos impuestos —le dijo el del palillo.

Leire volvió la vista hacia el fuego que crepitaba en la chimenea. Aquellas conversaciones le recordaban las de la Bodeguilla de Pasaia. Ahora el de la barra diría que él ya pagaba suficiente, que eran todos unos mangantes, y acabarían hablando de la corrupción de los políticos. Daba igual donde fuera, las charlas de taberna eran así en todas partes. Unos y otros serían buenos gobernantes, valientes aventureros, deportistas imbatibles y los mejores amantes, pero preferían quedarse allí, acodados en la barra arreglando el mundo con sus palabras.

Con la llegada de un nuevo parroquiano, el griterío en el hostal Irati comenzó a hacerse insoportable. Aquellos hombres discutían como si no hubiera un mañana. Tanto daba la política, el fútbol o los impuestos. Cualquier tema era bueno para enzarzarse en discusiones vanas.

Con tanto ruido, apenas oyó la campanilla que anunciaba que su móvil acababa de recibir un wasap. Metió la mano en el bolso y se fijó en la pantalla.

¿Qué tal por ahí? Hoy he salido a navegar. Te echo de menos. ¡Qué ganas de volver a la cala del Molino!

A pesar de que Iñaki no podía verla, Leire se ruborizó al recordar aquel día. Fue el primero que hicieron el amor. Habían navegado hasta allí en una de las embarcaciones que construían, con sus propias manos, en el astillero artesanal Ondartxo. Era un día de cielo azul y mar calmo, ideal para navegar a pesar de que se echaba en falta un poco más de viento que evitara tener que remar. Al llegar a la diminuta playa, la más recóndita de los acantilados de Jaizkibel, desembarcaron y se tumbaron en la arena. Sus ropas se desprendieron de sus cuerpos con una agilidad que no sorprendió a ninguno de los dos. Durante horas, tendidos en la arena primero y dentro del agua gélida de diciembre después, disfrutaron de sus cuerpos con la excitación que despierta lo prohibido. En cualquier momento, algún excursionista podía haber pasado por allí, o algún piragüista podía haber entrado en aquel magnífico puerto natural para hacer un alto en su singladura. Sin embargo, nadie pasó, o si lo hizo nunca lo supieron.

«Cuando vuelva tenemos que repetirlo», tecleó Leire. Sabía que no lo harían. Algo así solo podía salir bien si era improvisado, como aquella vez. Ahora, además, no sería lo mismo. Seguía deseando a Iñaki. Tanto como el primer día. Su cuerpo fibroso, su mirada intensa y sus movimientos expertos eran lo mejor que jamás le hubiera pasado. Aun así, ya no era necesario esconderse en calas secretas para disfrutar del sexo juntos. Aunque él seguía viviendo en su casa en el barrio donostiarra de Gros, cenaba a menudo con ella en el faro de la Plata. Y nunca faltaba el postre.

Alguna vez Iñaki había sugerido dar el paso de vivir juntos, pero Leire no quería oír hablar de ello. Hacía demasiado poco tiempo que se había separado de Xabier y necesitaba libertad después de once años atada a un mismo hombre. No se sentía preparada; aún no.

Un nuevo cliente abrió la puerta y los demás lo recibieron con algarabía. La escritora se llevó la mano al cabello. A pesar de que estaba sentada frente al fuego, la corriente de aire que se formaba cada vez que alguien entraba le hacía estremecerse de frío.

«Debería haberme traído un secador», se dijo comprobando que todavía lo tenía mojado.

Había regresado del barrio de la Fábrica a media tarde, tan destemplada por las horas pasadas a la intemperie que se había metido en la bañera con el agua bien caliente. No contaba con que el hostal no dispusiera de secadores de pelo, de modo que ahora tenía aún más frío. Menos mal que ya no saldría del bar, pues era allí mismo donde se veía con el arquitecto. El joven, al que no calculaba más de treinta años, había accedido a hablar con ella en el Irati. Al fin y al cabo, también él dormía en sus sencillas habitaciones. Quienes trabajarían en la obra durante las siguientes semanas vivirían en el poblado provisional que habían instalado junto a las ruinas, pero el arquitecto solo visitaría el lugar una vez a la semana, por lo que prefería hospedarse en el propio pueblo. Leire dedujo que era una forma de mantener las distancias con quienes ejecutaban sus órdenes sobre el terreno.

—Esta noche helará —anunció el recién llegado quitándose unos guantes de cuero—. Estamos a cinco grados ahí fuera.

—¿Qué esperas en esta época? —comentó el tabernero.

La escritora bostezó. Estaba cansada. Miró la hora. Iker Belabarze se había olvidado de su cita. No podía culparle. Seguro que los preparativos para comenzar la obra se estaban dilatando más de lo previsto.

—¿Es verdad que has venido a investigar lo de la chica esa? —le preguntó el que acababa de llegar.

Leire no contestó.

—Están todos locos por ahí arriba —indicó el tabernero—. Siguen empeñados en que no quieren que se lleve a cabo la obra. Si es la mejor garantía de futuro para el valle. ¿Qué pretenden, que nuestros hijos tengan que emigrar?

—¡Tampoco exageres! —espetó el que había estado enfermo—. Ni que unas ruinas vayan a convertir el valle en el Benidorm de Irati. Seguirán viniendo cuatro gatos.

—No tienes ni idea. Si hubieras venido a las reuniones con el alcalde, sabrías de qué hablas —insistió el dueño sirviendo un vino—. Cuando terminen de afianzar la fábrica, empezarán la segunda fase: piscina, senderos señalizados y hasta un centro de esquí nórdico.

—Lo que necesitamos aquí es una escuela y un ambulatorio en condiciones —añadió otro desde la mesa donde jugaba al solitario—. Malditos políticos. El problema es que los votos de todo el Pirineo navarro no suman ni los de un barrio pequeño de Pamplona. Por eso les da igual tenernos descuidados.

—Razón no te falta, José Mari. Al menos, lo de la fábrica es un primer paso —puntualizó el tabernero.

—Pinta mal lo del Osasuna en Las Palmas —interrumpió el del palillo mirando el televisor que colgaba de una pared.

—¿Cuándo es? ¿El domingo? —preguntó el que jugaba a las cartas.

—Sí. De buena gana me iría yo a Canarias a ver el partido.

—¿A Canarias? Deja, deja. Yo me quedo en mi bar. A mí nada se me ha perdido entre guiris rojos como cangrejos.

Leire bostezó de nuevo antes de ponerse en pie. Había tenido suficiente. Hablaría con el arquitecto al día siguiente. Sin despedirse, abrió la puerta y subió por las escaleras. El silencio que se hizo en el bar le indicó que todas las miradas estaban fijas en ella. Tanto daba. Solo ansiaba llegar a su habitación y dejarse caer en la cama.

Una noche de otoño de 1958

—Ten mucho cuidado, hijo. —Las lágrimas formaban brillantes regueros en el rostro de Maritxu—. No te separes de tu padre para nada. ¿Me oyes? —insistió agachada junto a Tomás—. Allí arriba los disparos son de verdad, no es ningún juego.

El niño se zafó de ella, incómodo. A pesar de que se moría de sueño, estaba deseando ponerse en marcha cuanto antes. Ya era mayor, no podía permitirse perder el tiempo en abrazos ni en despedidas.

—¿Estás listo? —preguntó Manuel metiendo en un zurrón algo de queso, cecina y un puñado de nueces—. Es la hora.

El reloj de péndulo del comedor, el único que había en la casa, marcaba las once de la noche.

—*Agur, ama* —murmuró el niño siguiendo a su padre, que abrió la puerta de la calle con suavidad para no hacer ruido.

Como era habitual en el hogar de cualquier contrabandista, los goznes estaban tan embadurnados de grasa que no emitieron quejido alguno. Manuel se había asegurado de comprobarlo esa misma tarde.

El gélido ambiente del exterior los recibió en la estirada plaza que se abría ante los edificios, construidos originalmente para los operarios de la fábrica de armas. Hacía tantos años que estaba abandonada que ni siquiera los más viejos la recordaban en funcionamiento. Era en ella, sin embargo, en un sencillo almacén de carbón que los vecinos habían expoliado hasta no dejar una sola esquirla de combustible, donde tendría lugar la transacción.

La niebla, que brotaba del río Legarza y se aferraba a las fantasmales construcciones arruinadas, hizo estremecerse a Tomás. De no haber conocido tan bien el lugar por el que se movían, escenario de sus juegos durante el día, habría sido incapaz de saberse orientar. La luna se había escondido ya y ni siquiera las estrellas, ocultas tras la cortina de bruma, eran capaces de brindar una ínfima cantidad de luz a aquella noche tan negra.

—¿Por qué no llevamos un candil? —le preguntó en susurros a su padre.

Manuel le apretó el hombro con fuerza para que se callara.

—¿Crees que elegimos las noches oscuras por capricho? —Su respuesta fue casi un siseo—. Qué más quisiera la Guardia Civil que anduviéramos con linternas que nos delataran.

La escalera que bajaba desde la plaza hasta las ruinas estaba prácticamente devorada por la maleza, pero Manuel no bajó el ritmo. Eso no era nada con lo que les esperaba arriba, en los collados donde intercambiarían la mercancía con los franceses.

—*Gabon* —los saludó Vicente entregándoles dos fardos y ayudando al niño a atarse el suyo a modo de mochila.

—No pesa —celebró Tomás dando un par de brincos para demostrar que el paquete no le impedía moverse con agilidad.

—Espera a coger el que te den los franceses —se burló Vicente—. Ahora no lleváis más que unas cuantas sotanas. Los curas gabachos prefieren las de este lado.

—¿Qué sabes de los guardias? —preguntó Manuel ajustándose el *kopetako*, la ancha cinta de cuero con la que sujetaba el paquete a su frente.

Vicente, cuya silueta apenas llegaba a intuirse entre aquellas cuatro paredes desprovistas de techo, tosió broncamente antes de responder. El rumor del río, que discurría junto al edificio arruinado, les permitía hablar sin miedo a ser oídos desde la distancia.

—Ayer tuvieron celebración. Llegaron dos nuevos y se fueron para Madrid el cabo Blanco y García, aquel malparido que se cargó a Miguel. Hoy solo andarán por ahí Vinualles y Zubiri. Pensaban vigilar el paso de Organbide, no les vi ganas de complicarse demasiado —explicó dando un par de suaves palmadas en la cabeza de Tomás—. Muchacho, ten mucho cuidado. Esto no es un juego.

El niño se revolvió incómodo. Él ya era mayor. ¿Por qué se empeñaban en tratarlo como a un crío? Les demostraría a todos que no había contrabandista más valiente que él.

—Al menos, no tendrá que vérselas con el cabrón de García —celebró su padre—. ¿A quién se le ocurre disparar a bocajarro a un hombre que lo único que hacía era llevar un paquete de puntillas para poder alimentar a su familia? ¡Qué hijo de...!

—Venga, marchad cuanto antes. Sois los últimos. Los demás hace ya un buen rato que han salido —les apremió Vicente empujándolos hacia la salida. Era habitual que la cuadrilla de pasadores, compuesta según la mercancía esperada por entre tres y ocho vecinos del pueblo, no hiciera el recorrido unida. Así, en caso de un encuentro con la Guardia Civil, resultaba improbable que se incautaran de toda la carga.

Las sombras los devoraron rápidamente. Solo cuando ganaron algo de altura y entraron al bosque dejaron atrás la niebla. Las estrellas se dejaron ver entre las ramas y dibujaron con su tenue luz las inquietantes formas de la selva de Irati.

—¿Cómo sabe tanto de los guardias? —Quiso saber Tomás al cabo de unos minutos.

Su padre soltó una risita.

—Es un bribón. Nuestro Vicente juega desde hace años al mus con ellos. Se va con su mula al bar de Orbaizeta y se pasa la tarde compartiendo mesa con el teniente Santoyo y algunos de sus hombres.

—¿Y no saben que se dedica a esto? —inquirió el niño.

—O sí, vete a tú a saber. Hay quien paga a los guardias para que hagan la vista gorda.

Tomás no entendía nada.

—Pero la Guardia Civil se dedica a perseguirnos. ¿Por qué les íbamos a pagar?

Manuel suspiró como única respuesta.

—¿Tú crees que Vicente les paga? —insistió Tomás.

—¡Calla! —le reprendió su padre—. ¿Qué quieres, que nos descubran? Un buen contrabandista debe caminar en silencio.

Y así, con la cabeza hecha un torbellino de preguntas sin respuesta, y a través de senderos secundarios donde la hojarasca se convertía en un ruidoso enemigo, discurrieron las dos horas que los separaban de la cueva de Harpea.

Las fauces de la gruta se veían impresionantes a la luz de las estrellas. Un arroyo susurraba entre los pastos desnudos de árboles que brindaran su protección. Caminar por hierba era más silencioso que hacerlo sobre las hojas caídas de las hayas, pero Tomás no necesitaba ser un contrabandista experimentado para saber que el bosque era más seguro. En las praderas herbosas que cubrían las zonas más altas de la montaña, el más mínimo movimiento podía ser visto por los guardias. Por eso elegían las noches sin luna, o aquellas de lluvia y mal tiempo, para pasar la mercancía. A nadie en su sano juicio se le ocurriría caminar por campas como aquellas bajo la luz plateada de la luna llena.

—No parece que haya nadie a la vista. Los guardias estarán en el paso de Organbide; ya lo decía Vicente —apuntó su padre. Contemplaba agazapado tras una roca la vaguada a la que se abría la cueva.

Tomás observó las bordas de pastores que se levantaban junto a ella. Hacía semanas que el ganado estaba abajo, en el valle. Algunos amigos suyos, no mucho mayores que él, pasaban el verano en los altos pastos, cuidando de las ovejas. Con la llegada del frío, volvían al valle y a la escuela, y siempre tenían más aventuras que contar que los que se quedaban todo el año en Orbaizeta. Algunos, como Feliciano, el pelirrojo del pueblo, se habían enfrentado a lobos y hasta a algún que otro oso. O, al menos, eso decía el joven pastor. A ver quién se lo rebatía, porque los que se quedaban en casa no podían saber si era verdad o simple exageración.

Una ráfaga de aire agitó las hojas secas de los árboles que se alzaban en la majada. Algunas cayeron como una silenciosa lluvia otoñal. Eran fresnos; Tomás lo sabía. Ningún pastor dormiría en una borda junto a la que no creciera uno de aquellos árboles mágicos que protegían la morada de los rayos y de las criaturas de la noche. Él mismo contaba con un trozo de corteza sobre el cabezal de su cama. La renovaba cada año, como todos los vecinos. La víspera de San Juan, los taladores bajaban un fresno y lo plantaban en la plaza de Orbaizeta. A su alrededor se celebraban bailes y se organizaba una cucaña a la que no faltaba nadie. Después, con la hoguera que daba inicio al verano, llegaba el momento de arrancar un pedazo de corteza para llevarlo a casa como protección. La de más abajo siempre era la primera en desaparecer, de modo que Tomás tenía que aguardar con Maritxu a que alguno de los niños más mayores se encaramara al tronco y les arrojara un trozo desde arriba. El próximo año sería diferente, porque ya era mayor y sería él quien subiera con la navaja a por su propia corteza.

—Vamos —le apremió Manuel asiéndolo por el brazo y saliendo a terreno despejado.

Tomás avanzó tras él sin saber si debía agacharse o caminar erguido. Al fin y al cabo, si los guardias los descubrían y se les ocurría disparar, de poco le serviría ir agazapado. Los latidos de su corazón resonaban con tanta fuerza en sus oídos que no alcanzaba a oír el rumor del arroyo. Tras la larga travesía por la seguridad del bosque, el niño se sabía vulnerable en los pastos.

Su padre no estaba más tranquilo a pesar de las muchas noches que acarreaba a sus espaldas como pasador. Sabía que era allí, lejos del hayedo, donde se producían los peores encuentros con la Guardia Civil. Desgraciadamente, no había manera de evitarlo. El bosque quedaba atrás al llegar a los collados fronterizos, en los que la hierba constituía la única vegetación. De modo que, si se quería pasar mercancía de un lado a otro, no quedaba más remedio que salir a terreno expuesto.

El ulular de un búho sobresaltó a Tomás. El muchacho miró a un lado y a otro intentando localizar al animal, que repitió con insistencia su llamada.

—Es Antón —señaló su padre haciendo un gesto hacia la cueva, de la que no los separaban más de una veintena de metros—. Todo va bien.

El niño tuvo la sensación de que la tensión acumulada comenzaba a remitir. Saber que los demás estaban ya en el interior de Harpea y que no había nada que temer era un alivio. No pensaba admitirlo, pero tenía miedo. Al ver las siniestras fauces de la caverna en medio del silencio de aquella noche tan oscura había llegado a fantasear con que la Guardia Civil los estuviera esperando en su interior. Resopló al subir el último repecho que llevaba hasta la cueva. Le dolían los hombros. Hasta entonces no había sido consciente de ello, pero ahora comenzaba a sentir el peso de la carga. Se llevó la mano a la frente y tiró con fuerza de la banda de cuero que sostenía gran parte del peso del paquete. Sus hombros se lo agradecieron.

—*Gabon*, Manuel. ¿Qué tal tu chico? —saludó una voz que Tomás reconoció como la de Antón—. Todavía no han llegado los gabachos.

—Mejor —contestó su padre entrando a la cueva—. Así podremos descansar un poco. Seguro que Tomás lo agradecerá.

—Yo no estoy cansado —mintió el niño mientras alguien le ayudaba a descargar el fardo que llevaba a la espalda.

—Pasad. Yo me quedo aquí de guardia —anunció Antón sentándose en la boca de la gruta. Al hacerlo, su silueta se dibujó contra una bóveda celeste donde brillaban con fuerza tantas estrellas que, vista desde la cavidad, parecía más blanca que negra—. Los demás están al fondo.

Manuel tomó a su hijo por el hombro y lo guio hacia el interior de la cueva. Parecía imposible orientarse en medio de una oscuridad tan absoluta, pero en apenas seis o siete pasos llegaron a un recodo donde se intuía algo de luz. Aunque al principio era muy tenue, a medida que avanzaban, las paredes irregulares se fueron dibujando y varios hombres quedaron a la vista.

—¡Ya estamos todos! —celebró Aranzadi. Se llamaba Juan Mari, aunque todos lo conocían por su apellido. Rondaba la mayoría de edad y no tardaría en ser llamado a filas. Tal vez para adelantarse, llevaba el cabello tan corto que parecía calvo. La txapela con la que se lo cubría habitualmente descansaba sobre sus piernas cruzadas—. Solo faltan los franceses. Esos cabrones nos hacen esperar últimamente.

Junto a él, sentados con la espalda apoyada en la pared del fondo de la cueva, había otros tres hombres. Mejor dicho, dos hombres y un muchacho, porque Serafín apenas tenía un par de años más que Tomás. La oscilante luz de la vela dejaba entrever el incipiente bigote que el adolescente lucía con orgullo.

—¿Qué haces tú aquí? —le espetó a Tomás en cuanto lo vio—. Si no eres más que un crío.

Aranzadi se rio.

—¡Pues anda que eres tú muy mayor! —se burló.

—Bueno, no empecemos —intervino el más viejo. Tomás apenas lo conocía de vista. Vivía, según creía recordar, en una casa de madera cercana al pantano y solo se dejaba ver por el pueblo los domingos, cuando bajaba al baile.

Serafín le lanzó una mirada desafiante a Aranzadi con sus ojillos desconfiados, mientras hurgaba en un bolsillo en busca de un pedazo de cecina reseca. Hacía años que no aparecía por la escuela. La vida había sido injusta con él. Su padre los abandonó cuando el muchacho solo tenía seis años y su madre no se bastaba para sacar la casa adelante. La mujer se ganaba la vida como buenamente era capaz; limpiaba la iglesia, ayudaba a los vecinos en la huerta, criaba tantos corderos como podía... No era suficiente. Serafín no pudo seguir con sus estudios y tuvo que crecer deprisa. A sus doce años, el contrabando se había convertido en el principal sustento de su hogar. Su madre estaba orgullosa de él.

—Y los gabachos, ¿qué andan? —inquirió Manuel sentándose junto a los otros y lanzándole a su hijo un pedazo de queso rancio.

La única respuesta que obtuvo fue un gruñido del más viejo y un gesto resignado de Aranzadi. La llama de la vela comenzó a menguar. La cera acumulada en la base delataba que llevaba un buen rato encendida. Los franceses acumulaban un buen retraso.

Uno a uno, los contrabandistas fueron cerrando los ojos. El primero no tardó ni un minuto en empezar a roncar. Poco después se sumó otro, aunque su ronquido era más bien un divertido silbido.

Tomás no daba crédito a lo que veía. ¿Cómo podían dormirse en esa situación? Con lo nervioso que estaba él, lo último que se le ocurriría sería dormirse. Intentó cruzar una mirada cómplice con Serafín, el único que mantenía los ojos abiertos, pero la respuesta del muchacho fue un gesto de desdén antes de cerrar también los párpados. La candela tampoco estaba dispuesta a aguantar más tiempo. Con un leve chisporroteo, la llama se apagó y la gruta quedó sumida en la oscuridad.

El nerviosismo fue cediendo el testigo al temor. ¿Y si los del otro lado no aparecían? ¿Y si los franceses habían sido víctimas de una emboscada de los guardias? ¿Y si los encontraban también a ellos y los mataban en aquel lugar sin escapatoria posible?

«No, la Guardia Civil no mata a los contrabandistas —intentó calmarse—. Solo a Miguel, pero aquello fue un error. Aquel guardia estaba loco, pero ya no está por aquí».

Cerró los ojos en un intento por dormirse, pero solo consiguió ponerse más nervioso. Tal vez su madre tuviera razón y fuera demasiado joven para el trabajo de noche. Tal vez.

¿Y si Antón también se quedaba dormido? Eso sí que podría ser un problema, pues los guardias podrían llegar sin que los viera. Decidió acercarse a la boca de la cueva para hacerle compañía. Sí, eso parecía una buena idea.

Apenas se había puesto en pie cuando un sonido reverberó en la gruta. Lo reconoció de inmediato, pero no pudo evitar dar un respingo.

Era el ulular de un búho.

—Ya están aquí —oyó a Aranzadi.

—¡Qué cabrones! Ahora que empezaba a dormirme —protestó Manuel.

En cuestión de segundos, la cueva de Harpea bullía de actividad. En cuanto los del otro lado de la muga pusieran un pie en ella, los fardos cambiarían de espalda y comenzaría el retorno al valle. Era, y todos lo sabían, el trayecto más complicado. La Guardia Civil esperaba a que tuvieran la mercancía para poder darles el alto. De lo contrario, no había gran cosa que incautar.

—Hoy va a salir bien —murmuró Antón apoyando la mano en la espalda de Tomás, que contemplaba inquieto las siluetas cargadas de paquetes que se acercaban a través de los pastizales—. Si esos cabrones están en Organbide, el regreso a casa será coser y cantar.

—¿Seguro? —preguntó el niño poco convencido.

—Confía en mí. Te lo dice un viejo que lleva demasiados años subiendo a la muga.

Como si quisiera imprimir fuerza a sus palabras, un búho, o quizá fuera uno de los franceses, ululó en la distancia, rompiendo el tenso silencio de aquella fría noche sin luna.

9

Sábado, 20 de diciembre de 2014

El cadáver del arquitecto apareció en cuanto las primeras luces del alba dibujaron el contorno de la selva. Fueron otras ruinas, esta vez las del castillo de Arlekia, las que lo vieron morir. Su cuerpo apareció empalado de forma grotesca en la rama desnuda de un árbol y sus ojos aún brillaban con la angustia del que sabe que su tiempo se ha agotado. El gesto desencajado de su boca delataba que había muerto aullando de dolor.

—Es raro que nadie lo oyera desde la fábrica —apuntó el inspector Eceiza girándose hacia el subinspector Romero, que se mantenía a una cauta distancia del precipicio. Hacía apenas unos minutos que habían llegado de Pamplona. Una llamada a la comisaría alertaba al alba de la desaparición de Iker Belabarze. Solo unos minutos después, el teléfono volvía a sonar. Dos obreros lo habían encontrado.

El castillo, del que apenas quedaba un foso y dos empalizadas, se alzaba sobre un risco que dominaba el valle en el que se encontraban las ruinas de la vieja factoría. Desde allí arriba, las casas parecían de cartón y la fábrica de armas un laberinto de muros perfectamente trazados por un magistral creador de maquetas. El humo, que brotaba de algunas chimeneas y flotaba a media altura formando bancos de una falsa niebla azulada, se ocupaba de dar un toque real a la escena.

—¿Cómo crees que ocurrió? —preguntó Romero mientras su superior tomaba fotografías del cadáver desde todos los ángulos posibles. No eran muchos.

Eceiza apartó el ojo del objetivo y contempló extrañado a su compañero. A veces le sorprendía con ese tipo de preguntas cuando todo parecía evidente. ¿Es que no era capaz de verlo por sí mismo? Tal vez por eso, a sus cincuenta y dos años no había llegado a inspector, mientras que Eceiza, con once menos, ya lo había conseguido.

—Creo que está bastante claro, ¿no? —replicó con la mirada fija en Romero. Las grandes y anticuadas gafas doradas del subinspector destacaban en su cara redonda y bien afeitada. El uniforme le caía sin gracia desde los hombros, formando unas arrugas en el pecho que se diluían al llegar al abdomen, la única parte del cuerpo a la que la ropa quedaba ceñida—. Subió aquí arriba y se arrojó al vacío. Si no llega a estar ahí esa rama, se habría estampado contra el suelo, pero el árbol se interpuso en su camino hacia la muerte. —De no haber sido porque tres días antes Saioa Goienetxe se había quitado la vida en la fábrica, valoraría la posibilidad de un accidente, pero el inspector la había descartado. Aquello solo podía ser un nuevo suicidio.

—Tuvo que ser muy doloroso —señaló Romero mirando con una mueca de desagrado el torso atravesado por la rama—. Empalado por la propia fuerza de la caída. ¿Cuántos metros habrá? ¿Diez?

Igor Eceiza ladeó la cabeza pensativo. Era un gesto que le gustaba hacer cuando tenía público, especialmente desde que su mujer le dijo que le daba un aire interesante. En realidad era en lo único en que le hacía caso, porque ella le insistía una y otra vez en que se dejara el pelo alborotado, en lugar de llevarlo siempre peinado con la raya en un lado. Estaba convencido de que así parecía más respetable.

—No creo. Ocho a lo sumo. De no haberse cruzado la rama en su camino, podría haberse salvado. La hojarasca habría amortiguado el golpe. —Poniéndose las manos a ambos lados de la boca, alzó la voz—. Campos, Garikano, ¿cómo va por ahí abajo? ¿Encontráis algo?

La respuesta tardó unos segundos en llegar.

—Nada, jefe. Mucha sangre y unas gafas rotas que debían de ser del muerto. Con el impacto habrán salido despedidas. ¿Lo dejamos? —Eceiza reconoció la voz infantil de Garikano. ¿Cómo podía contrastar tanto con su físico? Tenía treinta y cuatro años, era el más alto de todos y llevaba siempre una barba corta pero desaliñada. Su mujer, que lo conoció en una cena con parejas, estaba convencida de que se la dejaba para resaltar la hombría que la voz le negaba.

El inspector miró a su alrededor. La selva de Irati lo envolvía todo con un manto vegetal. A esas alturas del año, más que hermoso, resultaba siniestro. Los troncos gris plata de los árboles crecían hacia el cielo para bifurcarse en un sinfín de ramas finas tan desnudas de hojas que parecían garras afiladas que quisieran aferrar las nubes. A veces lo conseguían; aquí y allá, pequeños bancos de niebla se resistían a desaparecer, bailando entre las hayas a pesar de que hacía dos horas que había amanecido. No lograba explicarse por qué había elegido el arquitecto aquel lugar apartado de todo para quitarse la vida. Tampoco sabía qué era lo que había movido a Saioa Goienetxe a hacerlo cuatro días antes y a apenas un kilómetro de distancia. Era evidente que ambos casos estaban conectados; las dos muertes tenían que responder a un mismo patrón. Al fin y al cabo, ambos dirigían la obra de la fábrica. No podía tratarse de una casualidad.

«Las ruinas están malditas. —Con un escalofrío, recordó las palabras de los vecinos. Las repetían hasta la saciedad—. Malditas. Hay que dejarlas tranquilas».

No le gustaba aquello, pero no creía en supersticiones. La explicación del doble suicidio tenía que ser más racional. Interrogaría a los compañeros de los dos fallecidos. Tal vez ellos tuvieran algo que decir.

—Jefe, ¿podemos subir? —insistió Garikano—. Aquí no hay nada. ¡Espera, una cámara de fotos!

Eceiza celebró el hallazgo.

—Habrá que revisar las imágenes. Tal vez nos den una pista —anunció satisfecho.

Después volvió a recorrer el bosque con la vista. Desde aquel otero privilegiado, el baile de las últimas nieblas resultaba tan hermoso como inquietante. Sin saber muy bien por qué, tuvo una sensación extraña. De pronto le pareció que aquella enorme masa forestal tenía alma. Fueron apenas unos instantes, pero sintió que conectaba con ella, como si de alguna forma primitiva el bosque lamentara, o quizá celebrara, el sacrificio de aquellas dos vidas.

Sacudiéndose de encima esa sensación, se asomó al precipicio para contemplar por última vez el cadáver. El rojo de los uniformes de sus compañeros se movía abajo, entre las ramas.

—Subid si queréis, pero tendréis que quedaros aquí hasta que llegue el juez —anunció antes de girarse hacia Romero—. Nosotros bajaremos a la obra. Quiero hablar con los compañeros del arquitecto. A ver si sacamos algo en claro.

10

Leire no podía creer lo que estaba oyendo. Si era realmente así, todo empezaba a tener una lógica y ella por fin tendría un sospechoso.

—¿Está seguro? —le insistió al aparejador de la obra, un hombre que rondaba los sesenta años, de barba blanca y pelo canoso.

—Más seguro no se puede estar. Hasta ahora he guardado silencio, pero esto me huele muy mal. Si puedo ser de ayuda, me gustaría serlo.

Estaban sentados en la oficina de dirección de la obra, que ocupaba un extremo de la pequeña ciudad de casetas metálicas dispuesta para alojar a los obreros mientras durara la rehabilitación. Una estufa incandescente funcionaba a toda potencia, caldeando a duras penas el ambiente gélido de las primeras horas de la mañana. En el exterior, la escarcha cubría aún la hierba, pero el cielo azul anticipaba un bonito día despejado. Los obreros deambulaban por los alrededores, desorientados y charlando en pequeños grupos, igual que los vecinos. El hallazgo del cadáver de Iker Belabarze en el castillo de Arlekia había caído como un jarro de agua fría sobre todos ellos. Dos muertes en menos de una semana era demasiado. Una desagradable sensación de temor se había instalado en la Fábrica de

Orbaizeta desde que la Policía Foral acordonara el acceso al bosque para impedir que los curiosos subieran a las ruinas de Arlekia.

No obstante, Leire creía que empezaba a dar con una pista consistente. Ane Cestero iba a respirar aliviada cuando supiera que la teoría del suicidio comenzaba a hacer aguas. Si todo iba bien, el asesino de su prima estaría entre rejas en solo unas horas.

—¿Se lo contó alguno de los dos? ¿Los vio usted? —Leire necesitaba saber por qué estaba tan seguro.

El aparejador sonrió con un deje de nostalgia.

—Durante la redacción del proyecto, los tres viajamos aquí en varias ocasiones —comenzó a explicar estudiándose detenidamente las manos—. Era necesario ver las ruinas, medirlas...

—¿Los tres? —lo interrumpió Leire—. ¿Saioa, Iker y usted?

—Nos quedábamos en el hostal que hay más abajo. En el mismo que duerme usted, creo —continuó el aparejador. Seguía sin apartar la vista de sus manos. La escritora comprendió que tenía lágrimas en los ojos y no quería que lo viera—. Cada uno en una habitación. Sin embargo, en los dos últimos viajes ellos durmieron juntos. —Hizo una larga pausa que Leire aprovechó para mirar por la ventana y ver que dos hombres uniformados se dirigían hacia la oficina. Reconoció al inspector Eceiza y a su compañero Romero—. A pesar de que cada uno de nosotros tenía su propia habitación, cuando nos retirábamos a dormir, oía perfectamente como se abrían puertas y ellos se juntaban en una. Dormir es un decir. En el hostal Irati se oye todo, ya se habrá dado cuenta.

Leire asintió mecánicamente.

—¿Está seguro de que eran ellos? —volvió a preguntar mientras el inspector abría la puerta.

El aparejador alzó una mirada llorosa que no ocultaba su indignación.

—¿Otra vez? —inquirió con rabia—. Éramos los únicos huéspedes.

Igor Eceiza se detuvo en seco sin soltar la manilla de la puerta.

—Hay novedades importantes —anunció Leire poniéndose en pie.

El inspector la fulminó con la mirada.

—Aquí los interrogatorios los hago yo —dijo señalándose el emblema de la Policía Foral que llevaba cosido en la chaqueta—. Una cosa es que te permita estar aquí por respeto a mis compañeros de la Ertzaintza, que así me lo han pedido, y otra muy diferente que te tomes la licencia de interrogar a los testigos. ¿Me entiendes?

Leire se mordió la lengua para no desairarle.

—Solo era una charla, nada de interrogatorios. ¿Verdad? —se defendió con la mirada fija en el aparejador, que se limitó a asentir con expresión ausente.

—Pues nada de charlas —zanjó el policía—. Ni interrogatorios, ni charlas. Lo que quieras saber, me lo preguntas a mí. Para algo soy el inspector al cargo de la investigación. ¿Lo entiendes o no?

Leire asintió sin ganas antes de resumirle la conversación mantenida con el compañero de los dos fallecidos.

—Así que estamos ante un suicidio pasional —apuntó Eceiza pensativo—. O bien habían quedado de acuerdo en hacerlo, o bien él se quitó la vida al no poder aguantar la muerte de ella. Lo que habría que averiguar es cuál es el motivo que les ha empujado a hacerlo.

La escritora carraspeó incómoda al ver que el agente Romero se limitaba a mover afirmativamente la cabeza. ¿Es que nadie iba a plantearse la tesis de un posible asesinato?

—Inspector —murmuró alzando un dedo como quien pide la palabra—. Saioa Goienetxe tenía pareja. Hacía tres años que salía con un chico de Berastegi, en Gipuzkoa. Habían empezado a construirse una casa allí. Iker Belabarze solo era su amante.

El policía guardó silencio mientras arrugaba los labios y los movía a uno y otro lado, visiblemente disgustado.

—Habrá que saber dónde ha estado ese tío en los últimos días —dijo por fin—. Un novio cornudo puede ser capaz de muchas cosas. No podemos descartarlo. Lamentablemente, en Berastegi no podemos meternos. No es nuestra jurisdicción. Tendrá que ser la Ertzaintza quien se ocupe de interrogarlo.

—Por el tono en el que pronunció las últimas palabras, Leire supo que era eso lo que tanto le incomodaba.

—¿Puedo irme? —inquirió el aparejador haciendo amago de ponerse en pie.

—No. —Eceiza fue tajante—. Quiero hacerle algunas preguntas. ¿Desde cuándo conocía a Iker Belabarze?

Leire dio un paso atrás hacia una esquina. Temía que el inspector la obligara a salir de allí antes de comenzar el interrogatorio, de modo que lo último que quería era llamar la atención. Intentó hacerse invisible, reduciendo incluso el ritmo de la respiración para que Eceiza no reparara en su presencia.

—Hace cuatro o cinco años. Él acababa de licenciarse y entró de prácticas en Construcciones San Fermín, donde yo trabajaba. Después llegó la crisis, la empresa entró en concurso de acreedores y nos mandaron a todos a la mierda sin cobrar los últimos seis meses.

—¡Qué cabrones! —espetó Romero antes de que una mirada de Eceiza le obligara a mantenerse en silencio. Leire contempló divertida lo diferentes que eran y lo mucho que se parecía, en cambio, su peinado anticuado. En ambos casos, la raya era perfecta y ni un solo pelo se permitía desentonar. Sin embargo, el inspector lucía un uniforme impecable que le iba como un guante a un cuerpo que se adivinaba atlético, mientras que su segundo era fondón y desgarbado.

—Tras el cierre, Iker se montó un estudio de arquitectura sin pretensiones. Se especializó rápidamente en la construcción de viviendas unifamiliares sostenibles. Él las llamaba ecológicas —explicó el aparejador volviendo a perder la mirada en sus manos, como había hecho durante la conversación con Leire—. Mucha madera, placas solares, energía geotérmica...

Estaban bien, la verdad. —Un sollozo le impidió continuar durante unos instantes—. Me llamó para que trabajara con él. Los dos autónomos, pero cada vez que salía algún trabajo, lo hacíamos juntos. —Volvió a detenerse para llevarse un pañuelo arrugado a los ojos—. Era un buen chaval —añadió entre lamentos.

Igor Eceiza esperó unos instantes a que se calmara antes de continuar. Romero se giró hacia la ventana y dejó vagar la mirada sin rumbo.

—¿Percibió en él algún cambio en los últimos días? ¿Algo que indicara que pudiera estar pensando en quitarse la vida? —inquirió finalmente el inspector.

El aparejador se lo pensó unos instantes.

—La verdad es que la muerte de Saioa le dejó bastante descolocado. No entendía qué era lo que había llevado a la muchacha a hacer algo tan terrible. Esa misma tarde habíamos hablado con ella y parecía encantada. Me contó que estas casetas ya estaban instaladas —dijo abriendo ambas manos para señalar aquellas cuatro paredes metálicas—. Le hacía ilusión pasar su primera noche aquí. No me explico por qué poco después se colgó de la galería. Hay algo raro.

Romero carraspeó sin dejar de mirar por la ventana.

—Algunos vecinos dicen que este lugar esta maldito —apuntó lentamente el policía, como si mascara cada palabra.

Eceiza recordó las sensaciones extrañas que acababa de experimentar en el bosque, pero sacudió la cabeza para quitarse esos pensamientos de encima.

—¿Ayer por la tarde no apreció ningún tipo de comportamiento extraño en el arquitecto? —inquirió apoyando una mano en el hombro del aparejador. El hombre se había girado para mirar a Romero.

—No. Es verdad que, al llegar, lo primero que hizo fue bajar a ver el arco donde apareció Saioa. Lo vi llorar allí abajo. Es lo mínimo que se puede esperar cuando una compañera acaba de morir, ¿no? —Clavó en Eceiza una mirada llorosa, casi suplicante—. Por lo demás, estaba animado. Era la primera vez que hacíamos obra pública y este lugar da mucho juego. El presupuesto es bueno y la intervención será espectacular.

El inspector oyó ruido de coches en el exterior. Romero le hizo un gesto para que se acercara.

—¿Cuándo fue la última vez que lo vio? —preguntó dando un paso hacia la ventana.

—Ayer por la tarde. Serían las cinco. Aunque era casi de noche, él quiso hacer unas fotos de la fábrica intacta antes de que hoy desplegáramos toda la maquinaria. Se alejó con la cámara y... —Un sollozo le impidió continuar—. Era un buen chaval. ¡Tan joven! —Lloró sonándose los mocos.

Eceiza asintió. Había revisado las fotografías de la cámara hallada en Arlekia y lo único que aparecía en ellas eran diferentes perspectivas de las ruinas.

—¿Qué pasa? —preguntó el inspector asomándose a la ventana.

—El juez —explicó Romero—. Ya han levantado el cadáver.

En el exterior, junto al vado que permitía llegar hasta la explanada que ocupaban las casetas de obra, se acababan de detener una patrulla de la Policía Foral y un taxi de color blanco con salpicaduras de barro. Un tercer vehículo, largo y oscuro, como corresponde a los destinados al transporte fúnebre, pasó a su lado. Estaba decorado con una estela como las de los cementerios de los pueblos cercanos a los Pirineos. Antes de seguir su camino, el conductor tocó el claxon y se despidió de los agentes con un gesto de la mano.

El juez Arjona se bajó del taxi y sacó su teléfono móvil del bolsillo.

—Hemos acabado. Puede irse —anunció Eceiza apresurándose a abrir la puerta para ir al encuentro del magistrado.

El vado consistía en una plancha de hormigón sobre la que corría una fina lámina de agua. Era indiscutiblemente mejor que andar saltando de piedra en piedra, pero resultaba resbaladizo por las algas y los limos que se adherían al cemento. Igor Eceiza había patinado en su primera visita y aún tenía la cadera dolorida en el lugar del impacto, de modo que lo cruzó tan despacio como pudo.

—No pase, no pase —le advirtió al juez. No era necesario; Arjona se limitaba a hacer fotos con su móvil.

—¡Es terrible el invierno! —exclamó sin dejar de mirar la pantalla—. Solía venir todos los años en otoño cuando mis hijos eran pequeños. Un fin de semana aquí para ver los colores de las hayas y pasear por el bosque. Era precioso. Ahora, en cambio, está todo gris. Todo muerto.

—¿Qué tal, señoría? —saludó Eceiza tendiéndole la mano—. ¿Quién nos iba a decir que nos veríamos dos veces en menos de una semana y en el mismo sitio?

El juez guardó el móvil en el bolsillo interior de su gabardina oscura. Tenía más de cincuenta años, pero se conservaba bien. Era ancho de espalda, fruto de su pasión por el gimnasio.

—Menos mal que hoy es de día. No son buenas carreteras para conducir de noche —comentó antes de que un gesto de preocupación le nublara el rostro—. ¿Qué está pasando aquí?

Antes de que Eceiza pudiera contestar, una vecina se acercó a ellos. Su pelo corto y sus ademanes poco femeninos le hicieron pensar al policía que se trataba de un hombre, pero enseguida corrigió su apreciación.

—¿Es usted del Gobierno? —preguntó la recién llegada abalanzándose sobre el juez. El agente Garikano respondió a un imperceptible gesto del inspector y la retuvo por el brazo—. Haga algo. Detenga esta obra. ¡Estas ruinas están malditas!

Mientras Garikano la apartaba, Eceiza intentó restarle importancia.

—Están todo el día con eso. Que si están malditas, que si son ellas las que inducen al suicidio de quienes osan tocarlas... —comentó incómodo.

Arjona miró extrañado los muros derruidos y devorados por la maleza.

—Pues deberían estar contentos —apuntó—. Este pueblo está varado en el tiempo desde que lo conozco. De no ser por algunos coches modernos, se diría que hemos viajado de algún modo hasta mil novecientos cuarenta. Esa obra les traerá vida, turismo... ¡Dinero!

—Explíqueselo a ellos —se burló el inspector señalando a los vecinos que rodeaban a la exaltada y el agente Garikano—. Ninguno parece contento de que se lleve a cabo la intervención en las ruinas. ¿Sabe qué? Empiezo a creer que se alegran de los suicidios, porque quizá eso pare el proyecto.

El magistrado miró a los vecinos con gesto desconfiado.

—¿Está seguro de que han sido suicidios? —inquirió.

Eceiza negó con la cabeza al tiempo que le explicaba las novedades. El novio que vivía en Berastegi, la supuesta relación de los dos fallecidos...

—Pues aquí tiene otro buen puñado de sospechosos —murmuró señalando con el mentón a los vecinos antes de sentarse en el asiento trasero del taxi y hacerle un gesto al conductor para que arrancara.

Igor Eceiza vio como el coche se alejaba rumbo a Pamplona y se rio por lo bajo. Años atrás le hubiera molestado la teatral despedida del juez, pero se había acostumbrado. Aunque Arjona era un hombre cordial, siempre se marchaba en el momento menos esperado y entre sentencias grandilocuentes. Era su manera de dejar claro quién tenía allí la última palabra.

11

Leire vio alejarse el coche del juez desde el otro lado del río. El ruido del agua le impedía oír las palabras que intercambiaban Eceiza y el resto de los agentes, pero sus gestos evidenciaban que se referían a los vecinos.

«No parecen tan mal avenidos como dicen», pensó fijándose en el generoso grupo de personas que se había reunido junto a las ruinas de la fábrica.

Reconoció entre ellos a Eneko y el matrimonio Roncal. A los demás no los conocía. La mujer de pelo corto y chaleco era la que se había acercado al juez pidiendo que parara la obra. ¿Y los demás? ¿Quién era la anciana de pelo blanco que se apoyaba en un bastón? ¿Y el señor de la chaqueta de fieltro? ¿Y la regordeta que se había bajado de un coche rotulado con un logotipo del Servicio Navarro de Salud?

Mientras cruzaba el cauce mirándose los pies para asegurarse de que el agua no se le colaba al interior de las botas, pensó en Cestero. ¿Cómo recibiría la noticia de que el asesino de su prima podía haber sido su propio novio? Sería un jarro de agua fría saber que el chico que supuestamente amaba a Saioa podía haberla matado. Porque si de algo estaba segura Leire era de que aquello no se trataba de un suicidio pasional, como había llegado a aventurar el inspector Eceiza. No, aquello era un asesinato. Solo faltaba esclarecer quién y por qué lo había hecho.

—Voy a pedir a la Ertzaintza que interrogue al novio de la fallecida —le informó Eceiza en cuanto llegó a la orilla donde se encontraban los agentes.

Leire asintió con un gesto y se encaminó hacia el grupo de vecinos.

—¿Adónde va? —preguntó a su espalda uno de los policías forales.

—Adonde deberíais ir también vosotros —apuntó el inspector—. Hay que hablar con esta gente. El juez Arjona será un imbécil, pero no le falta razón. Aquí nadie parece contento con que esta obra siga adelante, y no hay que olvidar que los muertos eran los encargados de dirigirla.

La escritora se felicitó para sus adentros porque Eceiza parecía haber dejado de lado la estúpida idea del suicidio por amor.

—Demasiados sospechosos —se quejó un policía. Leire apenas lo oyó. Los vecinos habían visto que se dirigía hacia ellos y guardaban un silencio expectante.

—Es la investigadora de la familia —murmuró una voz que reconoció como la de Marisa, la propietaria de la iglesia.

Eneko dio un paso adelante.

—¿Qué tal, Leire? —saludó con una sonrisa que parecía sincera—. Estamos muy asustados con todo esto. Un suicidio, pase; dos en tan pocos días...

La escritora se fijó en el vaho que brotaba de su boca con cada palabra. Hacía frío. Ni siquiera el plumífero que se había puesto le ayudaba a entrar en calor. En cambio, el aizkolari solo llevaba una camiseta de tirantes y una ligera chaqueta de chándal que ni siquiera se había molestado en abrochar.

—Deberían dejar las ruinas tranquilas —comentó la mujer que se había dirigido al juez—. Si continúan removiendo el pasado, seguirán las desgracias.

—Sagrario tiene razón —añadió la anciana de pelo blanco con un tono de voz metálico—. Esta fábrica lo único que trajo al valle fueron penurias. Muerte, saqueos, fuego y destrucción. Jamás debió construirse. Nuestros antepasados fueron engañados de manera vil. Lo mejor que podemos hacer para honrar su memoria es dejar que las zarzas se ocupen de hacerla desaparecer para siempre.

Leire tenía la sensación de que se había perdido algo.

—¿A qué engaño se refiere? —inquirió frunciendo el ceño.

—¡Al engaño! —intervino Sagrario—. Y ahora nos la intentan colar de nuevo. Esta obra no traerá más que desgracias al valle.

—Ya han empezado. Dos muertos y aún no han movido un solo pedazo de tierra —la interrumpió Paco girándose para encaminarse hacia la iglesia—. Disculpadme, tengo que ir a sacar las vacas.

—Están malditas. Siempre lo estuvieron, y siempre lo estarán —murmuró la enfermera señalando las ruinas.

El hombre de la chaqueta elegante la miró con desprecio.

—No seáis tan supersticiosos. A mí tampoco me hace ninguna gracia que se llene esto de turistas, pero no creo que esas muertes tengan nada que ver con ninguna maldición.

Leire lo miró con interés. Por fin daba con alguien que parecía sensato.

—¿Y por qué no quiere que venga el turismo? —inquirió con la sensación de que por fin tendría una respuesta cabal.

—Porque no. ¿Qué pintan aquí los domingueros? —espetó indignado. Leire le calculó setenta años, pero se le veía fuerte. Sus hombros eran anchos y se adivinaban rectos bajo la chaqueta—. Bastante faena nos hicieron al declarar parque natural el bosque, para que ahora nos vengan con estas.

La anciana de pelo blanco se acercó a Leire y la sujetó por la muñeca con la mano que el bastón le dejaba libre.

—Chocarro es el dueño del aserradero. Desde que Irati está protegido, su negocio no es lo que era —explicó como quien cuenta un secreto, pero sin preocuparse en realidad por que los demás no lo oyeran—. Solo puede talar los árboles que le indican los forestales, no los que a él le gustaría. Y eso duele. ¿Verdad, Chocarro?

El empresario se llevó la mano al bigote. Estaba recortado con cuidado, igual que su escaso pelo gris, aferrado como una corona de laurel a ambos lados de la cabeza.

—Ella siempre lo sabe todo. Siempre —respondió con gesto hastiado—. ¿Qué sabrás tú de mi negocio? ¿Por qué no te preocupas de tus cosas? —Hizo una pausa antes de que su gesto se torciera en una mueca de desprecio—. Perdona, no recordaba que vives más sola que la una y que no tienes nada de lo que preocuparte.

—Venga, Chocarro —trató de calmarlo Eneko—. No es más que una anciana.

—Una vieja entrometida y amargada, eso es lo que es —protestó el empresario.

Aún no había acabado sus palabras cuando una furgoneta hizo girarse a todos. Una unidad móvil de televisión se había detenido en medio de la estrecha plaza que separaba las ruinas de las antiguas viviendas de los operarios. Una joven con mechas en el pelo y una chaqueta de montaña de color verde manzana se apeó por el lado del copiloto. Llevaba un micrófono en la mano y lo mostró al llegar al grupo de vecinos.

—Soy de Canal Navarra —se presentó—. ¿Me responderán a algunas preguntas?

Sin esperar a que nadie asintiera, hizo un gesto a su compañero para que encendiera la cámara.

Leire suspiró incómoda. A la prensa le iba a encantar esa historia de que las ruinas estaban malditas. Si aquella gente daba rienda suelta ante la cámara a sus supersticiones, la Fábrica de Orbaizeta no iba a tardar en convertirse en un hervidero de televisiones en busca del morbo y el espectáculo fácil. Iba a ser difícil seguir indagando por allí en semejantes circunstancias.

—Yo ya estoy mayor para estas cosas —protestó la anciana escabulléndose en el interior de una de las viejas viviendas de la colonia.

Leire decidió que podía ser una buena oportunidad.

—¿De verdad creen ustedes que estamos ante un doble suicidio? —Oyó preguntar a la reportera mientras se alejaba del grupo y golpeaba con los nudillos en la puerta que se acababa de cerrar.

La infusión todavía humeaba, perfumando con su característico olor a hierba fresca la cocina. Hasta el momento en que entró en aquella casa, Leire no reparó en que estaba muerta de frío. Tenía los pies y las manos doloridos de tantas horas al aire libre. En mala hora había olvidado los guantes y unos buenos calcetines, de esos que se utilizan para ir a esquiar.

—Esto es una locura —apuntó la anciana, que dijo llamarse Celia, señalando hacia la ventana. Al otro lado del cristal, el grupo de vecinos respondía encantado a las preguntas de la reportera—. Mira que hemos vivido momentos duros aquí, pero como este ninguno.

Leire supuso que se refería a las muertes. Todos en Orbaizeta parecían impactados, aunque a ninguno se le adivinaba un mero atisbo de pena o de lástima por las víctimas. No, era más bien extrañeza, temor incluso, pero en ningún caso compasión.

—¿Qué cree que ha pasado? —inquirió Leire llevándose la taza a los labios. El aroma de la infusión resultaba embriagador.

La anciana se asomó a la ventana y observó algo que Leire no tardó en comprender que eran recuerdos del pasado. No miraba a los vecinos que gesticulaban ante la cámara, tampoco las ruinas que se extendían tras ellos, sino más allá, a un tiempo que solo ella alcanzaba a ver.

—No es bueno remover el pasado. Y menos si se trata de devolver la vida a lugares que jamás debieron tenerla —murmuró sin apartarse de la ventana—. ¿Sabes que la Real Fábrica de Armas fue el mayor engaño, la más grande humillación que el valle de Aezkoa sufrió jamás?

Leire la miró con interés. Sabía que aquello podía ser importante en la investigación. Una afrenta como la que Celia anunciaba podía desencadenar el deseo de venganza de una mente perturbada.

—Hace siglos, en el dieciocho, donde hoy ves estas ruinas no había más que una humilde ferrería. Una más de las muchas manufacturas de hierro que aprovechaban la fuerza del río para mover sus engranajes y el carbón de los bosques para fundir el metal. ¡Una más! —exclamó girándose hacia Leire—. Desgraciadamente, a alguien en Madrid, en los lujosos despachos del palacio real, se le ocurrió que este sería un buen emplazamiento para una enorme fábrica de artillería. ¡Aquí, en plena muga, a tiro de piedra de una Francia con la que la Corona española estaba permanentemente en guerra! Es increíble, ¿verdad?

—Sí. Eso parece —musitó la escritora, deseosa de oír cómo seguía la historia.

Celia asintió con la cabeza y tomó una vara metálica con la que apartó un quemador de la cocina económica. Después, se agachó para coger un pequeño tocón de una caja de frutas dispuesta al pie de la ventana y lo introdujo en el fuego. Protegiéndose la mano con un paño de algodón, accionó una manilla que abría el tiro de la chimenea y se volvió de nuevo hacia su visitante.

—Nuestros antepasados, los habitantes del valle de Aezkoa, en aquellos tristes años no sabían más que una lengua: el euskera. Ellos solo querían un lugar donde poder llevar a pastar sus vacas y un bosque del que poder sacar madera. Los más valientes, o los más ricos, según se mire, crearon sus pequeñas industrias siderúrgicas. Nada más. —Celia dio un trago de la tisana. Leire la imitó y sintió que la boca se le llenaba de armónicas notas florales—. Está buena, ¿verdad? —preguntó la anciana dejando la taza sobre la encimera de azulejo que parecía una continuación de las propias paredes blancas—. ¿Por dónde iba? Está cabeza mía... Ah, sí, la cena —anunció asintiendo—. Los enviados reales organizaron una gran cena. Una fiesta con agasajos magníficos en la que prometieron a nuestros iletrados antepasados el oro y el moro. Solo tenían que firmar un documento por el que aprobaban la construcción de una enorme fábrica de artillería y cedían al rey el uso y disfrute de la selva de Irati para siempre. —Celia hizo una pausa para clavar una mirada inteligente en Leire—. ¿Sabes en qué lengua estaba el escrito?

—En castellano —aventuró la escritora, impresionada por las dotes de narradora de su anfitriona.

La anciana chasqueó la lengua.

—¡Premio! Esos malnacidos les hicieron firmar la sentencia de muerte de este valle; una sentencia que los de aquí ni siquiera eran capaces de leer.

Leire, apoyada hasta entonces en la mesa, dio un paso hacia la ventana y descubrió que un segundo equipo de televisión se había sumado al de Canal Navarra. Algunos vecinos habían vuelto a sus quehaceres, pero allí seguían Marisa Roncal, la enfermera y la mujer que se había encarado con el juez.

—Sagrario. Está sola —explicó Celia al ver que su mirada recalaba en esta última—. Es joven, aún está a tiempo, pero no sé yo. Dicen que le gustan las mujeres y por eso nunca se ha casado. Vete a saber. La gente es muy mala.

—¿Trabaja? —se interesó Leire calculándole algo más de cincuenta años.

—Sí, es taladora. Corta árboles para Chocarro, como el chico aizkolari.

—¿Y la de la bata blanca? —preguntó la escritora.

—¿Elsa? Más te vale tener cuidado con ella. Al marido lo tiene amargado. No creo que hayas visto nunca a nadie tratar así a alguien. ¡Como a un perro! Menos mal que ella trabaja en Aribe, en el ambulatorio. Hoy debe de estar de guardia. Entre la consulta y que después se dedica a hacer curas por las casas, pasa buena parte del día fuera. Es que por aquí hay muchos viejos, ¿sabes? —Se detuvo un momento para dar un trago a la infusión—. Elsa no es de aquí. Es salacenca. Sabino, su marido, sí. ¡Pobre hombre! Con las muchachas majas que hay por aquí, se fue a traer a esta pieza del valle de al lado. Ya se habrá arrepentido, ya. Tienen dos críos que son dos demonios.

—¿Qué pasó después con todo aquello de la cena? —inquirió Leire volviendo a la historia.

Celia frunció el ceño como si tratara de comprender de qué le hablaba.

—Es verdad, el engaño —reconoció destapando una olla que tenía al fuego y removiendo con una cuchara de madera. Un olor dulzón inundó la cocina. Leire no necesitó verlas para saber que eran alubias pintas y sintió que se le hacía la boca agua. ¿Cuánto hacía que no probaba un potaje cocido lentamente, como solo hacían las abuelas?

—Sí, firmaron aquello. Y después, ¿qué? —insistió mirando el reloj que colgaba de los azulejos blancos para comprobar que era casi hora de comer.

—Después todo fue un desastre —sentenció Celia—. La Real Fábrica de Armas de Orbaizeta comenzó a funcionar. Era un complejo enorme; uno de los mayores que se recuerdan en toda la península. De aquí salían toneladas y toneladas de munición. Sin embargo, lejos de las promesas, la vida en el valle se deterioró. Los ritmos de trabajo eran muy duros, aunque lo peor no fue eso. No, lo peor fue la propia situación de la factoría. Las guerras entre España y Francia la convirtieron en objetivo de todos los ataques. Una y otra vez fue saqueada, incendiada y la población del valle masacrada. —Mientras hablaba, la anciana apretaba con fuerza los puños, como si se resistiera contra aquella injusticia—. Los vecinos intentaron que se les devolvieran los bosques, que la fábrica se cerrara para siempre... Que les permitieran volver a vivir como antes, en definitiva.

—¿Y lo consiguieron? —preguntó Leire avergonzada por el ruido que hacían sus tripas.

Celia volvió a remover el potaje antes de apartar la olla del fuego para dejarla en un rincón de la cocina económica donde se mantendría caliente hasta la hora de comer.

—Fue un incendio el que lo consiguió. En la tercera guerra carlista. La fábrica sucumbió a los ataques y nadie volvió a acordarse de ella. Aquí ha estado dormida desde hace más de cien años —explicó señalando con un deje de nostalgia hacia las casetas de obra que se extendían tras las ruinas—. Hasta ahora.

Leire asintió. Comenzaba a comprender el respeto rayano en el temor que aquellas personas tenían hacia las ruinas.

—Lo explica muy bien —reconoció—. Ha sido un resumen magnífico.

El rostro de la anciana se iluminó.

—Fui maestra. Casi treinta años enseñando en la escuela de Orbaizeta. La habrás visto junto a la carretera. Un edificio blanco con ventanas de aluminio. —Leire asintió por no decepcionarla—. Después llegó la reforma, se cerraron muchos centros educativos rurales y me destinaron a Garralda. No era lo mismo, pero trabajé allí hasta que me jubilé hace ahora siete años.

—¿Tiene...?

—Setenta y dos. ¿A que no los aparento? Pues no me sigas tratando de usted. Me haces sentir vieja. —La profesora señaló la taza que tenía ante ella—. Es por las tisanas. No hay como las hierbas de estas montañas para mantenerse joven.

—¿Qué hierbas...? —comenzó a preguntar Leire, pero Celia le hizo un gesto para que no siguiera.

—Solo hierbas. Hierbas de la montaña.

Un día de otoño de 1958

Los días que siguieron a su primera noche, Tomás se convirtió en el centro de atención de sus amigos. Preguntas como ¿es verdad que andas en el contrabando? o ¿te han disparado alguna vez los guardias? se sucedían mientras jugaban entre las ruinas de la fábrica. Se sentía importante. Hasta Jaime, el matón de la clase, parecía respetarlo más. Tanta fue la algarabía que se formó en la escuela cuando se corrió la voz que don José, el maestro, llamó a Tomás aparte para advertirle que ese tipo de cosas debían mantenerse en secreto y no airearse tan alegremente. El niño intentó defenderse. Él solo se lo había dicho a Ángel Zubiri, su compañero de pupitre, y no esperaba que se fuera de la lengua con tanta facilidad. Ahora se sentía culpable. Antes o después, su padre se enteraría de que iba contando el gran secreto de la casa y su enfado sería tan monumental que le dejaría el culo bien rojo con la zapatilla. Podía estar contento si solo se quedaba en eso y no le castigaba dejándole sin subir la siguiente noche.

—¡Tomás! —era precisamente la voz de su padre quien lo llamaba.

Aunque estaba jugando al escondite, oculto en uno de los hornos de fundición de las ruinas, no dudó en salir a su encuentro. Temía una gran bronca, de modo que intentó darse prisa para no enfadarlo más.

—¡Por Tomás! —exclamó Encarna, la niña que se la paraba.

El muchacho hizo oídos sordos y subió por la escalera invadida por la vegetación que llevaba a la plaza. Manuel lo esperaba allí con los brazos en jarras. No parecía enfadado. Tal vez aún no se hubiera enterado.

—Ven a cenar.

—¿A cenar? ¿Ya? —se extrañó Tomás mirando al cielo. El sol se había ocultado tras los montes, pero aún quedaba un buen rato de luz.

—Venga —insistió su padre echando a andar hacia su casa—. ¿O prefieres quedarte aquí mientras yo subo?

Al ver que señalaba hacia los collados fronterizos que se adivinaban tras el bosque desnudo, el muchacho entendió a qué se refería. Esa noche volverían a echarse al monte. Eso sí que eran buenas noticias.

—Encarna, me voy a casa —anunció asomándose al recinto en ruinas.

La niña no protestó; estaba entretenida buscando al resto de los niños. Tomás observó divertido que desde allí arriba podía ver a dos de ellos agazapados en lo que en su día fue un taller de moldería. Como el resto de las construcciones del recinto fabril, no tenía tejado. Vista desde arriba, la gigantesca factoría era un perfecto laberinto de altos muros cubiertos de hiedra. Los vanos de antiguas puertas y algunas paredes derruidas permitían moverse fácilmente entre ellos.

Tomás dudó unos instantes, pero finalmente alzó ambas manos para llamar la atención de Encarna y señalarle el lugar donde estaban escondidos sus amigos.

—¡Por Ramón y Genaro! —oyó el muchacho mientras seguía a su padre.

Su casa era una de las de la colonia. Se trataba de un único edificio alargado de dos plantas dividido en seis viviendas. A Tomás le gustaba vivir allí, porque al estar en plena plaza siempre había vecinos con quienes jugar. Además, a su edad no era consciente de la precariedad de la construcción. Lejos de contar con gruesas paredes de piedra, como los caseríos de la zona, se parecía más a las casas baratas que el Gobierno estaba construyendo en todos los pueblos para acoger a las familias más necesitadas. Los muros de ladrillo resultaban escasos para hacer frente a la crudeza de los inviernos y la estructura de madera hacía temer siempre por los estragos que una chimenea mal aislada pudiera desencadenar. Pero a Tomás, a sus casi once años, eso poco le preocupaba.

—¡Qué bien huele! —exclamó al entrar por la puerta—. ¡Mi plato favorito!

Maritxu le sonrió orgullosa sin dejar de remover la cazuela de barro. Las magras de cerdo con tomate eran algo que solo comían de vez en cuando. Ese día, y a pesar de que su embarazo parecía a punto de llegar a término en cualquier momento, había estado ayudando en el huerto de los Ibarguren. Los tomates eran de allí. Los últimos de la temporada. Tan maduros que solo servían para hacer la salsa en la que había cocinado las magras y, por si fuera poco, había escalfado cuatro huevos.

—¡Vaya cena! —celebró Manuel atándose una servilleta ajada a modo de babero.

—Necesitaréis fuerza si tenéis que ir hasta Esterenzubi —apuntó Maritxu sentándose junto a ellos en la mesa—. *Ama*, ¿no piensa venir a cenar?

—Ya voy, ya voy —anunció la abuela desde el comedor, donde Tomás la había visto haciendo ganchillo junto a la ventana.

Cenaban en la cocina. Solo utilizaban el comedor en ocasiones especiales, como el día de San Pedro y Navidad. Lo hacían por comodidad, pues había menos distancia de los fogones a la mesa, pero sobre todo porque la cocina económica, alimentada con leña, convertía esa dependencia en la más cálida de toda la casa. Algo que, salvo escasos días de verano, siempre era de agradecer.

—¿Vamos hasta Esterenzubi? ¿Pasaremos a Francia? —preguntó un excitado Tomás llevándose un pedazo de carne a la boca.

Manuel asintió sin dejar de masticar.

—Yeguas. Tenemos que recoger la manada en un barrio de las afueras. Beherobie se llama. Un par de ventas y poco más. ¿Recuerdas el arroyo que pasaba por Harpea?

Tomás asintió. ¿Cómo olvidarlo? Al vadearlo con el paquete a la espalda, trastabilló y se empapó el pie izquierdo. A pesar de que habían pasado cinco días de aquello, aún le dolían las rozaduras que le había producido el caminar con la bota mojada.

—¿No es donde te mojaste? —preguntó Maritxu, alarmada al recordar el calcetín de su hijo teñido de rojo por la sangre.

—Pues si lo siguieras monte abajo, llegarías a Beherobie —explicó su padre—. Aunque, si todo va bien, iremos por Organbide. Es más fácil y corto.

—¿Con quién vamos? —inquirió Tomás cortando un pedazo de queso como postre.

Su pregunta quedó sin respuesta.

—¿Queso con tomate? —protestó su abuela al verle mojarlo en la cazuela.

—A falta de pan —le excusó Maritxu.

Hacía semanas que la panadería del pueblo padecía restricciones en el suministro de harina de trigo. Desde entonces el poco pan que se comía en Orbaizeta era de mijo y centeno cultivado en casa o llegado desde Francia. No era algo extraño; ocurría demasiado a menudo.

—Podríamos traer pan —propuso Tomás cortando otro trozo. El queso que hacía su madre con la leche de las ovejas estaba bueno, pero con la salsa salada de las magras era aún mejor.

—Lo intentaremos. Si fuéramos hasta el propio Esterenzubi sería más fácil. En las ventas no siempre se encuentra —repuso Manuel poniéndose en pie—. ¿Vamos?

—Vamos —dijo Tomás sintiendo que la adrenalina se le disparaba.

—No hagas tonterías y cuídate mucho, hijo —musitó Maritxu con gesto preocupado.

—Volveremos pronto —se despidió el niño dándole un beso en la barriga.

—Si Dios quiere —sentenció la abuela, que apenas había probado las magras.

Era más de medianoche cuando salieron del bosque con la manada de yeguas y comenzaron el ascenso final al collado de Organbide. Tomás estaba encantado con el trabajo. Aquello no era nada comparado con tener que acarrear pesados fardos a la espalda. Y eso que la única vez que había pasado mercancía eran sotanas, de subida, y picadura de tabaco, de regreso; mercancía que ocupaba mucho pero pesaba poco. Aun así, eso de caminar libre de paquetes y tener que preocuparse únicamente por que los animales se mantuvieran unidos y avanzaran, era mucho mejor.

—Mira, la Osa Mayor —comentó en voz alta señalando a un cielo en el que la falta de luna permitía ver con claridad todas las constelaciones.

Antón, encargado de dirigir la expedición, alzó alarmado las manos pidiendo silencio.

—¡Cállate! —le siseó su padre sujetándolo por el hombro—. ¿No ves que andarán cerca?

Tomás se sintió avergonzado. Había actuado como un crío cuando se suponía que ya era todo un hombre. De lo contrario, no estaría allí. Tras varias horas caminando por territorio francés se había relajado. Antón, que al paso por las fuentes del Errobi le había hablado de las leyendas que aseguraban que Basajaun, el señor del bosque, habitaba en esos hayedos, ya no era el tipo afable que cuenta historias, sino un contrabandista a punto de cruzar la frontera. En algún lugar, no lejos de allí, los guardias debían de estar escrutando la noche y su voz podía haberlos puesto en alerta.

¿Pero acaso no había dicho Antón que les había pagado esa misma tarde para que hicieran la vista gorda?

—A veces hay imprevistos. No podemos confiarnos —le susurró Aranzadi adivinando lo que pasaba por la cabeza del muchacho.

La cuadrilla de aquella noche la formaban solo cuatro hombres, contando al propio Tomás, y nueve yeguas atadas entre sí. Guiaban a los animales con ayuda de largas varas, pero había que hacerlo con sumo cuidado, porque si se asustaban podían intentar huir. Aunque la soga lo impediría, el caos de tirones y relinchos resultaría desastroso; y más tan cerca del collado.

—Voy a adelantarme —anunció Antón cuando estaban a apenas unos pasos de la muga. En la oscuridad de la noche, parecía un oso en posición de ataque. Era un hombretón corpulento, sorprendentemente ágil para el aspecto que tenía.

Aranzadi sacó del bolsillo un pedazo de carne seca y se lo llevó a la boca. Una de las yeguas se acercó a olisquearle la mano y el joven le acarició el hocico.

—Tienen sed —apuntó girándose hacia Tomás y su padre—. Habrá que parar en el abrevadero.

A Tomás le caía bien Aranzadi. Se alegró al verlo aparecer aquella noche, y más aún al comprobar que Serafín no participaría. Supuso que Vicente lo había castigado así por lo de los botones. El día que Tomás llevaba tabaco, Chocarro acarreaba a su espalda veinte kilos de piezas de nácar. No llegaron más que quince a las ruinas de la fábrica. El resto cayó sin que él se percatara a través de un enganchón, formando un reguero a lo largo de todo el camino; una pista que llevó a la Guardia Civil hasta el almacén de carbón abandonado. La suerte quiso que los de Aribe ya se hubieran llevado la mercancía cuando aparecieron los agentes, pero el enfado de Vicente fue mayúsculo.

—No hay nadie. Todo marcha según lo acordado —anunció Antón volviendo junto a ellos.

Si los guardias cumplían lo prometido al recibir el soborno, estarían en el collado de Arnostegi, lejos de allí. La cuadrilla de pasadores reemprendió el camino, alcanzando enseguida el paso de Organbide. La desnudez de la muga resultaba inquietante. A pesar de la falta de luna, cualquiera podría ver la manada de yeguas desde los cerros circundantes. Era una noche clara, nada de nieblas o lluvias que complicaran la visión. Una noche, en definitiva, de las que incomodaban a los contrabandistas y se aliaban con la Guardia Civil para facilitarle el trabajo.

—Tienen que beber —recordó Aranzadi señalando el abrevadero de mampostería que se recortaba en un extremo del collado. La borda cercana recordaba que en verano la propia frontera se convertía en un magnífico pastizal para el ganado trashumante.

Antón asintió. No estaba a gusto allí arriba, pero la boca entreabierta de los animales indicaba que necesitaban agua y no encontrarían más hasta alcanzar los vados cercanos a la Fábrica de Orbaizeta.

—Que se den prisa. No estamos en buen sitio —murmuró Antón viendo como las yeguas se acercaban al pilón.

—¡Alto a la Guardia Civil! —La orden llegó de repente, sin que tuvieran tiempo de ver a la pareja de agentes que se acercaba a la carrera por el camino que conducía a Harpea.

—¡La madre que los parió! —se lamentó Aranzadi—. ¿No te habían dicho que estarían lejos?

—No es Vinualles. ¿No veis que no es él? —se excusó Antón dando un tirón a la cuerda de las yeguas. Los animales se resistieron a apartarse del pilón—. ¡Qué jodida mala suerte! ¡Venga, vamos!

A veces ocurría. Se pagaba un soborno a un guardia y, a la hora de la verdad, eran otros los encargados de subir al monte.

—¡Alto o disparo! —amenazó uno de los guardias civiles.

—¡Soltadlas, vamos! —ordenó Antón desligando la cuerda que mantenía unidos los animales.

Los demás obedecieron. No era plato de gusto para ninguno tener que liberar las yeguas, pero así se aseguraban de que no las incautaran todas. Con un poco de suerte, no lograrían atrapar ninguna.

El tiro congeló el tiempo. Tomás se agazapó a la espera de sentir dolor en alguna parte del cuerpo, pero todo siguió igual. Todo no, porque las yeguas, liberadas de la cuerda, se asustaron y corrieron encabritadas perdiéndose en la oscuridad.

—Gracias —bromeó Aranzadi girándose hacia la pareja de guardias, que estaba ya demasiado cerca.

—¡Alto a la Guardia Civil! —insistió uno de ellos. Sus capas y tricornios les otorgaban un halo fantasmal al recortarse contra la bóveda estrellada.

Manuel dio un empujón a su hijo.

—¡Vamos, no te quedes ahí mirándolos! —exclamó echando a correr hacia el hayedo—. No se te ocurra pararte ni para respirar. ¿Entendido?

Un nuevo disparo obligó a Tomás a apretar aún más el paso. Estaba asustado, pero no tanto como esperaba. Al fin y al cabo, su padre siempre le repetía que los guardias no disparaban a matar. Solo ese canalla loco de García, pero si se había vuelto a Madrid, nada había que temer.

—¿Y las yeguas? —le preguntó Tomás a Antón en cuanto se alejaron lo suficiente como para detenerse a recuperar el resuello. Los altos a la Guardia Civil sonaban ya muy lejos. Probablemente ni siquiera hubieran entrado al hayedo. Su espesura jugaba del lado de los lugareños, y no de unos hombres llegados a menudo de tierras de cereal o viña donde ni siquiera podían imaginar que bosques tan inmensos pudieran existir.

Antón miró al muchacho con gesto cansado. A pesar de que la oscuridad se empeñaba en disimularlo, sus ojos mostraban una profunda decepción.

—Empiezo a estar mayor para estas correrías —murmuró llevándose la mano al pecho con gesto dolorido.

—¿Estás bien? —le preguntó Aranzadi apoyándole una mano en el hombro.

—Sí. Creía que no lo contaba —admitió Antón sentándose en el tocón muerto de un árbol—. El corazón me dice que se están acabando mis noches de trabajo. Si todo va bien, no hay problema, pero estas carreras ya no son para mí.

—Venga, hombre, no digas eso. Solo tienes cincuenta y pico años —trató de animarlo Manuel—. Seguro que es solo algo pasajero. ¿Qué íbamos a hacer sin ti aquí arriba?

—Que no. Que uno sabe cuándo tiene que parar. Estos cabrones me han puesto la puntilla —aseguró Antón señalando hacia el lugar por el que habían llegado corriendo.

Tomás no sabía qué decir. Se sentía culpable. De no haber sido por él, tal vez los guardias no los hubieran descubierto.

—Ha sido culpa mía —murmuró arrepentido.

Antón le apoyó una de sus enormes manos en la cabeza.

—No digas tonterías. Esos cabrones estaban demasiado cerca como para pasar una manada de yeguas sin que se enteraran —lo tranquilizó—. Solo ha sido la mala suerte. Sobornamos a quien no teníamos que hacerlo. A veces pasa.

—Mañana subiremos a por los animales, y listo —le quitó hierro Aranzadi.

—¿A por las yeguas? —inquirió Tomás escéptico—. Si se han ido corriendo.

Su padre le entregó un pedazo de cecina.

—Anda, come algo. No te preocupes por las bestias. No andarán lejos de la muga. Hay suficiente hierba allí arriba como para que estén entretenidas. A veces se pierde alguna o los guardias consiguen atraparlas y llevárselas al cuartel, pero casi siempre podemos recuperarlas.

—Una vez, cuando estos dos todavía no andaban en el contrabando —comenzó a contar Antón señalando a Aranzadi y Manuel—, se lio una gorda. Ese día no tuvimos tiempo de liberarlas, como hemos hecho hoy. Los guardias solo necesitaron tirar de la cuerda para conducirlas al cuartel. Se las prometían felices; no todos los días se hacen con mercancías de semejante calibre. Lo que no sabían era que nosotros íbamos por detrás, escondidos entre los árboles. Cada vez que podíamos, soltábamos al último animal de la manada. Así una tras otra, hasta que las tuvimos todas menos una. Me hubiera gustado ver la cara de aquellos pobres diablos cuando comprobaron que solo les quedaba una yegua de las ocho que habían apresado en los pasos fronterizos. —Soltó una risita que pareció cambiarle el ánimo—. En fin, ¿qué os parece si seguimos y nos dejamos de cháchara?

Cuando reemprendieron el camino, Tomás lo hizo sin el peso de la culpa. Cada día le gustaba más eso del contrabando. Si contara en la escuela lo que había vivido esa noche, no se lo iban a creer. Pero esta vez no pensaba abrir la boca.

Confiado, alzó la vista hacia las copas de los árboles. Las estrellas se veían apagadas a través de las ramas desnudas. Los troncos refulgían plateados contagiados por su brillo. Era una estampa hermosa que animaba al optimismo a pesar de que regresaban al valle con las manos vacías.

12

Sabía que aquella no sería una reunión más. No, no lo sería y no había más que ver la expectación con la que aguardaban sus palabras para comprenderlo. Estaban asustados. Él también lo estaba, aunque no podía mostrar el menor signo de debilidad. Hacía apenas cuatro horas que habían hallado el cuerpo sin vida del arquitecto. Las supersticiones de los vecinos comenzaban a hacer mella en los obreros. De no ser porque las subvenciones europeas obligaban a que la intervención estuviera en marcha antes de fin de año, optaría por volverse a Tudela y regresar tras las fiestas navideñas.

Jon Albia era uno más, pero además era su jefe. De él dependían las decisiones, de él era la última palabra. Al fin y al cabo, una vez que el arquitecto y el aparejador se marchaban, el jefe de obra era la máxima autoridad allí. Su misión era comandar el trabajo para llevar a cabo, sobre el terreno, aquello que los otros se limitaban a delinear sobre un papel.

—¿Vamos? —le preguntó a Marcelo abriendo la puerta de la caseta para salir a la explanada central, donde esperaban sus empleados.

El aparejador se puso en pie. Estaba tan blanco como su propia barba. La muerte de su compañero le había dejado más hundido que al resto. Jon comprendía que fuera así. Él apenas sabía nada de la vida del fallecido, y menos aún de la historiadora, a la que no había llegado a conocer. Aun así, Marcelo trabajaba codo con codo con ellos. Eran dos mundos separados que convergían en ocasiones. Por un lado, los directores del proyecto, con sus dibujos, sus mediciones y sus ideas habitualmente irrealizables; por otro, los obreros, con Jon a la cabeza, encargados de hacerlo realidad, a menudo renegando de la falta de realismo y sensatez de los directores a la hora de plantear los diseños.

—Están asustados —murmuró el aparejador saliendo al exterior.

Jon, que llevaba en la cabeza el casco blanco que lo identificaba como jefe de obra, no abrió la boca.

Los obreros, casi una veintena de hombres de las más diversas edades, aguardaban formando un semicírculo en la plazuela que se abría entre los barracones metálicos. Algunos llevaban puesto el casco amarillo; otros no. Estaban en silencio. Caras largas, miradas de soslayo... A Jon le hizo recordar aquella vez, hacía unos meses, que le habían exigido mejor equipamiento de seguridad. La pérdida de un pie por uno de sus empleados tras caerle encima una viga de hierro fue el detonante. Todos sabían que, de haber contado con unas buenas botas de seguridad, el joven, que acababa de comenzar a trabajar y aún no tenía ni veinte años, habría salvado el pie. El jefe de obra, sensibilizado también por el accidente, que vivió de cerca, se puso del lado de los obreros y la empresa se vio obligada a ceder.

Esta vez, sin embargo, era diferente. Por mucho que también en él hicieran mella los rumores que extendían los vecinos, era evidente que las dos muertes tenían una conexión más lógica y por ello había pedido a Marcelo que le acompañara en la asamblea. El aparejador tenía datos que podrían hacer que las aguas volvieran a su cauce.

—Chicos —saludó Jon alzando la voz para hacerse oír sobre el murmullo del río—. Sé que no es fácil, nunca hasta ahora hemos vivido una situación semejante, pero la obra debe seguir adelante.

—¿Sin dirección? —inquirió Pedro Merino, el más veterano. Era alto y su arrugado rostro moreno le confería un aspecto de galán de cine del Oeste.

Jon dirigió una mirada al aparejador, que observaba fijamente la hierba, todavía cubierta por el rocío de la mañana en los lugares donde las pisadas no la habían aplastado.

—Tenemos los planos. Todo el proyecto está perfectamente redactado y dibujado. Mientras la Junta de Aezkoa designa un nuevo arquitecto, Marcelo se ocupará de dirigir la obra, tal y como venía haciendo hasta ahora con Iker y Saioa —anunció el jefe de obra señalando al hombre que estaba a su lado.

Los hombres guardaron silencio y se cruzaron miradas con las que parecían desafiarse a decir ahora lo que habían dicho en privado.

—La gente del pueblo dice que las ruinas están malditas, que inducen al suicidio. —Fue Pedro de nuevo el que habló, erigido en portavoz de sus compañeros, como tantas otras veces.

Un murmullo de aprobación recorrió el grupo. Jon repasó los rostros de sus compañeros con la mirada. Algunos parecían avergonzados por dar crédito a las supersticiones de cuatro vecinos, pero en general se les veía asustados.

«No es para menos. Dos muertos con pocos días de diferencia y los dos relacionados con nuestra obra...», se dijo, comprensivo.

—Sé lo que se cuenta. También a mí me ha llegado tanta palabrería —admitió—. Sin embargo, Marcelo me ha dado una explicación mucho más convincente y realista. —Se giró hacia el aparejador para cederle la palabra—. No soy amigo de airear las intimidades de nadie, pero creo que esta vez no nos queda otra posibilidad.

Marcelo pareció despertar del trance en el que se hallaba sumido. Dijo sentirse incómodo por desvelar el secreto de sus compañeros, pero explicó los encuentros nocturnos que historiadora y arquitecto habían mantenido durante sus visitas a Orbaizeta. El miedo cedió el testigo a las mofas de algunos y a los gestos de extrañeza de otros.

—Esto nos deja dos opciones —anunció el jefe de obra—. O suicidio ritual o crimen pasional. —Las sonrisas que habían emergido se congelaron al oír sus palabras—. Tal vez ella se suicidó por despecho y él no pudo aguantarlo —aventuró antes de bajar la voz—. Aunque la Policía Foral trabaja con otra hipótesis, porque Saioa tenía novio. —Los comentarios jocosos volvieron a repetirse—. Si su pareja se enteró de lo que estaba ocurriendo, es posible que perdiera los papeles y los asesinara. ¿No os parece?

De pronto todos los obreros empezaron a hablar a la vez. No había uno solo que no pareciera tener algo que decir. Unos defendiendo al posible asesino, otros clamando al cielo ante la imposibilidad de justificar crimen alguno, pero todos asumiendo que aquella era la hipótesis válida. Jon se felicitó para sus adentros. Había logrado el objetivo. Nadie hablaba ya de abandonar la obra y volverse a casa.

—Como veis, no hay fantasmas —sentenció eufórico—. Todo tiene una explicación más terrenal. Lamentable, sí, pero sin maldiciones ni supersticiones absurdas. —Hizo una pausa para cambiar de tema—. Acabo de hablar con la Junta del Valle de Aezkoa y nos instan a continuar con nuestro trabajo. La partida presupuestaria de los fondos europeos está aprobada y no quieren perderla.

—¿Cuándo empezamos? —preguntó Pedro tras recorrer con la mirada a sus compañeros, que movieron afirmativamente la cabeza.

Jon sintió que se quitaba un gran peso de encima. Habría resultado demoledor que las supersticiones los obligaran a volverse a casa con el rabo entre las piernas. No quería ni imaginar la bronca monumental del dueño de Construcciones Armesto si echaban por tierra el contrato que les iba a permitir mantenerse a flote durante los siguientes meses. Las cosas no estaban como para andar renunciando a intervenciones de semejante envergadura.

—Tomaos el día libre si queréis. Empezaremos mañana —anunció antes de darse la vuelta para volver al interior de la oficina.

—¿Libre? —protestó esta vez Jonás, al que todos apodaban Bin Laden por su larga barba descuidada—. ¿Y qué pretendes que hagamos?

El jefe de obra se volvió de nuevo hacia sus compañeros. Tras ellos, asomándose entre los contenedores blancos y azules, la selva de Irati se extendía como una implacable masa oscura. Los árboles desnudos, entre los que flotaban pedazos de niebla que se resistían a disiparse a pesar de que la mañana estaba avanzada, no ofrecían un aspecto acogedor. Su mera visión le hizo sentir frío, un frío casi irracional que parecía brotar de sus propios huesos.

Se sacudió la idea de encima y se encogió de hombros.

—Está bien —admitió abriendo la puerta de la oficina. Necesitaba entrar en calor—. Podéis empezar a trabajar. Continuad colocando las pasarelas y los andamios. Me aseguraré de que se os pague el día completo.

13

Sábado, 20 de diciembre de 2014

—Es aquí —apuntó Ane Cestero alzando la mano para que Lakunza, el agente que la acompañaba, detuviera el coche patrulla.

—Espera, no vayas sola —le dijo el ertzaina al ver que hacía ademán de abrir la puerta—. Puede ser peligroso.

Ella asintió comprensiva. Tenía razón. Si Asier Ibarrola había sido capaz de asesinar a su novia y al amante de esta, no le costaría mucho pegarle un tiro a una agente de la autoridad. Eso si es que tenía pistola, porque las dos muertes de Orbaizeta se habían producido de forma más tosca.

—¡Vaya peste! —protestó Lakunza saliendo del coche.

Cestero contempló la fábrica de papel.

—Antes olían mucho peor. Recuerdo de pequeña que el ambiente de Errenteria era irrespirable. Y ahora, ya ves... Algún día atufa un poco, pero nada más. No sé qué les hacen a las papeleras, pero ya no es lo mismo. Por suerte, claro.

—Con lo bonito que es esto ¡Qué pena! —sentenció el otro.

La ertzaina miró alrededor con nostalgia. Era la primera vez que visitaba Berastegi, un pueblo que siempre se había limitado a ver en el fondo de un encantador valle desde la autovía que unía San Sebastián con Pamplona. Sin embargo, Saioa le había descrito una y otra vez el pueblo en el que se estaba construyendo una casa con su novio. Es precioso, decía; precioso y tan verde que podrías contar decenas de tonalidades diferentes de un mismo color. Ahora, con las lágrimas a punto de desbordar sus ojos, comprendió que tenía razón. Los pastos, los pinares, las campas de siega, los huertos... Todo era verde en Berastegi. Lástima que Saioa nunca más podría verlo. Lástima que algún malnacido hubiera decidido que sus sueños y sus planes de vida debían acabar abruptamente en los fríos arcos de una triste fábrica en ruinas.

—¿Vamos allá? —inquirió armándose de valor antes de tocar el timbre. Era un caserío encalado, situado a las afueras del pueblo, junto a otros edificios diseminados. En los terrenos de la familia pastaban una veintena de ovejas cuya lana resplandecía bajo los rayos de sol. Poco más allá, los tallos secos de una plantación de maíz que hacía meses que había sido cosechada se alzaban sobre la hierba a la espera de que el tractor removiera la tierra para prepararla para la siembra. Nada en aquel mundo apacible y hermoso acompañaba la angustiosa sensación que oprimía el pecho de Cestero. En cuestión de segundos estaría mirando a los ojos del posible asesino de Saioa.

—¿Quieres que lo haga yo? —le preguntó su compañero al ver su desasosiego.

No era el primero que lo sugería. Su superior se negó en redondo a que fuera ella la que interrogara al sospechoso. Sin embargo, las súplicas de Cestero, que le aseguró una y otra vez que no se dejaría llevar por las emociones y lo haría con profesionalidad, lograron ablandar su coraza y decidió darle la oportunidad de dirigir las pesquisas. Al mínimo titubeo, eso sí, debía pasar a un segundo plano y dejar a otros que llevaran el caso del presunto crimen de su prima. Así lo ordenaba el protocolo.

—No, estoy bien —murmuró intentando convencerse a sí misma—. Tú cúbreme.

El timbre resonó en el interior del edificio. Estaba nerviosa, pero tenía que hacerlo. Se lo debía a Saioa.

—¡Ya va! —se oyó una voz de mujer antes de que se abriera la puerta—. Hola, muchachos. Es por lo de Saioa, ¿verdad? —saludó haciéndose a un lado para permitirles pasar—. Estamos desolados. Una chica tan adorable —musitó echándose a llorar.

Era una señora fuerte, curtida de cuidar del caserío ella sola, como sabrían después cuando les explicó que su marido había muerto hacía doce años de un cáncer de pulmón. Sus dos hijos, los dos varones, trabajaban en la papelera del pueblo, como otros muchos jóvenes.

—En realidad es con Asier con quien queremos hablar —anunció Cestero.

La señora negó con la cabeza al tiempo que volvía a romper a llorar.

—Va a ser terrible —murmuró sollozando—. Todavía no sé cómo se lo diremos el día que llegue.

Los ertzainas cruzaron una mirada de extrañeza mientras la seguían al salón.

—¿Llegar? —preguntó Cestero—. ¿No está aquí?

—No, claro que no. Está en la montaña, como siempre que tiene días libres. Pobre hijo. ¡Vaya drama!

Ane Cestero se fijó en el gesto de circunstancias de su compañero. Aquello no pintaba bien.

—¿No le ha llamado? —inquirió sin dar crédito.

—No he parado de hacerlo. Es inútil. Jamás enciende el teléfono cuando está en el monte. Lo lleva solo por si necesita auxilio, y porque yo le insisto para que lo meta en la mochila. Si fuera por él lo dejaría en casa. Está harto de que le llamen de la fábrica para que solucione problemas que no le corresponden. Es lo que tiene ser ingeniero. —Mientras hablaba, se sentó en el sofá y les hizo un gesto para que la imitaran.

—¿Nos está diciendo que Asier todavía no sabe que Saioa ha muerto? —preguntó incrédulo el agente Lakunza. En el coche, los dos ertzainas habían trazado una nueva hipótesis: el arquitecto podía haber presionado a Saioa para que dejara a su novio y, ante la negativa de la joven, la habría asesinado. Después, vencido por la culpa, Belabarze se habría quitado la vida saltando al vacío. Esa nueva visión, sin embargo, se desplomaba como un castillo de naipes ante la extraña historia que estaban escuchando.

La mujer rompió a llorar de nuevo.

—Va a ser muy duro —reconoció—. Se lo tendrá que decir su hermano. Yo no soy capaz. Me da tanta pena. Quería a Saioa como a mi propia hija, ¿sabe?

Cestero se fijó en los portarretratos que había sobre la mesa. Su prima la miraba sonriente desde uno de ellos. Era tan guapa. Irradiaba tanta vida, tanta ilusión por todo lo que hacía. ¿Así que aquel muchacho que la abrazaba junto a la torre de Pisa era Asier? ¿Cómo un chico tan normal podía haber cometido una locura semejante? Tal vez, se regañó, estuviera corriendo demasiado, pero todo aquello era muy raro. Eso de que estuviera en la montaña era sencillamente increíble. Ojalá tuviera una buena coartada. De lo contrario, le iba a resultar imposible demostrar que él no había matado a nadie.

—¿Cuándo se supone que debería regresar? —inquirió desconfiada. ¿Y si la madre estuviera encubriéndolo mientras él huía tan lejos como podía?

—Dentro de dos días tiene que volver al trabajo —musitó la mujer levantándose para coger la foto de Saioa—. Se estaban construyendo una casa. Allí detrás, en un terreno de la familia. Mientras la terminaban, ella venía aquí cada fin de semana. Una chica adorable. Me ayudaba con las ovejas y con la huerta. —Pasó el dedo por el rostro de la muchacha, como si la acariciara—. Siempre me lamenté de que mi difunto Jesús Mari no hubiera podido conocerla. Se habría sentido muy orgulloso de su hijo. ¿Qué vamos a hacer ahora? Nunca encontrará una muchacha como Saioa.

—Era muy buena —apuntó Cestero con la voz rota. Le iba a resultar difícil mantener la compostura. Tenía ganas de abrazarse a esa madre desolada y llorar hasta que no le quedaran lágrimas. Lakunza se percató y decidió salir al rescate.

—Lo de Saioa ocurrió hace cuatro días. ¿Dónde estaba su hijo entonces? ¿Ya estaba en la montaña?

La mujer alzó la mirada del portarretratos.

—Estaba con ella —explicó con naturalidad—. La obra que dirigía Saioa iba a comenzar esta semana, así que se fueron los dos juntos a Orbaizeta. Una vez allí, ella se quedaría en el pueblo y mi Asier se iría al monte. Tenía planeado volver caminando hasta casa. Llevaba semanas mirando mapas y organizando la ruta.

Cestero la miró escéptica.

—¿Andando desde Orbaizeta hasta Berastegi?

—Sí, ya sé que parece una locura. Siempre está haciendo travesías —admitió la madre—. Mira que tenemos unos montes bonitos sin necesidad de salir de Berastegi. Pues no, si no es lejos, no quiere saber nada.

—¿Y Saioa? ¿Ella también solía ir con él? —inquirió la ertzaina, sorprendida por lo poco que conocía a su prima.

—A veces sí, pero pocas. Primero con sus estudios y después con su tesis, pocas veces coincidía con las semanas libres de Asier. ¡Pobre Saioa! Se me hace tan difícil hablar de ella en pasado. ¿Seguro que era ella? ¿No será un error?

Ane Cestero negó con la cabeza. Ojalá lo fuera, pero ella misma había visto a su prima en el ataúd.

—¿Ha apreciado algún cambio en el estado de humor de su hijo en las últimas semanas? —preguntó Lakunza mientras Cestero echaba un vistazo a la pantalla de su teléfono móvil, que vibraba impaciente—. ¿La relación entre ellos era la misma de siempre? ¿Los vio discutir?

La madre negaba con la cabeza conforme iba oyendo las preguntas.

—Todo normal. Encajaban muy bien. Era muy raro oírlos discutiendo —dijo con un suspiro nostálgico—. ¡Se querían tanto!

—Perdonadme un segundo —pidió Cestero poniéndose en pie para atender la llamada.

No pulsó la tecla de responder hasta que abandonó el comedor. No solía atender el teléfono en mitad de una conversación, pero se trataba del inspector Eceiza. Podía aportar alguna novedad importante.

—¿Cestero? —le saludó la voz del policía navarro—. Tengo noticias. ¿Qué tal el interrogatorio?

—Bueno... Digamos que, de momento, no lo hay. El novio está en el monte —explicó la ertzaina sin entrar en detalles. Estaba impaciente por conocer las novedades.

—¿Se ha ido al monte? ¿Con su novia recién asesinada? —se escandalizó Eceiza—. ¿Se te ocurre una forma más clara de autoinculparse?

Cestero le explicó lo de la travesía y su sensación personal de que la madre del joven decía la verdad.

—¿Y tus noticias? —inquirió la ertzaina.

—Iker Belabarze fue asesinado —anunció el inspector—. El forense lo ha dictaminado sin duda alguna. Alguien le golpeó en la nuca con un objeto contundente. Una piedra, probablemente. Tiene el occipital partido y restos de los que parece ser material calizo. —Cestero oyó como pasaba las hojas del informe mientras hablaba con ella—. No parece que eso lo matara en el acto, sino que fue la rama que se interpuso en la caída la que terminó de hacer el trabajo.

A pesar de que la noticia no fuera buena, la ertzaina sintió un atisbo de alivio. Eso reforzaba su teoría de que su prima había sido asesinada. Eceiza iba a verse abocado a tomarse el caso más en serio.

—Eso no es todo —continuó el inspector—. El juez ha decretado la exhumación del cadáver de Saioa para practicarle una prueba de tóxicos. Queremos determinar si fue envenenada o sedada para ahorcarla contra su voluntad.

Cestero pensó en la angustia de sus tíos al saber que su pequeña no podría descansar tranquila.

—No me puedo creer que no hicierais la analítica antes —le reprochó indignada.

Eceiza se mantuvo en silencio unos instantes. Pasaba hojas de nuevo.

—El forense de guardia no lo consideró necesario. Parecía demasiado evidente que había sido un suicidio —se defendió el inspector antes de despedirse.

Al regresar al comedor, la mirada de Lakunza le dijo que no sabía por dónde seguir la conversación. Ella tampoco tenía más preguntas que hacerle a aquella mujer rota. Su disgusto era verdadero, de eso no cabía duda. Faltaba por ver qué reacción tenía su hijo al enterarse de una noticia que quizá ya conociera demasiado bien.

—En cuanto tenga noticias de su hijo, hágamelo saber, por favor. —La ertzaina le tendió una tarjeta de visita a la mujer, que dejó el portarretratos en la mesa para cogerla.

—No me explico qué pudo llevarla a suicidarse —balbuceó acompañándolos a la puerta.

—Saioa no se suicidó —aclaró Cestero regañándose al instante por ser tan impulsiva.

La madre se giró horrorizada hacia ella.

—No, no... No puede ser —repuso llevándose las manos a la cara para ahogar un sollozo—. ¿La han matado?

—Ella no decidió acabar con su vida. Fue alguien quien se la robó —sentenció la ertzaina con palabras que le brotaron de lo más profundo del alma—. Puede estar segura de que no descansaré hasta meterlo entre rejas.

—¡Madre mía! —lloró la mujer abriendo la puerta—. ¡Mi pobre Saioa!

—Descanse, señora. Le va a hacer falta —le recomendó Cestero—. No olvide avisarme en cuanto sepa algo de su hijo.

—Descuide, agente. La llamaremos en cuanto aparezca. No sé si Asier podrá soportarlo.

Ane Cestero había visto demasiados rostros tristes en los escasos dos años que llevaba en la Ertzaintza, pero ninguno como el de aquella mujer que acababa de cerrar la puerta. En cierto modo, se sintió reconfortada al saber que también en aquella casa se lloraba la muerte de su prima, pero eso no le haría bajar la guardia. Asier Ibarrola seguía siendo el principal sospechoso, y más con esa rocambolesca historia de su travesía.

—Ese tío estaba allí el día que mataron a Saioa —apuntó Lakunza abriendo la puerta del coche—. Si antes era sospechoso, ahora ni te cuento.

Cestero asintió secándose las lágrimas que había sido incapaz de contener de camino al vehículo.

—¿Sabes qué vamos a hacer? Dejaremos un coche patrulla día y noche ante esta puerta —explicó con determinación—. Si mañana a última hora no ha regresado, lanzaremos una orden de búsqueda y captura.

—Deberíamos dar ya la orden —discrepó Lakunza—. No me gusta nada esa patraña de las travesías.

—No. Me fío de esa mujer. Si dice que su hijo está de camino y que llegará, creo que será así —decidió la ertzaina tras pensarlo unos instantes.

Su compañero arrancó el motor.

—Como quieras. Eres tú quien lleva el caso —admitió acelerando.

—Ya quisiera yo. Es cosa de la Foral. Esta vez nosotros somos unos mandados —se lamentó Cestero antes de llamar por radio a la central. Quería una patrulla en Berastegi, y la quería ya.

14

En cuanto cerró la puerta del 206 se sintió agotada. Hasta entonces no fue consciente de ello, pero hacía demasiadas horas que había salido del hostal. Eran las seis de la tarde y llevaba en vilo desde primera hora, cuando las sirenas policiales resonaron en el valle. Necesitaba llegar cuanto antes al Irati y olvidarse del caso hasta el día siguiente. No tenía fuerzas ni para esperar a la hora de cenar. Tampoco tenía hambre; las lentejas a las que la habían invitado los obreros aún mantenían entretenido su estómago.

«Esto es un puñetero viaje en el tiempo», se dijo fijándose en los edificios anacrónicos que rodeaban las ruinas de la fábrica.

Bajo la lluvia, que había comenzado a caer con la llegada de la noche, y con la escasa iluminación anaranjada que brindaban varias farolas oxidadas, aquel lugar parecía el escenario perfecto para una película sobre los años sesenta. Se veía luz tras las ventanas de las casas. En algunas había estado ya, recabando tanta información como había podido para intentar esclarecer lo que comenzaba a ser un secreto a voces que eran dos asesinatos. Otras, como la de las viudas Aranzadi, aún se le resistían. No había sido capaz, todavía, de cruzar con ellas más que un par de gestos poco amistosos a través de una ventana. Tampoco había podido hablar con Chocarro, el dueño de la serrería, ni con Sagrario, aquella a la que sus vecinos no dudaban en tildar de marimacho. Aunque en estos dos últimos casos se había debido más a un problema de falta de tiempo que a la negativa de ellos.

El día era corto en Orbaizeta. Con la llegada de la oscuridad, todos se recluían en casa. Acostumbrada a la vida en su Bilbao natal y en Pasaia, que cobraban vida al salir la gente del trabajo, aquello le resultaba extraño, casi incómodo. Los obreros debían de sentir lo mismo, porque habían desaparecido de allí. No era difícil aventurar que los encontraría en el hostal Irati. Al fin y al cabo, era el único bar a menos de diez kilómetros a la redonda.

Giró la llave y arrancó el motor, que se resistió unos instantes por culpa del frío. Pisó el embrague, puso la primera marcha y dirigió el vehículo hacia la carretera. Antes de abandonar la solitaria plaza, vio por el retrovisor que se abría la puerta de la iglesia. La cálida luz de su interior iluminó las siluetas de un hombre y varias vacas. Paco Roncal volvía a casa. Probablemente no quedara un solo vecino en la Fábrica de Orbaizeta que no estuviera ya a resguardo; y eso que aún no eran las siete de la tarde.

Leire cambió de marcha y aceleró. Los caseríos de los Lujanbio y Serafín Chocarro salieron pronto al paso. Al día siguiente se acercaría por ellos a preguntar, aunque la hipótesis del novio vengador ganaba peso por momentos y tal vez cualquier visita fuera en balde. Tras ellos, el cartel indicador de que dejaba el barrio le recordó que, a partir de entonces y hasta Orbaizeta, no encontraría nada habitado. Cinco kilómetros de soledad entre pastizales y bosques sumidos en la más absoluta oscuridad. Por si fuera poco, la lluvia caía con fuerza, obligando al limpiaparabrisas a trabajar a la máxima velocidad para mantener limpio el campo de visión.

«Mejor lluvia que niebla», se consoló la escritora.

Apenas había recorrido un kilómetro cuando le pareció que se aproximaba un coche en dirección contraria. Buscó instintivamente la manecilla de las luces y puso las de cruce. Fue en vano; no venía nadie de frente. El resplandor que le había parecido ver sería el de sus propios faros reflejados en alguna borda de ganado. La lluvia jugaba esas malas pasadas.

«Estoy demasiado cansada», pensó luchando por mantener los ojos abiertos.

El aguacero, que reverberaba en el techo del vehículo, le obligó a reducir la velocidad. Hacía rato que sentía un ruido que le molestaba y reparó en que era la radio. Estaba encendida y no sintonizaba emisora alguna, por lo que emitía un desagradable zumbido. Apartó la mano derecha del volante para apagarla y retiró la vista de la carretera. Solo fue un instante, pero el 206 invadió levemente el carril contrario.

El desgarrador aullido de un claxon rompió de pronto el silencio. Al alzar la vista hacia la carretera descubrió aterrada que estaba a punto de chocar contra un todoterreno que venía de frente. Los segundos discurrieron a cámara lenta mientras giraba bruscamente el volante para volver a su carril. Tanto que pudo reconocer aquel coche que pasó a escasos centímetros del suyo.

Lo conocía. Demasiado bien, de hecho. Se trataba del mismo que había estado a punto de atropellarla dos días atrás. Y había algo extraño: circulaba sin luces. Por eso no lo había visto acercarse. Ahora estaba segura; lo que había creído ver antes eran sus faros.

Con el corazón desbocado por el susto y la adrenalina, decidió que esta vez lo seguiría. Iba a averiguar de quién se trataba aunque para ello tuviera que conducir a través de toda la selva de Irati.

Pisó con fuerza el freno para dar media vuelta. El coche, sin embargo, no respondió. Accionó de nuevo el pedal, pero este se hundió hasta el fondo sin que el 206 perdiera velocidad.

—¡Mierda! —exclamó aferrando con fuerza el volante.

El pánico se abrió paso como un caballo desbocado. Iba sin frenos y el coche ganaba velocidad por culpa de la pendiente descendente. Más abajo, el asfalto trazaba una curva hacia la izquierda. Si continuaba a ese ritmo, no podría tomarla sin que la inercia hiciera que el 206 volcara.

Pensó en los brazos protectores de Iñaki; pensó en su madre, a la que recordó como aquella joven alegre que iba a buscarla a la salida del colegio, y pensó en el hijo que no tenía y al que, hasta entonces, jamás había echado de menos.

No quería morir, pero no podía hacer nada por evitarlo.

La curva estaba ya muy cerca, demasiado cerca, y el coche iba endiabladamente rápido. Contuvo la respiración y asió con fuerza el volante. Miró el velocímetro. Ochenta kilómetros por hora. A ambos lados de la carretera, las señales de prohibición marcaban un límite de cuarenta. Ya llegaba. La curva ya estaba allí. Tenía que hacerlo. Era la única opción. O eso o nada.

El asfalto giró a la izquierda. Era casi un ángulo recto. El Peugeot, en cambio, continuó de frente, adentrándose en una amplia campa y arrancando un fino cable eléctrico que impedía que las vacas salieran de los pastos.

En su interior, Leire sintió la brutal sacudida del firme irregular conforme el vehículo perdía velocidad. Cuando por fin se detuvo, se apoyó en el volante y rompió a llorar como no recordaba haberlo hecho jamás. Estaba viva.

Un día de invierno de 1958

Tomás se sentía descolocado. Nunca hasta entonces imaginó que el nacimiento de su hermana convertiría su casa en una romería. Las vecinas, no solo del barrio de la Fábrica, sino también de Orbaizeta, esas que apenas conocía de los días de misa, se arremolinaban ante la puerta y se turnaban para subir al dormitorio a dar la bienvenida a la recién nacida. Porque el hermanito que con tantas ganas esperaba había sido finalmente una pequeña sonrosada y llorona. No parecía muy dispuesta a jugar.

—Yo también prefería un niño —le confesó su padre sentándose junto a él en el banco de piedra de la entrada.

—A mí me daba igual —se defendió Tomás. Tenía claro que, con once años de diferencia, tanto daba niño que niña, pues difícilmente podría jugar al balón con el bebé.

—No es verdad. Si no, ¿por qué estás aquí enfadado?

—¡Yo no estoy enfadado!

En realidad sí lo estaba. Quería que toda aquella gente se volviera a su casa y les dejara en paz. Seguro que su madre también estaba deseando quedarse sola con su bebé. Solo hacía unas horas que había dado a luz tras una larga noche de parto y necesitaba descansar, no asistir a un coro de voces melosas y de bocas que babeaban sobre la recién nacida.

Tomás difícilmente lograría olvidar los gritos desgarradores que le hicieron odiar a la criatura que estaba en camino.

—¿Un poquito de Kina con galletas? —propuso su abuela asomándose por la puerta.

Había dos corros ante ella. Por un lado, las señoras que aún no habían podido entrar a dar la bienvenida a la pequeña; por otro, algunos maridos que aguardaban en el exterior a las mujeres que estaban dentro de la casa. Ellas hablaban de bebés, rememorando tiernos pasajes de la infancia de sus hijos; ellos, en cambio, estaban más interesados por la anunciada pavimentación de la carretera.

—Trae por aquí. Trae —le indicó uno de los hombres.

La bandeja de pastas no tuvo tanto éxito como el vino dulce, que desapareció a la misma velocidad que se llenaban los pequeños vasos de cristal que Maritxu guardaba para las ocasiones especiales.

—Dejaréis un poco para nosotras, ¿no? —se quejó la madre de Serafín Chocarro desde el grupo de las mujeres.

—Tranquilas, hay otra botella —anunció la abuela mientras le hacía un gesto a Tomás para que acercara su vaso.

—No le dé más vino, suegra —protestó el padre del niño.

—La Kina San Clemente abre el apetito —replicó la abuela vaciando el culo de la botella en el vaso del muchacho.

—Siempre tiene que hacer lo que le viene en gana —le reprochó Manuel.

—¡Como todas! —se burló Vicente apartándose del grupo de hombres para acercarse al banco de piedra.

—Tú calla, que nunca te has casado —le echó en cara la madre de Aranzadi en tono jocoso.

—Vicente siempre fue el más listo —apuntó su marido dándole al soltero una palmada en la espalda—. Ahora no tiene que aguantar a ninguna arpía como vosotras.

—¡Oye, guapo, arpía será tu mujer! ¿Qué es eso de meternos a todas en el mismo saco? —se quejó una.

Tomás se llevó las manos a la cara. ¡Que se fueran de una vez, por favor!

—¿Me hacéis un hueco? —preguntó Vicente sentándose entre el muchacho y Manuel—. Estaréis hartos, ¿no? Estas celebraciones se hacen pesadas.

—¿Quién quería más Kina? —La voz de la abuela y los reproches jocosos de quienes esperaban ante la puerta ocultaban el canto de los pájaros, que anunciaba que el día comenzaba a decaer.

—¿No tendrás faena para hoy? —preguntó Manuel.

Vicente lo miró de soslayo.

—¿Hoy? ¿No querrás...? —Algo en la expresión del padre de Tomás le dijo que hablaba en serio—. Ostras, Manuel, acabas de ser padre.

—Por eso mismo. ¿Tú crees que esto se puede aguantar?

El suspiro de Vicente indicaba que no estaba de acuerdo.

—Poca cosa. Pensaba encargárselo a Aranzadi, pero ya que insistes... Espero dos paquetes. Material fotográfico y unas películas de cine. Van para Madrid. —Hablaba pausado, triste, con la mirada fija en sus manos huesudas—. Es poco peso. No hace mucho todavía me ocupaba yo de este tipo de trabajos, pero ya no valgo ni para esto. —Señaló a Tomás—. Entre los dos os apañaréis bien.

—Estas pastas están buenísimas. Tienes que darme la receta —se oyó una voz de mujer.

—Ya veremos. ¿Un poquito más de Kina?

—Es preciosa. Igualita que la madre —celebró una que salía por la puerta.

—Del padre tiene la mirada —la corrigió la que la seguía.

—¿Dónde? —inquirió Manuel ajeno a sus palabras.

—En la borda de Miguel a eso de las diez.

Tomás conocía aquel lugar. Se trataba de una precaria construcción de piedra con tejado de pizarra que se encontraba a medio camino entre los collados de Arnostegi y Organbide, cerca de la torre romana de Urkulu. Los mayores nunca habían sabido explicarle por qué se llamaba así. Solo habían acertado a decirle que nada tenía que ver con el Miguel que mató a tiros la Guardia Civil. No, para entonces ya tenía ese nombre. De hecho, siempre lo había tenido.

—Allí estaremos —anunció Manuel apoyando las manos en las rodillas.

—¿Estás seguro? ¿No estarías mejor aquí, con tu familia? Maritxu podría necesitarte. —Vicente miraba a Tomás, que tuvo la sensación de que el viejo le animaba a oponerse a la idea de su padre, pero el muchacho también tenía necesidad de huir de aquella situación.

—Claro que estoy seguro —sentenció Manuel—. Además, vaya una tontería. Si a las diez nos pasan los paquetes los gabachos, antes de las doce estaremos de vuelta en casa.

Vicente torció el gesto. Su amigo tenía razón, pero solo en parte, porque no contaba con que a menudo surgían problemas. La aparición de la Guardia Civil era solo uno de ellos, porque en el monte, y en un trabajo donde se dependía además de otra gente, las complicaciones y los retrasos estaban a la orden del día.

—Pues no se hable más. Bajad la mercancía a mi leñera —zanjó Vicente.

—¿Sabes dónde andarán? —preguntó Manuel refiriéndose a los guardias.

El anciano negó con la cabeza.

—Con esto de tu hija hoy no he podido ir a jugar al mus con ellos.

Tomás vio que su padre se encogía de hombros. Tanto daba, ya les darían esquinazo.

—¿Seguro que no queréis un poquito más de Kina? —ofreció la abuela acercándose con la botella.

Era suficiente. Manuel se puso en pie y, sin despedirse, entró en casa para comenzar a preparar todo para la noche.

Llegaron a la borda de Miguel a la hora acordada. Tomás había hecho todo el camino en silencio, igual que su padre. El muchacho se sentía culpable. El llanto de su hermanita y la mirada herida de su madre al saber que su marido no era capaz de quedarse en casa un día tan importante le habían acompañado hasta los collados fronterizos. Estuvo a punto de decirle a su padre que él se quedaba, que subiera solo, pero se contuvo en el último momento. No podía hacer algo así. Se habían comprometido con Vicente, y la palabra era sagrada. Si quería ser un buen contrabandista, y él aspiraba a llegar a ser el mejor del valle, no podía dejar que un paquete se quedara sin pasador, tirado en aquella borda solitaria. De alguna forma resarciría a su madre del daño que le hacían. Si el invierno no se estuviera echando encima le llevaría unas flores. De pequeño lo hacía. Ahora no. ¿Qué dirían sus amigos si le vieran recogiendo narcisos o gencianas? No, con diez años para once no se hacían esas cosas. Aunque ese día estaba dispuesto a hacer una excepción. Lástima que el tiempo no acompañara y no encontraría ninguna.

—Todavía no han llegado —murmuró su padre—. Siempre estamos igual.

Tomás entró en la borda. Olía a brasas frías. Alguien había hecho fuego en un rincón, pero de eso debía de hacer días. Seguramente fuera para entrar en calor. De buena gana se arrimaría él a un fuego. Hacía mucho frío. Las primeras nieves no tardarían en caer, se sentía en el ambiente. Llevaba varios días metiendo con él las botas a la cama para no encontrarlas congeladas por la mañana, y eso era algo que solo acostumbraba a hacerse en lo más crudo del invierno.

—Me da que alguna pareja de guardias ha estado aquí bien a gustito —apuntó su padre al entrar—. Mientras el teniente espera que estén patrullando la muga, ya ves, ellos aquí al calor de la lumbre.

Tomás se sentó en un rincón con la espalda apoyada en la pared.

—Tengo frío —susurró.

Manuel se acomodó a su lado y lo atrajo hacia sí con sus brazos protectores.

—Yo también. Perra vida la del pasador. Siempre con frío.

Llevaban poca ropa, como siempre. El peso de la carga y el ritmo rápido que imprimían a sus pasos lo hacían necesario para no morirse de calor mientras caminaban. El problema eran las esperas en la muga, cuando el sudor se enfriaba y el vestuario resultaba escaso.

—Quién tuviera una capa de Guardia Civil, ¿no? —se lamentó Tomás.

Manuel no respondió. Sus manos acariciaron el torso del muchacho y descendieron de pronto hacia su sexo.

—Ya debes de tener pelo ahí, ¿no?

Tomás sintió que le costaba tragar saliva. Estaba incómodo.

Su padre no se detuvo. Con movimientos firmes le bajó los pantalones y le hizo caer hacia delante. Después el niño solo sintió dolor. Un dolor desgarrador, acompañado de unos horribles jadeos que no lograría olvidar en toda su vida.

15

—Han intentado matarte —anunció Eceiza acercándose a Leire.

Ella no mostró sorpresa mientras el inspector le hacía un gesto para que se arrodillara para asomarse bajo el coche. Con la llegada de las primeras luces del día, lo habían remolcado hasta el único taller de Orbaizeta, que no conocía de días festivos. Había sido necesaria la ayuda de un tractor, porque el seguro no quería hacerse cargo por encontrarse el vehículo fuera de la vía pública. El mecánico enfocó con su linterna el eje de la dirección, allí donde se unía a la rueda delantera derecha. Acostumbrado a arreglar más tractores que coches, no disponía del mecanismo hidráulico con el que la mayoría de los talleres elevan los vehículos para poder trabajar con comodidad.

—¿Lo ves? Es aquí donde han perforado el conducto —explicó mostrando un tubo del que goteaba todavía un líquido de color marrón.

La escritora pasó el dedo por el tubo y asintió al sentir el agujero.

—¿Cómo lo han hecho? —preguntó frunciendo el ceño.

El mecánico se limpió las manos en el buzo y se puso en

pie. Llevaba las gafas tan sucias que incomodaba mirarle a los ojos a través de los cristales repletos de huellas.

—No es difícil. Un punzón, una navaja... Cualquier cosa puede servir para perforar el sistema de frenado. A veces incluso se agujerea solo, por el paso del tiempo.

El inspector carraspeó para llamar su atención.

—Entonces ¿cómo está tan seguro de que ha sido intencionado? —inquirió con una sonrisa socarrona—. Este coche tiene sus años. Quince si no me equivoco —añadió fijándose en las letras que seguían a los números de la matrícula.

—Por esto —apuntó el mecánico acercándose a la rueda trasera izquierda y mostrándole las gotas oscuras que habían caído también desde allí al pavimento—. Si comprobáramos este otro conducto, veríamos que también ha sido perforado.

—Demasiada casualidad —aceptó Eceiza moviendo afirmativamente la cabeza. Aunque no se fiaba mucho de esos talleres de pueblo, era innegable que la apreciación era evidente.

Leire observaba pensativa el 206, pero el inspector supo de inmediato que su mente no estaba allí, sino en el momento del accidente. El gesto de angustia que se dibujaba en su entrecejo no dejaba lugar a dudas.

—Al principio frenaba. Lo sé porque respondió perfectamente en las anteriores curvas. Después el pedal perdió fuelle... No me lo explico. ¿Cómo puede ser? —preguntó la escritora sin dirigirse a nadie en concreto.

El mecánico tenía la respuesta.

—Es exactamente como lo has explicado. El pedal presiona el líquido del circuito, obligando a las pastillas a entrar en contacto con los discos de freno. O tambores, que este coche lleva frenos de tambor en la parte trasera —apuntó dando un puntapié a la rueda—. Al perforar los conductos, cada vez que frenas, el líquido sale del circuito y disminuye la presión en su interior. Llega un momento en que la falta de presión hace que el sistema no accione las pastillas. ¿No notaste que el pedal estaba más blando de lo habitual?

Leire asintió.

—Sí. Cuando el coche dejó de frenar, el pedal no ofrecía ninguna resistencia. Era como si detrás no hubiera nada que le impidiera hundirse hasta el fondo —reconoció.

Igor Eceiza alzó el brazo derecho para apoyarlo en el hombro de la escritora, pero se contuvo en el último momento. No era eso lo que se esperaba de un inspector de la Policía Foral. Llevó la mano un poco más allá y la posó sobre el 206.

—Deberías volverte a casa y dejarnos esto a los profesionales —apuntó incómodo. Algo le decía que Leire no se daría por vencida tan fácilmente.

La escritora clavó en él una mirada cargada de rabia.

—No. No pienso moverme de aquí —espetó indignada—. Alguien pretende que deje de investigar y no pienso darle el gusto. ¿Han intentado matarme y solo sabes decirme que me vuelva a casa?

Eceiza resopló hastiado.

—No respondo de tu seguridad. ¿Me entiendes? Bastante difícil es tener que andar lidiando con esa gente como para preocuparme también por ti —dijo secamente, pero se arrepintió en el acto. Sabía que Leire Altuna había sido clave en la resolución del caso del Sacamantecas y, aunque oficialmente no podía aceptarlo, tenía la esperanza de que sus pesquisas pudieran serle de utilidad.

—¿Acaso te lo he pedido yo? —se encaró con él la escritora.

El mecánico se escabulló al interior de su taller. Una puerta corredera de madera cubierta por innumerables capas de pintura azul protegía aquel santuario del desorden en el que Igor Eceiza se felicitó por no tener que entrar. Por suerte, una furgoneta vieja ocupaba el escaso espacio libre que dejaban los muchos bidones vacíos y las piezas viejas amontonadas, de modo que el 206 había tenido que ser depositado en una pequeña explanada exterior.

—¿Qué tal está el coche? —preguntó Leire alzando la voz para hacerse oír desde el interior—. ¿Podrá circular?

—Habrá que comprobar que el eje de la dirección y la amortiguación no hayan sufrido daños, pero me atrevería a decir que, aparte del tema de los frenos, no tiene nada —contestó el técnico desde dentro.

Eceiza comprobó que el rostro de la escritora perdía parte de la tensión acumulada.

—Fuiste muy hábil —apuntó en un intento por recuperar la buena sintonía con ella—. No a todo el mundo se le hubiera ocurrido seguir de frente hacia los pastos en lugar de tomar la curva.

Leire asintió mirándole sin interés. Una vez más, el inspector comprendió que la escritora estaba lejos de allí.

—No es mío —explicó dando un par de palmadas al coche—. Me lo prestó un amigo y me gustaría devolverlo de una pieza.

Esta vez Eceiza fue incapaz de reprimirse y apoyó la mano en el hombro de ella, que le dedicó una mirada desconfiada.

—No fue culpa tuya. Alguien intentó matarte. ¿Te parece poco?

Leire no le escuchaba. Parecía dudar entre contarle algo o no hacerlo. Finalmente se decidió.

—Antes de perder el control, me crucé con un todoterreno. Circulaba sin luces. Ni siquiera llevaba las de posición. Estoy segura de que las apagó al verme, porque me pareció ver el resplandor en la distancia.

Eceiza escuchó aquella historia con escepticismo. No era la primera vez que alguien que acababa de tener un accidente explicaba detalles que eran fruto de su imaginación. La mente, sometida a una situación tan extrema, tendía a fantasear y crear extraños mundos paralelos.

—¿Se limitaba a circular? —preguntó—. ¿No hizo nada raro?

Leire negó con la cabeza.

—Solo pasó de largo y pitó porque yo me estaba metiendo en su carril.

El inspector la observó largamente antes de decidir que aquello no tenía trascendencia alguna en la investigación.

—Ahora deberías descansar —le sugirió apartando la mano de su hombro—. ¿Por qué no te vas al hostal y duermes un rato mientras Moisés te arregla los frenos?

—Yo no acabaré hoy —le interrumpió el mecánico desde el otro lado de la puerta—. Las piezas tienen que venir de Pamplona y hoy no trabajan los del transporte.

Leire se asomó al taller y vio que unas piernas vestidas con un buzo azul asomaban bajo el capó de la furgoneta. Algo más allá, encima de un bidón metálico, las lucecitas de colores llamaron su atención hacia un sencillo árbol de Navidad de plástico.

—¿Me paso mañana por la tarde o prefieres que te deje mi teléfono? —le preguntó.

—Sí, a media tarde creo que lo tendré. Si hay algún problema, te dejaré aviso en el Irati. A mí eso de andar llamando no me gusta —anunció el mecánico asomando una mano con una llave inglesa.

—¿Te vas al hostal? —preguntó Eceiza.

La escritora se subió la cremallera del plumífero.

—No. Me voy a la Fábrica. Aún no sabemos nada y tenemos dos muertos sobre la mesa.

Sus palabras cayeron sobre el inspector como un jarro de agua fría.

—Yo no diría tanto —discrepó—. ¿Acaso no te parece suficiente que el principal sospechoso esté desaparecido? ¡Me jugaría un brazo a que no regresa a casa!

—No sé. Me gustaría darte la razón, pero aquí hay demasiadas cosas raras. Aquí tienes la primera, sin ir más lejos —anunció Leire señalando el 206—. ¿También crees que ha sido él?

Eceiza reconoció para sus adentros que tenía razón. No tenía sentido que el novio resentido estuviera detrás del sabotaje. Más bien parecía que fuera obra de algún vecino alarmado ante las preguntas que la escritora había estado haciendo la víspera.

—Deberías volverte a casa. Tu objetivo era que se reabriera

el caso y así se ha hecho. Déjanos a nosotros y no te juegues más la vida —le pidió convencido de que se negaría a abandonar su investigación. No pensaba insistir. En realidad a él le venía muy bien su presencia. Una persona sin uniforme podría sonsacar más información en un vecindario tan huraño que toda una brigada de la Policía Foral.

—No. Han querido matarme. ¿No te parece suficiente motivo para que me quede? —se empecinó la escritora—. Si alguien tiene tantas ganas de que desaparezca es porque sabe que le acabaré desenmascarando.

Igor Eceiza celebró en silencio sus palabras.

—No te lo puedo prohibir. Eso sí, quiero estar al corriente de la más mínima novedad que averigües —le advirtió con gesto severo.

Leire le retó con la mirada.

—Solo si la información va en ambas direcciones.

El policía no esperaba que se rindiera sin luchar.

—Así será —anunció solemne. Ya se ocuparía él de decidir qué indicios compartir con ella y cuáles no. Todos no, por supuesto, pero sí los suficientes como para tenerla de su lado—. Vamos. Te acerco a la Fábrica —se ofreció señalando el coche patrulla.

—¿Vas para allí? —preguntó la escritora.

—No, me vuelvo a Pamplona. Mis compañeros me esperan en el hostal. Tengo ganas de salir de este pueblucho. Tú, que eres de Bilbao, sabrás de qué hablo —añadió con un guiño cómplice—. Hasta que aparezca el de Berastegi, poco más podemos hacer. La verdad es que no entiendo por qué la Ertzaintza no ha lanzado la orden de busca y captura. ¿Qué ganamos perdiendo el tiempo así?

—Cestero sabe lo que hace, créeme. En cualquier caso, yo no me obcecaría con el novio —defendió Leire abriendo la puerta del copiloto del coche oficial—. Aquí hay demasiada gente obsesionada con que la obra no siga adelante. Es ahí donde me parece que está la clave.

Eceiza pensó en los vecinos y le costó imaginárselos matando a nadie. Aunque con esa gente de pueblo nunca se sabía. En la ciudad todo era más previsible.

El timbre de su teléfono móvil impidió que su pensamiento siguiera por esos derroteros. Miró la pantalla y respiró hondo al comprobar que era la llamada que esperaba con impaciencia.

—Dime —saludó apoyado en el techo de la patrulla—. ¿Hay novedades?

—Saioa Goienetxe estaba sedada cuando la colgaron del arco —anunció la voz ajada del jefe de laboratorio—. La analítica muestra una sobredosis de benzodiacepinas.

—La durmieron para que no opusiera resistencia cuando la ahorcaron —apuntó Eceiza. Desde que supo que Iker Belabarze había sido asesinado, no tenía ninguna duda de que la historiadora había corrido la misma suerte.

Ahora, por fin, sus sospechas quedaban confirmadas.

Desde el otro lado del vehículo, Leire Altuna lo miraba con gesto grave al tiempo que asentía. Iban por buen camino.

16

Lunes, madrugada del 22 de diciembre de 2014

Esa noche no pudo dormir. La luz de los focos halógenos se colaba por las rendijas de la persiana, iluminando las paredes de la pequeña habitación. El mapa ampliado del recinto a rehabilitar era la única decoración, si se le podía llamar así, de la caseta de obra. Sus incomprensibles diagramas y dibujos cobraban vida en la oscuridad, como si con ellos Saioa Goienetxe pretendiera descubrirle la verdad que se ocultaba tras su asesinato.

Por si fuera poco, comenzó a llover. Al principio fueron unas gotas dispersas que, al chocar contra el techo metálico, sonaron como si un ratoncillo corriera sobre él. El aguacero no tardó en ganar fuerza para convertirse en un ruido insoportable. Parecía que uno de los gigantescos gentiles de la mitología vasca aporreara con sus manos el barracón.

—¡Vaya maldita idea! —se lamentó Leire llevándose las manos a los oídos.

Horas antes, cuando Jon Albia, el jefe de obra, le ofreció quedarse a dormir con ellos mientras le arreglaban el coche, le había parecido una idea excelente. Lo de los frenos apuntaba a que alguien no estaba nada contento con su presencia en Orbaizeta; alguien quería quitársela de en medio. En esa circunstancia, el trayecto entre el barrio de la Fábrica y el hostal se convertía en el escenario perfecto para quien quisiera atacarla. Allí no habría testigos si algo le ocurría.

La lluvia no daba tregua. El viento que la acompañaba zarandeaba los árboles, haciendo bailar las sombras en la tenue claridad del interior del contenedor modular. Leire no se sentía a gusto. En aquella cama había dormido la historiadora la noche anterior a su asesinato. Los demás, los obreros y su capataz, lo hacían en un barracón mayor, con dieciséis camas dispuestas en literas. No obstante, a Saioa, la única mujer de la obra, le habían reservado una caseta para ella sola. Allí tenía su oficina y su dormitorio. No había camas para Iker Belabarze, el arquitecto asesinado. Tampoco para Marcelo, el aparejador, que esa misma mañana había abandonado Orbaizeta. Las visitas de ambos serían esporádicas y, en caso de tener que pernoctar en la obra, recurrirían al Irati. La historiadora, sin embargo, vivía su primera obra con tanta intensidad que, una vez instalados los contenedores, había decidido permanecer en ellos mientras durara la intervención. Según Jon, la joven asesinada no quería, por nada del mundo, que apareciera algún elemento inesperado durante las excavaciones sin que ella estuviera presente para catalogarlo.

Leire alargó la mano y miró el reloj del móvil. Era solo la una de la madrugada. Por un momento había albergado la esperanza de que fueran las cinco o las seis y la noche estuviera tocando a su fin. Con un suspiro desesperado, se sentó en la cama y dio un manotazo al interruptor de la luz. El rugido de un trueno la sobresaltó mientras sus ojos se acostumbraban a la claridad. Las ventanas vibraron con la onda expansiva. Había caído cerca. Temió que el nivel del río creciera demasiado por culpa del chaparrón. Eso podía resultar peligroso. El poblado de contenedores modulares donde dormían los obreros se levantaba sobre una llanura aluvial que podría verse cubierta de agua en caso de inundación.

—¡Cálmate! —se regañó en voz alta mientras levantaba la persiana—. Es solo una tormenta.

Se imaginó a Saioa allí. Debía de pasar miedo. O quizá no, porque su novio, aquel que ahora aparecía como su más que posible asesino, pasó con ella la única noche que durmió en la caseta. Además, la historiadora no se sabía en peligro. Probablemente durmiera en paz con sus sueños mecidos por el runrún del agua. Ahora, en cambio, era diferente; dos asesinatos en pocos días, en un lugar con menos de quince habitantes, era una estadística terrorífica.

Leire dirigió la mirada a la plaza, al otro lado del cauce y tras la explanada oscura que ocupaba la fábrica abandonada. Le había parecido percibir movimiento junto a la iglesia de los Roncal. Entornó los ojos para ver a través de la cortina de agua. Fue en vano. Allí no había nadie, solo las sombras que proyectaban los árboles azotados por el viento.

Un nuevo relámpago lo iluminó todo durante unos segundos. Los muros en equilibrio de la vieja factoría tomaron forma en una imagen sobrecogedora. Se alzaban en un perfecto desorden, estirándose hasta los cimientos de la plaza sobre la que se alzaban las antiguas casas de los operarios. No había luz en ninguna ventana. Todos dormían. Lo contrario habría sido de extrañar.

El trueno que acompañaba al rayo tardó apenas cuatro segundos en violar la noche. Fue un ruido desgarrador, como si la tierra se abriera para dejar brotar una maldad que permanecía dormida.

Leire se llevó las manos a los brazos y se frotó arriba y abajo. Estaba helada. Giró la cabeza hacia la estufa. Estaba apagada. Creía recordar que la había dejado encendida al irse a dormir, pero la barra incandescente estaba fría, de eso no había duda.

El pestillo que bloqueaba la puerta estaba pasado. Nadie podía haber entrado.

—Te estás volviendo loca —se reprochó furiosa consigo misma.

Echando un último vistazo al exterior, que se veía tranquilo, se obligó a volverse a la cama. Sabía que no lograría dormir, pero necesitaba descansar.

Solo cuando el reloj dio las cuatro y comprobó que aún no había conseguido pegar ojo, encendió la luz y se sentó ante su ordenador. Aprovecharía el miedo y la tensión para escribir. Tal vez así consiguiera que su nueva novela, la que narraría el asesinato de unos jóvenes amantes en una vieja fábrica abandonada, gozara del mayor de los realismos.

La lluvia había cesado. El único ruido que atravesaba las paredes metálicas era el monótono rumor del arroyo. El portátil todavía estaba iniciándose cuando otro sonido la puso alerta.

Con movimientos lentos propios de quien no quiere comprobar que está en lo cierto, se asomó a la ventana. El llanto de bebé llegó con más intensidad aún.

Que ella supiera, no había ningún recién nacido en muchos kilómetros a la redonda.

Esa certeza le resultó turbadora.

Obligándose a calmarse, abrió la puerta y salió al frío de la noche. Aguzando el oído, comprobó que los lloros no venían de la zona habitada, sino de la inmensa masa negra que constituía la selva de Irati. Un escalofrío le sacudió el cuerpo al tiempo que arrancaba a caminar hacia allí.

Antes de llegar a los primeros árboles, se giró para comprobar si había movimiento en el barracón donde dormían los obreros. Nada. Dormían. Se debatió entre ir a despertar a Jon para que fuera con ella o seguir sola. Finalmente, decidió dejar tranquilo al jefe de obra y entrar al bosque sin compañía.

El llanto era evidente. Llegaba cargado de una angustia y una desolación que desgarraba el corazón. Aquel bebé necesitaba ayuda. Quizá alguien lo hubiera abandonado.

Apenas había dado un paso sobre la hojarasca cuando reparó en la oscuridad que lo envolvía todo. Las hayas amortiguaban la escasa luz que llegaba de las viejas farolas de la plaza para sumirlo todo en una negrura absoluta. El ulular de un cárabo le puso la piel de gallina. Estaba cerca. Alzó la vista para intentar dar con él y le inquietó descubrirlo a solo cuatro pasos. Apoyado sobre una rama baja, sus ojos irradiaban luz. Estaban fijos en ella. Tenía una mirada inteligente, como la de un humano.

«Solo es un ave. Solo es un...», se repetía para sus adentros cuando reparó en que el llanto había cesado.

Leire se mantuvo tan quieta como le permitía el saberse espiada por aquel imponente animal de medio metro de altura. La tensión le atenazaba los músculos, pero estaba segura de que su oído funcionaba con normalidad. A pesar de la distancia, era capaz de oír los saltos nerviosos del río Legarza. El bebé no lloraba.

Decidió esperar unos minutos por si volvía a hacerlo. No tenía sentido dar un solo paso más porque sería como buscar a ciegas una aguja en un pajar.

Ululando, el cárabo extendió las alas y se perdió en la noche. Leire contempló su vuelo antes de regresar confusa hacia la caseta. Lo hizo intentando convencerse de que el llanto no había sido más que una trampa de su subconsciente. Antes de abrir la puerta metálica, se detuvo en silencio a escuchar la noche.

Solo oyó un aleteo lejano.

Un día de primavera de 1966

Los hayedos aún estaban grises, vestidos con su exiguo traje invernal, pero en otros árboles más madrugadores comenzaban a brotar las hojas. Algunos, como los manzanos, lucían ya unas hermosas flores blancas que anunciaban la incipiente primavera. La llegada de la estación se sentía en el ambiente, contagiado de pronto de un optimismo festivo que desbordaba la plaza de Orbaizeta. Jóvenes y mayores bailaban tan agarrados como permitían las miradas suspicaces de unos y otros, mientras el acordeonista se esforzaba por no defraudar a un público que tenía fama de exigente.

Tomás bebió un nuevo trago de vino de la bota que le ofrecía Isidro, uno de sus compañeros de trabajo. Tal vez así le sería más fácil. ¡Era tan guapa! A veces tenía la sensación de que le miraba, pero la confianza en sí mismo tardaba en desmoronarse tanto como un puñado de nieve en derretirse en el torrente de un río primaveral. ¿Qué podría ver Encarna en él? Ella era la hija de los dueños de la serrería, heredera de un negocio que daba trabajo a medio valle. Él, en cambio, no era más que un talador que cada domingo llevaba al baile la misma camisa raída. Y eso por no hablar de sus pantalones ajados de lona ni de sus alpargatas traídas de Maule. Ni siquiera se sentía atractivo. No le gustaba su pelo rizado y difícil de domar ni su extremada delgadez, fruto más de su propia constitución que de tantas horas de duro trabajo.

—¿Por qué no la sacas a bailar? —insistió Isidro empujándolo hacia la pista de baile en la que se convertía la plaza cada domingo después de misa. Al reírse, el muchacho, que contaba diecisiete años, los mismos que Tomás, dejó entrever los huecos que tenía en la boca. Le faltaban dos dientes de la mandíbula superior desde que la rama de un árbol derribado le golpeara en la cara tiempo atrás. Siempre decía que algún día se los pondría de oro, pero todos sabían que eso era cosa de ricos. Un talador no podía pagarse esos caprichos.

—¿Me quieres dejar en paz? —protestó Tomás dando un paso atrás.

Se había puesto nervioso. Seguro que estaba rojo como un tomate; lo sentía en las mejillas. Dirigió la mirada hacia Encarna y le pareció que le dedicaba una sonrisa burlona antes de girarse hacia el joven que la estaba saludando para aceptar un baile con él.

—¿Lo ves? Está deseando bailar. Ya se te ha adelantado el soldadito ese.

Varios compañeros del militar lo jalearon al ver que conseguía un baile. Tenían un año o dos más que Tomás, que no tardaría en ser quinto. No temía la llamada a filas. Es más, estaba deseando incorporarse al servicio militar para salir del valle y ver otros lugares. Pamplona, San Sebastián, Jaca... ¡A saber dónde le tocaría!

De haber sido algún chico del pueblo el compañero de baile de Encarna, Tomás se habría puesto más celoso. Los soldados no eran un problema; apenas pasaban un mes en la zona. Su campamento de maniobras se encontraba a medio camino entre el pueblo y el barrio de la Fábrica, donde vivía él con su familia. Al ir y venir de Orbaizeta a su casa, y de esta al pueblo, los veía hacer ejercicios junto a sus precarios barracones, que parecían más apropiados para alojar vacas que a aquellos jóvenes de pelo cortado al cero. En invierno andaban con esquís por los caminos y se adentraban en la selva en marchas agotadoras que nada tenían de envidiables.

Tampoco la vida de Tomás era fácil. Trabajar de sol a sol tirando hayas y abetos a golpe de hacha y de sierra no era plato de gusto para nadie. A menudo acababa con las palmas de las manos en carne viva, y eso que los callos las habían vuelto duras y ásperas como la piedra. No, el suyo no era un buen trabajo. Los contrabandistas vivían mejor, mucho mejor. Aun así, no quería oír hablar de ello. Su padre había insistido en que se dedicara al trabajo de noche, eso de talar árboles era para los de fuera, para los necesitados que venían a la selva de Irati a buscarse la vida. Los vecinos de allí tenían otros recursos, como cuidar de los animales de la casa, el aserradero o el contrabando. El joven, sin embargo, tenía claro lo que quería: estar lejos de casa y, sobre todo, del alcance de Manuel. Todavía sufría terribles pesadillas en las que su padre le obligaba a bajarse los pantalones. Por muchos años que pasaran, algo en su interior le decía que jamás lograría olvidar esa herida. Tres veces se había repetido la agresión; tres veces en medio de la nada y con la complicidad de la noche. La última de ellas, Tomás gritó con todas sus fuerzas para que la Guardia Civil los descubriera y pusiera fin al horror que estaba sufriendo. Los agentes no aparecieron, pero su padre se asustó y se abrochó la bragueta.

No hubo cuarta vez. Ni la habría nunca, porque Tomás se negó a seguir acompañándolo en sus correrías nocturnas. La ilusión de convertirse en el mejor contrabandista se desvaneció para él al tiempo que buscaba su puesto entre las cuadrillas de taladores. Solo había un trabajo que lo mantendría aún más lejos de su padre, pero la vida de los barranqueros, aquellos que se dedicaban a bajar los troncos por el río, era demasiado esclava. Incluso él, que solo contaba once años cuando comenzó a trabajar, supo verlo. No había año que alguno de aquellos hombres, que avanzaban con sus esparteñas en los pies y con el agua hasta la cintura, no sufriera algún accidente que le costara la vida. Al menos, como talador no se padecía tanto.

El sonido de un claxon llamó la atención de todos hacia la carretera. Solo los niños corrieron al encuentro del camión. Los demás sabían que se trataba de una nueva cuadrilla de taladores. En cuanto las nieves se fundían y podía comenzar la saca exhaustiva de madera, decenas de hombres delgados como el hambre llegaban atraídos por la posibilidad de ganar algo de dinero.

—Son los de Lesaka —apuntó Isidro con gesto contrariado.

Tomás asintió, aunque su mirada estaba más pendiente del baile de Encarna que de los recién llegados. ¡No había chica en Orbaizeta que se moviera tan bien! Por un momento se imaginó que era él quien la guiaba, quien la sujetaba por esos brazos gráciles y la hacía bailar. La insistencia de su amigo le hizo girarse hacia el camión, uno de esos Pegaso bautizados popularmente como Mofletes.

—¡Y vienen dos nuevos! Como sigan así nos van a echar a nosotros... —se quejaba Isidro.

En el vehículo, que tosía ruidosamente contaminando el ambiente con su humo negro, llegaban doce jóvenes. Viajaban en la caja, sentados en el suelo y sujetos como podían a las paredes dispuestas para contener la carga.

—¿Cómo puedes reconocerlos? —se extrañó Tomás. El largo viaje a través de carreteras mal pavimentadas les pasaba factura. Tenían la cara oculta por una capa de polvo que estarían deseando quitarse de encima. Sin embargo, Tomás no sintió lástima alguna. Si no fuera por ellos, los capataces les pagarían mejor. Siempre flotaba entre los taladores la amenaza de que cualquiera era prescindible, pues había hombres más necesitados deseando hacer el mismo trabajo por menos dinero y sin abrir la boca para quejarse.

—No está el borrico aquel de la cicatriz en el morro —siguió Isidro—. A cambio vienen dos que parecen hermanos. Para mí que son gemelos.

—¿El que se pegó con el capataz? —preguntó Tomás recordando al bruto con los labios magullados.

—¿Con quién no se pegó ese? ¡Si estuvo todo el día a la gresca!

Conforme los jóvenes fueron bajando del camión, la música pasó a un segundo plano. Los lugareños más mayores, con el vaso en la mano y sus boinas caladas, los miraban desconfiados. Que llegaran forasteros suponía que la tranquilidad del pueblo se rompiera. Bastante tenían con los militares del campamento. A veces alguno se emborrachaba e intentaba propasarse con las mujeres, algo que uno de Orbaizeta jamás haría. «Hasta que empezaron a venir gentes de fuera aquí nunca pasaba nada» era una queja que se repetía mucho entre trago y trago de vermut.

No eran los únicos que observaban a los recién llegados. Aunque de forma más recatada, de reojo y con disimulo, las jóvenes del pueblo tampoco les quitaban ojo. A ver si venía entre ellos aquel que el año pasado las había sacado a bailar, o aquel con quien habían llegado a salir a pasear por la carretera en las largas tardes del verano.

Para cuando Tomás volvió a girarse hacia la plaza, Encarna había dejado de bailar. El acordeonista, un francés de Saint-Jean-le-Vieux que acudía cada semana a amenizar la cita dominical, daba un largo trago a la bota de vino que le ofrecía José Ignacio, el panadero. Este último, al ver que le miraba, le guiñó el ojo afectuosamente. Era amigo de su padre, que, a menudo, descargaba su carga nocturna en el almacén de harina, casi siempre bajo mínimos, de la panadería. Su camioneta, en la que acarreaba leña y repartía el pan por Orbara, Aribe y otros pueblos cercanos, contaba con un doble fondo en el que habían viajado no pocas puntillas para las fábricas textiles catalanas. Él solo las llevaba hasta la carretera de Otsagabia, donde las cargaban en camiones de los que poco sabía. Con los puros, los tan ansiados Voltigeurs, era más complicado. Su aroma no era fácil de camuflar tras el olor a harina y José Ignacio no quería saber nada de ellos. No fuera que la Guardia Civil descubriera su doble vida y le complicara la existencia.

Allí estaba, apoyado en uno de los tilos de la plaza, el teniente Santoyo. Junto a él, dos guardias con sus pesadas capas. Todos con su tricornio y el vaso de vermut en una mano. Con ellos charlaba animado el padre Ángel, con su barriga prominente que ni siquiera la sotana era capaz de disimular. Hacía tiempo que se rumoreaba que pensaba jubilarse, pero a sus setenta y tres años seguía al frente de la parroquia de Orbaizeta. A Maritxu la tenía enamorada con sus largos sermones y su estilo patriarcal. A Tomás, sin embargo, le parecía un charlatán de poca fe y mucha hambre; como el cura de la cercana Garralda, del que se decía que había muerto de una indigestión mayúscula.

Tomás buscó a su madre con la mirada. Era raro que Maritxu se hubiera perdido la misa, y más aún que su padre no hubiera vuelto todavía a casa. Salió por la noche hacia la muga y no había regresado aún. Aranzadi, Chocarro y otros que iban con él decían haberlo visto cargarse el paquete a la espalda en el collado de Organbide y echar a andar hacia el pueblo.

—Pregúntale al teniente —sugirió Isidro al verle buscar a sus padres con la mirada—. Tal vez ellos sepan algo.

—¿Estás loco? —se quejó Tomás—. Eso sería como colgar un cartel en la puerta de casa anunciando que en ella vive un contrabandista.

—¡Anda que no lo sabrán! —se mofó su amigo.

Tomás no supo que responder. Era evidente que los guardias sabían quiénes andaban en el contrabando. Tanto que a menudo recibían pagos de los pasadores para que les dejaran hacer. Pero no, no le parecía lógico ir a plena luz del día a pedir ayuda a la Guardia Civil para encontrar a un contrabandista desaparecido.

El acordeonista comenzó a tocar una nueva pieza.

—¡Vamos, sácala a bailar de una vez! —le empujó Isidro.

Tomás tragó saliva. Tenía la boca seca por los nervios, pero la fuente estaba ocupada por los taladores de Lesaka, que se limpiaban la cara con el agua fría. Algunos, en lugar de esperar su turno para meterse bajo el potente chorro que salía del caño, tomaban el agua del abrevadero dispuesto para que bebiera el ganado.

—Deséame suerte —dijo respirando hondo y sacudiéndose las ropas.

Con paso decidido y un nudo en la garganta, fue hacia Encarna. Le pareció que le invitaba a acercarse con una sonrisa ladeada. Conforme se aproximaba, se hacía la interesante y fingía charlar con su hermana. ¡Qué diferentes eran las dos! Una tan hermosa y la otra tan poco afortunada. Encarna tenía cabellos rubios, unos preciosos ojos verdes y unos labios que enamoraban. La otra, en cambio, tenía casi tanto pelo en la cara como en la cabeza y una apariencia tan desgarbada que los taladores solían referirse a ella como el Oso.

¿Cómo le propondría que bailara con él? ¿Cómo reaccionaría si le decía que no? Ojalá fuera capaz de abrir la boca para decir algo. De lo contrario, quedaría como un tonto y nunca más se atrevería a dirigirse a la joven.

Tres pasos y la alcanzaría. Tres y estaría ante el gran momento de su vida.

No llegó a darlos, pues el panadero salió a su encuentro con gesto preocupado.

—Tomás, ven conmigo —le pidió tomándole del brazo.

El joven cruzó una mirada con Encarna, que observó cómo se alejaba con José Ignacio. Tuvo la sensación de que los ojos de ella mostraban decepción. Quería bailar con él.

—¿Qué pasa? —preguntó molesto.

—Ven, vamos. Tengo que hablar contigo —anunció José Ignacio sin detenerse.

—Es por mi padre, ¿verdad? —Tomás imaginó que algo malo le había ocurrido.

El otro se limitó a seguir caminando hasta llegar al murete que protegía el río Irati. Rugía furioso por el deshielo, enmascarando en gran parte el jolgorio de la plaza. Un torbellino de recuerdos comenzó a desfilar por la mente de Tomás. Se temía un anuncio fatal. De entre todos, solo uno perduró más que unos ínfimos instantes: el de aquella borda oscura y el de las toscas manos de Manuel sujetándolo por las caderas desnudas. Como cada vez que lo recordaba, sintió que su alma se rompía en mil pedazos. Ya nada importaba, ni la sonrisa de Encarna, ni las malas noticias; solo el grito ahogado que se abría camino en su corazón.

—Chico —comenzó a decir el panadero—. Tengo malas noticias. Han encontrado a tu padre. Le ha faltado poco para desangrarse. Los guardias debieron de acertarle con un tiro cerca de las bordas de Azpegi. Tiene la tibia destrozada y cuando lo encontraron estaba inconsciente de tanta sangre que había perdido. Vete a casa. Tu madre te espera. Necesita ayuda.

—¿Vivirá? —inquirió Tomás con los ojos velados por las lágrimas.

El panadero asintió.

—Vivirá, pero dudo que pueda volver a andar.

17

Vestidos con sus chalecos amarillos, los trabajadores de Construcciones Armesto deambulaban, de aquí para allá, entre las laberínticas ruinas. Unos instalaban un andamio junto a un muro devorado por la maleza, otros protegían con un encofrado de madera un arco que se mantenía precariamente en pie Definitivamente, la obra había comenzado.

—Las aguas van volviendo a su cauce —comentó Leire apoyada en el murete que separaba el recinto fabril de la plaza. Aquel era un buen otero para contemplar los avances. La situación de la fábrica en una cota inferior permitía ver sus ruinas casi por completo. Los antiguos hornos de fundición ocupaban el centro del complejo. Los encofradores trabajaban en el refuerzo de sus arcos antes de comenzar a vaciarlos de escombro. Otros elementos en los que los hombres de Jon estaban trabajando eran el taller de moldería, una amplia construcción con varias ventanas abiertas al exterior, y el almacén de mena. En este último se guardaba antaño el mineral en bruto a la espera de ser convertido en mortíferas piezas de artillería. Decenas de dependencias de menor tamaño esperaban su turno en la intervención.

—Ya era hora de que se calmara todo —celebró Jon Albia. Era la primera vez que Leire lo veía sin casco. Hasta entonces no imaginaba que fuera tan calvo. Contrastaba con su aspecto juvenil. Los problemas de la obra no le hacían perder la sonrisa. Era un tipo afable, con un marcado acento de la Ribera que a Leire le resultaba simpático—. Llegué a pensar que nos volveríamos para Tudela sin llegar siquiera a comenzar.

Uno de los obreros llamó la atención de su jefe con un silbido.

—¿Este también? —inquirió señalando el dintel curvo de lo que algún día había sido una puerta.

Jon asintió llevándose a los labios el cigarrillo que le ofrecía Leire.

—También. Aseguraos de que el andamio queda bien sujeto. Nada de chapuzas. No estamos para disgustos.

Una vibración en el bolsillo del plumífero le indicó a la escritora que estaba recibiendo una llamada.

—Hola, Ane —saludó descolgando. El nombre de Cestero aparecía en la pantalla.

—Leire, tengo noticias. El novio de Saioa ha vuelto a casa. La patrulla lo ha interceptado hace media hora y lo trae a la comisaría para interrogarle.

—Se ha cumplido lo que decía su madre —apuntó la escritora sin poder evitar sentirse decepcionada. En su fuero interno guardaba la esperanza de que Asier hubiera huido, lo que lo delataría como claro culpable del doble asesinato.

—Así es —reconoció la ertzaina—. A ver qué cuenta. Ya te llamaré. Te dejo. Ya está aquí.

Leire se quedó unos instantes mirando fijamente la pantalla. En realidad, que el novio hubiera regresado no lo excluía de la lista de sospechosos. Si su coartada era la travesía, era lógico que intentara mantenerla hasta el final.

El humo del cigarrillo de Jon le irritó los ojos, como si pretendiera recordarle que el jefe de obra estaba a su lado.

—Tiene que haber sido muy duro para vosotros —comentó la escritora dando una calada al suyo. El sabor acre de la nicotina le hizo sentirse reconfortada.

—Sí y no —reconoció Jon dando por hecho que se refería a los crímenes—. De hecho, yo era el único que los conocía. En el mundo de la obra, los arquitectos van por un lado y la empresa constructora por otro. Nunca antes habíamos trabajado con Belabarze, y menos con la chica. Creo que se estrenaba aquí. Pobre chavala. —Leire asintió con una mueca de tristeza—. La Junta de Aezkoa los contrató primero a ellos para redactar el proyecto de rehabilitación. Después sacó la obra a concurso. Es el procedimiento habitual. —Dio una larga calada contemplando pensativo a sus hombres—. Ninguno de ellos llegó a conocer a la historiadora; al arquitecto apenas unas horas, porque lo mataron cuando acabábamos de llegar.

No era lo que esperaba Leire. Su desconocimiento la había llevado a pensar que todos formaban parte de una misma empresa.

Iba a comentárselo cuando su teléfono volvió a sonar.

—Dime, Ane —contestó dando por hecho que se trataba de nuevo de Cestero.

—¿Ane? ¿Tanto hace que no me ves que no sabes ni cómo me llamo? —Era la voz de su hermana.

—Joder, perdona —se disculpó Leire apartando el terminal de la oreja para mirar la pantalla. La foto de Raquel vestida de gala para la boda de su primo Raúl no dejaba lugar a dudas—. Te he confundido con una amiga.

—No nos ha tocado. Este año tampoco —anunció Raquel.

La escritora frunció el ceño. ¿De qué hablaba?

—Ah, la lotería —dedujo recordando que era veintidós de diciembre. Su hermana había heredado la pasión de su madre por el sorteo de Navidad. Entre las dos habían llegado a jugar algún año más de seiscientos euros en décimos. Leire, en cambio, solo recordaba haber comprado una participación de un equipo de fútbol infantil. Fue incapaz de decir que no a dos niños que subieron, una ventosa tarde de otoño, hasta el faro de la Plata con su taco de boletos.

—Nada. Ni una miserable pedrea —insistió Raquel—. ¿Cuándo vienes? La *ama* ya te ha preparado el cuarto.

Leire miró incómoda al jefe de obra, que apuraba su cigarrillo a la espera de que colgara. Siempre había creído de un pésimo gusto que alguien la dejara con la palabra en los labios para atender el teléfono.

—No lo sé. Iré tan pronto como pueda. Ahora mismo me es imposible.

—Para la cena estarás aquí, ¿verdad?

—Nunca he faltado —replicó Leire con una mueca de fastidio. Nada le daba más pereza que celebrar la Nochebuena con su madre y su hermana. Algún absurdo programa de humor a todo volumen en el televisor, la cara amargada de Raquel y pocas palabras. Todos los años se prometía que sería la última vez, pero llegado el momento jamás tenía valor para decir que no.

—Tengo ganas de verte —se oyó a través del auricular. Por un momento Leire pensó que se habría cruzado alguna línea. ¿Raquel mostrando afecto? No, tenía que ser un error—. La *ama* también está muy bien. Ha cambiado todo tanto...

Leire se sintió abrumada. No sabía qué responder. ¿Dónde estaba el habitual victimismo de su hermana? ¿Dónde estaban sus reproches? Achacó el cambio a la rehabilitación de su madre. Hacía poco más de un año que la propia escritora la había acompañado a su primera reunión en Alcohólicos Anónimos. De no haber sido porque se encontraba sumida en pleno caso del Sacamantecas, le habría impactado aún más oírla reconocer que era incapaz de dejar la bebida. Desde entonces, y gracias a la terapia de grupo, Irene no había vuelto a recaer y comenzaba a dejar atrás el largo duelo por la muerte de su marido. La mujer, que apenas pasaba de los sesenta años a pesar de que los estragos de la vida le hacían aparentar muchos más, había tardado casi un cuarto de siglo en asumir que aquel hombre que salió de casa con su uniforme de bombero no volvería para decirle adiós.

—Yo también tengo ganas de veros —se forzó a decir Leire convencida de que sonaría muy falso—. ¿No trabajas hoy? —inquirió extrañada por la verborrea fácil de su hermana. Raquel trabajaba en el departamento comercial de Telefónica en Bilbao y no acostumbraba a hacer llamadas personales en horas de trabajo. No era raro oírla quejándose de la escasa profesionalidad de sus compañeros y jactándose de que por eso la habían hecho jefa a ella.

—Me he cogido el día libre. Tenía que ir al médico. Nada importante —aclaró antes de que le pudiera preguntar.

El sonido de un martillo hidráulico hizo difícil entenderse. Leire lo celebró para sus adentros mientras se despedía precipitadamente de su hermana.

—La Nochebuena... vaya rollo, ¿eh? —dijo Jon torciendo el gesto—. Cuñados, suegra, hermanas sabelotodo...

Leire asintió con un gesto. Afortunadamente la suya no tenía tantos ingredientes.

—Ayer en la cena vi asustados a tus compañeros —apuntó cambiando de tema—. Me impactó el silencio que se hizo en el barracón mientras les explicaba a todos lo ocurrido con mis frenos.

—¿Te extraña? Me parece que no es para menos. ¿Sabes lo que es tener todo el día a esta gente repitiendo hasta la saciedad que las ruinas están malditas? —protestó el jefe de obra señalando hacia las casas que se alineaban a su espalda. La expresión de su rostro denotaba un profundo hartazgo.

Leire pensó en el llanto del bebé; lo sintió desgarrando la noche con su doloroso tono agudo. Se disponía a preguntarle si él había oído algo cuando decidió que era mejor no echar más leña al fuego. Probablemente no se hubiera tratado más que de una broma de mal gusto de sus propios sentidos.

—Es como si nacer en este valle les grabara a fuego en la memoria las desgracias que la Real Fábrica de Armas trajo consigo —aventuró la escritora volviendo a pensar en los vecinos.

—¡Ni que pretendiéramos ponerla de nuevo en marcha! —protestó Jon lanzando la colilla a un contenedor de escombro—. ¿Es que no entienden que estas ruinas bien arregladas constituirán uno de los mejores atractivos turísticos de Navarra?

—Parece que es eso lo que temen. Quieren seguir aislados del mundo.

—¿Y qué, si es eso lo que queremos? —se oyó una voz a sus espaldas. Al girarse sobresaltados, comprobaron que era Sagrario, la soltera cuya casa estaba entre la de los Roncal y la de la vieja maestra—. ¿Tan difícil es entender que no queremos que los de Madrid o Pamplona sigan decidiendo por nosotros?

La recién llegada se apoyó en el muro y recorrió la fábrica con la mirada. ¿Era tristeza o solo rabia lo que confería aquel brillo a sus ojos?

—Solo vamos a afianzar los edificios que permanecen en pie y sacar a la luz los cimientos de los que han sucumbido al paso del tiempo. Con unas pasarelas de madera y varios paneles va a quedar de maravilla —intentó convencerle Jon.

La mujer observó el movimiento de los obreros allí abajo y movió la cabeza en señal de negación.

—Estas ruinas solo representan vergüenza, humillación y muerte —murmuró—. Estáis removiendo un pasado doloroso y os vais a arrepentir.

No había rastro de amenaza en sus palabras. Solo una certeza resignada que parecía causarle un gran desasosiego.

—¿A qué te refieres? —preguntó Jon sin poder disimular la angustia que le producían sus palabras.

Sagrario dejó de vagar con la mirada por la obra para clavarla en él.

—¿No sientes que la ira va creciendo? La selva, las ruinas..., todo se está alzando contra vuestra afrenta. Antes o después volverá a vengarse.

—¿Quién crees que está detrás de los crímenes? —decidió preguntarle directamente Leire.

La mujer se encogió de hombros.

—Cualquiera. Tal vez ni siquiera una misma persona. ¿No entiendes que es este lugar el que mata para defenderse? La decisión sale de aquí —sentenció señalando la fábrica en ruinas con gesto grave.

Leire contempló el recinto con un nudo en la garganta. No se consideraba supersticiosa, pero aquella afirmación comenzaba a calar en su interior. Jon debía de sentirse igual, porque apenas balbuceó una disculpa antes de marcharse por las escaleras que bajaban a la obra.

—¿Qué coche tienes? —inquirió Leire girándose hacia Sagrario. Al hacerlo reparó en que alguien la observaba desde una de las ventanas que se abrían a su espalda. El tono apagado del rostro de la viuda le hizo estremecerse. Era la madre y apenas le aguantó unos segundos la mirada antes de ocultarse tras la cortina.

Sagrario no se mostró sorprendida de que fuera tan directa.

—No tengo un todoterreno, si es lo que quieres saber. Ya sé que estás buscando uno. Aquí nos enteramos de todo. Chocarro, los Lujanbio, los Roncal. Ellos sí que lo tienen. En el pueblo de Orbaizeta también hay alguno.

—Estarás también enterada de mis extraños encuentros con ese vehículo —aventuró Leire— . Han sido siempre hacia las siete de la tarde. ¿Se te ocurre quién vuelve a esa hora por la carretera de Aribe?

Sagrario se lo pensó unos instantes antes de negar con un rápido movimiento de cabeza.

—Si hubiera sido otra semana, te diría que Elsa Lujanbio. Cuando trabaja de tarde, vuelve a casa a las ocho, pero estos días tiene turno de mañana. No sé. Puede haber sido cualquiera. —La mujer se giró hacia la fábrica con las manos en los bolsillos del chaleco. El ruido de una taladradora hacía difícil entenderse—. ¿Sabes qué deberías hacer? —inquirió alzando la voz.

—No —reconoció Leire con la esperanza de que le diera alguna pista de la que tirar.

—Olvidarte de todo y marcharte a casa. Esto no me da buena espina. Abandona el valle antes de que sea demasiado tarde.

18

Por más que lo miraba, no lograba entender qué había visto su prima en aquel tipo. Saioa había sido siempre la guapa de la familia, la más alta, esbelta y, para colmo, la única rubia natural de los doce primos Cestero. Ane, en cambio, era más bien bajita, de pelo moreno enmarañado y rasgos no tan amables como los de Saioa. Por eso no comprendía qué hacía su prima con aquel chico que estaba sentado frente a ella en la mesa de interrogatorios. Su aspecto desaliñado y el hedor a sudor rancio que emanaba dejaban a la vista que no se había duchado en unos cuantos días. Eso quizá tuviera solución, pero con sus orejas y nariz ridículamente grandes no había nada que hacer.

—¿Dónde estabas aquel día? —preguntó Cestero deseando que aquello acabara pronto. ¿Cómo podía una persona oler tan mal?

Asier se llevó las manos a la cara y sollozó.

—No puede ser verdad —protestó rompiendo a llorar—. ¿Cómo podéis creer que he sido yo? ¡La quería con toda mi alma! ¡Jamás le hubiera hecho daño!

Cestero cerró los ojos y suspiró. Por un lado, se veía casi obligada a tratar de animarlo. ¡Era el novio de su prima! Por otro, debía mantener las distancias y continuar con el interrogatorio. Además, solo de imaginarse abrazándole sentía ganas de salir corriendo. Aquello no iba a ser fácil. Debería haberse mantenido al margen de la investigación, como mandaba el reglamento interno, pero ella quería participar en el esclarecimiento del caso. Era su prima; se lo debía.

—¿Dónde has estado todos estos días? —insistió manteniéndose firme.

Asier apartó las manos de su cara, aunque fue incapaz de alzar la mirada de la mesa.

—En el monte. Era mi semana libre en la fábrica. —Cestero asintió, la papelera en la que trabajaba en Berastegi funcionaba según un régimen de turnos que dejaba al novio de su prima una semana libre cada mes—. Acompañé a Saioa a Orbaizeta y me fui a la montaña. Me propuse venir caminando desde allí hasta casa.

—Reconocerás que es extraño —advirtió Cestero.

—Tampoco es para tanto. Seguí el sendero GR-11, que une el Cantábrico y el Mediterráneo a través de los Pirineos. —Seguía sin levantar la mirada y jugueteaba con los dedos en la mesa como si trazara un mapa invisible en ella—. Al llegar al valle del Bidasoa, abandoné la ruta y me desvié por los caminos de Malerreka. Así llegué a Leitza y Berastegi. Cinco días de caminata —resumió mirándola a los ojos por primera vez, pero solo durante unos fugaces segundos.

Cestero se sentía incómoda. No era solo por su mal olor. Había interrogado a muchos sospechosos en los pocos años que llevaba en la Ertzaintza, y nunca había visto a ninguno mostrar signos tan evidentes de nerviosismo. La pierna derecha de Asier se movía tan frenéticamente que contagiaba su vibración a la mesa y su mirada bailaba inquieta de una mano a otra, y de estas a la mesa o a la papelera que ocupaba un rincón. Todo menos mirar directamente a su interlocutora.

«Como si escondiera algo», se dijo la agente.

—¿Cuándo has sabido lo de Saioa? —le preguntó, aunque conocía la respuesta. Los ertzainas que montaban guardia ante la casa del sospechoso le habían informado.

—Hoy —dijo Asier volviendo a cubrirse el rostro con las manos y rompiendo a llorar de nuevo—. Esta mañana. En cuanto he llegado a Berastegi. —Las palabras brotaban de su garganta rotas por el llanto—. Mi hermano ha salido a mi encuentro y me lo ha contado todo. ¡Es terrible! ¿Qué voy a hacer ahora?

Ane Cestero no pudo evitar que los ojos se le anegaran de lágrimas al imaginar a su prima ilusionada por estrenar su nuevo hogar. Sin embargo, se obligó a no bajar la guardia. Podía estar ante su asesino. Aquel que tanto decía quererla podía haberla matado. No sería el primero.

—¿Cuándo fue la última vez que la viste?

—La misma tarde de su muerte, en aquella maldita fábrica. Nos hicimos unos macarrones con tomate en el infiernillo y nos despedimos. —Se detuvo unos instantes pensativo—. Después me acompañó hasta el límite del bosque, nos dimos un beso y me deseó que disfrutara del camino.

—¿Nada más?

El sospechoso negó con la cabeza.

—La vi regresar hacia las ruinas y entré en el hayedo en busca de las señales del sendero —balbuceó—. Estaba tan guapa aquel día. ¡Nunca más la volveré a ver! —exclamó estallando en un sonoro llanto.

—¿Qué hora era? —inquirió Cestero intentando mantener la frialdad. Su instinto le decía que alguno de sus superiores asistía al interrogatorio oculto tras el espejo que ocupaba la pared más cercana a la puerta.

Asier se secó las lágrimas con la manga de la sudadera.

—Las cuatro y media. Lo sé porque me insistió en que me quedara a dormir. Le preocupaba que pudiera pasarme algo tan tarde. —Los sollozos le impidieron continuar durante unos instantes—. Es culpa mía. Si llego a quedarme, Saioa seguiría aquí.

—¿Te habló de algo que le preocupara? ¿Se sentía amenazada por alguien?

El joven se limitó a negar con la cabeza con gesto abatido.

—¿Sabes si tomaba ansiolíticos regularmente?

—No. Nada de eso. Se enfadaba alguna vez que me veía tomando valeriana para dormir.

—¿Habló con alguno de los lugareños aquel día? ¿Tienes idea de quién pudo drogarla?

—No. Saludaba a todos los que se cruzaban en su camino, pero nada más. ¿Es verdad que me ponía los cuernos? —Su mirada suplicante demandaba una mentira piadosa.

Cestero no respondió.

—¿Por qué no encendiste el móvil en ningún momento? —inquirió centrándose en uno de los puntos más incomprensibles de la coartada de Asier.

—En la montaña me gusta sentirme libre. El móvil me ata al trabajo, a la vida de cada día. Allí arriba quiero que todo sea libertad y naturaleza. No quiero llamadas de mis compañeros porque una bobinadora pierde aceite o porque una tolva no funciona.

Cestero no pudo evitar un sentimiento de comprensión. Desde que trabajaba en la Unidad Central Criminal, sabía perfectamente lo que era no poder desconectar nunca del trabajo. De buena gana se iría de vacaciones dejando el móvil en casa. Aun así, no estaba dispuesta a que la llevara a su terreno.

—Es raro que no quisieras saber cómo le iba a Saioa. ¿Qué menos que una llamada para ver qué tal estaba? ¡Ni siquiera lo encendiste para comprobar si tenías alguna llamada suya! Te recuerdo que la dejaste sola en un pueblo perdido del Pirineo navarro.

Asier apretó los puños en un gesto de rabia.

—¡No digas eso! —espetó alzando la vista—. ¡Mi hermano me ha contado lo que han publicado los periódicos! Mientras yo me quedaba en Berastegi trabajando para pagar la casa que construíamos para los dos, ella se acostaba con otro. —Un puñetazo en la mesa recalcó sus palabras—. ¡No soy yo el egoísta, no!

Ane Cestero tragó saliva. Había afirmaciones que, pese a resultar dolorosas, eran irrebatibles.

—¿Sospechabas algo? —preguntó.

—¿De qué? —replicó Asier con la mirada herida—. ¿De su rollo con el arquitecto? ¡Por supuesto que no! Todavía no soy capaz de creérmelo.

La ertzaina suspiró.

—Espero que tengas alguna manera de demostrar que has estado haciendo ese recorrido —le advirtió—. Especialmente en el momento de los asesinatos.

El muchacho negó con la cabeza. Su expresión derrotada no auguraba nada bueno.

—¿Nada? —insistió la ertzaina—. ¿Hoteles, restaurantes? ¿Nadie con quien hayas hablado?

—Creo que no me has entendido —reconoció cabizbajo—. He venido caminando y buscando el menor contacto con el mundo. Monte, monte y más monte.

—Sí, pero en algún sitio tendrás que dormir, comer... No todo va a ser caminar —alegó Cestero convencida de que quien no le entendía era él.

—Claro que sí. Cualquier sitio es bueno. Una borda de pastores, una gruta... Si no doy con nada, echo la esterilla en un recodo protegido del viento y listo. Tengo un buen saco. —Conforme lo explicaba, sus ojos parecieron animarse ligeramente—. Para comer, preparados deshidratados y un infiernillo para calentarlos es todo lo que necesito.

—Pues lo tienes difícil —apuntó la ertzaina—. Sin nadie que pueda corroborar lo que dices, no tenemos mejor sospechoso que tú. ¡Has estado desaparecido desde el asesinato de Saioa y tampoco te tenemos ubicado cuando mataron a su supuesto amante! ¿Te das cuenta de lo que eso significa?

Asier la miró con los ojos inundados en lágrimas.

—¿Me vas a detener? —inquirió ofreciéndole las muñecas para que se las esposara—. ¿Crees que me importa? ¡Vamos, méteme en el calabozo! Lo he perdido todo. ¡Todo! ¿Qué voy a hacer con la casa ahora? ¿Qué voy a hacer con mi vida? —Su rostro estaba roto por la tristeza—. ¡Saioa era mi vida!

Cestero volvió a sentirse tentada a animarle, pero ese no era su papel. No entre las paredes de la comisaría. Además, no debía dejarse engatusar. Sin coartada, Asier se acababa de confirmar como el principal sospechoso.

Durante unos instantes, no supo qué hacer. Su corazón le decía que lo dejara libre, pero su mente le insistía en que lo detuviera. Si lo dejaba suelto, podría tratar de escapar o incluso quitarse la vida. Estuvo a punto de llamar a Eceiza para pedirle su opinión, pero finalmente decidió por sí misma.

—Ponte en pie con las manos a la espalda —le ordenó sacando las esposas—. Quedas detenido como sospechoso del asesinato de Saioa Goienetxe e Iker Belabarze.

19

Lunes, 22 de diciembre de 2014

El sonido de las teclas obraba en ella un efecto balsámico, como si el golpeteo repetitivo no fuera más que un fabuloso mantra relajante. En realidad, y aunque a Leire le gustaba pensar que era así, sabía perfectamente que lo que la calmaba era abandonar por un instante su vida real para sumergirse en un mundo de ficción que tenía mucho de deseo. Los problemas del presente y la tensión de saberse en el centro de una macabra diana se desdibujaban al ocupar su mente con las lejanas escenas de papel.

Lalanne-sur-Mer era el minúsculo pueblo de la Bretaña francesa donde había decidido enclavar la fábrica abandonada. No le gustaba que fueran armas lo que elaboraba. Mejor salazones de pescado. Sí, eso sería ideal. Una factoría con una enorme chimenea de ladrillo y una larga fachada con pocas ventanas y muchos desconchados. Varada junto a una cala deshabitada, a orillas del Atlántico. El pueblo, de casitas de piedra, encantador desde la distancia, resultaría opresivo una vez entre sus escasas calles. Lo imaginaba desierto, como muchos pueblos franceses a la hora de la merienda, que para sus habitantes era la cena. No faltaría la panadería, con su olor a harina y mantequilla, ni los carteles hechos a mano invitando a una clase de elaboración de pastel de cerezas el sábado en casa de la señora Dupont.

Releyó en voz alta el esquema que acababa de escribir del escenario de su nueva novela y pensó que tal vez se estuviera excediendo con el encanto. No, mejor que lo tuviera. Así las muertes terribles que iban a acontecer resultarían más sorprendentes. Pensó en las vecinas saliendo de casa de los Dupont con un pedazo de tarta empalagosa en la mano para descubrir en el abrevadero de la plaza a un joven ahogado. Ese sería sin duda un gran golpe de efecto, pero el mayor tenía que llegar de la fábrica. De su chimenea colgaría, mecido por los vientos de la mañana, el cuerpo semidesnudo de su novia.

Dejando por un momento de lado la descripción de Lalanne-sur-Mer, abrió un nuevo documento en el procesador de textos y comenzó a trazar el boceto inicial de los personajes. No podían faltar los recolectores de algas ni dos pescadores enfrentados entre sí. Tampoco la vieja maestra. Habría también una doctora rural, un empresario exportador de frutos del mar y un sacerdote de mirada vacía. ¿Cómo vestían los curas en Francia?

El sonido de una campana la sacó de su ensimismamiento. Apartó la vista de la pantalla del portátil y, por un instante, se sintió desorientada. Esperaba encontrarse en la diminuta plaza de Lalanne-sur-Mer, no dentro de una caseta de obra. Las paredes metálicas desnudas contagiaban una sensación de frío, a pesar de que el ambiente estaba más bien caldeado gracias a la estufa incandescente que tenía a los pies de la mesa de trabajo.

Se fijó en la ventana. La luz anaranjada de las farolas le recordó que era de noche, aunque no hacía mucho todavía quedaba luz natural. El vidrio se encontraba completamente empañado por la diferencia de temperatura. En el exterior, el frío era glacial.

Talán, talán.

La campana volvió a sonar. Era extraño. La iglesia de los Roncal tenía el campanario tapiado burdamente con ladrillos que desentonaban con el resto del templo. ¿De dónde salía aquel sonido que se repitió por tercera vez?

Se puso en pie y pasó la mano por la ventana para poder mirar a través de ella. En primer término, vio las aguas negras del río; tras él, las ruinas de la fábrica, apenas una mancha oscura; más allá, la plaza y las antiguas viviendas de la colonia, teñidas de naranja como cada noche. No parecía haber nada extraño. Estaba a punto de apartarse cuando algo llamó su atención en una esquina de la plaza.

Velas y siluetas oscuras que avanzaban lentamente. Una procesión.

Se puso apresuradamente el plumífero y salió de la habitación. Varios obreros se habían concentrado junto al río y observaban la extraña escena.

—¿Qué pasa?

—¿Qué hacen?

Sus rostros mostraban temor. No era para menos después de los acontecimientos de los últimos días. Por mucho que intentaran creer la versión oficial sobre los asesinatos, las supersticiones de los vecinos pesaban en su ánimo. Además, vivir en aquel recóndito paraje de los Pirineos rodeados de una selva a la que, tras la muerte del arquitecto, ninguno se atrevía a asomarse, comenzaba a pasar su peculiar factura.

—¡Lo que nos faltaba! —se quejó el jefe de obra volviendo a perderse en el interior de su oficina.

Leire vadeó el río. Ella tampoco se sentía cómoda, pero necesitaba enterarse de qué estaba pasando allí. ¿Qué hacía Eugenio Yarzabal, el cura, encabezando con un crucifijo aquella minúscula procesión? Porque allí solo había cinco personas. Todas mujeres, todas de riguroso luto y todas portando velas encendidas en medio de un mutismo sepulcral. La estampa resultaba sobrecogedora. Y más cuando todos se pusieron de rodillas frente a la iglesia desacralizada y comenzaron a orar en voz alta.

La escritora se mantuvo a una distancia prudencial mientras intentaba identificar a aquellas mujeres. Tres de ellas le resultaron completamente desconocidas. Las otras dos, en cambio, eran inconfundibles. A pesar de la cálida luz de las velas, sus rostros pálidos parecían de cera, como los cadáveres de una capilla ardiente.

Marian y Piedad, las viudas Aranzadi. Madre e hija. Según le había explicado Celia, la mayor perdió al marido durante la dictadura. La pérdida de la joven era más reciente. La desgracia ocurrió también en la espesura de los hayedos de Irati, donde trabajaba como talador. Desde entonces, su casa permanecía cerrada a cal y canto y sus moradoras sumidas en un duelo perpetuo, como había podido comprobar la propia Leire.

Las letanías crecieron de tono cuando Eugenio Yarzabal se puso en pie para encaminarse hacia las ruinas de la fábrica. Las demás le siguieron lentamente sin alzar la mirada del suelo, formando de nuevo una siniestra comitiva que hizo estremecerse a la escritora. Cuando pasaron a su lado, nadie, ni siquiera el cura, cruzó una mirada con ella. Era como si fuera invisible, como si para ellos no existiera nada más que el diálogo susurrante que mantenían con algún ente superior.

—Están locas —le sobresaltó una voz a su espalda. Al girarse, comprobó que era Paco Roncal. Había esperado a que se alejaran de su iglesia para asomarse por la puerta—. Cada semana, la misma historia.

Leire dirigió la vista hacia las ruinas. Los muros de las viejas construcciones habían devorado la procesión. La luz de las velas se filtraba por los huecos de las ventanas, proyectando sombras que bailaban silenciosas.

—¿Por qué? —inquirió sin comprender.

Paco señaló hacia el interior del templo. Una vaca mugió en el interior.

—El cabrón de Yarzabal les ha metido en la cabeza la necesidad de hacerlo como acto de desagravio. —Su rostro se nubló con una mueca de cansancio—. Dice que mientras mi establo no sea la iglesia que fue, ocurrirán desgracias terribles. ¿Y a quién se lo cuenta? —preguntó indignado—. A esas beatas que han perdido a sus maridos y a las que cualquier explicación les parece buena para asumir la desgracia.

—¿Lo hacen cada semana? —Leire contemplaba impresionada la fábrica. Tras una de las ventanas desnudas del taller de moldería, los rostros de quienes oraban aparecían iluminados por las candelas. Estaban rodeados por la negrura más absoluta: la de las tristes ropas de duelo fundidas con las sombras de la noche.

—Cada semana —repitió Roncal con tono cansado—. Yarzabal trae en su coche a las tres viudas de Orbaizeta y se les unen las Aranzadi. Aporrean unas cuantas veces la campana para que todos sepamos que están aquí y se ponen a desfilar. En Semana Santa es aún peor, porque lo hacen cada día.

Leire buscó con la mirada el Clio del cura. Al dar con él en el otro extremo de la plaza, comprendió por fin de dónde venían los tañidos. Sobre su techo, una campana algo más grande que una olla a presión pendía de una estructura adosada a una baca.

—Es esperpéntico —añadió el ganadero adivinando sus pensamientos.

Los rezos llegaban mezclados con el rumor del río, creando una atmósfera inquietante que varios jirones de niebla que comenzaban a flotar sobre el cauce se empeñaban en reforzar. Aquello era más que esperpéntico. Era aterrador.

—¿No te dan ganas de devolverles su iglesia? —preguntó Leire con la certeza de que ella no aguantaría tanta presión por cuatro paredes y un precario techo.

—¡Jamás! —La respuesta de Paco fue instantánea—. Nuestros antepasados pagaron por ella. ¿Qué derecho tienen ellos a pedirme ahora que me marche?

—Podríais llegar a un punto en común. ¿Y si te construyeran un nuevo establo a cambio de que les cedas el templo? —comentó la escritora, incapaz de comprender tanto empecinamiento por un edificio viejo.

—¡Que no! —zanjó Roncal volviendo a perderse en el interior del templo—. ¡Esto es mío y será de mis hijos! ¡Y de mis nietos también!

Leire suspiró, harta de todo aquello. Ya se apañarían. Al fin y al cabo, ella no tardaría en volverse a su faro y tanto le daba si seguían peleándose por aquella iglesia destartalada hasta el fin de los días.

El rugido de sus tripas le recordó que se aproximaba la hora de cenar. Buscó con la vista a los obreros y comprobó que, salvo algunos que contemplaban aún la inquietante procesión desde la otra orilla, los demás habían desaparecido. Estarían en el dormitorio o en el propio comedor jugando al dominó. Temiendo que se le hubiera hecho tarde, sacó el móvil del bolsillo y miró la hora. Jon Albia había sido muy generoso al invitarle a participar en sus comidas colectivas para que no tuviera que desplazarse al pueblo, y no quería fallarle llegando tarde. No era el caso. Aún faltaba casi una hora.

Sin pensárselo dos veces, volvió hacia su caseta de obra. Una hora era tiempo suficiente para tomar cuatro notas sobre la procesión que acababa de ver. En la novela quedaría espeluznante.

—Ave María purísima —oyó al sacerdote mientras vadeaba el río. Un coro de voces le respondió. Parecía brotar de ultratumba, como si la vieja factoría rompiera su silencio en aquella fría noche de diciembre.

Mientras abría la puerta, la escritora dirigió por última vez la mirada hacia las ruinas. Iluminado por la oscilante luz de las velas, Eugenio Yarzabal alzaba ambos brazos en una plegaria que la distancia enmudecía. Postradas de rodillas ante él, las viudas Aranzadi parecían oscilar como hojas a merced de la brisa. Leire no podía jurarlo, porque la oscuridad les velaba el rostro, pero tuvo la impresión de que sus gélidas miradas estaban fijas en ella.

Un escalofrío le sacudió el cuerpo. Algo le decía que iba a ser incapaz de soportar aquello demasiado tiempo.

Un día de primavera de 1966

—¡Venga, más deprisa! ¡No os pago para que estéis de chá-chara! —Se oyó la voz del capataz, que ataba una cadena alrededor de un tronco derribado para que los bueyes lo arrastraran monte abajo.

Tomás le dirigió una mirada de rabia y continuó golpeando con el hacha. Frente a él, Isidro atacaba con fuerza el mismo árbol y, de vez en cuando, cruzaban alguna palabra que era siempre mal recibida por el encargado. Tenían las manos doloridas. Los recién llegados, como las cuadrillas de taladores venidos de Lesaka y Elizondo, que trabajaban con ellos aquellos días, solían llevar guantes que de poco servían. Nunca pasaba una semana antes de que se rompieran por el desgaste y por los continuos enganchones que sufrían con las astillas de la madera. Lo poco que ganaban no daba para reponerlos, de modo que todos acababan con las palmas encallecidas y, a menudo, repletas de dolorosas llagas.

—¡Cuidado! ¡Árbol va! —anunció uno de los de Lesaka.

Un fuerte crujido, el que acompañaba siempre al último aliento del haya centenaria, siguió a sus palabras. Sus compañeros corrieron a guarecerse tras otros árboles. Isidro y Tomás, en cambio, comprendieron de un solo vistazo que se encontraban fuera de la trayectoria de caída y siguieron trabajando.

Un sonido bronco y una leve vibración del terreno anunciaron que el árbol había llegado al suelo. En su camino, derribó algunas ramas jóvenes de hayas que aún permanecían en pie, a la espera de que el capataz decidiera si debían ser las próximas en caer.

—Daos prisa. Ya sube aquel con los bueyes —apremió el encargado a los de Lesaka, que intentaban dejar el tronco libre de ramas que pudieran dificultar su transporte—. Vosotros dos, echadles una mano —ordenó girándose hacia Tomás.

Isidro no soltó el hacha.

—Si son ocho —protestó.

—¡Me cago en todo! ¿Quién manda aquí? —se indignó el capataz. Era un tipo de hombros anchos y cabeza grande, cuadrada. Su cuello, tan corto que parecía inexistente, le confería un aspecto más parecido al de un ternero que al hombre de cincuenta y pocos años que era.

Tomás solía pensar que solo le faltaba el tricornio para ser capitán de la Guardia Civil. Disfrutaba tanto en su papel de jefe que seguro que de tener un látigo no dudaría en hacerlo restallar.

—Algún día me lo cargo —siseó Isidro secándose el sudor de las manos en el pantalón de lona.

—¿Qué más te dará serrar aquí que hacerlo allá? —se burló Tomás tomando un serrucho del suelo y dirigiéndose al árbol derribado. Le sorprendía el carácter de su amigo, siempre dispuesto a enfrentarse al capataz al menor motivo. Algún día le acarrearía problemas.

—Es imbécil —oyó rumiar a Isidro mientras comenzaba a serrar una rama fina que surgía del tronco derribado.

—¿Cómo has tardado tanto? —le preguntó el encargado al que llegaba con los bueyes—. Ni que hubieras ido hasta Orbara.

El otro no respondió. No esperaba un saludo más afectuoso.

Esos días trabajaban en las laderas en fuerte pendiente cercanas a la presa. El rugido del agua desembalsada les llegaba desde la distancia. El pantano estaba lleno, como ocurría siempre en primavera, y el río Irati llevaba un caudal que complicaba la faena a los barranqueadores. A nadie le importaba su suerte. Los troncos eran arrastrados hasta el cauce con ayuda de los bueyes y, una vez en el agua, la corriente los arrastraba hasta Aoiz, a dos días de marcha a pie. Sin embargo, poca era la madera que llegaba a su destino limpiamente. La mayoría iba embarrancando en las orillas, quedando atascada entre rocas e incluso formando presas que impedían el paso a otros troncos. Y ahí cobraban importancia los barranqueadores. Tenían que meterse al agua para liberarlos y hacerlos llegar hasta Aoiz, donde eran recuperados para su corte en el aserradero de Ekai. Los más mayores hablaban, no sin cierta nostalgia, de las almadías, esas balsas hechas con ocho troncos atados entre sí que navegantes intrépidos conducían antiguamente por el río, pero eso hacía tiempo que no se veía. Era más fácil y rápido tirar la madera al agua y dejar que bajara sola.

—Los de Elizondo son muy lentos —se quejó el capataz refiriéndose a un grupo de hombres que trabajaba ladera arriba—. Como suba, se van a enterar. A ver si se van a creer que aquí regalamos el dinero.

—Eso desde luego que no —murmuró uno de los de Lesaka—. Hasta el último real nos hacéis sudar.

—En Elizondo solo saben de criar cerdos y pasar paquetes. ¿Quién les mandará venirse de taladores? —bromeó otro.

—La necesidad —apuntó Tomás sin parar de serrar—. No creo que nadie esté aquí por gusto.

—¡Queréis callar de una vez! Esto no es el lavadero —protestó el encargado.

La rama que cortaba Tomás cayó a tierra. Aún no tenía hojas. Ninguna las tenía, pero los brotes que las anunciaban habían adoptado el color rojo intenso que delataba que en pocos días se abrirían. La luz, tamizada a través de ellas, sería pronto tan verde que parecería irreal. Era algo que ocurría cada año, en primavera con el verde y en otoño con el dorado. La selva de Irati parecía entonces más encantada que nunca.

Miró hacia el cielo. Se veía apagado a través de las ramas desnudas. El día comenzaba a decaer. Lejos de animarse con el final cercano de la larga jornada laboral, sintió que la preocupación crecía en su interior. No tardaría en llegar a casa. Su padre había recobrado el sentido, aunque aún estaba débil y tenía la pierna entablillada. La herida de bala no estaba infectada, pero le había hecho un buen destrozo y tardaría en volver a caminar. Si es que lo hacía, claro.

Maritxu, su madre, decía que pronto andaría de nuevo. Tomás no las tenía todas consigo. El médico tampoco. Y aquello era un problema. No era fácil mantener una familia de cuatro miembros con el mísero jornal de un talador. Los ahorros no tardarían en agotarse y habría que buscar una solución.

—¿Qué tal tu padre? —La pregunta del capataz le pilló por sorpresa. No era habitual en él que mostrara interés alguno por sus vidas.

—Está muy débil, pero se va recuperando —apuntó Tomás quitándole importancia.

—Tuvo suerte. Miguel no lo contó —repuso el encargado—. Anda, vete ya para casa. Seguro que te necesitan.

—Pero... El tronco...

—En cuanto lo bajemos, habremos acabado por hoy —insistió el capataz—. Adelántate, ya se encargarán estos.

—Gracias, jefe —espetó Tomás cruzando una mirada de incredulidad con Isidro y echando a correr ladera abajo.

Apenas había llegado a las primeras casas de su barrio cuando un joven al que conocía bien le salió al paso.

—Tu madre me ha dicho que te encontraría cerca del pantano. Me alegro de que me hayas ahorrado el paseo —celebró Juan Mari Aranzadi. Tenía veinticinco años, aunque conservaba en el rostro un cierto aire infantil que podía atribuirse a que era barbilampiño.

—¿Qué tal? —le saludó Tomás sospechando lo que iba a venir después.

—Vaya faena lo de Manuel. Seguro que se recuperará. Más le vale, porque lo necesitamos en el monte —bromeó Aranzadi tomándolo afectuosamente por el hombro—. Entretanto podrías animarte a subir con nosotros. Seguro que os vendrá bien un poco de dinero.

Tomás agradeció el gesto. Él mismo llevaba todo el día valorando la posibilidad de volver al trabajo de noche. Sin su padre acompañándolo, ¿por qué no?

—¿Cuándo y dónde? —preguntó a modo de compromiso. Sabía que era precisamente con Aranzadi con quien tenía que acordarlo. El joven se había hecho con el control del contrabando en el valle tras la muerte de Vicente. Al viejo se lo había llevado una pulmonía dos inviernos atrás. Hasta el día de su entierro, Tomás jamás había visto llorar a su padre, ni siquiera cuando solo dos semanas antes su propia suegra había perdido la vida tras caerse por las escaleras de casa.

Aranzadi lo zarandeó cariñosamente.

—No sé qué fue lo que te llevó a dejarlo la otra vez, pero me alegro de que vuelvas. Ya verás como te gusta. Ganarás mucho más que deslomándote como talador.

—Oh, eso no lo dejaré —anunció Tomás—. Es mi trabajo.

El otro le sonrió condescendiente.

—Ya me contarás en unas semanas si lo dejas o no —dijo antes de ponerse serio—. Hoy a las diez en mi granero. Cena fuerte. Lo vas a necesitar.

20

Lunes, 22 de diciembre de 2014

Los tonos cálidos con los que las farolas teñían la noche no lograban suavizar el frío que caía implacable sobre la Fábrica de Orbaizeta. Los últimos vecinos hacía tiempo que se habían retirado al interior de sus casas. Si no se equivocaba, no faltaba nadie. Tampoco le importaba. Su mirada estaba fija en el poblado de casetas metálicas que se extendía en la orilla opuesta. Comprobó con un sentimiento de impotencia que la vida seguía su curso con normalidad. Conforme pasaban los minutos, los obreros iban abandonando los dormitorios y acercándose al comedor. Algunos se detenían por el camino a charlar en pequeños grupos. Otros deambulaban sin rumbo fijo y con el teléfono en la oreja. Era la hora de la llamada a la familia. Las sonrisas al vacío delataban a quienes hablaban con sus hijos. Uno de estos últimos no dudó a la hora de acercarse al río y desabrocharse la bragueta. Sin soltar el móvil, orinó en el cauce.

Estaban tranquilos. Nada de lo ocurrido parecía hacerles mella. El convencimiento de que no había sido más que un crimen pasional, perpetrado por un novio embrutecido, los hacía sentir fuera de peligro.

Tomó aire lentamente para intentar calmar la ola de furia que crecía en su interior.

Fue en vano. El sabor amargo de la hiel le llenaba todos los rincones de la boca. Debía darles su merecido sin demora.

Las lunas del coche estaban cubiertas por las ínfimas partículas de agua en las que la condensación convertía su aliento. El mundo exterior cada vez le llegaba con menor nitidez. Por un momento, deseó que los cristales se empañaran por completo para no tener que seguir asistiendo a aquella burla infame. Fue un pensamiento fugaz. Necesitaba verlo todo. Solo así podría llevar a cabo su plan.

Una figura femenina apareció de pronto en escena. Era la escritora esa que se las daba de investigadora. No le gustaban las preguntas que hacía. La vio charlar con dos hombres antes de dirigirse al barracón en el que habían instalado el comedor.

La rabia se hizo insoportable. El asunto de los frenos se había vuelto en su contra. Ahora la tenía allí veinticuatro horas. Antes, al menos, desaparecía por la noche para volver a Orbaizeta a dormir.

—Maldita entrometida —masculló entre dientes.

Un segundo obrero se acercó al río a orinar. Mientras descargaba la vejiga, alzó la vista hacia una rama cercana. También él oiría al cárabo que el aislamiento del coche apagaba en una lejanía irreal.

Estaba cerca. Cerca y solo. Era una buena presa. No tenía más que abrir la puerta del coche y deslizarse por el talud para llegar hasta él. Su respiración, que resonaba ansiosa en aquel espacio tan reducido, se aceleró hasta parecer el jadeo sediento de un perro.

No, no era ese el plan.

Miró el reloj del salpicadero. Era tarde.

¿Seguro que faltaba un coche?

Volvió a contar los vehículos de la constructora y confirmó una vez más su sospecha. No estaban todos.

¿Y si se hubiera vuelto a casa por algún motivo? No, seguro que estaba todavía en el Irati. Hacía poco más de una hora, al pasar por Orbaizeta lo había visto estacionado ante la puerta del bar, igual que otros dos coches de la empresa que ahora descansaban junto a la fábrica en ruinas.

Al volver la mirada hacia el río, comprobó que el que orinaba había desaparecido. Su presa había volado. Todos lo habían hecho, porque los dos últimos que entraban al comedor para cenar lo hacían en ese preciso momento. De pronto el poblado metálico se veía desierto.

Empezaba a preguntarse si no se había equivocado al no abordar al obrero solitario, cuando se percató de que se había detenido junto al cartel de entrada al barrio de la Fábrica. Allí su plan no resultaría creíble. Debía esperar en un lugar más alejado de las casas, en un sitio donde la obra no estuviera a la vista.

Arrancó el motor y, sin encender los faros, puso marcha atrás y aceleró. La leve luz de los pilotos traseros le ayudó a mantenerse dentro de la carretera mientras retrocedía. No llegó muy lejos. Un resplandor a través del espejo retrovisor le indicó que alguien se acercaba.

El jadeo se hizo aún más intenso, casi atronador. El regusto amargo en la boca, casi insoportable. Su campo de visión parecía también mayor de lo habitual. Se sentía un animal de presa en plena cacería. Una alimaña que no tardaría en dar el golpe definitivo.

Los segundos que pasaron hasta que los focos del coche tomaron forma le parecieron horas. De repente creyó ver el cuerpo sin vida de la historiadora colgando de un árbol cercano. Giraba sobre sí mismo merced a las corrientes de aire y le clavaba una penetrante mirada acusadora.

Luchando contra esa turbadora imagen, que se repetía demasiado a menudo en los últimos días, abrió la puerta y salió a la carretera. No sintió el intenso frío, solo una implacable excitación.

Si todo iba bien, sería un gran golpe.

Obligándose a calmarse, al menos en apariencia, forzó la sonrisa amable y el gesto preocupado que había estado ensayando. Cuando se supo al alcance de la vista del conductor, alzó ambas manos.

La luz de los faros le cegó conforme el vehículo bajaba la velocidad.

—¡Gracias, muchas gracias! —saludó cuando el obrero bajó la ventanilla. Estaba de enhorabuena. Si no hubiera estado solo, las cosas se habrían complicado, pero no había nadie con él—. He pinchado. ¿No tendrás herramientas? No llevo gato.

El conductor, un hombre de poco más de cincuenta años cuyas profundas arrugas delataban demasiadas horas de trabajo al aire libre, asintió con la cabeza. Después buscó una linterna en la guantera y abrió la puerta.

En el interior de su mente, el jadeo se hizo ensordecedor. Tanto que temió que perdería el sentido. La cacería había comenzado.

21

—Este estofado huele a chocho de vaca —protestó Jonás limpiándose con una servilleta de papel las gotas que le habían caído en la barba.

Las risas fueron generales. Especialmente cuando el jefe de obra le preguntó cómo podía saber a qué olía la vulva de un rumiante.

—Es lo que tiene llevar casado tantos años —se burló uno de los más veteranos—. Su señora ya no le hace caso.

—A ver si nuestro cocinero aprende a guisar —protestó otra voz desde el fondo del barracón.

—¿Os queréis callar? —se indignó Jon—. ¿Tanto echáis de menos a Pedro que tenéis que llenar el vacío que dejan sus bullas?

Leire se fijó en el hueco que había frente a ella. Pedro Merino aún no había regresado de Orbaizeta.

—Ese bribón estará desplumando a todos los caseros del pueblo —se burló Jonás llevándose un pedazo de carne a la boca—. Cuando los demás nos hemos vuelto, llevaba cuatro partidas sin perder.

—Es incorregible —murmuró Jon—. Se le enfriará la cena. ¿Con quién jugaba?

Jonás soltó una risita.

—Había tres viejos de los que juegan cada tarde al mus y les faltaba el cuarto. Te puedes imaginar que Pedro enseguida se ha ofrecido.

—¡Te lo has acabado todo! —exclamó Jon señalando el plato de Jonás—. Menos mal que no te gustaba.

—Porque no hay otra cosa —dijo alguien.

No debía de parecerles tan malo, se burló Leire para sus adentros, cuando apenas se oía más que el ruido metálico de los tenedores. De hecho, estaba bien rico. Ya le gustaría a ella poder comer tan bien cada día. Cuando estaba en el faro no solía prepararse más que una ensalada y poco más. Incluso ahora que Iñaki cenaba con ella casi cada día, el menú se reducía a algo para picar antes de perderse con él en el dormitorio para disfrutar de los juegos del amor.

—¿Qué hacen? —preguntó un obrero torciendo el gesto—. ¿Ya están otra vez de procesión?

Leire aguzó el oído. Estaba tan absorta en sus pensamientos que no había reparado en que del exterior llegaban voces. Jon se había levantado y miraba a través de la ventana empañada.

—No. Están en medio de la plaza. Una reunión nocturna —apuntó pasando una mano por el vidrio para poder ver con claridad.

—Ya estarán con sus movidas. Sus brujas, la fábrica maldita y toda esa mierda —sentenció el que se sentaba junto a Leire, quizá el más joven del grupo, aunque al menos tres parecían no pasar de los veinte años.

La escritora dudó unos instantes. Por un lado, quería salir y preguntar qué pasaba. Los pocos días que llevaba en Orbaizeta le habían enseñado que aquello no era normal; a esa hora los vecinos acostumbraban a estar encerrados en sus casas a cal y canto. Allí fuera estaba pasando algo. Sin embargo, ella no era más que una invitada en aquella mesa y le parecía una falta de respeto abandonarla a medio cenar.

Fueron las siguientes palabras de Jon las que le brindaron la oportunidad de levantarse.

—Están exaltados, yo diría que asustados, y miran todos hacia allí —explicó el jefe de obra señalando hacia la izquierda—. Voy a salir a ver qué pasa. Seguid cenando tranquilos.

Leire se puso en pie.

—Perdonadme, voy a salir yo también —anunció yendo tras él.

Antes de cerrar la puerta tras ella, comprobó que la calma que reinaba en el comedor se había roto. La tensión y el miedo renacían y empujaban a los obreros a hablar atropelladamente. Algunos incluso se habían puesto en pie para asomarse a las ventanas. Ellos también querían saber de primera mano qué estaba ocurriendo allí.

La hoguera, que se intuía gigantesca a pesar de la distancia, convertía la cima en una magnífica antorcha

Leire sintió que una mano le aferraba con fuerza del brazo. Era Celia. La anciana parecía asustada, como todos los demás.

—Es una pesadilla. Todos aquí hemos oído hablar de ello, pero jamás lo habíamos visto. Es tan terrible como decían —murmuró.

La escritora no comprendía nada, pero se estremeció al oír sus palabras.

—¿Qué es tan terrible? ¿Qué está pasando? —inquirió angustiada.

La vieja señaló el fuego con la mano.

—Urkulu. La gran hoguera de Urkulu. Nuestros padres, nuestros abuelos... todos nos hablaron de ella, aunque ninguno de ellos la había visto. —Celia no apartaba la mirada del fuego—. Fueron los romanos quienes la idearon. Construyeron un torreón circular en lo alto de la montaña y encendían sobre él una gigantesca hoguera para que fuera vista desde todos los valles de alrededor. Lo hicieron cada noche mientras estuvieron aquí. Era una amenaza, un recuerdo constante de que el poder de Roma estaba presente y vigilante.

A su lado, Eneko, Sagrario y el matrimonio Roncal observaban el fuego sin pestañear.

—Es por la fábrica, no hay duda —apuntó Marisa.

—¿Qué hostias es eso? —preguntó uno de los obreros. Habían dejado también de cenar y se sumaban entonces al grupo.

—Un incendio. Se quema el bosque —apuntó uno de sus compañeros.

El jefe de obra les recriminó con la mirada.

—No se quema nada. ¿No veis que es una hoguera? Alguien pretende asustarnos —explicó intentando emplear un tono neutro, pero su voz mostraba una gran tensión.

—Pues lo está consiguiendo —dijo uno de los jóvenes—. Estoy de este sitio hasta los huevos.

—¡Venga ya! —se mofó otro—. No es más que un fuego.

—¡Es la hoguera de Urkulu! No un fuego cualquiera —le reconvino Celia.

Leire dio un paso atrás para intentar pensar. Era imposible concentrarse en medio de tanta algarabía.

¿Qué estaba ocurriendo? ¿Quién estaba detrás de aquello? Porque los romanos no eran, de eso no le cabía la menor duda. Quienquiera que hubiera encendido la hoguera sabía perfectamente que su visión causaría una profunda impresión a los habitantes del valle. Solo podía tratarse de alguno de ellos.

—¿Y Pedro? —preguntó acercándose al jefe de obra—. ¿Todavía no ha vuelto?

La sombra que cruzó el rostro de Jon no acompañó a sus palabras, que sonaron poco creíbles.

—Estará todavía en el bar. El muy bribón se ha puesto a jugar a las cartas y se le ha ido el santo al cielo —apuntó demasiado serio.

—Llámale. Tendrás su móvil, ¿no? —le apremió un compañero.

Jon sacó su teléfono del bolsillo y buscó en la agenda el número de Pedro. A nadie se le escapaba la tensión con la que lo hacía. No se temía nada bueno.

—¿Qué? ¿Da llamada? —inquirió el joven que parecía estar más asustado.

El jefe de obra asintió. Nadie abrió la boca mientras mantuvo el aparato junto a la oreja, pero los murmullos fueron imparables cuando comprendieron que no iba a contestar.

—¡Esta obra no traerá más que desgracias! —Leire se giró al oír los lamentos y comprobó que se trataba de la mayor de las viudas Aranzadi. Estaba asomada a la ventana de su casa—. ¡Hasta los espíritus de Urkulu se han despertado!

El sonido de un motor restó protagonismo a sus palabras.

—¡Ya está aquí! —anunció Jon con gesto aliviado—. Por eso no cogía. Estaba conduciendo. ¡Hombre prudente!

El coche no tardó en aparecer. Era un todoterreno de color blanco. Entró en la plaza y avanzó hasta el grupo, deteniéndose a solo un par de metros de él.

—No es Pedro —señaló uno de los obreros. Jon no contestó.

Las puertas se abrieron para dejar salir a un matrimonio. Eran los Lujanbio.

—¿Habéis visto? —saludó la enfermera avanzando hacia sus vecinos—. ¡Es Urkulu!

—¡Esta obra está despertando las fuerzas telúricas! —exclamó Sagrario con gesto desencajado.

Leire apenas oía nada. Su mente acababa de quedar embotada por una terrible certeza. Caminó hasta la parte trasera del coche; lentamente, como si quisiera retrasar en lo posible lo que sabía que encontraría.

Uno, dos, tres pasos... El corazón le comenzó a latir desbocado en cuanto el portón trasero quedó a la vista. La cinta americana sobre el piloto derecho pareció cobrar vida y aumentar de tamaño cuando su vista reparó en ella. Cerró los ojos conteniendo el aliento. ¿Quería eso decir que los Lujanbio eran culpables de todo lo que estaba pasando?

—¿A vosotros cómo se os ocurre dejar un coche en mitad de la carretera? Si se os ha estropeado, lo mínimo es echarlo al arcén. —Las palabras de Sabino Lujanbio la pusieron alerta.

El ganadero, de piel morena y vestido con un buzo de trabajo, le hablaba al jefe de obra.

—¿Qué coche? ¿De qué hablas? —se molestó Jon.

El otro se giró señalando la carretera.

—El vuestro —se le encaró el recién llegado—. No me digas que no lo es, porque lleva el logotipo de vuestra empresa. Está ahí en medio, poco antes de llegar a la curva.

A pesar de la luz anaranjada de las farolas, el rostro de Jon se tornó lívido. Leire acertó a oír el nombre de Pedro en los murmullos de los obreros que la rodeaban.

—¡Joder! ¡Joder! —se alarmó el jefe de obra echando a correr hacia el lugar que había señalado el ganadero.

Leire y algunos obreros fueron tras él. A pesar de la oscuridad que reinaba al dejar atrás la zona habitada, el coche de Construcciones Armesto tomó enseguida forma ante ellos. Pedro lo había detenido poco antes de llegar a la plaza, a apenas doscientos metros de entrar en la zona iluminada por las farolas.

Jon abrió la puerta del conductor y comprobó que no había nadie dentro. Ni en la parte delantera, ni en el asiento de atrás.

—¡Pedro! —llamó fuera de sí. Su grito resonó en la noche. No hubo respuesta. Algunos de sus compañeros guardaron un tenso silencio. Otros repitieron su llamada asomándose al bosque, un implacable reino de la oscuridad que llegaba hasta el borde mismo del asfalto.

—¡Pedro! ¡Pedro Merino!

—¡Mierda! ¿Dónde está?

El nerviosismo era cada vez mayor.

—La llave está puesta —anunció Jonás palpando junto al volante.

Jon abrió la puerta del copiloto y tomó una linterna de la guantera. El haz de luz recorrió el perímetro del coche mientras su compañero arrancaba el vehículo y comprobaba que el motor funcionaba correctamente.

—Las ruedas están bien. Nada de pinchazos —apuntó el jefe de obra completando la vuelta al perímetro del coche.

—El motor también —añadió Jonás.

—Prueba el freno. A ella casi la matan así —propuso otro señalando a Leire.

—Parece que va bien. No noto nada raro —dijo el obrero tras pisar el pedal repetidamente—. ¿Qué notaste tú? —le preguntó a la escritora.

—Estaba muy blando. ¿Quieres que pruebe? —se ofreció.

Jonás le cedió el asiento del conductor y Leire se limitó a confirmar sus impresiones. Los frenos no habían sido manipulados.

—Pues algo le hizo parar el coche aquí —musitó Jon.

—Algo o alguien —sentenció Leire apagando el motor y dirigiendo la vista hacia la gigantesca tea que aún ardía en lo alto de la montaña. El silencio de los obreros que la rodeaban le dijo que no era ella la única que sentía que un frío glacial le corría por las venas. Un profundo desasosiego flotaba en el ambiente.

—¡Lo han matado! ¡Se han cargado a Pedro!

Las palabras de Jonás no pillaron por sorpresa a nadie. En cierto modo, todos comenzaban a temer que su compañero hubiera corrido la misma suerte que las dos víctimas anteriores.

—Yo me vuelvo a Tudela —apuntó uno.

—No me toquéis los cojones —se quejó Jon—. Pedro no está muerto. ¿Me oís? Vamos a buscarlo. Ya veréis como esto no ha sido más que una absurda pesadilla.

Ni siquiera él se creía sus palabras. Era evidente que allí había ocurrido algo. Pedro Merino nunca dejaría abandonado el coche en medio de la carretera para desaparecer en plena noche cuando apenas le faltaban un par de curvas para llegar a su destino.

—¿Y la policía? —preguntó Jonás—. ¿Dónde coño están cuando se los necesita?

—Están avisados —intervino Leire mostrando su móvil—. Tardarán. Tienen que venir desde Pamplona.

—Yo mañana me marcho —advirtió alguien entre las sombras.

—¡Y yo! —exclamó Jonás—. ¿O crees que alguno de nosotros se va a quedar aquí a esperar a que lo maten?

—¡Calmaos, coño! —protestó Jon revisando con una linterna los bajos del coche—. Seguro que se aclara todo. A los otros dos se los cargó el novio de la historiadora. ¿No veis que esto no tiene ningún sentido?

Leire oyó voces a su espalda. Al girarse vio que se acercaban los vecinos que se habían reunido en la plaza.

—¿Cuánta gente más tendrá que caer para que dejen la fábrica en paz? —preguntó Paco alzando la voz—. En mala hora se les ha ocurrido hurgar en el pasado. ¿No ven que todo esto no trajo en su día más que desgracias?

Los demás apoyaron sus palabras con los habituales comentarios cargados de supersticiones.

—Tienen razón, deberíamos irnos cuanto antes —murmuró alguien entre los obreros.

—¡Basta ya! —zanjó el jefe de obra—. Ahora solo importa Pedro. Vamos a buscarlo. Cuando lo encontremos, ya hablaremos de lo demás. ¿Entendido?

Mientras Jon organizaba a sus hombres para emprender una batida por los alrededores, Leire perdió la mirada en la hoguera de Urkulu. Era una imagen impresionante. En la época de los romanos, aquella visión resultaría sencillamente aterradora. ¿Qué vínculo tenía aquello con la desaparición de Pedro Merino?

—¿Por dónde puedo subir a Urkulu? —preguntó sin apenas pensarlo. Tal vez allí arriba diera con alguna clave sobre la desaparición. Quizá incluso encontrara a Merino.

—¿A pie? —inquirió Eneko abriendo escéptico los ojos—. Hay que ir en coche. Son más de diez kilómetros desde aquí.

—Si parece que está aquí mismo —murmuró Leire desanimada. Las dimensiones del fuego le resultaron aún más sobrecogedoras al saber que lo que estaba viendo se encontraba a tanta distancia—. Es brutal.

—Lo es —apuntó Sagrario—. En este valle se están despertando recuerdos que es mejor que duerman para siempre. Ninguno de los que aquí vivimos queremos revivir un pasado plagado de desgracias.

—¿Por qué no han contado con nuestra opinión antes de tocar esas ruinas? —protestó la enfermera.

—Faltan linternas. Jonás, ven conmigo. Tengo algunas más en la oficina. Vosotros empezad a buscar por ahí en paralelo. —Leire reconoció la voz de Jon. Seguía organizando a los obreros para empezar a peinar la zona.

La mente de la escritora, sin embargo, estaba lejos de allí, en las alturas de Urkulu.

—¿Me subes en coche? —preguntó de pronto girándose hacia Eneko. Todavía no había ido a recoger del taller el 206.

El leñador torció el gesto. No era lo que más le apetecía, pero no fue capaz de decir que no.

—Yo no subiría —advirtió Paco Roncal.

—Yo tampoco —se sumó Sagrario rascándose la cabeza—. Vete a saber qué o quién os espera ahí arriba.

Leire se fijó en la hoguera. Era evidente que el fuego estaba perdiendo intensidad. Quien lo hubiera encendido no estaría ya allí. En cualquier caso, no podía quedarse en el fondo del valle, paralizada por el temor, como aquella gente. Si estaba en Orbaizeta era para averiguar quién estaba sembrando de cadáveres aquel recóndito lugar de los Pirineos; quién había matado a Saioa Goienetxe, Iker Belabarze y, ahora quizá también, aunque albergaba el deseo de equivocarse en su desagradable corazonada, al más veterano de los obreros que rehabilitarían la fábrica.

—¿Vamos? —insistió clavando la mirada en Eneko, que asintió en silencio antes de girarse para volver hacia la plaza.

—Espero que no te importe ir en moto —comentó el aizkolari haciendo sonar unas llaves en la palma de la mano.

—Estáis locos —apuntó Sagrario tras ellos, dando origen a un murmullo de aprobación que los siguió hasta que la distancia se ocupó de apagarlo.

La luz cálida de las farolas los abrazó con ternura, contrastando con el pozo negro, de sombras y oscuridad, que constituían las ruinas de la vieja fábrica de armas. Entre sus muros derruidos, las velas que el cura y las viudas habían dejado sobre un arco reforzaban su misterio. El silencio, tras la algarabía que acababan de vivir junto al coche del obrero desaparecido, resultaba turbador.

—Espera, ahora saco la moto —dijo Eneko entrando en su casa.

Leire asintió imperceptiblemente mientras contemplaba incómoda el resto de los edificios que formaban la plaza. Se sentía observada y enseguida supo por qué. En la ventana superior de las Aranzadi, divisó claramente una silueta. ¿O eran dos? Sí, las dos viudas la estaban mirando. Como tantas otras veces, no necesitaba ver sus ojos para saber que los tenían fijos en ella. Una de ellas se escabulló enseguida. La otra permaneció allí hasta que el aizkolari salió con la moto.

—¿Estás segura de querer subir? —le preguntó Eneko alzando la voz para hacerse oír por encima del rugido del motor.

La escritora giró la cabeza hacia la hoguera que ardía en lo alto y sintió que se le hacía un nudo en la garganta. Era una imprudencia, pero una imprudencia necesaria. No podía esperar a que la Policía Foral llegara desde Pamplona. Tal vez para entonces fuera demasiado tarde.

Una noche de primavera de 1966

El fardo pesaba más de lo que recordaba de la última vez. Claro que entonces no era más que un crío y le habían dejado el más pequeño. Ahora, en cambio, llevaba a la espalda treinta kilos que pesaban como un maldito demonio. Ni siquiera sabía qué era lo que pasaba, solo que lo descargaría en un granero de Orbaizeta y cobraría unas doscientas pesetas por el trabajo. Más de lo que ganaba en toda una semana en su oficio de talador. Los demás iban por delante, en parejas distanciadas unas de otras para evitar que la Guardia Civil decomisara toda la mercancía en caso de un encuentro inesperado. A Tomás le había tocado la compañía de Serafín Chocarro, que solo se dirigía a él para reprenderle cuando hacía demasiado ruido al caminar.

—Levanta más los pies —le decía entre dientes—. No arrastres las hojas.

Estaba agotado. Después de pasarse todo el día tirando árboles, apenas había tenido tiempo de cenar precipitadamente antes de salir para el trabajo de noche. Los lamentos de Maritxu lo acompañaron mientras daba cuenta del cuenco de habas con costilla adobada. Acababa de ver como su marido quedaba cojo y temía perder a tiros a su hijo.

Ahora, en los altos cerros salpicados de mojones fronterizos, echaba de menos el calor del hogar, el olor a carne seca de la cocina y, sobre todo, la tosca suavidad de su cama. De buena gana estaría en ella en lugar de andar con un paquete a cuestas bajo el persistente sirimiri.

—Quieto —ordenó Serafín deteniéndose en seco—. ¿Lo has oído?

—¿Qué? —Tomás miró alrededor. La lluvia no dejaba ver más allá de las hayas que tenían más cerca. Lo demás aparecía desdibujado entre la oscuridad y la pátina lechosa de una fina niebla.

El balido volvió a sonar.

—Solo son ovejas —murmuró Tomás.

Serafín negó con la cabeza sin ocultar una mueca de desprecio. El servicio militar, del que había regresado hacía apenas unas semanas, lo había convertido en un hombre. Su espalda se había ensanchado y tenía el pelo cortado a navaja, todavía muy corto. El timbre de voz, que Tomás recordaba chillón, ahora era grave. Lo que no había cambiado, ni probablemente lo hiciera jamás, era el reducido tamaño de sus ojos huidizos.

—Es Antón. Está avisando al resto de que los guardias nos cortan el paso. Tenemos que cambiar de ruta —explicó Chocarro contrariado.

Tomás asintió recordando que años atrás Antón imitaba el ulular de los búhos. Le había sorprendido verlo aquella noche en el granero de Aranzadi. Lo suponía retirado del trabajo de noche tras sus problemas de corazón, pero el hombre parecía haberse recuperado. Era una suerte contar con él; no había nadie con tanta experiencia en aquellos menesteres.

—¿Habrá que dar mucha vuelta? —inquirió Tomás llevándose la mano a la frente para aflojar por un momento la tensión de la cinta de cuero que sujetaba el fardo. Esperaba que el nuevo rumbo no supusiera un gran rodeo, porque sus fuerzas estaban al límite y en solo unas horas tendría que volver al trabajo. Solo de pensarlo, tuvo que luchar contra el deseo de dejarse caer sobre la hojarasca empapada y olvidarse de todo. Menos mal que los franceses no se habían retrasado; así contaría con algunas horas para dormir antes de volver al bosque a trabajar.

—Ven, vamos por aquí. Iremos hasta la presa y, desde allí, nos apañaremos para llegar al pueblo —decidió Serafín desviándose hacia la izquierda.

—¡Alto! ¡Alto a la Guardia Civil! —Se oyó gritar en la distancia.

De manera instintiva, Tomás agachó la cabeza, pero no sonó disparo alguno.

—Los han descubierto. Vamos, debemos darnos prisa —apremió Chocarro.

Con el corazón desbocado, Tomás se lanzó tras él a la carrera. No era fácil hacerlo con un bulto de treinta kilos a la espalda y a través de un terreno irregular cubierto por una densa capa de hojas secas. Además, estaba el problema de la orientación. Algo le decía que si no fuera por su compañero se perdería irremediablemente. Conocía bien aquellos montes; en ellos se había criado y en ellos trabajaba cada día, pero no era lo mismo verlos a la luz del sol que en una desapacible noche de lluvia.

—¡Alto a la Guardia Civil! —Las voces no perdían intensidad. Los guardias avanzaban en su misma dirección.

Esta vez sí sonaron tiros. Fueron dos y Tomás se quedó paralizado por el terror.

—¡Vamos, no te pares! ¿O quieres acabar como tu padre?

—¿Dejamos los paquetes? —inquirió buscando desesperadamente la forma de poder salir de allí cuanto antes.

—¿Qué dices? ¿Los paquetes? —se burló Serafín—. Si están lejos. Seguramente han dado el alto a Antón o a alguno de los otros. Ellos sí que tendrán que abandonar la mercancía como no logren darles esquinazo. Tú preocúpate por correr todo lo que puedas y no pienses en nada. Además, siempre disparan al aire.

—A mi padre le dieron en la pierna —replicó Tomás.

Chocarro suspiró antes de ajustarse las cintas que ataban el paquete a su cuerpo.

—Un tiro perdido o un guardia fuera de sus casillas. A veces pasa. ¿Te crees que ellos no tienen miedo en el bosque? —Soltó una risita—. ¡Más que nosotros! ¿No ves que son del llano y que nunca antes habían visto una selva como la nuestra? Están a-co-jo-na-dos —dijo remarcando cada sílaba—. No es raro que a veces se les crucen los cables. ¡Y ahora corre y no te detengas pase lo que pase hasta llegar a la presa!

Tomás tomó aire a fondo. En la ladera que cerraba la vaguada por la derecha se oía una carrera entre la hojarasca. No eran los únicos que huían. Se ajustó el *kopetako* a la frente para que el paquete se moviera lo menos posible y se lanzó tras su compañero. Serafín corría ya cuesta abajo en paralelo a una regata cuyas aguas saltaban también sin desmayo en busca del fondo del valle.

El pueblo aún dormía. Eran las cuatro de la madrugada y todavía faltaban un par de horas para que se encendiera la luz tras las ventanas de los ganaderos más madrugadores. La panadería de José Ignacio era la única casa que ya estaba despierta. El estómago de Tomás se removió quejoso al percibir el delicioso aroma a pan horneado que flotaba en el ambiente. Se prometió que, en cuanto descargaran y cobrara su parte, compraría una buena hogaza. Su madre se pondría contenta. Eso si era capaz de llegar a su casa, de donde le separaban cinco kilómetros de caminata, sin habérsela zampado entera.

—Espera —le indicó Serafín alzando una mano a modo de advertencia.

Había oído algo.

Se ocultaron tras un murete de piedra que delimitaba unos huertos. Tomás clavó la vista en el cuartel de la Guardia Civil, que se alzaba sobre una loma. Allí no se movía ni la bandera que pendía de la fachada.

—Son ellos —murmuró Serafín señalando hacia la carretera de la Fábrica—. Dos vienen sin carga.

Tomás se giró hacia allí. Cuatro bultos se acercaban a buen ritmo hacia el pueblo. A pesar de la falta de luz, era evidente que dos de ellos llevaban paquetes a la espalda. Los otros dos no.

—¿Y si son los guardias, que los llevan detenidos? —preguntó agazapándose de nuevo. Al hacerlo se dio cuenta de lo mucho que le dolían las piernas. Estaba deseando quitarse de encima el peso de la mercancía.

—¡Qué dices! La pareja de la Guardia Civil todavía estará allá arriba celebrando que han incautado dos paquetes. Porque no llevamos puros, si no ya se estarían fumando nuestros Voltigeurs —apuntó Chocarro con sorna.

En cuanto llegaron sus compañeros, y sin intercambiar más palabras que un corto saludo, retomaron el camino hacia el granero donde debían descargar la mercancía. No estaba lejos de la panadería, pero sí algo más apartado para evitar el paso por las calles del pueblo, en las que había faroles encendidos toda la noche. Tras tantas horas en la oscuridad más absoluta, Tomás se sintió inseguro al ver las blancas fachadas bañadas por la luz anaranjada que desvirtuaba el color de los geranios que adornaban las ventanas. Era una sensación extraña esa de sentirse seguro en la oscuridad y temer, en cambio, la luz.

La puerta, cuyo batiente superior permanecía entornado, se abrió sin un solo chirrido en cuanto Serafín se apoyó en ella.

—¿Venís todos? —los saludó Aranzadi—. ¿Algún problema? —Su rostro, iluminado por una bombilla desnuda que pendía del techo, se crispó de repente—. ¡No me jodáis! ¿Habéis perdido los paquetes? —preguntó dirigiéndose a Antón y Elías, el hijo del panadero.

—Nos dieron el alto —murmuró Antón quitándose el gorro de lana que le cubría la calva—. No los esperábamos allí. Los muy cabrones estaban en medio del bosque, ocultos en un chamizo que se habían construido con palos y helechos. Hasta que no estuvimos a un metro de ellos no los vimos.

—Echamos a correr como condenados, pero no hubo manera de dejarlos atrás. Al segundo alto se pusieron a disparar y tuvimos que dejar los paquetes —añadió Elías.

Mientras Aranzadi se quejaba, acordándose de la madre que había parido a todos los guardias del cuartel y maldiciendo su mala suerte, Tomás sintió que alguien le descargaba el paquete de su espalda. Hasta entonces no había reparado en que no estaban solos en el granero. Varios hombres a los que no conocía, ni siquiera de vista, se estaban cargando a la espalda los fardos que acababan de acarrear. Eran el siguiente relevo; seguramente llegados de Aribe, adonde llevarían la mercancía. Después serían otros, o quizá algún camión, quienes siguieran la ruta que había comenzado al norte de la muga. Porque Orbaizeta no era más que la puerta de entrada al país. El contenido de los paquetes rara vez se quedaba allí, sino que acababa en ciudades bien lejanas. Los Voltigeurs y el café viajaban a menudo a la propia Madrid, las puntillas y botones, a Cataluña, mientras que los rodamientos y el hilo de cobre solían quedarse en las fábricas del País Vasco.

—Voy a perder mucho con esto —protestó Aranzadi, ya más calmado—. Vaya desastre.

Tomás se fijó en que en ningún momento culpabilizaba a los pasadores, sino solo a la Guardia Civil. No era de extrañar. ¿Cómo iba un joven de veinticinco años a echar en cara la pérdida de un paquete a Antón, que a sus sesenta y dos era el veterano más respetado? Todos habían tenido que dejar alguna vez el paquete en el monte ante un alto de los guardias.

—Cuando se haga de día subiremos a ver si ha habido suerte —apuntó Antón. A veces los paquetes se quedaban tirados en el monte sin que nadie diera con ellos.

—Subiré con vosotros —dijo Aranzadi alicaído—. Sí, podéis iros. A ver si tenéis más suerte que estos —despidió a los de Aribe conforme se dejaban devorar por la oscuridad de la noche.

—¿Qué llevábamos? —quiso saber Serafín.

—Rodamientos y piezas a medida para una fábrica de Bilbao. Un dineral, ya os digo que me saldrá caro.

—¿Cómo no fuisteis capaces de verlos? —le espetó Serafín a Antón.

Tomás tragó saliva incómodo. ¿Cómo era posible que tuviera semejante desfachatez? Decididamente, Serafín Chocarro era un desvergonzado.

—Me hubiera gustado verte a ti allí —se defendió Antón—. Seguro que te habrían detenido. Ni te imaginas lo bien escondidos que estaban.

—¿Y el olor? ¿Acaso no sabes aún oler a un picoleto? —se le encaró Serafín—. ¡Venga, hombre! Si no eres capaz de olerlo a diez metros, ya puedes ir retirándote. El olor de esas capas es inconfundible cuando se mojan. ¿Y qué me dices del cuero de los correajes? —Hizo una pausa a la espera de una respuesta que no llegó—. Venga, hombre. Yo los habría detectado a una legua.

Tomás miró a Aranzadi. Alzaba la mano pidiendo silencio, aunque optaba por no interrumpir la discusión. En cierto modo, no parecía disgustarle. Al fin y al cabo, Chocarro le estaba diciendo a Antón lo que a él mismo le gustaría echarle en cara de no ser porque las normas no escritas de la cortesía le impedían hacerlo.

—Bueno, ya hemos hablado demasiado —dijo Antón, decidido a no entrar en discusiones que no llevaban a ninguna parte. No se detuvo a despedirse. Abrió la puerta y se perdió en el exterior.

—¿Y vosotros, a qué esperáis? —les preguntó Aranzadi al resto—. Venga, a descansar.

—¿No piensas pagarnos? —inquirió Serafín mostrando la palma de la mano.

Tomás celebró que lo preguntara.

—La semana que viene —anunció Aranzadi—. Habrá más trabajo de noche los próximos días. Os lo pagaré todo junto.

Solía ser así. A pesar de saberlo perfectamente, Serafín se acercó tanto como pudo a Aranzadi y le dedicó una fría mirada de desdén.

—Más te vale —le espetó antes de marcharse.

La tensión quedó flotando en el aire, pero no tardó en desvanecerse. Estaban cansados y tenían sueño; lo demás poco importaba.

—*Agur* —se despidió Tomás poniéndose en pie. Al hacerlo le castañetearon los dientes. Hasta que no hubo descargado el paquete no fue consciente del frío que tenía. Estaba empapado hasta los huesos. Hacía un buen rato que la lluvia había cesado, pero la ropa no había tenido tiempo de secarse. Despojado del peso que le brindaba el calor del esfuerzo, iba a sufrir de lo lindo en el retorno a casa. Se imaginó avanzando por las largas rectas entre pastos, envuelto en las nieblas que se aferraban al cauce del Irati, y no pudo evitar un estremecimiento.

—Frío, ¿no? —se burló Aranzadi—. Ya sé yo de eso. Toma, te prestaré la manta con la que me tapaba mientras os esperaba. ¡Con vuelta, eh!

—Gracias —murmuró Tomás dejándose devorar por la oscuridad. El cielo aún no clareaba y los grillos cantaban con una monótona melodía que le transmitía serenidad. Estaba contento. Pese a lo que temía un par de horas antes en medio del bosque, había sido capaz de llegar a Orbaizeta. Ahora podría descansar.

22

—¿Cómo que han subido? ¿Ellos solos? ¿Y para qué cojones creen que estamos nosotros? —La indignación de Igor Eceiza no tenía nada de fingido. El camino desde Pamplona no había sido fácil. Niebla en cada recodo de la carretera, nieve en el alto de Erro... y, para colmo, Romero vomitando a su lado en una bolsa de plástico. Estaba harto de aquel caso. En mala hora había dejado la Guardia Civil de hacerse cargo de la seguridad de lugares tan recónditos como Orbaizeta. En momentos así se arrepentía de no haberse hecho guardia urbano en lugar de foral. Tal vez sería menos emocionante y ganaría menos dinero, pero no tendría que salir de casa a medio cenar, como un amante sorprendido.

—El fuego era mucho más intenso. Parece que se está apagando —le informó uno de los ganaderos. ¿Cómo se llamaba? Tenía nombre de valle... Roncal. Sí, eso era, Paco Roncal, el dueño de la iglesia que reivindicaba el cura.

—La selva se está defendiendo. Nos avisa. Es su voz de alerta ante lo que se quiere hacer aquí —añadió su mujer fuera de sí.

—Tiene razón Marisa. Si esto sigue adelante, será el final del valle —apuntó la enfermera. Esta vez se había despojado de su bata de trabajo.

Eceiza tensó la mandíbula en un esfuerzo por contenerse. Estaba harto de chismes absurdos.

—Dejadme en paz con vuestras historias. Tenemos un desaparecido y una hoguera que se enciende misteriosamente en mitad de la noche —clamó hastiado—. ¿No os parece suficiente? Trazad un cordón de veinte metros y peinad todo esto a ver qué encontráis. Decid a esos que se vayan a la cama y nos dejen hacer a los profesionales —ordenó girándose hacia los agentes Garikano y Campos y señalando las linternas de los obreros. Deambulaban dando voces entre los árboles en busca de su compañero—. Romero vendrá conmigo a ver qué está pasando allí arriba.

—¿No puede acompañarte Garikano? —rogó el subinspector, que permanecía apoyado en el coche desde que habían llegado.

Eceiza dirigió el haz de su linterna hacia su rostro. La luz blanca que emitían los leds pudo añadir su granito de arena, pero Romero tenía peor pinta que algunos de los muertos que había visto en el Instituto Anatómico Forense.

—Está bien —aceptó con un tono de voz que mostraba un falso fastidio—. Garikano, conmigo. Vaya un subinspector que se marea como una nena de tres años.

—Atrás, atrás —empujó Campos a los vecinos mientras extendía una cinta de franjas blancas y rojas alrededor de la zona acotada.

POLICÍA FORAL. NO PASAR.

Las protestas de quienes se sentían en su casa y creían que podían aportar algo útil para la investigación se dejaron oír durante largo rato. El inspector Eceiza estaba decidido a no darles pábulo. Tenían que encontrar al obrero desaparecido sin perder un solo instante. No estaba dispuesto a permitir una nueva muerte ahora que contaba con un sospechoso claro.

—¡Mierda! —se lamentó observando el mapa de la zona que había desplegado sobre el capó del coche patrulla—. La carretera entra en Francia. ¿Lo ves?

Garikano contempló la zona que le señalaba antes de asentir.

—Cruza la muga en el collado de Organbide y discurre por territorio francés hasta llegar a la base de Urkulu, que vuelve a ser otro collado fronterizo, el de Arnostegi —murmuró el agente dibujando el recorrido con el dedo índice.

—¡Vaya movida! —protestó el inspector—. ¿Es que no puede haber algo normal en este caso? Después de venir desde Pamplona en plena noche, ¡zas!, en toda la cara.

—¿Y si pasamos? —sugirió Garikano con gesto de indiferencia—. No creo que los franceses se enteren de que hemos andado por carreteras recónditas de sus montañas.

Igor Eceiza se mantuvo unos instantes en silencio, tentado por aquella idea. Finalmente negó con la cabeza.

—No. Todo lo que halláramos allí arriba podría quedar invalidado en caso de que hubiera un proceso judicial. Serían pruebas obtenidas de forma irregular. No podemos ir saltándonos los límites geográficos de nuestra zona jurisdiccional.

—¿Ni siquiera cuando la vida de alguien puede estar en juego? —inquirió Garikano abriendo las manos en un gesto de incomprensión.

—No —Eceiza lo tenía claro. Aquello no podía traer más que problemas—. Seguiremos el procedimiento establecido; llamaré a la comisaría para que gestionen el permiso de paso o soliciten la actuación de la Gendarmería francesa.

—Pero eso puede tardar horas —protestó Garikano. Su voz infantil se volvía ridículamente aguda cuando estaba indignado—. No me puedo creer que salgamos de nuestras casas dejando tiradas a nuestras familias para quedarnos aquí de brazos cruzados. Tiene que haber otra solución —añadió clavando la mirada en el mapa— ¿Y si vamos a pie?

El inspector Eceiza se fijó en el sendero dibujado con trazo discontinuo. Partía a medio camino desde la pista que subía a la frontera y enfilaba hacia Urkulu, pasando antes por una zona donde aparecían indicados varios restos prehistóricos. No parecía una mala alternativa, aunque una cosa era verlo sobre el papel y otra muy diferente recorrerlo en plena noche.

—En el mejor de los casos, tendríamos por lo menos una hora y media de caminata —anunció desanimado.

—¿Tanto? —preguntó incrédulo su compañero.

—Fíjate en la escala —replicó el inspector señalando la regla que ocupaba el extremo inferior derecho del desplegable—. Parece poca distancia, pero es un trecho considerable. Y eso si encontramos el camino a la primera, que a estas horas...

—¡Inspector! —le llamó Campos enfocando algo en el suelo con el haz de su linterna—. ¡Sangre!

Igor Eceiza cerró los ojos con fuerza al tiempo que suspiraba. Más muertos no, por favor. Albergaba la esperanza de que el obrero desaparecido no fuera una nueva víctima, pero esa sangre no presagiaba nada bueno.

Para cuando se decidió a dar los cuatro pasos que le separaban de su compañero, Garikano y Romero estaban ya agachados junto a él. No cabía duda de que era sangre. Un charco de unos veinte centímetros de diámetro y un fino reguero de gotas de un denso color rojo que acababa un par de metros más allá.

—Es reciente —murmuró comprobando que aún no estaba seca. Después sacó el móvil de su bolsillo y buscó un número en su agenda—. ¿Xabier? Sí, en Orbaizeta. Vaya movida, chico. Tenéis que venir. Hay un rastro de sangre en el lugar donde ha desaparecido el obrero. Para mí que lo han metido en un coche y se lo han llevado. Sí, desaparece en seco... No, tampoco demasiada. Podría estar vivo. —Hizo una pausa para escuchar—. Sí, mantendremos el escenario acordonado, aunque no me extrañaría que estuviera ya contaminado. Hace cinco minutos estaba lleno de curiosos... ¿Dos horas mínimo? ¿Ahora qué hora es, las once? —Eceiza soltó un bufido—. Sí, ya sé que estáis a tope. Bueno, daos prisa, este no es el sitio más agradable para andar esperando.

Tras pulsar la tecla de colgar, se arrepintió de no haber advertido a su compañero que comprobara si llevaban las cadenas en el coche. Si seguía nevando en el alto de Erro podrían necesitarlas. Aunque, pensándolo bien, seguro que disponían de neumáticos de invierno, no como los coches patrulla corrientes. Al fin y al cabo, la Policía Científica era una raza especial dentro del cuerpo.

—No toquéis nada. Vienen Xabier y los suyos —advirtió a sus hombres, aunque de sobra sabía que habían prestado atención a la conversación.

—¡Vaya huevos que tienen! —Se quejó Romero—. ¡Dos horas de Pamplona a Orbaizeta!

—Venga, no seáis así. Estaban terminando de analizar un escenario en la Rotxapea —señaló Eceiza. En realidad sabía que el subinspector tenía razón. No había día que no les hicieran esperar. Lo más seguro era que hubieran terminado ya el análisis y estuvieran tomando un café en algún bar de los alrededores. Las prisas no iban con ellos. De buena gana habría evitado llamarlos, pero el protocolo era claro: en caso de secuestro con escenario evidente debían intervenir. Tal vez ellos lograran dar con algo. No en vano contaban con unos medios materiales infinitamente mejores.

—¿Os cuento lo que ha pasado? —se ofreció Garikano. Al alzar la vista no pudo evitar fijarla en la hoguera de Urkulu—. No me digáis que no es impresionante.

El inspector siguió su mirada. El fuego era cada vez más exiguo, aunque todavía resultaba imponente. Parecía un magnífico faro colgado de lo más alto de la barrera natural que dibujaban los Pirineos.

—A mí me recuerda a *El Señor de los Anillos*. ¿Os acordáis del Monte del Destino, en Mordor? —apuntó Campos.

—Yo no veo películas de esas —renegó Romero.

—Y leer, todavía menos, ¿no? —se burló Garikano—. Si fuera de pescadores ya te lo habrías leído, ya.

Romero se encogió de hombros con una sonrisa. No era la

primera vez, ni sería la última, que sus compañeros se burlaban de su afición por la pesca. Le absorbía todo su tiempo libre.

—No sé cómo te aguanta tu mujer, tío —se rio Campos—. Todos los años de vacaciones a la Costa Dorada para que puedas pasarte la noche pescando en la playa. ¿Y luego qué hacéis con tanta lubina? Porque una nevera no llevarás, ¿no?

—Chicos, ya vale —intervino Eceiza—. ¿No ibas a explicarnos lo que había pasado? —inquirió mirando a Garikano. A pesar del escaso tiempo que llevaba en el cuerpo, solía sorprenderlos con visiones muy cabales de los hechos.

—Sí, es verdad —carraspeó el joven dándose importancia—. El obrero... ¿Cómo se llama?

—Pedro, Pedro Merino —apuntó el inspector.

—Bien, Pedro Merino vuelve en coche y se detiene aquí de repente —comenzó Garikano—. Eso está claro, ¿verdad? —Hizo una pausa a la espera de que todos asintieran—. ¿Y por qué se detuvo? Pues porque alguien le obligó a hacerlo. Si os fijáis en la situación de la sangre, estaréis de acuerdo conmigo en que aquí había un coche estacionado: el coche del agresor. Si el obrero paró su vehículo justo detrás, la sangre está más o menos a la altura de la rueda delantera derecha. ¿No os parece? —Eceiza calculó la distancia con la vista y decidió que tenía razón—. No me extrañaría que quien le hiciera parar no recurriera a la fuerza, sino a una petición de auxilio. Una rueda pinchada o algo así. Y en el momento en que la víctima se agacha para comprobar el estado del neumático, bang, un tiro por la espalda.

El inspector asintió. Era un magnífico punto de partida. Lo demás podía imaginarlo él mismo: el agresor introdujo el cuerpo, tal vez aún con vida, de Pedro Merino en su coche y se lo llevó de allí.

—Tened cuidado. Si seguimos pisoteando el escenario, los de la Científica no podrán encontrar más que las huellas de nuestros zapatos —advirtió haciendo un gesto a todos para que salieran del lugar donde presumiblemente estuvo detenido el coche del agresor.

—¿Vosotros no ibais a subir? —preguntó Romero contemplando la hoguera de la montaña. El tono de su rostro ya no era tan lívido.

Igor Eceiza no había parado de darle vueltas a aquel asunto ni un solo momento y se le ocurría una solución. No era la más ortodoxa, por supuesto que no, pero no encontraba ninguna mejor. Leire Altuna no era policía, de modo que podía pasar la frontera e investigar donde le viniera en gana. Por suerte, ya había subido. Cuando estuviera de vuelta, le pediría que le contara hasta el más mínimo detalle de lo que hubiera visto allí arriba. Al día siguiente, con luz natural y tras hacer los trámites burocráticos oportunos, él y su equipo visitarían el torreón de Urkulu. Aún no sabía qué era, pero no le cabía duda de que tenía que haber algún nexo entre el secuestro de Pedro Merino y aquel fuego, tras el que se adivinaba una terrible advertencia.

23

El motor de la Yamaha rugía con rabia conforme la pista asfaltada ganaba pendiente. No era un sonido amable, como el petardeo característico de la Vespa de Leire, sino un ruido bronco que impedía a la escritora cruzar una sola palabra con Eneko, que guiaba la moto sin titubeos. Tras un largo trecho por la inmensidad del bosque, el faro del vehículo dejó de proyectarse contra los troncos de las hayas para perderse en las amplias praderas de los collados fronterizos.

—¿Falta mucho? —preguntó Leire alzando la voz.

Se sentía extraña sin casco, aunque eso no era nada comparado con la incómoda sensación de tener que llevar las manos sujetas a la cintura de Eneko. No había en aquella moto asidero alguno al que poder agarrarse.

—Acabamos de entrar en Francia —anunció el aizkolari elevando el tono para hacerse oír por encima del ruido del motor.

La escritora se fijó en las señales de carretera del cruce que se dibujaba ante ellos. Eneko giró hacia la izquierda, en dirección a Saint-Jean-Pied-de-Port. Estaban en pleno collado. Abajo, en el valle que se extendía del lado francés, un sinfín de lucecitas naranjas anunciaban pueblos que dormían. De pronto, tras un par de curvas, la hoguera volvió a aparecer ante ellos.

Si antes, desde la distancia, solo eran visibles las llamas, ahora se podían distinguir las formas del torreón sobre el que se alzaban y la silueta de la propia montaña recortada contra el cielo estrellado.

—Es brutal —reconoció la escritora sin poder apartar la vista del fuego. Su visión era sencillamente apabullante, como si una gigantesca antorcha olímpica se alzara sobre aquellos montes de formas redondeadas.

La carretera, tan estrecha que no podrían cruzarse en ella dos coches, rodeaba Urkulu por su ladera norte hasta alcanzar un nuevo collado, el de Arnostegi. Un mojón fronterizo delataba que estaba en plena muga. El agua del abrevadero junto al que dejaron la moto reflejaba las llamas. Era una imagen inquietante, un auténtico pozo infernal entre pastos que, a esas horas, no tenían un ápice de hermosos.

—Solo se puede seguir a pie. ¿Seguro que quieres subir? —inquirió Eneko señalando hacia el temible pebetero en el que alguien había decidido convertir la cima de la montaña.

Leire contempló las lenguas de fuego que bailaban amenazantes bajo el cielo. No quería subir. Claro que no. Pero debía hacerlo. Un hombre había desaparecido y no pensaba quedarse de brazos cruzados.

—Vamos, cualquier segundo puede ser vital —decidió comenzando a remontar la empinada ladera.

—Yo me quedo aquí —oyó a sus espaldas.

—¿Qué dices? ¿No subes? —preguntó girándose hacia él. Las llamas encendían el rostro del aizkolari. Su mirada era esquiva, insegura.

—Paso. Me quedo en la moto.

La escritora comprendió que tuviera miedo. Ella también lo tenía. Aun así, trepó decidida montaña arriba. El torreón se veía más grande, más imponente conforme se acercaba a él. Un silencio sepulcral lo envolvía todo. Ni siquiera el crepitar de las llamas se atrevía a romperlo, como tampoco el humo lo hacía con el aire puro de la noche. Olía a hierba, a humedad y a frío.

Cuando alcanzó la cumbre se vio obligada a dar un paso atrás. Las llamas desprendían calor. Sin embargo, a solo dos metros de la hoguera la temperatura bajaba en picado. Miró alrededor con la esperanza de dar con alguna pista del paradero del obrero, pero allí no había nada. Solo la enorme torre romana, de planta circular, y un perfecto caos de rocas que convertía su entorno en un laberinto pétreo alfombrado de hierba. En realidad cualquiera podría esconderse entre aquellas piedras de formas caprichosas, aunque algo le decía que estaba sola. No había nadie allí aparte de ella y su miedo.

La angustia le atenazaba la garganta, le rogaba que diera media vuelta y regresara al valle. Buscó la moto con la mirada. Allí estaba, en el collado, junto al abrevadero. Desde arriba el agua se veía tan negra como las praderas de alrededor. Con una creciente sensación de pavor, comprobó que Eneko no estaba junto a ella. Era de noche, una densa oscuridad lo cubría todo, pero el propio resplandor de la hoguera, que incendiaba las nubes bajas, brindaba la visibilidad suficiente como para saberlo. El aizkolari había desaparecido.

Leire miró alrededor. Las llamas danzaban su baile infernal sobre la torre circular, cuyos sillares calizos adquirían una encendida tonalidad naranja. Las rocas cercanas aparecían también coloreadas con notas cálidas. Más allá todo era oscuridad; una negrura opresiva que contagiaba un temor casi irracional.

Era allí, oculto tras ese manto que lo volvía todo invisible, donde estaba Eneko. Pensó en Pedro Merino y en su coche abandonado en la carretera. Tal vez estuvieran en el mismo lugar. Se imaginó al aizkolari arrastrado por la fuerza hasta el paraje, que intuía cercano, donde el obrero yacía, probablemente muerto. La idea duró en su mente solo unos segundos, los que tardó en abrirse paso una perspectiva aún más inquietante.

Se regañó por pecar de ingenua. Cualquiera podía ser el asesino. ¿Qué motivos tenía para descartar a Eneko? ¿Que era joven? ¿Que era atractivo?

Había sido una inconsciente. Subir con él a la soledad de Urkulu, a un lugar al que la mente maquiavélica que estaba sembrando el terror en Orbaizeta otorgaba una importancia ritual, había sido una imprudencia mayúscula.

Forzó la vista para intentar identificar la silueta del aizkolari entre las rocas que salpicaban la ladera que subía desde el collado. Necesitaba localizarlo para adelantarse a sus movimientos. Nada. Solo oscuridad y sombras inquietantes proyectadas por las llamas que tenía a su espalda. Acongojada, supuso que, vista desde la distancia, ella debía de ofrecer una diana perfecta, recortada contra las llamas.

Dudó entre esconderse o bajar a la carrera hasta la Yamaha para intentar escapar. Todo menos quedarse de pie ante la hoguera. Con un poco de suerte, Eneko habría dejado las llaves puestas en el contacto. Sí, esa parecía la mejor vía de escape.

Iba a lanzarse ladera abajo cuando el sonido cercano de una respiración la sobresaltó.

—Eres una cabezota —espetó una voz a su espalda. El aizkolari la había alcanzado.

Leire sintió que se le desbocaba el corazón. Por un instante estuvo a punto de echar a correr, pero la mano firme del joven la aferró por el hombro antes de que pudiera hacerlo.

Se giró hacia él alzando el brazo en lo que sabía que sería una defensa insuficiente.

—Deberíamos volver al valle. Esto es una locura —murmuró el que ella creía su atacante.

Sus ojos no dejaban lugar a dudas.

Estaba tan asustado como ella.

Un día de primavera de 1966

El sol estaba en su cenit, que se correspondía más o menos con la copa del fresno más alto. A partir de ahí, comenzaría a perder altura y no tardaría en perderse tras los árboles que se alineaban junto al río.

—¿A quién se le ocurriría construir el cuartel aquí? Si estuviera más arriba, no nos pasaríamos todo el día a la sombra —comentó el guardia civil quitándose el tricornio para que los rayos le calentaran la cabeza.

—Podríamos mandar talar esos fresnos, ¿no? —contestó su superior, el cabo Martínez, recostado como él en el banco de piedra adosado a la fachada del cuartel.

—No creo que a los del pueblo les gustara mucho la idea —repuso el guardia. Se llamaba Jorge, Jorge Aragonés, y solo llevaba tres meses en Orbaizeta. Tres meses que se le habían hecho eternos porque había llegado en plena crudeza del invierno y solo ahora comenzaba a quitarse de encima el frío. No era fácil para alguien acostumbrado al clima mediterráneo verse de pronto entre las nieves y las heladas perpetuas del invierno pirenaico.

—A los del pueblo no les gusta nada que propongamos nosotros —se lamentó el cabo—. Si la Guardia Civil dice una cosa, ellos siempre la contraria.

—Está fría la pared —apuntó Jorge girándose para tocar la fachada—. Si no fuera por la capa, nos cogeríamos un lumbago. ¿Es que estas casas no se calientan nunca? ¡Ya estamos en abril!

Si el cabo le escuchó, no lo demostró; se limitó a cerrar los ojos y dejarse calentar por el sol.

—Huele bien —dijo tras un par de minutos—. Habas con chorizo.

El olor llegaba desde una de las casas cercanas. El cuartel estaba a las afueras del pueblo, ligeramente elevado sobre un cerro hacia el que los caprichos del viento arrastraban el aroma de los guisos cuando se acercaba la hora de comer.

—¿Cómo lo llaman aquí? —inquirió Jorge con los ojos entornados y las manos cruzadas sobre el abdomen—. ¿Chistona? ¿Chistaza?

—Chistorra —le corrigió el cabo—, pero huele más bien a chorizo. ¿No te parece?

—No sabía que fueran diferentes. —Jorge no se asombró de los movimientos de su estómago. Tampoco de la intensa sensación de hambre que comenzaba a devorarlo por dentro. Era lo habitual. Si les pagaran mejor, podrían comer en condiciones. Con su sueldo mísero apenas podían mantenerse a base de patatas cocidas y algo de carne de baja estofa, comprada a precio tasado en la carnicería del pueblo.

—La chistorra es fresca y el chorizo suele dejarse secar —explicó Martínez—. A mí la chistorra no me gusta. ¡Donde esté un buen chorizo de los de mi pueblo! Que te cuente el teniente, que te cuente.

Jorge podía oír los ruidos de su estómago. No era la primera vez que se hablaba en el cuartel de aquellas viandas. Todos recordaban el día que llegó un paquete con chorizos y otros adobos para el cabo. Su familia había celebrado la matanza y se habían acordado del hijo destinado en los Pirineos. Para desgracia de Jorge, él arribó dos semanas más tarde que los embutidos, y de ellos no quedaba más que el recuerdo.

—Cervera del Río Alhama es el mejor pueblo del mundo —apuntó Martínez—. Ya podrían destinarte allí. ¿Tú sabes lo bien que se come?

Jorge Aragonés suspiró. Su pueblo sí que era el mejor. De no haber sido por la necesidad, no se habría metido a guardia civil, pero era el menor de cuatro hijos y las tierras de la familia no daban para tanto.

—Dicen que van a construir una central nuclear —murmuró abriendo los ojos para comprobar con disgusto que las ramas más altas de los fresnos comenzaban a interponerse ante el sol.

—¿Dónde? ¿Aquí? —se extrañó el cabo.

—No, en mi pueblo. En Vandellós —le corrigió Jorge.

—¿Qué dices? ¿No es muy pequeño? Una central de esas la pondrán en una ciudad grande.

—No sé. Dicen que habrá mucho trabajo. Cuando la terminen, igual me vuelvo para allá —sentenció convencido.

El cabo soltó una risita burlona.

—Con esas ideas nunca ascenderás.

A Jorge poco le importaba ascender. Él solo quería dejar de pasar penurias y tener dinero para poder comer lo que quisiera y comprar un coche. Sin un vehículo las mujeres no se fijaban en uno. ¿Acaso el cabo vivía mejor que él? No, allí estaba, en aquel pueblo perdido de la mano de Dios, pasando hambre, frío y miedo cada vez que les tocaba hacer noche en medio de unos bosques que parecían embrujados.

—¿Qué opinas de las lamias? ¿Crees que ayudan a los contrabandistas, como decían ayer? —preguntó al recordar una conversación de la víspera en la puerta de la taberna.

—No hagas caso a los viejos del pueblo. Solo quieren asustarnos con sus historias de criaturas extrañas. Otros días les da por los gentiles o por uno que llaman Basajaun. La cosa es hacernos creer que la selva está encantada para que nos venza el miedo.

—Para mí que hay algo —repuso Jorge—. No me creo que ellos se muevan tan bien por un bosque donde nosotros somos tan torpes. Tienen que tener alguna ayuda. No sé, la selva está con ellos. Los ayuda de algún modo.

—¡No digas chorradas! —El cabo se incorporó—. ¡Firme, Aragonés!

Jorge abrió los ojos. Alguien subía hacia el cuartel. Como si lo moviera un resorte, se puso rápidamente en pie y se llevó el tricornio a la cabeza.

—Ese es pasador —le susurró el cabo—. Chocarro. A ver qué quiere.

Jorge asintió. Cuando llegó a Orbaizeta esperaba una guerra abierta contra los contrabandistas. Así se lo habían hecho ver sus superiores cuando lo destinaron a Navarra. Sin embargo, lo que encontró fue una extraña convivencia. Sabían perfectamente cuáles eran las casas que se dedicaban al contrabando, pero, en lugar de detenerlos a todos, les dejaban hacer. Con algún paquete incautado de forma regular y un apresamiento de vez en cuando parecía suficiente. Lo demás sería ganarse la enemistad del pueblo y, peor aún, perder el puñado de pesetas que recibían a veces a cambio de hacer la vista gorda ante el paso de alguna mercancía. Lástima que de esos sobornos los guardias de a pie rara vez veían algo. El teniente era el que se llevaba la mayor parte.

—Quiero ver a Santoyo —saludó Chocarro sin ceremonias.

—El teniente está ocupado. ¿Qué te trae por aquí? —contestó el cabo Martínez. A él también le extrañaba aquella visita. Cuando los pasadores querían ofrecer sobornos, lo hacían en la calle, de forma disimulada y sin que nadie lo viera; ni los vecinos ni el resto de los guardias. Eso de aparecer por el cuartel era muy raro.

—Vosotros sabréis. Quería denunciar un delito de contrabando que tendrá lugar esta noche, pero si no me quiere atender, me marcho —amenazó el joven haciendo ademán de girarse.

—No, no. Espera un momento —le pidió el cabo perdiéndose en el interior del cuartel.

Jorge Aragonés cruzó una mirada con el visitante. Se le veía nervioso. Sus ojos, pequeños y nerviosos, se fijaban continuamente en el camino. Temía que alguien lo viera. No era habitual, al menos desde que él estaba destinado en Orbaizeta, que alguien acudiera al cuartel a denunciar nada relacionado con el contrabando. Sabía de la existencia del Libro de Denuncias Secretas, en el que se recogían los chivatazos, pero nunca había visto que se abriera. El denunciante podía hacerlo de forma anónima, aunque solo si firmaba la denuncia tenía derecho a un porcentaje de la mercancía incautada. Tal vez era eso lo que empujaba a Chocarro.

—Puedes pasar —anunció el cabo saliendo del cuartel—. Te está esperando.

El contrabandista echó una última mirada hacia el camino antes de entrar.

—Este se quiere vengar de alguien —aventuró el cabo—. Alguno se la ha jugado y ahora va a pagar por ello.

Jorge asintió con un gesto. Eso parecía.

Desde la casa más cercana les llegó apagado el inconfundible sonido de platos y cubiertos. Era lo que tenía el buen tiempo; las ventanas se abrían y la vida privada quedaba al descubierto. El olor a comida era cada vez más insoportable. Menos mal que ellos no tardarían en comer su guiso de patatas con puerros, porque empezaba a ser un auténtico martirio.

—Hoy tenemos costilla con las patatas, ¿no? —preguntó el cabo.

—Sí. La trajo ayer el carnicero. Es buena gente ese hombre, ¿no?

—¡Ja! Aquí no hay nadie bueno. Son todos finos —se burló el cabo—. Ahora trae buena carne porque el teniente se presentó un día en la carnicería con unos filetes pasados que nos había vendido y se los tiró a la cara delante de todos.

—Bueno, por lo menos supo rectificar.

—¡Porque le interesa! ¿Qué te crees? Aquí todos tienen algo que ocultar. Me gustaría saber cuánta de la carne que vende le llega desde Francia burlando nuestros controles. ¡No se libra ninguno, que te lo digo yo!

—Mira, el de la serrería —señaló Jorge alzando la mano para responder al hombre que pasaba por la carretera.

—Don Celestino —añadió Martínez tocándose el tricornio—. El rico del pueblo.

—¿Te has fijado en su hija? Es guapa, ¿no?

—La joven, ¿verdad? Porque la mayor es fea como el culo de una cerda.

Jorge Aragonés soltó una carcajada. Jamás había oído una expresión tan grosera y a la vez tan conseguida.

—Claro. Esta mañana estaba preciosa, con sus trenzas y su vestido entallado.

—Tienes buen gusto, canalla. ¿A quién no le gusta Encarna? —El cabo hizo una pausa para encenderse un cigarrillo. No le ofreció uno a su compañero porque sabía que no fumaba—. ¿Por qué no la has sacado a bailar?

—No sé... Soy un guardia. No me parece lo más apropiado, ¿no? —musitó Jorge ocultando su verdadero motivo: que tenía la sensación de que su invitación no sería bien recibida por la joven.

—¡Qué tonterías dices! Anda que no se han casado guardias con mozas de los pueblos en los que estaban destinados. Aquí cerca tenemos a Curro. Siempre hablando de su Córdoba querida hasta que se casó con la quesera, y míralo, ahora hace los mejores quesos de Orbara.

—No sabía que Curro fuera guardia civil —admitió Jorge con gesto de sorpresa.

—Lo era. Dejó el cuerpo para dedicarse a los quesos. ¿Cómo creías que había llegado hasta aquí un andaluz como él?

Jorge Aragonés se imaginó casado con Encarna y trabajando en la serrería. Sería un sueño, el más hermoso de su vida. Eso sí que sería un buen futuro, y no trabajar en la central nuclear de su pueblo.

—No creo que a su padre le hiciera mucha gracia —murmuró obligándose a ser realista—. Querrá casarla con alguien con posibles y no con un picoleto.

—Por intentar nada se pierde —apuntó Martínez dando una larga calada que derivó en un ataque de tos—. García contaba que se la había llevado una noche a la orilla del río.

Jorge le miró con los ojos muy abiertos.

—¿García? —inquirió—. ¿Ese que dicen que mató a un contrabandista?

—Ese, ese. Tenía mucho éxito con las mujeres. Siempre andaba con alguna.

No tuvieron tiempo de seguir charlando porque Serafín Chocarro abandonó el cuartel. Ni siquiera se giró para despedirse de ellos, limitándose a bajar a grandes zancadas hasta la carretera para perderse rápidamente entre las casas.

El teniente Santoyo no tardó en aparecer. Su bigote recordaba al del caudillo, recortado hasta el ridículo, como una mosca bajo la nariz.

—Muchachos, id a descansar. Esta noche va a ser larga. Nos vamos todos al collado de Organbide. Esta vez no se nos escapan —anunció en tono grandilocuente.

—¿Usted también, mi teniente? —se sorprendió el cabo.

—¿Qué entiendes por todos, Martínez? Que yo sepa, también formo parte de este cuartel de Orbaizeta.

Aunque se cuidó mucho de decirlo, Jorge Aragonés también se extrañó. El teniente jamás subía a la muga. Los encargados de vigilar los pasos eran siempre los guardias rasos y el cabo Martínez. Era evidente que algo importante iba a suceder.

24

Fue un excursionista francés quien lo encontró. Había subido desde Esterenzubi en busca de las fuentes del río Errobi cuando dio con él. Al principio pensó que se trataba de un pastor descansando, pero al acercarse para saludarlo supo que su excursión había acabado. No había llegado a las fuentes del río, solo a la hermosa majada de Harpea, un poblado pastoril perdido entre las cumbres de los Pirineos y junto al que se abrían las fauces de una cueva cargada de simbolismo para las gentes de la zona. Hasta entonces, ese había sido su lugar preferido, su rincón donde olvidar el rápido discurrir del tiempo para fundirse con la naturaleza, pero eso acababa de cambiar. Harpea nunca más sería su paraíso secreto. Solo el escenario del horror. Porque aquellos ojos tan abiertos y clavados en un cielo que no veían y ese peine que emergía de forma grotesca de su boca entreabierta no dejaban lugar a dudas: estaba muerto.

Solo dos horas después, el inspector Eceiza caminaba apresuradamente por la estrecha vereda que llevaba a Harpea. En la borda donde terminaba la carretera, dos coches de la Gendarmería francesa delataban que algo no iba bien.

—¿Dónde están los pastores? —inquirió Romero a su espalda observando desde lo alto las chabolas que formaban la majada—. ¿Y las ovejas?

El inspector no contestó. Cualquiera en Navarra sabía que durante los meses más fríos se bajaba el ganado a los establos del valle. Ningún pastor en su sano juicio estaría en los pastos de verano cuando la Navidad llamaba a las puertas.

Tres chabolas de piedra con cubierta de pizarra formaban el poblado pastoril. Un redil ocupaba el centro de aquella aldea temporal. Envuelto como estaba en el letargo del invierno, era difícil imaginar el trasiego de las decenas, tal vez centenares, de ovejas que pasarían en él las noches de verano. El verde de la hierba, que amarilleaba por efecto del frío, lo rodeaba todo y solo el leve rumor del arroyo que discurría entre las construcciones rompía el silencio.

—Esa es la cueva —apuntó Eceiza fijándose en los extraños pliegues del terreno que formaban la entrada a la cavidad. Dos gendarmes, reconocibles por sus uniformes azul marino, los saludaron con un gesto de la mano. Junto a ellos, había un hombre vestido con unas ridículas mallas negras y una chaqueta técnica de color naranja chillón.

—Ahí tenemos a nuestro montañero —comentó Romero siguiendo a su jefe.

Uno de los policías franceses les salió al encuentro y tomó afectuosamente a Eceiza por el brazo.

—Aquí está —anunció con un marcado acento señalando el cadáver—. No hemos tocado nada.

La majada de Harpea se encontraba en plena línea fronteriza, como demostraba el mojón de piedra con un número grabado que se alzaba entre las bordas. Desde el Cantábrico hasta el Mediterráneo, seiscientos mojones como aquel dibujaban una muga imaginaria a lo largo de toda la cordillera pirenaica. Era difícil discernir si el cuerpo sin vida de Pedro Merino se encontraba en territorio francés o español; los vericuetos del terreno y la presencia de un caprichoso arroyo que, a pesar de lo que pudiera parecer, no se ocupaba de trazar la frontera, lo hacían casi imposible. Consciente de ello, la Gendarmería francesa había optado por no inmiscuirse y ceder la investigación a la Policía Foral, pues era evidente que la muerte del obrero tenía relación con el caso abierto de la Fábrica de Orbaizeta.

—Está claro que lo han matado —musitó Romero ladeando la cabeza como si estudiara diferentes ángulos del cadáver.

Igor Eceiza se mordió la lengua para no burlarse de él. ¿Acaso lo decía por el peine que le habían clavado con saña en la garganta? ¿O quizá por la sangre seca que se le veía en la camisa? No hacía falta ser policía para comprender que Pedro Merino había sido asesinado de manera salvaje.

—Ya están aquí —anunció una voz aguda a su espalda. Era Garikano, al que seguían dos agentes de la Científica—. ¡Joder! —exclamó al ver el cadáver—. Esta vez no hay duda de que no es suicidio, ¿no?

Igor Eceiza asintió. Era precisamente lo que estaba pensando. Esta tercera muerte poco tenía que ver con las dos anteriores. El asesino no había intentado simular un suicidio, como en las otras, sino que se había ensañado con la víctima. ¿Y por qué había llevado el cadáver a tantos kilómetros del lugar donde fue abordado?

—Intenta hacernos creer que han sido las lamias —anunció observando el peine.

—¿Quién? —inquirió Romero torciendo el gesto.

—Unas criaturas de la mitología vasca que viven en cuevas como esta. Tienen cuerpo de mujer y patas de pato. En las leyendas se acicalan con peines de oro —explicó Eceiza desganado recordando los dibujos de uno de los libros preferidos de su hija Itziar.

—Viejas historias —apuntó el excursionista francés negando escéptico con la cabeza—. Siempre se ha dicho que Harpea es su gruta favorita. Yo nunca las he visto.

Eceiza suspiró al imaginarse la reacción de los supersticiosos habitantes de la Fábrica.

—Desde luego que, por su mirada, se diría que ha visto a las lamias o al mismísimo diablo —apuntó Garikano agachado junto al cadáver—. Es de plástico; de oro nada.

—¿Qué hacía usted aquí? —le preguntó el inspector al montañero—. ¿Adónde iba?

—A la *source* del Errobi. Vengo a menudo. Desde que me jubilaron en el banco a los cincuenta años, no tengo más que hacer que ir de paseo.

—¡Con cincuenta años! —se sorprendió Romero—. ¿Dónde se firma eso?

Eceiza le dedicó una mirada reprobadora antes de continuar el interrogatorio.

—¿Cómo lo encontró? ¿No vio a nadie por aquí, no oyó nada?

—Nada. Ni siquiera los buitres se habían acercado —apuntó el francés. Su castellano era mejor de lo que su acento hacía prever.

—¿Ha tocado algo?

El excursionista le miró con gesto escéptico.

—¿Tocar? —murmuró señalando el cadáver con una mueca de desagrado—. Bastante si no he salido corriendo.

El inspector asintió. Había acabado con él.

—Está bien, puede irse. Espere, mi compañero le tomará sus datos por si necesitamos contactar con usted —anunció señalando a Romero—. ¿Dónde vive?

—En Baigorri —contestó el francés.

—Muy lejos para venir a pie, ¿no?

—No tanto para alguien joven —replicó el otro con una sonrisa—, pero si baja a Esterenzubi verá mi coche junto a la venta.

Eceiza le hizo un gesto para que siguiera su camino. Tenía suficiente por el momento.

—¿Necesitas algo más? —se interesó el gendarme que permanecía a su lado.

—Nada, muchas gracias por todo. Os mantendré informados —le despidió el inspector.

—¿Quién ha avisado a la prensa? —El tono de Garikano delataba su irritación.

Por el sendero que llevaba al aparcamiento se aproximaba un cámara acompañado por una reportera. La antena parabólica que coronaba su unidad móvil se asomaba tras la loma que ocultaba los coches. Su aparición no era del todo inesperada después de que todos los informativos matinales incluyeran las escalofriantes imágenes de la hoguera de la noche anterior.

—No ha llegado ni el juez y ya están ellos aquí. Huelen los fiambres como las moscas la mierda. Que alguien impida que se acerquen demasiado y los mantenga entretenidos. No quiero ni una sola imagen del cadáver en los medios de comunicación —ordenó Eceiza malhumorado antes de acercarse a los de la Científica—. ¿Cómo lo veis, chicos?

Uno de los dos agentes que estaban agachados junto al cadáver alzó la vista hacia él.

—Tendrán que confirmarlo en el laboratorio, pero a este tío lo mataron de un golpe en la cabeza —explicó volviendo a fijarse en la víctima—. Cuando llegó aquí estaba muerto, o al menos malherido.

Eceiza recordó la sangre en la carretera. Era lo que esperaba oír.

—Arjona viene de camino —anunció Garikano colgando el teléfono.

El inspector resopló. Solo le faltaba el magistrado. No tenía ninguna intención de estar presente para que le reprochara que aún no hubiera solucionado el caso.

—Quédate a esperarle —decidió haciéndole un gesto a Garikano—. Romero y yo vamos a echar un vistazo a Urkulu antes de regresar a Orbaizeta.

Antes de perderse por el sendero que llevaba al coche, bajó la mirada por última vez hacia el cadáver. El peine reflejó el sol y lanzó un destello dorado; un macabro guiño que le atrajo la mirada hacia la boca del obrero, abierta en un grito congelado por la muerte. Con un estremecimiento, tuvo la sensación de que aquellos labios amoratados se movían para vomitar el nombre de su asesino.

No llegaron a pronunciarlo.

25

—¿Hay novedades? —Ane Cestero apenas tardó dos tonos de llamada en contestar.

—Demasiadas —apuntó Leire. Tenía claro por cuál comenzar—. Ha aparecido el obrero. Muerto. Al pie de una cueva lejos de la Fábrica de Orbaizeta, pero muy cerca de la torre de Urkulu. ¿Qué te parece?

Cestero guardó silencio unos instantes mientras asimilaba sus palabras.

—¿Otra vez lo mismo? —inquirió—. ¿Otra vez imitando un suicidio?

—No, que va. Esta vez no. Todavía no he podido hablar con Eceiza, pero parece que ha aparecido con un peine incrustado en la boca.

—¿Un peine? —se extrañó la ertzaina.

—Dorado. Parece una señal, ¿no? —murmuró la escritora. Gesticulaba como si su interlocutora pudiera verla—. Por aquí se habla de lamias. Dicen que lo han matado ellas.

A través del auricular del teléfono, Leire oyó resoplar a Cestero y se la imaginó llevándose la mano al piercing de la nariz, como siempre que se ponía nerviosa.

—¿Y tú qué crees? —preguntó la agente antes de intercambiar algunas palabras con alguien.

Leire saludó con la mano a Paco Roncal. Volvía de los pastos. El hombre le devolvió el saludo antes de perderse en el interior de la iglesia.

—¿Yo? Pues no sé. Creo que quien está detrás de esto ha comprendido que con sus suicidios simulados no engaña a nadie y ha decidido cambiar de estrategia.

—¿Y si se trata de otro asesino? —preguntó Cestero a bote pronto, como si pensara en voz alta—. Sí, ya voy. Pídele tú la documentación —dijo apartándose del teléfono—. Perdona, estamos aquí con un camión que va tan sobrecargado que no sé cómo no toca la carretera con los bajos. Creía que me libraba de estos rollos al estar en la Criminal, pero ni por esas.

La escritora había pensado esa posibilidad, pero no le convencía. Estaba segura de que el asesino era el mismo.

—Creo que no. Quienquiera que matara a tu prima y al arquitecto pretendía que sus muertes sirvieran para frenar la obra que iban a dirigir. Desde que estoy aquí, no he parado de oír que esta fábrica está maldita, que no debería rehabilitarse. Por algún motivo, ningún vecino parece estar a favor de que este lugar se convierta en un foco de atracción turística —explicó bajando el terraplén que llevaba a la orilla del río que pasaba bajo los arcos. Como cada vez que los veía, no pudo evitar imaginar el cuerpo sin vida de Saioa colgando de ellos—. Por eso intentó que pareciera que quienes osaban tocar las ruinas eran inducidos por ellas al suicidio.

—Habrá que soltar a Asier Ibarrola —apuntó Cestero—. La verdad es que me alegro. Era muy duro para la familia pensar que su propia pareja había matado a Saioa. Mis tíos están destrozados. —Hizo una pausa para suspirar—. ¿Qué crees que ha cambiado ahora para que ya no intente simular que son las propias víctimas las que se quitan la vida?

—La investigación —sentenció Leire—. Todo el mundo sabe que los suicidios no fueron tales, así que el asesino se ha visto obligado a evolucionar. La muerte de Pedro Merino ha sembrado el pánico entre los obreros. Ahora mismo están reunidos para decidir si se vuelven a Tudela. Es más de lo mismo, aunque esta vez está intentando que parezca que son las fuerzas del bosque, las criaturas que, según la mitología, moran en la selva de Irati, las que están vengando la afrenta.

—¿Qué afrenta? —La voz de Cestero reflejaba su escepticismo.

—La rehabilitación de la Real Fábrica de Armas. Según los vecinos, la obra es una reedición del engaño al que los reyes españoles sometieron al valle de Aezkoa cuando establecieron aquí la fundición. No hay ninguno que no la sienta como un ataque casi personal.

—¡Madre mía! ¿No hay nadie cuerdo por ahí? —protestó la ertzaina elevando el tono—. Eso nos deja un montón de sospechosos, ¿no?

Leire se introdujo en el cauce. El agua le llegaba a los tobillos, pero las botas de agua de la historiadora asesinada, que había tomado prestadas de la caseta de obra, le permitían avanzar sin mojarse y sin tener que preocuparse por saltar de piedra en piedra.

—Demasiados —aceptó deteniéndose bajo el primer arco y contemplando el perfecto túnel a cielo abierto que constituía la imagen más hermosa de la fábrica abandonada—. Aunque tengo ya un nombre. O dos, mejor dicho. ¿Te acuerdas del todoterreno del que te hablé?

—¿El que circulaba sin luces y no te quiso ayudar el día de tu llegada?

—El mismo. Pues sus propietarios son un matrimonio. Los Lujanbio. Él se dedica a la ganadería y ella es enfermera —anunció pensativa—. ¿Sabes que ayer fueron ellos quienes encontraron el coche abandonado de la víctima?

—¡Qué casualidad! —apuntó irónicamente Cestero—. La enfermera, además, pudo conseguir fácilmente los ansiolíticos con los que fue drogada Saioa.

—Espera, aún hay más. Cuando la hoguera ardía en lo alto de Urkulu y los vecinos estaban reunidos en la plaza aventurando todo tipo de teorías a cual más disparatada, los Lujanbio no estaban. Casualmente, aparecieron más tarde y llegaron en ese coche.

—¿Tuvieron tiempo de matar a Merino, encender la hoguera y bajar al pueblo? —preguntó Cestero impaciente.

Leire pasó bajo el tercer arco, aquel del que pendió un día el cadáver de la historiadora, y siguió más allá. Con la mano que el teléfono le dejaba libre, acariciaba la pared. Estaba fría y rezumaba humedad, pero la hacía sentirse segura ante posibles resbalones.

—Son dos —respondió convencida—. Pudieron incluso dividirse. Una vez en lo alto de la montaña, uno pudo quedarse encendiendo el fuego mientras el otro llevaba el cadáver a Harpea. Luego no tenían más que bajar al valle y mezclarse con el resto de los vecinos, que contemplaban la hoguera aterrorizados.

—¿En serio? —se extrañó Cestero—. ¿Les daba miedo un fuego?

—Joder, no era para menos. A mí misma se me ponen los pelos de punta solo de recordarlo. —Hizo una pausa para recomponerse—. Era como un enorme faro sobre la selva, una amenaza, un tú puedes ser el siguiente.

—Venga, Leire. No era más que un fuego. Tú lo ves así porque tiendes a darle a la imaginación. Si no, no serías escritora —objetó la ertzaina—. Sí, ya voy. ¿Tan difícil es pedirle los papeles y sancionarle? ¡Joder, los hombres se ahogan en un vaso de agua!

Leire se detuvo ante el oscuro pasadizo que se abría entre el tercer y el cuarto arco. La corriente de aire glacial que lo recorría le hizo estremecerse. Un torrente de agua caía desde él, a un metro del suelo, y se fundía con el cauce principal. Por un momento, tan fugaz como desagradable, tuvo la sensación de que la fábrica vomitaba allí su verdad. Tras recorrer todos sus entresijos a través de siniestras conducciones subterráneas, aquella agua lo sabía todo sobre la vieja factoría y caía al río saturada de maldad. La misma que movía a alguien a asesinar en su nombre para que nadie osara profanar su descanso, que muchos, por algún motivo, deseaban eterno.

—Si estuvieras aquí, no pensarías lo mismo —se defendió—. Yo misma empiezo a tener la sensación de que estos bosques tienen alma. Incluso empiezo a creer que esta fábrica está realmente maldita. No sé, tal vez me estén volviendo loca con tantas supersticiones, pero tengo la sensación de que aquí hay algo maléfico.

Ane Cestero resopló al otro lado del teléfono.

—Oye, volvamos a ese matrimonio. Los del todoterreno...

—Los Lujanbio.

—Sí, esos. ¿Qué crees que podría moverlos a matar a mi prima y a los demás?

La escritora introdujo la mano bajo el torrente de agua gélida y la imaginó trazando un oscuro recorrido bajo las ruinas antes de volver a la luz. Quienes construyeron la factoría siglos atrás dispusieron ese canal secundario para mover los engranajes de la maquinaria. Ahora, sin embargo, con las instalaciones sumidas en el abandono, lo único que hacía el agua era pasear entre sus secretos antes de unirse al Legarza y callar para siempre.

Trató de quitarse la turbadora idea de la mente y continuó avanzando entre los arcos.

—No lo sé. Lo mismo que a los demás, supongo —murmuró al tiempo que lo pensaba—. Esa maldita manía por que no se toque la fábrica. Ni que fueran a instalar aquí los Altos Hornos de Bilbao. No me parece que montar cuatro pasarelas y rehabilitar algunos edificios en ruinas sea para tanto.

—Intenta hablar con ellos. Tienes que averiguar por qué no te socorrieron cuando estabas en apuros y por qué circulaban sin luces.

—Tal vez llevaran algo en el coche que no querían que nadie viera —aventuró Leire.

—¿Crees que fueron ellos quienes sabotearon tus frenos? —inquirió Cestero.

El recuerdo de aquel suceso la hizo detenerse. No se sentía segura allí abajo. Al dar la vuelta para desandar el camino y tomar la salida más cercana, el corazón le dio un vuelco. Bajo el tercer arco, un hombre vestido de negro la observaba fijamente. Su rostro no era amenazador, solo inexpresivo. La corriente de aire que soplaba por el pasadizo lateral le inflaba la sotana, haciendo que pareciera más corpulento.

—Ane, tengo que dejarte. Luego te llamo —se despidió devolviendo al recién llegado el gesto de saludo.

—Siempre nos encontramos aquí abajo, ¿verdad? —murmuró el cura con un amago de sonrisa.

La escritora asintió sin dejar de avanzar hacia la salida. Al pasar junto a él, estuvo tentada de detenerse, pero quería forzarle a salir de la galería de arcos. No tenía ganas de estar allí abajo con aquel hombre.

—¿Me ha seguido? —le preguntó sin rodeos.

El cura soltó una risita amarga.

—¿Seguirla? No, mujer. Yo solo vengo a rezar. Solo intento que este lugar recupere la armonía que rompió la muerte, entre estos arcos, de la joven Saioa —repuso con tono amable.

—Asesinato —corrigió Leire subiendo por el talud que permitía salir del cauce.

—Muerte, al fin y al cabo —insistió el capellán pisándole los talones.

—Una muerte vil y taimada —sentenció Leire tendiéndole la mano para ayudarle a salvar el desnivel.

Si el cura vio su gesto, no lo demostró, pues prefirió apoyarse con las manos en el suelo para impulsarse.

—Se van —anunció sacudiéndose las briznas de hierba enganchadas a la sotana.

Leire no necesitó que le dijera que se refería a los obreros.

—Ha ganado el asesino —se lamentó.

El religioso observó unos instantes como los albañiles cargaban sus maletas en los coches.

—Es la cordura la que gana —replicó señalando hacia la iglesia desacralizada—. Ningún plan de recuperación de este entorno que no pase por que la casa de Dios deje de ser una cochiquera tendrá sentido jamás.

La escritora miró con rabia a los obreros. En los pocos minutos que había pasado ella entre los arcos habían tenido tiempo de celebrar una asamblea y preparar el equipaje para huir en desbandada. Porque aquello era una huida en toda regla.

«¿Quién soy yo para culparlos? —se dijo enfadada consigo misma—. ¿Quién no haría lo mismo en su lugar?».

—Son humanos —murmuró el cura a su lado.

—Usted tampoco quería que la obra se hiciera, ¿verdad? —le preguntó Leire.

—Yo me debo a mis feligreses. Si ellos no quieren que se haga la intervención, yo tampoco. Aunque debo reconocer que poco me importa lo que se haga aquí, mientras se haga justicia con la iglesia.

Leire estaba cansada de oírle repetir siempre los mismos argumentos. De buena gana se habría alejado de él, pero su presencia le brindaba una buena ocasión para hablar. Tal vez pudiera darle alguna clave de lo que estaba ocurriendo allí.

—¿Quién cree que está detrás de esto? —le preguntó.

Eugenio Yarzabal la miró de soslayo.

—¿Las muertes?

—Los asesinatos —corrigió la escritora una vez más.

Al verle encogiéndose de hombros, Leire tuvo la desagradable sensación de que sabía más de lo que decía. Por un momento, incluso, creyó atisbar un destello en sus ojos inexpresivos. ¿Miedo? ¿Desafío? ¿Tristeza? Fuera lo que fuera, Eugenio Yarzabal no pensaba decir nada más. Al menos por el momento, porque se introdujo en su Renault Clio y se alejó sin despedirse.

26

El timbre resonó en el interior del caserío. Era un sonido bronco, estridente, como el que indica el final del turno en una fábrica. Leire se obligó a respirar lentamente. Estaba nerviosa y eso le ayudaría a calmarse. No hubo ruido de pasos en el interior, ni siquiera un chasquido que anticipara la apertura de la puerta, pero antes de que pudiera darse cuenta se había abierto. No entera; solo la mitad superior, a modo de ventana.

—¿Qué quieres? —Para ser enfermera era demasiado hosca. Aunque, a decir verdad, ¿quién no lo era en aquel valle?

Leire decidió ir al grano. No había alternativa con una mujer que sostenía la puerta decidida a cerrarla de golpe a la mínima ocasión.

—¿Por qué no te detuviste cuando te pedí auxilio?

Elsa la estudió con la mirada antes de contestar. La escritora se preguntó si el rictus de desdén en los labios de aquella mujer regordeta y de pelo rubio muy corto era circunstancial o la acompañaba siempre.

—No sé de qué hablas. Tampoco me importa, la verdad. Solo sé que los forasteros no sois bienvenidos en el pueblo. El equilibrio de la selva está alterado. Vuestro empecinamiento con la fábrica está volviendo inhabitable nuestro valle. —El tono que empleaba era despectivo—. No tienes más que ver lo que está ocurriendo. Todas esas muertes...

—Se da la circunstancia de que ninguna de las víctimas era del valle —apuntó Leire.

La enfermera la miró con gesto desafiante.

—¿Qué insinúas, que eso no es una desgracia? ¡Te parecerá a ti que aquí nos gusta que muera gente! —replicó airada—. Esa maldita obra ha removido las entrañas de estos bosques. Es posible que los obreros se vayan, pero ya es tarde. La armonía se ha quebrado y tardará en recomponerse. Hasta las lamias están nerviosas.

—¿Por eso apagaste las luces del coche al ver que se acercaba otro vehículo de cara? —Leire no había ido al caserío de los Lujanbio para seguir oyendo lo mismo de siempre. Quería respuestas reales y las quería ya.

El gesto de desprecio que se dibujó en el rostro de Elsa le dijo que poco iba a averiguar en esa casa. ¿A qué se debía tanta soberbia, tanta hostilidad?

—Te estás equivocando de persona. Yo no sé nada de eso que me acusas. —Hizo una pausa para mirar extrañada alrededor—. ¿Qué es ese ruido? ¿Es tuyo?

—Sí, es mi móvil —admitió la escritora señalando el bolsillo del plumífero. Había tratado de cambiar el tono de llamada. Ahora, cuando recibía una, se oía algo parecido a unos insistentes platillos de orquesta. En cuanto tuviera un momento, lo volvería a intentar—. No será nada urgente. Ya lo cogeré más tarde.

—*Ama!* —se oyó una voz infantil dentro del caserío—. ¡Álvaro me pega!

Leire se extrañó de que los niños estuvieran en casa cuando aún no era hora de comer. Después reparó en lo avanzado del mes de diciembre. Eran vacaciones de Navidad.

—¡No es verdad! ¡Siempre estás mintiendo! —replicó otra voz no tan aguda.

—¡Basta ya! —gritó Elsa con la cara desencajada antes de fijarse de nuevo en Leire—. Pregunta a los Roncal. Esos sí que tienen cosas que ocultar y mucho miedo de que se abra la caja de Pandora. No vaya a ser que la rehabilitación acabe con su establo convertido en una iglesia de nuevo.

La escritora sostuvo la puerta con la mano para evitar que la cerrara.

—El coche era el vuestro. No tengo ninguna duda —apuntó decidida a no marcharse sin respuestas.

La enfermera le dedicó una mirada furiosa.

—Preguntaré a Sabino. Yo casi siempre utilizo el coche del trabajo. En cualquier caso, no sé qué hago respondiendo a tus preguntas. —Su desprecio se clavó como una aguja en el orgullo de Leire—. Ni que fueras policía.

El portazo resonó con tanta fuerza que la escritora tuvo la sensación de que le golpeaba en la cara.

No pensaba tirar la toalla. No hasta saber a qué se debía un comportamiento tan sospechoso. Se disponía a volver a llamar a la puerta cuando el móvil volvió a sonar.

—Hola, Jaume —saludó llevándoselo a la oreja.

—¿No querías responder? Y yo que llamaba para brindarte el mejor contrato que te han ofrecido jamás. ¡Qué ingrata eres!

Leire separó la mano del timbre y dio un paso atrás.

—Bastante tengo aquí como para pensar ahora en eso —protestó mirando las sillas de plástico que los Lujanbio tenían en el pequeño espacio que se abría entre su puerta y la carretera. A pesar de estar tentada de sentarse, se cohibió en el último momento. Elsa podía montar en cólera si la veía acomodada en su jardín—. Ha habido otro asesinato. Por aquí hay quien dice que son fuerzas sobrenaturales las que actúan.

—¡Tres muertos ya! —celebró Jaume—. ¡Menudo superventas! Tenemos que firmar cuanto antes.

La escritora se apartó el móvil de la oreja y lo miró con una mueca de asco. No aguantaba esa manía del editor de reducirlo todo a números. Estaban hablando de gente a la que habían arrebatado la vida, y él solo pensaba en las ventas.

—¿Podrías mostrar un poco de humanidad? Hablamos de personas, de familias destrozadas —le reprochó.

—Oh, vaya. ¡Qué pena tan grande! No seas cínica. Se te olvida que la primera que está allí para aprovecharse de sus desgraciadas muertes eres tú.

Leire estuvo a punto de colgar el teléfono.

—No has entendido nada, Jaume. Si estoy aquí es para intentar resolver el caso. La novela me ayuda a entenderlo mejor, a poner una distancia que, de otra forma, soy incapaz de establecer.

—Bueno, como tú digas —admitió condescendiente el editor—. ¿Quieres saber las condiciones del contrato?

—Vete a la mierda, tú y tu contrato —espetó Leire pulsando la tecla que cortaba la comunicación.

Furiosa con ella misma por no haberse negado desde un principio a publicar más libros con Escudella, acercó la mano al timbre. El llanto de un niño al que Elsa regañaba a voz en grito la invitó a pensárselo dos veces.

Con la sensación amarga del tiempo perdido, decidió que lo intentaría en otro momento. Había aguantado demasiadas impertinencias aquel día.

27

El inspector Eceiza estaba exultante. Que una gasolinera de pueblo contara con sistemas de vigilancia no era extraño, pero que fueran tan avanzados era algo que no se esperaba en un lugar apartado como Aribe. No haría falta más que visionar las grabaciones de los últimos días para dar con el asesino. Porque si algo tenía claro era que la hoguera de Urkulu había sido encendida con gasolina. Los de la Científica no albergaban duda alguna. La porosidad de los sillares del torreón romano había sido determinante, ya que el combustible aún impregnaba la roca caliza a pesar de las horas transcurridas desde el fuego.

—Hace dos años me dejé la llave de paso abierta al irme a casa y me vaciaron los depósitos —explicó el dueño de la gasolinera mientras invitaba a los policías a sentarse ante dos ordenadores portátiles—. Menudos cabrones están hechos estos. Alguno descubrió que los surtidores funcionaban pese a estar cerrado y le faltó tiempo para avisar a todo el pueblo. ¡Mil litros de sin plomo y casi dos mil de diésel me ventilaron en una noche!

—¡Como para no poner cámaras! —apuntó el inspector.

—Por eso las instalé. Ahora, sea de día o de noche, coche que para aquí, coche que queda grabado.

Eceiza ocultó su sentimiento de satisfacción. ¿Qué dirían ahora sus compañeros de comisaría, aquellos listillos que defendían que en los pueblos pequeños uno podía confiar en sus vecinos? Al fin y al cabo, Aribe era, a todas luces, el pueblo perfecto. Con sus menos de cincuenta habitantes y la disposición de sus hermosas casas encaladas junto al río Irati, cuyas aguas furiosas salvaba un precioso puente de piedra, ofrecía una de las postales más perfectas del Pirineo navarro. Sin embargo, en cuanto el de la gasolinera se despistaba, el combustible desaparecía como hubiera hecho en cualquiera de los barrios de la capital.

—¿Cómo funciona esto? —preguntó el subinspector Romero señalando el teclado.

—¡Ostras, Romero, que somos policías! —se indignó Eceiza—. No me digas que nunca has revisado una grabación de estas... Siéntese con él, por favor —le pidió al gerente.

El inspector accionó el avance rápido. Tenía claro lo que buscaba. Nada de coches que llenaran el depósito como cualquiera hace en una gasolinera. Eso podía pasarlo rápidamente.

Las cámaras solo se activaban al detectar movimiento, de modo que todo un día se resumía en poco más de dos horas de grabación. Por suerte, contaban con dos ordenadores con acceso al sistema de videovigilancia. Mientras Romero revisaba las imágenes de dos días atrás, Eceiza hacía lo propio con las de la víspera.

—¿Lo que aparece en la esquina inferior es la hora real? —inquirió Eceiza sin apartar la vista de la pantalla.

—Sí, el propio sistema la cambia cuando pasamos del horario de verano al de invierno. ¡Mira, aquí lo tenemos! —anunció el dueño parando el vídeo.

Igor Eceiza dio un respingo. Esperaba tardar más. Eso sí que era una suerte. Al acercarse al otro ordenador, se llevó instintivamente la mano a la cintura para comprobar que llevaba las esposas.

—¿Lo ves? Llena una botella —señaló el gerente mostrando un joven con una gorra que había llegado de paquete en una moto—. Lo conozco, es vecino de Orbara. Su padre viene a Aribe a jugar al mus.

El inspector negó con la cabeza.

—No es eso lo que buscamos —explicó con un suspiro de decepción—. Difícilmente podría encenderse una hoguera con un litro y medio de gasolina. Ese chaval se habrá quedado sin combustible en su moto y su amigo le ha traído.

—Está prohibido usar una botella cualquiera para eso —anunció Romero.

Eceiza no respondió. Claro que estaba prohibido, pero eso ahora poco importaba.

—¡Mierda! —exclamó al volver a su ordenador. Con las prisas había olvidado detener el vídeo.

Rebobinó hasta las once de la mañana, la última hora que recordaba haber visto y volvió a recostarse en la silla. Las horas que marcaba el reloj digital pasaban a velocidad de vértigo y para cuando quiso darse cuenta eran las cinco de la tarde. Las farolas de la estación de servicio se veían encendidas y la claridad del exterior menguaba.

—¿Cuántos días conserváis los vídeos? —preguntó comenzando a sentirse desanimado.

—Dos semanas. Después los borramos para no saturar la memoria del ordenador. Si en ese tiempo no hemos detectado ningún robo, no tiene sentido guardar las grabaciones.

Un todoterreno de color blanco apareció en la pantalla de Eceiza. Eran las cinco de la tarde menos tres minutos. Su conductor no introdujo la manguera del surtidor en el depósito del vehículo, sino que vertió la gasolina en tres grandes garrafas de plástico que llevaba en la parte reservada a la carga.

—¡Ahora sí! —anunció el inspector dando un manotazo en la mesa—. ¡Este por lo menos se lleva cien litros!

El gerente se acercó y se mantuvo en silencio contemplando la pantalla.

—¿Lo conoce? —preguntó Eceiza parando la imagen. Mostraba a un hombre que rondaba los sesenta y muchos años.

—¿Quién no conoce a Serafín Chocarro? Es uno de los más ricos de la zona y dueño de la serrería que da trabajo a medio valle.

Igor Eceiza se reclinó en la silla. ¿Qué lógica podía tener aquello? ¿Qué interés podía tener el empresario en que la fábrica no se rehabilitara?

—Vamos, Romero. Me sé de uno que va a tener que darnos explicaciones —anunció poniéndose en pie.

El subinspector no respondió. Miraba fijamente su pantalla con el ceño fruncido.

—Creo que tengo otro —anunció—. ¿Cómo se paraba esto? —preguntó pulsando a la vez varias teclas del portátil.

Eceiza cerró los ojos al tiempo que rogaba que fuera un error. ¡Lo del dueño de la serrería parecía tan evidente hacía solo unos segundos! Tal vez lo que había visto Romero fuera algo tan absurdo como lo del muchacho de la moto. Ojalá.

Pero no. El vídeo del subinspector mostraba a un hombre en otro todoterreno llenando un bidón de plástico. Eran las doce del mediodía del día anterior al asesinato de Pedro Merino.

—¿A este lo conoce? —le inquirió Eceiza al gerente.

El hombre negó con la cabeza.

—Tal vez mi empleado. Espere un momento —pidió al tiempo que salía por la puerta para regresar poco después con un joven vestido con un buzo azul con manchas de grasa.

—¿Sabes quién es? —le preguntó el inspector mostrándole la pantalla.

El chico asintió.

—Es de Orbaizeta. Ganadero. —Después se giró hacia su jefe—. El marido de la enfermera del ambulatorio —le explicó—. ¿Cómo se llama?

—¿La enfermera? No sé —apuntó pensativo el dueño—. ¿No te pidió factura? —preguntó señalando el remolque que se veía en la imagen.

—Estaría por aquí —dijo el empleado señalando las tres montañas de papeles que hacían equilibrios sobre la mesa.

—Es igual. Conozco a la mujer de la que habláis —anunció Eceiza—. ¿Cuántos litros caben ahí? —inquirió señalando el bidón.

—Cincuenta —aventuró el gerente. El joven del buzo asintió.

El inspector lo apuntó en la libreta. No estaba tan eufórico como hacía solo unos minutos, cuando contaban con un único sospechoso, aunque al menos tenían un importante punto de partida para comenzar a deshacer la madeja.

—¿No vamos a seguir viendo vídeos? —preguntó Romero.

Eceiza se lo pensó unos instantes. Tenía prisa por volverse a Pamplona, pero no podía descartar a nadie hasta que no viera las grabaciones de los últimos cuatro o cinco días. Y eso contando con que el asesino no lo tuviera todo premeditado desde mucho antes. En ese caso, podía haberse hecho con la gasolina tiempo atrás, o bien en alguna gasolinera del otro lado de la frontera.

—Nosotros vamos a hablar con Chocarro y Lujanbio. A ver qué cuentan. Enviaremos a Garikano a seguir con el visionado —decidió.

Al salir al exterior, reparó en que se había hecho de noche. Hacía demasiadas horas que una llamada de comisaría lo había sacado de la comodidad de su casa con la alerta de la hoguera. Estaba agotado. Esperaba que los interrogatorios fueran rápidos para poder volver a Pamplona cuanto antes. Faltaba un día para que el Olentzero trajera sus regalos y aún tenía todo por comprar. Suerte que Aitziber no permitiría que las niñas se quedaran sin sus regalos.

28

Martes, 23 de diciembre de 2014

En esta ocasión no le hizo falta llamar al timbre. El batiente superior de la puerta estaba entornado, pero no cerrado. Lo empujó suavemente y se asomó al interior.

—¿Celia? ¿Hay alguien? —preguntó alzando la voz por si la anciana estaba en el piso superior.

A diferencia de la casa de los Lujanbio, un recio caserío de piedra apartado del núcleo habitado, la de Celia era una sencilla vivienda de dos pisos en plena plaza; una más de las seis residencias de la colonia. Todas de dos pisos y con tantos años a sus espaldas que parecía increíble que aún se mantuvieran en pie.

—Pasa, hija. Estoy arriba —la invitó la voz de la vieja profesora.

Leire subió por las estrechas escaleras de madera forradas en su zona central con un revestimiento de linóleo que imitaba a su vez a lamas de madera dispuestas en horizontal. Algunos de los escalones emitieron un quejido, algo a medio camino entre un chirrido y un crujido, al sentir el peso de la escritora. En el descansillo había una puerta pintada de color blanco cerrada de manera tosca con un pestillo.

—Eso es la carbonera. Algunos ya no la utilizan porque han instalado calderas modernas, pero donde esté el calor de la leña que se quite lo demás —anunció la voz de Celia—. Sube sin miedo, estoy terminando una pieza de ganchillo.

El segundo tramo de escaleras se encontraba en mejor estado. O al menos no se quejaba tanto. Dos puertas se abrían al distribuidor del piso superior, además de una tercera de menor tamaño tras la que Leire supuso que comenzaba la subida al desván. Junto a ella, sobre una cómoda, un belén recordaba que la Navidad llamaba a las puertas.

—Ya ves, es una casa pequeñita, pero una vieja sola no necesita mucho más —murmuró su anfitriona desde la habitación de la derecha. Estaba sentada ante la ventana en una silla de madera en cuyo respaldo había dispuesto un cojín para estar más cómoda. El recargado empapelado de la pared mostraba unas flores verdes que clareaban en los lugares que alcanzaban los rayos de sol—. Uno de mis nietos acaba de cumplir los dos años y sus padres le van a pasar ya a su cama. Le voy a preparar una colcha de ganchillo.

—Seguro que estará encantado —mintió la escritora. Nunca le habían gustado los tapetes de ganchillo que en algunas casas estaban por todos lados. Por suerte, a sus abuelas nunca les había dado por ahí. A la materna apenas había llegado a conocerla, y la madre de su padre se pasaba el día secando flores que todavía encontraba, de vez en cuando, dentro de algún libro.

—Ya que no puedo verlos cada día, que me tengan cerca de algún modo —apuntó Celia con un deje de nostalgia en la voz.

—¿Por qué no te vas a vivir a Pamplona? —inquirió Leire apoyada en el quicio de la puerta—. Así podrías estar cerca de ellos.

La anciana negó sin levantar la vista de su labor. Movía las manos a una velocidad de vértigo.

—Yo no quiero ser ninguna carga. ¿Adónde voy a ir, a una residencia, a casa de algún hijo? —preguntó alzando fugazmente la vista hacia su interlocutora. Tenía unos pequeños, aunque vivarachos, ojos de color gris azulado—. No, de eso nada. Cada cual en su casa. Mi pensión no da para comprarme una en la ciudad. ¿Sabes lo que me pagan? Toda una vida trabajando y apenas da para vivir. —El claxon de una furgoneta resonó en el exterior—. El pan. Hoy no necesito, solo compro cada dos días. Cuando se vive sola, ya se sabe. En realidad estoy bien aquí. ¿Qué mejor sitio para pasar mis últimos años que el lugar donde he sido feliz toda mi vida?

Leire asintió.

—¿Aquí criaste a tres hijos? —preguntó para llenar el silencio.

—¡A cuatro! —la corrigió Celia dejando de tejer por primera vez—. Tres viven en Pamplona, dos hijos y una hija; el cuarto, en San Sebastián. Es ferroviario y pasa más tiempo de viaje que en casa. A su padre le hubiera encantado. ¡Con lo que le gustaban los trenes!

El ruido del motor de la furgoneta de reparto resonó en el exterior. El panadero regresaba a Orbaizeta.

—Se han ido los obreros —apuntó Leire cambiando de tema.

—Ya los he visto. Los últimos no hará ni una hora. Estaremos mejor así. No tenían que haber tocado esas ruinas. El pasado es pasado y hay que dejarlo estar. —Hizo una pausa para desenrollar un ovillo—. ¿Has visto mi belén?

Leire asintió mientras se giraba para observarlo. Las figuras eran de diferentes tamaños, pero estaba dispuesto con gracia. Los Reyes Magos cruzaban un puente junto al que había un corral con gallinas que eran tan grandes como ellos. Más allá, Moisés flotaba en el río donde una señora lavaba la ropa.

—Vaya un niño Jesús más raro —comentó Leire fijándose en las dos legumbres que descansaban en la cuna.

—Cosa de mis nietos. Perdieron el de verdad y no se les ocurrió otra cosa que poner eso. Está bien pensado, ¿verdad? —La profesora sonreía con ternura—. El garbanzo parece la cabecita del recién nacido y la alubia blanca su cuerpo envuelto en la manta. Cada vez que lo miro, me acuerdo de mis pequeños.

Leire se sintió embargada por la nostalgia. Hacía demasiados años que no decoraba la casa por Navidad. Tantos como hacía de la muerte de su padre, al que aún recordaba acompañándola a comprar figuritas para el belén.

—He ido a hablar con los Lujanbio —explicó tragando saliva.

—Lo sé —respondió la anciana haciendo rodar la madeja de lana para deshacer un nudo—. Te he visto venir de allí. Desde aquí lo veo todo. Y no has sacado nada en claro.

Leire se rio para sus adentros. Cualquiera que conociera a Elsa habría llegado a la misma conclusión.

—Es demasiado áspera esa mujer —dijo con una mueca de fastidio que fue incapaz de evitar.

—Más que eso. Es altiva, desagradable y me atrevería a decir que mala persona —añadió la anciana sin alzar la mirada—. Si la vieras poner inyecciones a los pacientes Ningún cariño. Parece que lo hiciera a traición. Cuanto más daño pueda hacerte, mejor —comentó la anciana bajando las escaleras. A mí ya no me pincha. Prefiero hacerlo yo o pedir ayuda a alguna vecina que dejarle hacer a ella.

—Me ha dicho que si alguien tiene algo que ocultar son los Roncal —confesó Leire.

—¡Ya estamos con sus viejas rencillas! No le hagas caso. Llevan años enfrentados por unos pastos que son de todos —apuntó Celia—. Tanto Paco como Sabino llevan sus vacas a las campas comunales. Cualquier vecino puede disfrutarlas, pero ningún otro tiene animales. Siempre se ha dicho que no hay hierba mejor en todo el valle, y a ellos les estorba el otro. ¡Menos mal que solo son dos! Se acusan continuamente de dejar el pasto en mal estado para el que llega detrás.

—No parece para tanto —aventuró la escritora.

La anciana la miró largamente sin dejar de asentir con gravedad.

—Nada les gustaría más a cualquiera de ellos que la desaparición del otro. Cualquier cosa con tal de no tener competencia allá arriba —aseguró Celia.

—Háblame de Marisa. Siempre la veo con el delantal. ¿Nunca ha trabajado fuera de casa? —quiso saber Leire. Paco Roncal parecía un hombre sencillo, transparente. No estaba segura de poder pensar lo mismo de su mujer.

Celia esbozó una sonrisa.

—No hay mucho que contar. Marisa es lo que ves. Era una estudiante magnífica. Yo misma animé a sus padres a que la enviaran a la universidad —explicó encogiéndose de hombros—. Eran otros tiempos. Se casó con Paco y asumió su rol de señora de la casa. Lee mucho. Me presta los libros que le gustan. Es buena gente, no es ninguna asesina.

—Cualquiera puede ocultar una mente criminal —apuntó la escritora. Era lo que le decía la experiencia.

—Marisa no. No pierdas el tiempo con ella —sentenció Celia dejando la aguja de ganchillo sobre la cama y poniéndose en pie—. Ven, vamos abajo. Sagrario me trae el pescado.

A Leire le extrañó la contundencia de sus palabras, pero se limitó a seguirla.

Cuando llegaron a la cocina, la taladora estaba desenvolviendo una merluza.

—Estaba casi viva y a buen precio. Ocho euros el kilo. Mira cómo le brilla el ojo —apuntó señalando la cabeza del pescado.

—Sagrario va un día a la semana a la pescadería y aprovecho para encargarle para mí. ¿Para qué voy a andar yo cogiendo el coche para ir a Orbaizeta si ella sabe perfectamente lo que necesito? —explicó Celia girándose hacia Leire.

La recién llegada dirigió una mirada desconfiada a la escritora.

—No sabía que tuvieras visita —murmuró limpiándose las manos bajo el grifo abierto. Llevaba puesto su inseparable chaleco y un pantalón con bolsillos a diferentes alturas. Unas botas de monte completaban un atuendo poco femenino.

—Estábamos hablando de los Lujanbio —confesó la anciana—. De Elsa concretamente, el pobre Sabino es como si no existiera. Con lo majo que era de chaval. Sacaba unas notas buenísimas y no tenía que andar abroncándole para que trajera los deberes hechos. No sé qué vería en esa salacenca.

Sagrario observó detenidamente a Leire. Parecía estar decidiendo si podía confiar en ella.

—¿Por qué ese interés por ellos? —le preguntó finalmente—. ¿Crees que han sido los Lujanbio? ¿Tiene que ver con el todoterreno que buscabas?

Leire explicó sus extraños encuentros en la carretera.

—Me cuadra perfectamente con Elsa —dijo Celia tras escuchar los hechos—. ¿No me digas que no te encaja con su carácter hosco? —inquirió girándose hacia Sagrario—. Solo a ella se le ocurriría denegarle la ayuda a alguien que tiene problemas con el coche.

Su vecina asintió.

—Y más tratándose de una mujer. Si me dices que es un hombre el que te pide que te pares en plena noche, igual lo entiendo, pero ¿qué te va a hacer una mujer? —añadió con gesto escéptico.

—Lo que no termino de entender es lo de apagar las luces al ver un coche que viene de frente —comentó Celia mientras disponía la merluza en una bandeja metálica—. ¿Qué pretendía conseguir con eso?

—¿Quieres que te diga yo lo que pretendía? —intervino Sagrario apoyada junto a la cocina económica, que brindaba su envolvente calor a la estancia alicatada de blanco—. Matarla.

—La palabra resonó con fuerza en los oídos de Leire—. Está claro que eso la incrimina en lo de los frenos. Elsa, o quizá Sabino, saboteó el coche de... ¿Cómo te llamabas? Eso, perdona, mi memoria es un desastre. Dejarte sin frenos no era suficiente para matarte. Si llegabas al hostal y el circuito de frenado se acababa de vaciar durante la noche, tal vez no conseguían darte ni siquiera un susto. Sin embargo, al aparecer frente a ti, haciendo sonar el claxon y sin luces, te obligaría a frenar con tanta fuerza que evacuarías de golpe todo el líquido de frenos. Y eso, poco antes de llegar a la zona de curvas, te conducía a una muerte segura. Suerte que reaccionaste a tiempo.

—Quizá solo querían asustarla para que dejara de andar por aquí haciendo preguntas —repuso Celia—. ¿Os apetece una infusión? El gordolobo que recolecté el día de San Juan hace maravillas en el estado de ánimo.

Leire se limitó a mover afirmativamente la cabeza. Su cerebro procesaba la teoría expresada por Sagrario. Era indudable que tenía que haber sido así. Ella misma había rondado la misma conclusión, pero al oírlo por boca de la taladora comprendía de golpe el alcance de la acusación. Elsa, la enfermera arisca, la salacenca a la que todos conocían por el apellido de su marido como si fuera el suyo propio, había intentado matarla. Tal vez Sabino hubiera sido su cómplice. Tal vez sus manos de ganadero, acostumbradas a hacer apaños caseros en su tractor, fueran las que perforaron el circuito de frenado del 206 de Iñaki. Solo necesitaba demostrarlo, encontrar algo que los relacionara con los tres asesinatos que se habían producido en la Fábrica de Orbaizeta.

—La verdad es que me deja un poco descolocada —admitió Sagrario tomando asiento en uno de los taburetes cubiertos de mil y una capas de pintura blanca, igual que la mesa que ocupaba un rincón de la cocina—. Si no llega a ser por lo que cuentas, seguiría pensando que son las Aranzadi quienes están detrás de todo.

Leire se sobresaltó al oír el nombre de las viudas que vivían dos casas más allá. No imaginaba que aquella visita pudiera dar para tanto. Por primera vez desde que había llegado a Orbaizeta empezaba a oír mentar a sospechosos.

—Ya me lo dijiste el otro día —asintió Celia sirviendo un humeante líquido de tonos dorados en las tazas que había dispuesto sobre la mesa.

—¿Por qué ellas? —se interesó la escritora.

—No es cosa mía —admitió la leñadora—. Se lo he oído a mi jefe. Dice que lo odian y que quieren amargarle la vejez.

—Serafín Chocarro —le aclaró Celia a Leire dándole una palmada en el brazo—. Este lugar está lleno de intrigantes.

—¿Y qué tiene que ver él con todo esto? —preguntó la escritora frunciendo el ceño—. Es el dueño de la serrería, ¿no?

Sagrario movió afirmativamente la cabeza.

—Yo no sé gran cosa, pero algo tiene en eso de la rehabilitación de la fábrica. Chocarro no deja pasar una oportunidad y, si ha visto negocio, se habrá metido en el ajo de algún modo. No sé qué será, pero algún interés tiene porque sospecha que las Aranzadi pretenden arruinarlo boicoteando la obra —apuntó bajando el tono como quien cuenta un secreto.

—Chocarro en su día hizo mucho dinero aprovechando que era el dueño de la serrería y uno de los que manejaba el contrabando en el valle —intervino Celia—. Dicen que vaciaba los troncos y los rellenaba de bobinas de cobre antes de cargarlos en camiones madereros. ¿Sabes cuántas toneladas de metal consiguió pasar así? Siempre ha ido un paso por delante del resto.

Leire intentó dar un trago a la infusión. Estaba demasiado caliente aún. Olía bien, a miel y flores del bosque. Tenía que hablar con las viudas. Le gustaba más la teoría de Elsa Lujanbio. Su autoría en el sabotaje de sus frenos parecía clara, pero nada podía descartarse. Con Chocarro también tendría que hablar.

—Nunca se han relacionado mucho con nadie. —A Leire le costó comprender que Sagrario hablaba de las Aranzadi—. Desde lo del marido de la hija se han encerrado en sí mismas. Si no es con el cura, es raro verlas con alguien.

—¿Qué pasó con los hombres? ¿Cómo murieron? —inquirió Leire después de dar un primer sorbo a la infusión.

Celia cruzó una mirada con la taladora, que le hizo un gesto para que fuera ella quien lo explicara.

—El marido de la madre, Juan Mari Aranzadi, uno de los jóvenes más guapos que había en el valle, cayó abatido por la

Guardia Civil. Andaba en el contrabando y le iba bien, hasta que una noche la mala fortuna quiso que lo mataran en los collados fronterizos. —Tenía la mirada perdida en la taza, como si en ella se guardaran los recuerdos de un tiempo que no volvería—. Fue una desgracia. Marian estaba encinta. La pequeña jamás conoció a su padre. —Hizo una pausa para suspirar—. No sé qué hay de verdad, pero siempre se ha dicho que Chocarro andaba por medio, que si fue él quien dio el chivatazo a los guardias, que si estaba todo preparado... Fue terrible.

—El marido de Piedad, la joven, trabajaba conmigo —intervino Sagrario—. Fue un accidente. El cable de la sierra se partió y le segó el cuello. Yo no lo vi, aunque no estaba lejos de allí y te puedo asegurar que aquello fue un desgraciado accidente. Ella no lo soportó; cayó en una profunda depresión y perdió el bebé que esperaba. Un drama tras otro.

—Ellas siempre han echado en cara a Chocarro que no las apoyara en ese trance —apuntó Celia—. Dicen que les dio la espalda y que alegó que todo fue culpa del chico. Jamás cobraron indemnización alguna.

La escritora se echó para atrás en la silla. La infusión le contagiaba su calor, o quizá fueran las brasas que alimentaban la cocina económica, pero comenzaba a sudar. Desde luego que tenían motivos para odiarlo, e incluso para haber perdido la cabeza y tener algo que ver en los crímenes. En cualquier caso, le costaba imaginarse a aquellas mujeres de negro dedicándose a colgar inocentes de los arcos de la fábrica o tirándolos de los muros de Arlekia.

—¿Tienen coche? —inquirió pensando en el cadáver aparecido en Harpea. Con solo esa pregunta, podía estar descartándolas.

Sagrario adivinó sus intenciones y le mostró una sonrisa comprensiva.

—Aquí todo el mundo tiene coche —sentenció la leñadora desbaratando la posible coartada.

Leire se puso en pie.

—Creo que voy a tener que hablar con ellas —musitó dejando la taza vacía en la mesa—. Gracias por todo. Al menos ahora tengo por dónde empezar.

—Yo también me voy. Si no preparo yo la comida, no creo que me la haga nadie —apuntó Sagrario apurando el contenido de su taza.

—Espera, no te he pagado. ¿A ocho euros dices que iba? —preguntó Celia sacando la cartera.

—¿Te has enterado de lo del peine de oro? —inquirió su vecina tomando el billete de diez euros que le tendía la anciana—. Menos mal que se han ido los de la constructora. Si las lamias están nerviosas...

Celia negó con la cabeza.

—Yo ya soy vieja y jamás las he visto. No son más que leyendas.

Leire celebró para sus adentros que alguien en aquel vecindario pusiera una nota de cordura.

—No habrá más muertes —anunció Sagrario girándose hacia la escritora—. Puedes regresar tranquila a tu casa. Una vez cancelada la obra, la paz volverá a nuestro valle. ¿No sientes en el ambiente que todo ha cambiado? La selva vuelve a respirar tranquila. La afrenta ha cesado.

Leire suspiró conforme se encaminaba hacia la salida. Estaba harta de que se enzarzaran con sus supersticiones.

29

Martes, 23 de diciembre de 2014

«Debería haber pedido a Eneko que me acompañara», se dijo Leire apretando el paso.

Finos jirones de niebla, que brotaban del río por la diferencia de temperatura, acariciaban los árboles que flanqueaban la carretera, enredándose entre las ramas desnudas. La estampa era hermosa, eso era indudable, pero tras los sucesos de los últimos días no resultaba agradable caminar por un lugar así. Y menos en una oscuridad casi absoluta.

Sin dejar de caminar, giró la cabeza hacia atrás. Nadie la seguía. Al fondo, tras las ramas sin hojas de unas hayas, el resplandor naranja de las farolas anunciaba el barrio de la Fábrica, del que no hacía mucho que había salido. Estuvo tentada de volver atrás, de aferrarse a la seguridad de la luz, de dejar de avanzar por aquella carretera desierta. Hacía apenas un minuto que había pasado por la curva donde Pedro Merino fue asaltado. No se detuvo. Le bastó con imaginárselo agachado, comprobando la rueda del coche de su asesino mientras este le asestaba un golpe mortal.

¡Las lamias! ¿Quién podía tener semejante desfachatez como para apropiarse de una de las criaturas más populares de la mitología vasca para disfrazar un crimen tan vil?

Las formas recias del caserío de los Lujanbio se dibujaron contra el cielo nocturno conforme se aproximaba. Había luz en las ventanas del piso inferior. Se imaginó a Elsa cocinando. O quizá fuera su marido quien lo hacía. Poco importaba. No era con ellos con quienes quería hablar. Con intentarlo una vez en un mismo día era suficiente. La enfermera no había sido la única que la había despachado de malas formas. Hacía apenas unos minutos que las viudas se habían negado a abrirle la puerta. Aún tenía grabado a fuego en la retina el rostro grisáceo, velado por el vidrio, de la más joven. Se había asomado a la ventana para indicarle con gestos que las dejara en paz. Le costaría olvidar sus ojos gélidos, de los que la vida había huido hacía mucho tiempo; el mismo que hacía de la muerte de su marido.

Al pensarlo, le vino su madre a la cabeza. Hacía tiempo que no hablaba con ella. Al principio, cuando comenzó a asistir a las reuniones de Alcohólicos Anónimos, charlaban por teléfono de manera regular, pero las llamadas se habían ido distanciando. Hacía poco más de un año que había dejado de beber. Parecía increíble que, tras tantos años de tormento, hubiera sido capaz de conseguir salir de ello.

Leire se regañó por no dedicarle más tiempo. Sabía perfectamente lo importante que había sido su compañía y su apoyo para que Irene diera el paso de asumir su adicción. De pronto se descubrió pensando con menos pereza en la cena del día siguiente. Lástima que no pudiera decir lo mismo de la compañía de su hermana.

—¡Que hagas los puñeteros deberes! —La inconfundible voz masculina de Elsa Lujanbio la sacó de sus pensamientos. Leire había oído hablar de sus dos hijos, pero nunca los había visto. Los muchachos iban cada día en autobús escolar hasta Garralda, como otros niños de la zona. Según Celia, Elsa nunca les perdonaría que ninguno de los dos hubiera sido la niña que ella deseaba. Ni a ellos ni a Sabino.

Un rosal sin flores trepaba por la fachada del caserío y se ramificaba al llegar al piso superior. Al alzar la vista para contemplarlo, la escritora dio un respingo. Alguien la observaba desde una de las habitaciones de arriba. La oscuridad le impedía reconocer su rostro, pero no cabía duda de que era un niño. El resplandor intermitente de un árbol de Navidad proyectaba su silueta contra la ventana. Apoyaba el dedo índice en el cristal y la señalaba conforme dejaba atrás el edificio.

«Tendría que haber venido en coche», pensó Leire sintiendo un creciente desasosiego.

Esa misma tarde, Moisés se lo había acercado a la Fábrica. No quería seguir esperando a que pasara a buscarlo por el taller, y menos con los días de fiesta llamando a la puerta.

La casa de Chocarro apareció dos curvas después. Las luces azules de una patrulla policial detenida junto al caserón de Serafín Chocarro le devolvieron algo de serenidad. En realidad no creía tener nada que temer del empresario. Sus supuestos intereses en la rehabilitación de la fábrica lo descartaban como asesino. Sin embargo, tras la caminata nocturna no se sentía segura.

—¿Adónde vas sola a estas horas? —le reprochó el inspector Eceiza en cuanto la vio aparecer.

Junto a él, de pie ante la puerta de la casa, se encontraban el subinspector Romero y un tercer hombre al que Leire recordaba de una de esas improvisadas reuniones de vecinos en la plaza.

—Venía a verlo a él —anunció la escritora.

El farol que colgaba de la fachada blanca del caserío la deslumbró en un primer momento. En cuanto sus ojos se acostumbraron a la luz, comprobó que el dueño de la serrería mostraba unos documentos a los policías. Al igual que aquella vez, vestía una chaqueta de fieltro y llevaba el bigote recortado impecablemente.

—Es una investigadora que manda la familia de la primera víctima —le explicó Eceiza al empresario—. Quédate si quieres, solo estábamos aclarando unas cosas con el señor Chocarro antes de volvernos a Pamplona, que ya es hora —añadió girándose hacia la recién llegada.

Leire se apoyó en el coche patrulla, algo apartada de los tres hombres.

—Conmigo no tienen que aclarar nada más. ¿No les parece que está todo dicho? —protestó Chocarro. Sus ojos, pequeños y esquivos, bailaban de un agente a otro.

Igor Eceiza le arrebató los papeles de la mano y los estudió unos segundos. Parecía contrariado.

—Yo solo sé que alguien utilizó un mínimo de cuarenta litros de gasolina para encender la hoguera de Urkulu, y que usted compró combustible apenas unas horas antes. No me negará que es mucha coincidencia.

—¡Que compro gasolina siempre, cojones! —En lugar de apocarse ante la presencia policial, Serafín Chocarro se encaraba, desafiante, con el inspector—. ¿Cómo quiere si no que funcionen las motosierras y algunas máquinas de la serrería que no son eléctricas?

Eceiza suspiró desanimado.

—Creo que he tenido suficiente por hoy. Ya seguiremos después de las fiestas. Vámonos a casa —murmuró girándose hacia Romero—. Hemos revisado las cámaras de la única gasolinera de la zona y los tenemos a él y a Sabino Lujanbio llevándose gasolina en tanques de plástico —explicó dirigiéndose hacia Leire.

—¿Y qué dicen los Lujanbio? —inquirió la escritora alerta al oír una nueva prueba que incriminaba a la enfermera y su marido. No se le escapó la mueca de fastidio de Romero. No era algo nuevo. Desde un principio se había mostrado en contra de que su superior le facilitara datos de la investigación.

—Que su maquinaria agrícola necesita beber algo para funcionar —explicó Eceiza desganado—. Y Chocarro tiene papeles que acreditan que cada quince días recibe un cargamento de combustible. Esta semana, casualidades de la vida, su proveedor está en huelga y ha tenido que ir a buscarla él personalmente.

—¿Habéis comprobado lo de la huelga? —preguntó Leire en voz baja.

—Es demasiado tarde —admitió Eceiza mostrando un reloj de muñeca que marcaba las ocho y media—. Ya seguiremos. Ahora nos vamos a Pamplona. Llevamos en este maldito pueblo desde ayer por la noche. —La raya de su pelo, habitualmente impecable, se veía deshecha. Leire comenzaba a saber que se trataba de un buen indicador de lo cansado que estaba el policía.

—¿Puedo volverme a casa? —quiso saber Chocarro señalando hacia el interior de su caserío. La fachada se veía recién encalada, lo que hacía destacar la piedra que formaba el arco de medio punto en el que se abría la puerta principal. A diferencia de otros de la zona, no había geranios en los balcones ni rosales trepando por las paredes. Era una casa triste; hermosa y bien cuidada, pero triste. Leire recordó que Celia le había explicado que vivía solo y que siempre se le había tachado de mujeriego, aunque jamás se le había conocido novia alguna.

—Espere, ¿puedo hacerle un par de preguntas? —se adelantó la escritora mientras los agentes se introducían en el coche patrulla.

Serafín Chocarro la miró con expresión de hartazgo.

—¿Otra vez? Oye, inspector —alzó la voz haciendo gestos a Eceiza—. ¿Tengo que responder también a esta?

El policía, sentado ya en el asiento del conductor, miró a uno y a otro sin decidirse a abrir la boca. Después se apoyó en la puerta y se puso en pie de nuevo para dirigirse hacia ellos.

—¿Qué quieres preguntarle? ¿Has averiguado algo que debamos saber? —inquirió apoyando una mano en la espalda de Leire. A pesar de que su tono pretendía ser conciliador, dejaba entrever su fastidio por no poder marcharse de una vez.

—Parece que el señor Chocarro tiene un interés especial en que la rehabilitación de la fábrica se lleve a cabo y que sospecha que hay ciertas personas que pretenden boicotear la obra como una venganza personal contra él.

Rascándose la calva, el empresario la observó con interés. Probablemente intentaba adivinar quién se había ido de la lengua.

—A ver si he entendido bien —apuntó Eceiza con gesto escéptico—. Alguien que odia a este hombre se dedica a matar a tres personas inocentes para vengarse de él. ¿No sería más fácil matarlo directamente y ahorrarse dos muertes? —Una risotada amarga remarcó sus impresiones—. ¡No tiene lógica alguna!

Leire reconoció que la observación del inspector tenía sentido. Sin embargo, el gesto de Serafín Chocarro corroboraba que había dado en la diana. Animada, decidió insistir.

—¿Qué negocio se trae entre manos con lo de la fábrica? —le preguntó.

El propietario de la serrería le sorprendió con una risita despectiva.

—¡A ti te lo voy a decir! —se defendió—. En mi vida no he parado de hacer negocios. ¿Sabes que mi padre nos abandonó cuando yo era un crío y que mi madre se deslomó para sacarme adelante? ¿Cómo crees que un niño así llega a ser el tío más poderoso del valle? ¿Cómo? —preguntó con expresión severa—. Trabajando mucho, muchísimo más de lo que eres capaz de imaginar. Y desde luego que no aireando sus proyectos a los cuatro vientos antes de que sean un negocio en firme.

La escritora sintió que le costaba tragar saliva mientras Chocarro se despedía con un sonoro portazo. Después la luz del farol se apagó y solo quedó la del interior del coche patrulla.

—Venga, déjalo estar. ¿Te llevamos al hostal? —se ofreció Eceiza acompañándola con la mano en la espalda hacia el vehículo.

Leire agradeció aquel gesto de cercanía. Lo necesitaba. De buena gana se hubiera fundido en un abrazo con él. Se sentía hastiada de todo.

—No voy al Irati —repuso—. Duermo en la Fábrica.

—¿En la caseta de obra? —se alarmó Eceiza—. ¡No me jodas! Tú hoy duermes en el hostal. No quiero más muertes en este caso. ¿A quién se le ocurre dormir sola en un lugar del que hoy mismo han huido todos los obreros?

Leire no discutió. Sabía que tenía razón y, aunque a ella no se le hubiera pasado por la cabeza tirar la toalla, agradecía que alguien la obligara a hacerlo.

30

—¿No te parece el mejor lugar del mundo? —De pie sobre las ruinas del castillo de Arlekia, Eneko abría los brazos como si quisiera abarcar todo el paisaje.

Leire ladeó la cabeza. Ella no sentía lo mismo. Aquellos bosques desnudos de hojas le resultaban demasiado tristes como para verlos cada día al despertar. Y las ruinas de la vieja fábrica, un desgarrador llanto en forma de tejados hundidos y muros en precario equilibrio. No, decididamente ese no era el mejor lugar de su mundo. El suyo no estaba lejos, a apenas una hora y media en coche, en los acantilados del puerto de Pasaia. Algo le decía que si Eneko pudiera ver su faro, oler el salitre y escuchar el rugido de las olas, cambiaría rápidamente de opinión. A pesar de la tentación, no dijo nada. Tal vez fuera mejor así. Al fin y al cabo, nada ganaba con quitarle la ilusión al aizkolari.

—Es muy bonito, sí —concedió finalmente.

—Es más que bonito. Es libertad, es una naturaleza intacta, es un lugar único —añadió él con tono emocionado mientras se quitaba la cazadora de cuero.

Leire sonrió para sus adentros. En momentos así, Eneko le resultaba sorprendente. Su sensibilidad contrastaba con su aspecto. ¿Cómo podía estar allí arriba, a diez grados, aguantando el frío viento del norte que barría la selva de Irati, sin más abrigo que una camiseta de tirantes? La escritora, en cambio, llevaba el plumífero abrochado hasta arriba; y aun así estaba helada.

—¿Tan bonito como para matar para defenderlo? —inquirió Leire. Todavía no entendía qué hacían allí arriba. Solo le había preguntado por Chocarro y sus negocios. En lugar de darle una rápida respuesta, Eneko le había hecho montar en la moto y la había llevado hasta el castillo de Arlekia. La ascensión en la Yamaha a través de los intrincados senderos que llevaban hasta él no fue fácil. La escritora temió en algunos momentos que acabaran en el suelo o estampados contra las ramas de un árbol, pero el aizkolari no bajaba el ritmo y ella se vio obligada a abrazarse con fuerza a su cintura. Al hacerlo, sintió sus músculos firmes y bien dibujados bajo la cazadora, y no pudo evitar una punzada de excitación.

Eneko la miró pensativo.

—Yo no mataría por nada —contestó el joven—. Ahora bien, si alguien lo hiciera, podría llegar a entenderlo.

—¡No me jodas, Eneko! ¡Estáis todos locos en este valle! —exclamó Leire—. ¿Cómo puedes encontrar justificación a unos crímenes tan repugnantes?

—¡Yo no he dicho tal cosa! Te repito que no mataría por nada, ni siquiera por proteger este lugar.

La escritora vagó con la mirada hasta las ruinas mientras intentaba calmarse. ¿Qué le estaba pasando? ¿Por qué no era capaz de poner distancia con Eneko?

—Parecen de juguete desde aquí arriba —comentó señalando las vacas. Salían de la iglesia guiadas por Paco Roncal—. Me recuerdan una granja que tuve de pequeña.

—Si el viento viniera del sur, podríamos oír sus cencerros —apuntó Eneko.

Leire dio un paso al frente para colocarse junto al aizkolari en el límite del precipicio que se abría a sus pies, el mismo al que había sido empujado sin piedad Iker Belabarze, la segunda víctima. Al ser consciente de ello, estuvo a punto de recular. Si Eneko quisiera, solo tendría que darle un empujón para invitarla a una muerte segura.

Pensaba en ello cuando sintió su mano en la espalda.

—Tranquila. No muerdo —se burló el aizkolari al ver que daba un respingo—. Deberías venir en otoño. Entonces sí que es el paraíso; una sinfonía de color. Todo teñido de dorado y rojo. Solo los abetos mantienen su color verde oscuro —comentó acariciándole la espalda por encima del plumífero—. O en primavera, cuando los brotes verdes de las hayas muestran el despertar de una naturaleza que se muere de ganas por volver a la vida.

—¡Se ve todo tan tranquilo! —murmuró Leire haciendo esfuerzos por mantener la calma. Pensó en dar un paso atrás, solo tenía que objetar que tenía vértigo, pero no quería defraudarle. El aizkolari no podía ser ningún asesino. De alguna forma confiaba en él.

—Pura armonía —remarcó Eneko—. ¿Te imaginas si hubiera llegado a hacerse la obra? ¿Te imaginas esto lleno de turistas, repleto de casitas adosadas para que los de la capital vinieran a pasar el fin de semana?

Leire negó con la cabeza. Sin pararse a pensarlo, decidió corresponder al gesto de Eneko y le apoyó la mano en la cintura. Sintió el calor de su piel a través de la camiseta. Su espalda ofrecía un tacto agradable, terso, con los músculos a flor de piel. Movió la mano en una caricia que despertó en ella un deseo que había estado ahí desde la primera vez que lo vio, golpeando el tronco con tanta fuerza que sus brazos parecían a punto de estallar de tensión.

—Creo que exageráis. No van a venir tantos turistas. ¿Y eso de los adosados? —se burló intentando concentrarse en la conversación.

—No te rías, no. Es precisamente eso lo que se trae Chocarro entre manos. ¿No querías que te lo explicara? —inquirió señalando hacia la serrería, reconocible por la chimenea de ladrillo que se alzaba junto a una nave con cubierta gris—. Si la obra de la fábrica no llega a cancelarse, no habrían tardado en crecer como champiñones decenas de chalets adosados —apuntó el aizkolari girándose hacia ella—. Serafín lo tenía todo bien atado. A sus años, tendría que estar jubilado. El tío, en cambio, no para de darle a la cabeza. Jamás he conocido a alguien tan ambicioso como él.

—¿Dónde pensaba construirlos? ¿En la serrería?

Eneko asintió sin dejar de señalar hacia la empresa en la que trabajaba.

—¿Se te ocurre un paraje mejor? El terreno está calificado como urbano y se encuentra en un enclave envidiable, cerca de la Real Fábrica de Armas y del pantano de Irabia al mismo tiempo. Es el último lugar en el que dan los rayos de sol cada tarde, gracias a que las montañas que cierran el valle por el este son más bajas en esa zona. Por si fuera poco, es llano y el río Legarza forma un meandro con una hermosa playa fluvial. Es sencillamente perfecto.

Leire se fijó en el cauce del río. Tras atravesar la fábrica en ruinas, discurría tranquilo, flanqueado por una hilera de fresnos, hasta dejar atrás los caseríos solitarios de Lujanbio y Chocarro. Después se remansaba, aún más, para rodear las instalaciones de la serrería y fundirse en uno con el Irati, de mayor entidad, que descendía encabritado de la presa de Irabia, cuya enorme pared ocultaban los hayedos. Por un momento se imaginó los adosados con su piscina en lugar de aquella vieja serrería y tuvo la impresión de que el valle se hacía más amable, más humano.

—¿Cerrará la serrería? —preguntó al darse cuenta de que bastantes familias dependían de ella. Aezkoana de Maderas daba trabajo a buena parte del valle.

Eneko negó con la cabeza.

—Sin la intervención en la fábrica todo seguirá igual. No habrá senderos para excursionistas ni servicios para turistas —celebró con una leve sonrisa.

—¿Sin rehabilitación no habrá adosados? —inquirió Leire frunciendo el ceño.

—Tú dirás —sentenció el aizkolari—. Yo amo este valle y no lo cambiaría por nada, pero ¿quién iba a querer tener su segunda residencia en el rincón más perdido de la montaña navarra? Quien quiera ir a pasear por Irati, seguirá optando por Otsagabia y la ermita de la Virgen de las Nieves. Allí hay sendas señalizadas, callejuelas empedradas, una buena infraestructura turística y gentes acogedoras. Aquí solo hay un puñado de ariscos ganaderos. —Se detuvo un instante, para mirar pensativo el paisaje—. No, aquí no vendría nadie. ¿Y sabes qué? —inquirió girándose hacia ella. Sus ojos oscuros brillaban—. Me encanta que sea así.

La escritora fue incapaz de mantenerle la mirada. Sabía que, si continuaban por ese camino, desaparecerían las últimas barreras que los separaban. Consciente de su momento de flaqueza, el aizkolari la sostuvo por los hombros. Antes de que pudiera pararse a pensarlo, sintió el aliento de él tan cerca que abrió la boca para invitarle a hacerlo. Eneko dio el primer paso. Leire no opuso resistencia alguna. Lo deseaba.

El estridente sonido del teléfono de la escritora rompió el momento. Eneko intentó apartarse para que pudiera atender la llamada, pero ella negó con la cabeza y lo atrajo de nuevo hacia sí.

—No sabes cuántas ganas tenía de que ocurriera esto —le susurró a la oreja el aizkolari. Su aliento era cálido, lo mismo que su cuerpo. Los brazos desnudos, la espalda cubierta por tan solo una fina camiseta... Leire lo recorrió todo con sus manos, anhelante, fundiéndose con él en un húmedo beso mientras ahogaba gemidos que hablaban de deseo.

El timbre del móvil volvió a sonar con insistencia.

—Deberías coger —murmuró Eneko separándose ligeramente.

Contrariada, Leire buscó el terminal en el bolso que había dejado sobre las piedras desordenadas del castillo en ruinas. Era su hermana.

—Hola, Raquel —saludó.

—¡Hermanita! ¿Qué tal? ¿Cuándo llegas?

Si hubiera sido la primera llamada en la que Raquel empleaba ese tono tan alegre, Leire se habría extrañado, pero comenzaba a acostumbrarse a oírla tan contenta. Nada quedaba de su voz apagada, cargada de reproches porque Leire no se ocupaba lo suficiente de su madre viuda. Parecía que fuera otra persona la que hablaba y no aquella que cada vez que marcaba su número era para echarle en cara que mientras una vivía cómodamente en un faro solitario, la otra tenía que aguantar las borracheras de Irene.

—Estoy muy liada y no podré aparecer hasta última hora —se disculpó la escritora—. ¿A qué hora cenamos? ¿A las nueve? Pues llegaré a las ocho y media. Lo siento, me es imposible ir antes. Todavía estoy en Orbaizeta y quiero pasar por Pasaia antes de ir a Bilbao.

Raquel soltó un bufido de decepción. Eso ya no resultaba tan desconcertante.

—Tengo ganas de contarte algo —anunció—. Intenta no venir muy tarde. ¿Vale?

Leire sintió pereza.

—¿Es por la *ama*? ¿Qué tal está, sigue yendo a las reuniones? —preguntó.

Una risita nerviosa le adelantó que su hermana tenía noticias personales. ¿Qué podía ser? ¿Habría descubierto por fin su vocación mariana y querría hacerse monja?

—La *ama* está muy bien. Cada lunes y cada jueves se pasa por Alcohólicos Anónimos. Dice que no entiende cómo pudo no darse cuenta antes de lo anulada que la tenía la bebida —explicó Raquel—. Ya verás, ya, lo que te voy a contar. Ni te lo imaginas.

Leire dibujó una mueca de circunstancias.

—Estoy deseando saberlo —musitó desganada.

—Pues no llegues tarde. ¡Hasta luego, hermanita!

—Feliz Navidad, Raquel —deseó la escritora colgando hastiada el teléfono.

A dos metros de ella, sentado en el borde del precipicio, Eneko la observaba con una sonrisa burlona.

—No sabía que tuvieras una hermana.

—Yo sí que lo sabía —contestó Leire resoplando—. Demasiado bien. Tú tienes una también, ¿no?

—Hermano —la corrigió el aizkolari—. Tampoco nos llevamos muy bien. Nunca entendió que me quedara en Orbaizeta cuando él y mis padres se fueron a Pamplona.

—¿Hace mucho de eso?

—Diez años. Él es menor que yo. Tenía entonces diecinueve y quería estudiar. Ahora es abogado —explicó torciendo el gesto—. A mí me ve como el bala perdida que tiene una vida de mierda. En realidad me da igual. Yo soy feliz aquí. No puedo ni imaginarme lo desgraciada que sería mi existencia en la ciudad.

—Tampoco Pamplona parece muy agobiante. Es como un pueblo grande —intervino Leire sentándose a su lado.

—Si hay semáforos, es una ciudad —sentenció Eneko contemplando el fondo del valle. Un camión cargado de tablones de madera abandonaba la serrería.

Leire pensó en Pasaia. En San Pedro no había semáforo alguno, pero sí en la orilla opuesta, donde la única calle era tan estrecha que había sido necesario instalar uno en cada extremo para impedir que se cruzaran los coches que iban con los que venían. ¿Eso convertiría San Juan en demasiado grande para Eneko?

—¿Por qué tanto interés en Chocarro? —preguntó de pronto el aizkolari—. ¿Crees que tiene algo que ver con los crímenes?

Leire no contestó. Miró pensativa las ruinas de la fábrica y las casetas en las que hasta hacía solo veinticuatro horas dormían y trabajaban los obreros. No debía compartir con Eneko ningún indicio. Al fin y al cabo, él era uno más de los demasiados sospechosos que había todavía en el caso.

—Te interesará saber que otros intentaron el pelotazo antes que Chocarro —apuntó Eneko—. Sabino Lujanbio es el propietario de esa campa que se extiende entre la serrería y la confluencia del Legarza con el Irati.

—Buen sitio también, ¿no? —reconoció Leire fijándose en que el terreno parecía ser una continuación natural del que ocupaba la empresa maderera.

—Sí, pero no logró que se lo recalificaran. Un amigo que trabaja en el Ayuntamiento me contó que su mujer, la enfermera, se lio a gritos con el concejal de Urbanismo cuando le dijo que esa finca seguiría siendo rústica.

—¿Y Chocarro consiguió el cambio de calificación? —se interesó Leire sintiendo que comenzaba a tener una pista que incriminaba seriamente a los Lujanbio.

Eneko mostró una sonrisa enigmática.

—Él ya la tenía. La serrería aparece catalogada como terreno urbano desde los años sesenta, cuando Serafín la adquirió. Lo irregular es que se lleve a cabo un uso industrial de una finca que debería ser para levantar viviendas, pero eso aquí a nadie le importa —explicó quitándole gravedad con un gesto de la mano—. Lo que no sabían los Lujanbio era que, al pedir el cambio de uso de su campa forrajera, levantarían la liebre, dándole a Chocarro una idea que lo haría aún más rico.

—Por eso lo odian tanto —murmuró Leire.

La risita despectiva que soltó el aizkolari no se le pasó por alto.

—¿A quién no odia la enfermera esa? ¡Si parece que está peleada con el mundo! Para mí que no se esperaba esto cuando se vino a vivir aquí. Pensaría que la Fábrica de Orbaizeta era el alegre país de Heidi y no un valle perdido donde jamás ocurre nada.

—¡Pues menos mal que nunca pasa nada! —protestó la escritora—. ¡Te parecerá poco que haya habido tres asesinatos en poco más de una semana!

Eneko protestó. No se refería a eso. Después volvió a abrazarla y la besó. Leire recibió excitada su aliento cálido mientras arrancaba al aizkolari su escasa ropa, ajena al frío reinante. Esta vez estaba decidida a que nada se interpusiera entre ellos; ni teléfonos, ni hermanas alegres, ni conspiraciones criminales.

Una noche de primavera de 1966

Los edificios arruinados parecían fantasmas que cobraran vida a su paso, pero Tomás no se dejaba impresionar. Llevaba diecisiete años, toda su vida, conviviendo con sus muros en equilibrio y sus tejados hundidos por el peso del olvido. Ni siquiera los días que la niebla los envolvía o que aleteaban entre ellos los murciélagos sentía el más mínimo temor. Tampoco pena. Siempre la había conocido abandonada y hasta los más mayores hablaban de sus ruinas sin un ápice de nostalgia. Apretando el paso para no llegar tarde a la cita, alzó la vista hacia la luna. Estaba en fase de cuarto menguante, aunque brindaba suficiente claridad como para reconocer el entorno a la perfección. La selva, las antiguas viviendas de los operarios y hasta el río Legarza aparecían bañados de una fría luz plateada. No era una buena noche para el contrabando. No, no lo era, pero no todas lo eran. Hacía días que no llovía y la primavera comenzaba a asentarse, disipando las nieblas que se aferraban en invierno al bosque y el fondo de los valles. A partir de entonces, y hasta las primeras heladas otoñales, serían más las noches así que aquellas en las que el clima se aliara con los contrabandistas.

—*Gabon* —le saludó un susurro en cuanto empujó la

puerta rota del corral en el que habían acordado reunirse. Era Aranzadi.

—Mal día hoy para estos menesteres —apuntó otra voz. Tomás creyó reconocer tras ella a Antón.

—No hay noche mala, sino pasadores torpes —replicó Aranzadi.

—¿Soy el último? —inquirió Tomás esforzándose inútilmente por ver algo a pesar de la oscuridad.

—No, falta Chocarro. No creo que tarde —anunció Aranzadi—. ¿Quieres un trago? —le ofreció al recién llegado tendiéndole una bota. Era coñac francés.

—¡Ostras, vaya lujo!

—Estoy de celebración —explicó el otro con voz emocionada—. Mi mujer está embarazada. En unos meses seré padre de mi primer hijo.

—Enhorabuena —le felicitó Tomás devolviéndole la bota—. ¡Ya ves, un pequeño Aranzadi!

—¿Y Chocarro? —intervino Antón abriendo la puerta para echar un vistazo fuera—. ¿Qué anda? Nunca llega tarde.

La claridad del exterior se coló por el vano. Tomás contó seis hombres, incluidos Aranzadi y él. Además de Antón y el hijo del panadero, había otros dos a los que jamás había visto en el trabajo de noche. Eran empleados de Aezkoana de Maderas, la empresa del padre de Encarna.

El trabajo de aquella noche era diferente. Los paquetes se quedarían en Orbaizeta, no irían más allá. Se trataba de maquinaria nueva para la serrería. Don Celestino, su dueño, la había comprado en Pau y había encargado a Aranzadi que la pasara sin mayor dilación. Quería tenerla en marcha cuanto antes. Las serrerías de Aoiz, mucho mayores, estaban echando a pique su negocio gracias al empleo de tecnología moderna que les permitía vender la madera a precios mucho más bajos que los suyos. Las nuevas máquinas lo cambiarían todo; ya se había ocupado don Celestino de hacerse con las sierras más potentes. La inversión había dejado completamente vacías las arcas de su empresa, pero, en cuanto se pusieran en marcha las máquinas de Pau, las pesetas las llenarían por miles. Sus hijas podrían heredar una industria boyante, como la había recibido él de su padre y este, a su vez, de su abuelo.

—¿Quién lleva el dinero? —quiso saber Antón. Todos habían visto tras la misa como el dueño de la serrería le entregaba a Aranzadi un fajo de billetes que les dejó sin habla. Alguno había llegado a aventurar que debía de haber por lo menos cien billetes de mil pesetas. Eso si no eran doscientos o trescientos. Se trataba de la segunda mitad del pago por la mercancía. Debían abonársela al enviado de Pau que acompañaría a los franceses hasta la muga.

—Deberíais empezar a subir o se hará muy tarde —decidió Aranzadi sin responder a su pregunta—. Tomás, ven conmigo. Iremos a buscar a Chocarro a su casa. Tal vez se haya quedado dormido. Los demás, id subiendo por parejas.

No hacían falta más instrucciones. Se las había dado por la mañana, cuando los abordó a la salida de misa. Los de Esterenzubi les pasarían los paquetes en el collado de Organbide, junto a la borda cercana al abrevadero. No eran grandes, o eso les había dicho don Celestino, aunque sí pesados. Acarrearían cada uno más de cuarenta kilos. Era lo que tenían las piezas de maquinaria. También cobrarían más. Doscientas cincuenta pesetas una vez que depositaran los fardos en la serrería.

Mientras Antón se encaminaba hacia el bosque con uno de los jóvenes que se estrenaban aquella noche, Aranzadi y Tomás se dirigieron hacia la casa de Serafín. No era una de las viviendas de la colonia, sino que se encontraba más allá, en la carretera de Orbaizeta. Caminaron por la gravilla sin hacer ruido, a pesar de que los guardias no podrían acusarlos de ningún delito si se toparan con ellos. Dos curvas después de haber dejado atrás las ruinas, el caserío de los Chocarro apareció bañado por la luna. Tras los postigos de una de las ventanas inferiores se adivinaba una luz encendida.

—Tú espera aquí —le indicó Aranzadi a Tomás antes de apartarse de la carretera para acercarse a la puerta.

El canto de los grillos y el rumor del río cercano no lograron silenciar los golpes que dio el futuro padre con los nudillos.

—¿Hola? —insistió al ver que nadie respondía.

Tomás creyó oír un ruido a su espalda. Al girarse solo vio unos manzanos azotados por una corriente de aire.

El batiente superior de la puerta se abrió. Los rasgos torturados por una vida dura de la madre de Serafín se asomaron por el quicio.

—¿Qué quieres? —inquirió frunciendo el ceño.

—Perdone que la moleste, señora —se disculpó Aranzadi—. ¿Está su hijo en casa?

—Estar, está, pero no se puede levantar. Ha vuelto hoy muy enfermo del baile. No hay quien lo mueva de la cama. —La mujer parecía realmente preocupada—. A saber qué le han dado de beber.

Aranzadi la observó en silencio durante unos segundos. No dijo nada, pero Tomás, que permanecía entre las sombras, sabía que estaba asimilando el alcance de sus palabras. Si había seis paquetes, no podían ser solo cinco los pasadores que subieran a Organbide. El patrón de la cuadrilla iba a tener que subir con ellos.

—Hace solo unas horas me ha dicho que contara con él para esta noche —apuntó Aranzadi bajando el tono de voz, como si temiera que sus palabras llegaran a oídos no deseados.

La mujer negó con la cabeza, al tiempo que se santiguaba.

—Bastante será si mañana es capaz de ponerse en pie —sentenció cerrando la puerta lentamente.

Sin decir una sola palabra más, Aranzadi suspiró largamente y se giró para volver por donde habían llegado.

—¿Y ahora, qué? —le preguntó Tomás corriendo a su lado. En realidad conocía la respuesta de antemano. A esas horas no podían empezar a llamar a las puertas para sumar pasadores a la cuadrilla.

—Pues nada —admitió Aranzadi con tono resignado—. Me subo contigo. ¿Qué otro remedio nos queda?

El primer disparo resonó en cuanto pusieron los pies en el collado.

—¡Alto a la Guardia Civil! —ordenó un torrente de voz al tiempo que otros tres guardias, escondidos tras la borda donde debía tener lugar el intercambio, se abalanzaban sobre los recién llegados.

Tomás buscó la manera de huir, pero un nuevo disparo lo dejó paralizado. Pensó en Miguel, aquel vecino a quien nunca conoció y de quien se decía que había muerto por los tiros de los guardias; pensó también en la pierna malherida de su padre, y fue incapaz de dar un solo paso más.

A su lado, Aranzadi levantaba las manos incrédulo. ¿Qué hacían todos aquellos allí arriba? Cuatro guardias eran dos parejas y eso era una más de lo habitual.

—¡Vamos, con vuestros compañeros! —les ordenó uno de los agentes empujándolos con el arma hacia la chabola de piedra.

Tomás avanzó a empujones. No había manera de salir de allí. Si intentaba lanzarse a la carrera ladera abajo, se convertiría en un blanco perfecto a la luz de la luna. Maldijo su suerte. Y más cuando vio en la borda a Antón y el joven que lo acompañaba. Otros dos guardias los retenían sin dejar de encañonarlos en ningún momento. Reconoció al propio Santoyo como uno de ellos.

—Se nos han escapado dos —apuntó este sin apartar el cañón del arma—. Tenemos a cuatro, pero todos los paquetes. En Madrid van a estar contentos, chicos.

Amontonados en una esquina, descansaban los seis fardos de maquinaria que no llegarían a su destino. De los franceses, ni rastro. Habrían logrado escapar, igual que el hijo del panadero y su compañero.

¡Seis guardias civiles controlando el paso! Tomás no lo había oído jamás. ¿A qué venía un despliegue así?

—¿No me habéis oído? —se lamentó Antón en euskera—. He intentado avisaros.

Tomás supuso que había estado balando o ululando, como hacía siempre para alertar al resto de la presencia de la Guardia Civil. Lamentablemente, ellos debían de encontrarse lejos para oírlo. En mala hora se había enfermado Chocarro. Si no fuera por eso no habrían perdido tanto tiempo.

—¡Me cago en la puta! —exclamó el teniente—. Al primero que se le ocurra hablar en vascuence, le reviento la tapa de los sesos. Como se os ocurra planear escapar, no sale vivo ni uno. ¿Dónde está Aranzadi? —inquirió girándose hacia sus compañeros.

Tomás supo de inmediato que algo no cuadraba. ¿Cómo sabía que Aranzadi subiría?

—¡Aquí, mi teniente! —exclamó el que lo mantenía retenido obligándole a dar un paso al frente.

Santoyo se giró. Miró sin interés a Tomás para después clavar su mirada en el hombre que dirigía la cuadrilla de pasadores.

—Vaya, vaya, así que estás aquí —murmuró encañonándolo. Las canas de su exiguo bigote reflejaban la luz de la luna, la misma que hacía brillar también las puntas de su tricornio.

—Esto tiene arreglo —anunció Aranzadi intentando mostrar una seguridad que no sentía.

—¿Arreglo? —se mofó el guardia civil mientras el pasador mostraba el pedazo de piel en el que llevaba los billetes—. Ya verás tú el arreglo que tiene.

El disparo fue certero. Un destello acompañó al sonido brutal que reverberó durante varios segundos en los tímpanos de los presentes. El tiempo pareció detenerse y Tomás no llegó a saber si el grito desgarrador brotaba de su garganta o de la de alguno de sus compañeros. Aranzadi, el hombre que apenas dos horas antes celebraba su futura paternidad, cayó desplomado sin tiempo de lamentarse. El agujero en el pecho y sus ojos aterrorizados eliminaban toda sombra de duda: estaba muerto.

—¡No, mi teniente! ¡Deténgase! —gritó un guardia derribando a su superior.

—¿Qué hace? ¿Se ha vuelto loco? No había hecho nada —clamó Antón desesperado.

Tomás estaba aterrorizado. ¿Qué estaba pasando allí? Bloqueado por el miedo de saber que el próximo podía ser él, y con un desagradable pitido resonando en sus oídos, sintió el calor de su propia orina empapando sus pantalones.

Santoyo se quitó a su compañero de encima y se acercó gateando al cadáver de Aranzadi. Tomó la funda de cuero donde el contrabandista llevaba el último pago de la maquinaria de la serrería y, sin detenerse a mirar su contenido, la introdujo en el bolsillo interior de su chaqueta. Después se puso en pie.

—Cabo Martínez, al redactar el informe recuerde que ha sido en legítima defensa. Disparé cuando vi mi vida en peligro. ¿Está claro? —advirtió girándose hacia el guardia que retenía a Tomás.

—¡Mientes! —aulló Antón—. ¡Nadie te ha amenazado!

—¿Está claro? —insistió el teniente con un torrente de voz.

—¡Está claro, mi señor! —contestó el cabo.

Antón esquivó a su captor y se abalanzó sobre Santoyo.

—¡Asesino! —le espetó lanzando puñetazos al aire mientras los demás guardias intentaban retenerlo.

Tomás aprovechó el desconcierto para echar a correr. Jamás en su vida hubiera imaginado que podía hacerlo tan rápido. Tenía la horrible sensación de que, en cualquier momento, tropezaría con alguna piedra y caería de bruces. Y eso, en aquellas circunstancias, solo podía suponer la muerte.

—¡Alto a la Guardia Civil! —oyó a sus espaldas antes de que un disparo iluminara la noche.

31

Las luces amigas de los faros de aproximación profanaban la noche de la bocana. El salitre llegaba desde mar abierto arrastrado por el viento del norte, que hacía batir las olas con fuerza. Era tan denso que se aferraba a las fosas nasales como una pátina empalagosa. A Leire, sin embargo, no le molestaba. Llevaba demasiados días lejos de Pasaia y necesitaba quitarse de encima la tensión que se respiraba en Orbaizeta.

—Por más que te lo explicara, no te lo imaginarías nunca —le dijo a Cestero. Caminaba a su lado por el camino de Puntas—. Viven todos encerrados en esa aldea diminuta y agobiante. La selva lo rodea todo y tienes la sensación de estar aislada, en una suerte de fin del mundo.

—Yo me lo imaginaba bucólico. En medio de un bosque precioso y apartado de todo —repuso la ertzaina, que vestía unos tejanos y un chubasquero azul marino.

Leire soltó un bufido.

—El bosque es opresivo. No hay una sola hoja. ¿Te imaginas una masa gigantesca de árboles desnudos, muertos a la espera de que la primavera los resucite? Yo me volvería loca si tuviera que vivir allí.

—Vives en un faro solitario, pensaba que aquello te encantaría —replicó Cestero antes de agacharse para beber un trago de la fuente que manaba junto a la cala de Alabortza.

Leire se apoyó en el muro bajo que protegía el acantilado y observó la silueta de una txipironera que regresaba a puerto. El ruido de su motor quedaba enmudecido por el rugido de las olas que batían contra los diques de punta Arando.

—No tiene nada que ver. Mira que he vivido situaciones complicadas en Pasaia con lo del Sacamantecas, pero ni siquiera entonces sentía que el mundo que me rodeaba fuera tan hostil. En la Fábrica de Orbaizeta nadie parece contento de que se investiguen los asesinatos, nadie está de nuestro lado.

—¿Nadie? ¿Como en Fuenteovejuna?

La escritora tuvo que morderse la lengua para no decir lo primero que le venía a la mente.

—Bueno, alguno sí; o eso creo —reconoció arrancando a andar de nuevo—. Y luego está toda esa parafernalia supersticiosa. Ahora les ha dado por que son las criaturas del bosque las que se defienden ante el supuesto ataque de los pobres obreros.

—Pues se han salido con la suya —repuso Cestero—. Los currantes se han ido, ¿no?

Leire se detuvo ante el merendero, cerrado en esa época del año. Una música lejana llamó su atención hacia la otra orilla. Una comitiva festiva se abría paso junto al embarcadero de la motora. Reconoció la figura del Olentzero, el carbonero que anuncia la Navidad, mientras una multitud de niños festejaba a su alrededor. Esa noche les costaría dormir a la espera de que se hiciera de día para abrir los regalos.

—¿Te extraña? Cualquiera hubiera hecho lo mismo. A ver quién es el guapo que se queda en la obra mientras alguien se carga a tus compañeros.

La ertzaina le tendió la nota simple que había conseguido esa misma mañana en el Registro de la Propiedad.

—Tu amigo tenía razón. Serafín Chocarro ha vendido los terrenos de la serrería a una constructora de Pamplona. Construcciones de Navarra, se llama. Mucho no se rompieron la cabeza con el nombre. Tienen permiso para levantar en el solar una urbanización de veintitrés adosados con piscina —resumió.

Leire se metió la hoja en el bolsillo trasero de los tejanos.

—Por lo menos alguien estará contento con la intervención para convertir la fábrica en un imán turístico —comentó pensativa—. Eso podría haber encendido las envidias de muchos. Las Aranzadi lo odian, aunque me inclinaría más por los Lujanbio. Deberías conocer a Elsa. Una resentida amargada de campeonato. Seguro que está furiosa porque no le recalificaron los terrenos y Chocarro se benefició de su idea. Una vez más, todo apunta a ellos.

—¿Y los que se van al paro si se lleva a cabo el proyecto de los adosados? —intervino Cestero—. ¿No te parece un buen móvil? ¿Cuánta gente trabaja en esa serrería?

La escritora se sentó en uno de los bancos de cemento.

—¿Matar por mantener el trabajo? —inquirió con un gesto de incredulidad—. No estamos hablando del mejor curro del mundo.

—Tampoco me encaja tu visión —le discutió la ertzaina sentándose a su lado—. Chocarro ya ha cobrado por esas tierras. No tiene sentido que alguien intente que la intervención en la fábrica no se lleve a cabo para perjudicarle. El único que saldrá perdiendo es el constructor, no quien ha vendido los terrenos.

Leire correspondió con un gesto de la mano al saludo de una pareja que se alejaba por el camino que conducía a San Juan.

—Es todo tan complicado —murmuró suspirando—. Seguro que piensan que Chocarro está metido en la construcción y que será con la venta de los adosados con lo que sacará tajada. Eso es lo que me dio a entender Eneko. —Hizo una pausa, pensativa—. Lujanbio es un pobre hombre, una marioneta; es Elsa quien me preocupa. Nadie sabe explicarme bien de dónde salió. Parece ser que es de Otsagabia y que recaló en el valle de

Aezkoa como enfermera. Intenta averiguar algo más de su vida, quizá ahí tengamos alguna pista.

Cestero se apuntó el nombre en una libreta.

—¿Y las viudas de las que me hablaste? Motivos desde luego no les faltan para desearle lo peor al empresario —sugirió guardándola en el bolsillo interior del abrigo.

—Otras. A la vieja no la veo para muchos trotes, pero la joven podría ser —reconoció Leire ladeando la cabeza—. Dan miedo, si las hubieras visto en la procesión, con las velas y las letanías Todavía se me pone la piel de gallina al recordarlo.

Ane Cestero se puso en pie y se apoyó en la barandilla. Durante unos segundos miró el mar en silencio. Después se giró hacia la escritora con expresión seria.

—El novio de mi prima está destrozado. El pobre no ha podido digerir aún que le culpáramos de haberla matado —se lamentó dejando vagar la mirada por la orilla de enfrente—. ¿Has pasado ya por el astillero? —inquirió señalando con el mentón el edificio de madera que iluminaban las farolas al otro lado de la bocana.

Leire sintió un nudo en la garganta al recordar a Iñaki. Hacía solo unas horas que estaba en el castillo de Arlekia con Eneko. ¿Cómo iba a presentarse ante él? ¿Le explicaría algo? No. En realidad tampoco tenía por qué torturarse. Ella había sido clara desde el principio sobre su relación. Hacía apenas dos años que se había separado de Xabier tras una eternidad casada con él y no tenía ganas de embarcarse en relaciones serias con nadie. Iñaki lo sabía y parecía aceptarlo tal y como era.

—No. Primero quería ponerte al día. Hoy ya no creo que pueda pasarme por Ondartxo. Ahora mismo me voy a Bilbao. Nochebuena y esos rollos —explicó mirando el reloj. Todavía eran las seis, aún no era tarde.

—Calla, no me lo recuerdes. Me toca pringar —se lamentó la ertzaina—. Tengo turno de noche.

—Ya te cambiaría. ¿Quieres ir a cenar con mi hermana? —propuso Leire con una risotada amarga.

Cestero miró la pantalla de su móvil y se mantuvo pensativa unos instantes.

—¿Piensas regresar? —le preguntó finalmente.

La escritora no respondió de inmediato. Una nueva txipironera, con su característico farolillo en la popa, retuvo su mirada perdida.

—Claro. Todavía no tenemos culpable y tres asesinatos no pueden quedarse sin esclarecer. ¿No te parece?

La ertzaina le apoyó la mano en el hombro y la miró directamente a los ojos. El piercing de la aleta izquierda de su nariz reflejaba las luces de la orilla opuesta, que realzaban también los hermosos tonos ambarinos de su mirada.

—Oye, quiero darte las gracias. Mi prima no merecía morir. Era una muchacha buena, alegre y que deseaba comerse la vida a bocados. El cabrón que la haya matado debe pagar por ello. Sé que estando en tu mano la investigación llegará a buen puerto. —Hizo una pausa para tragar saliva; saltaba a la vista que la joven ertzaina no estaba a gusto desnudando sus sentimientos—. Creo que te sientes en deuda conmigo por lo del Sacamantecas, pero ya has hecho bastante. La Foral dará con el asesino de Saioa. Comprendería perfectamente que me dijeras que no quieres seguir.

Leire se sintió incómoda. Algo de verdad había en lo que decía Cestero, aunque lo que más la incitaba a continuar tirando de la madeja era la ilusión por triunfar como escritora de novela negra. Sí, lo hacía por Ane Cestero, por Saioa Goienetxe y por todos los demás, pero también lo hacía por ella misma.

—No te preocupes. No voy a dejarlo a medias —dijo sin darle importancia.

Las voces de unos veinteañeros distrajeron su atención hacia la cala que se abría a sus pies. Se reían y se burlaban de uno que protestaba de pie sobre los guijarros. Entre el olor acre del tabaco que llegaba desde allí, Leire reconoció el toque perfumado de la marihuana. Cestero también lo había notado, porque los observó en silencio durante unos instantes. Después se giró de nuevo hacia la escritora.

—¿Qué tal con la Foral? —le preguntó.

—Bien. La verdad es que el inspector Eceiza me tiene bastante al día.

Cestero asintió con un gesto.

—Si no es tonto, sabrá que puedes resultarle de utilidad. El caso del Sacamantecas no solo fue sonado aquí. Un asesino en serie como aquel no lo sufrimos todos los días.

—Pues el monstruo de Orbaizeta le sigue los talones. ¡Ya llevamos tres muertos!

—Y en tres se quedará si los obreros no vuelven. Parece que todo va encaminado a que no toquen esas ruinas —apuntó Cestero.

Leire abrió la boca para contestar. No tardó en volver a cerrarla de nuevo. Tal vez Cestero malinterpretara sus palabras y la tomara por una loca supersticiosa.

—A veces tengo la sensación de que la fábrica oculta algo maligno —decidió decir finalmente—. Es difícil de explicar. No sé, no me siento a gusto cuando bajo a sus entrañas.

—¿Qué entrañas? —La ertzaina la miraba de soslayo.

—La galería de arcos, lo único que no ha sucumbido al paso del tiempo —aclaró—. Allí vierten las aguas de un canal que recorre los entresijos del edificio. Llámame loca, pero el frío que llevan consigo no es normal. Te hiela la sangre, te entristece el alma.

Ane Cestero se mantuvo en silencio unos instantes, cediendo el protagonismo a las voces de los jóvenes de la cala.

—¡Tres botes! ¡Toma ya!

—A ver yo. ¡Mira!

—Venga, tío, eres un inútil. Se ha hundido al primer toque.

—¡Cuatro! ¡El que más por ahora!

Leire se giró hacia ellos. Estaban sentados fumando. Parecía increíble que, solo un año antes, aquel lugar fuera el espantoso escenario de una carnicería con una pequeña de trece años como protagonista.

—¿Te has planteado que quizá estén todos los vecinos conchabados? —apuntó Cestero.

La escritora negó con la cabeza.

—Si los conocieras no pensarías algo así. Se odian entre ellos. No hacen más que inculparse unos a otros. No están unidos. Todo lo contrario; muchos desearían ver arder en la hoguera inquisitorial a su vecino más cercano.

Cestero resopló.

—¡Joder, cómo lo pintas!

El teléfono de Leire vibró en su bolsillo. Había logrado cambiar la melodía de los platillos de orquesta. La nueva sonaba a un volumen tan bajo que la furia del mar la silenciaba. Al mirar la pantalla, comprobó que se trataba de un número desconocido.

—¿Hola? —dijo pulsando con desgana la tecla de contestar.

El silencio que oyó al otro lado de la línea le resultó inquietante.

—¿Hola? ¿Hay alguien? —insistió.

—¿Leire? —preguntó una voz masculina que le resultaba vagamente familiar—. ¿Leire Altuna? Soy Eugenio Yarzabal, el padre Eugenio. —Leire sintió que el corazón le daba un vuelco. ¿Para qué iba a querer llamarla el cura de Orbaizeta?—. ¿Está en la Fábrica? La he buscado en su caseta de obra y no la he visto.

—No. Me he marchado hoy a mediodía para celebrar la Navidad con mi familia —replicó nerviosa.

—Vaya. Quería hablar con usted —murmuró Yarzabal con tono de disgusto—. ¿Cuándo vuelve?

La escritora repasó mentalmente el calendario.

—Pasado mañana, el día veintiséis —señaló a pesar de que inicialmente tenía previsto estirar la estancia en Pasaia hasta un día después—. ¿Qué quería decirme?

El cura se mantuvo en silencio. Parecía dudar entre contárselo o no. Cestero, entretanto, asistía a la conversación con gesto intrigado.

—No son cosas para hablar por teléfono —dijo Yarzabal—. En cuanto vuelva, venga a verme. Hay sucesos del pasado que he callado durante muchos años y creo que pueden estar detrás de lo que está pasando aquí.

—¿Qué? —se interesó la escritora—. ¿Qué es lo que sabe?

El silencio volvió a adueñarse del teléfono, a través del que solo llegaba la respiración del capellán.

—Venga a verme tan pronto como regrese. No quiero que el secreto de confesión me haga seguir siendo cómplice de lo que está ocurriendo en este valle. Si el demonio habita entre nosotros, no hay secreto que valga si tenemos que desterrarlo —anunció antes de que la voz se le rompiera y cortara la comunicación.

32

Miércoles, 24 de diciembre de 2014

El televisor a todo volumen contrastaba con el silencio de la mesa. Leire miraba aburrida la pantalla, en la que Óscar Terol, caracterizado como una abuela chismosa, compartía cena con una familia que no se dirigía la palabra más que a través de los mensajes instantáneos de sus teléfonos. Su celebración de la Nochebuena no era muy diferente. A su derecha, su hermana Raquel estaba más pendiente del móvil que de lo que ocurría en la mesa; a su izquierda, su madre, vestida de riguroso luto, como cada vez que tenían algún tipo de celebración familiar, no apartaba la vista de la televisión.

—¡Qué bueno! —exclamó Irene celebrando las ocurrencias de Terol y los suyos.

—Son muy buenos —apuntó Raquel sin alzar la vista del mensaje que estaba escribiendo.

Leire suspiró asqueada.

—Por Pasaia todo bien —contestó a una pregunta imaginaria que ya no esperaba que nadie le hiciera.

Su madre la miró unos instantes y asintió sin mucho interés antes de señalar la bandeja de espárragos con vinagreta.

—¿No vais a comer más? De pequeñas os encantaban.

—¡A mí nunca me han gustado! —protestó Raquel dejando el móvil junto al plato.

—Ah, ¿no? Entonces era a vuestro padre al que le chiflaban —se disculpó Irene llevándose uno a la boca.

La escritora estiró la mano para servirse un poco de salmón con cebolleta.

—¿Y las croquetas, no pensáis probarlas? —las apremió su madre.

El sonido de una campanita indicó que el móvil de Raquel había recibido un nuevo mensaje. Al leerlo, sonrió y se dispuso a contestar.

«Está enamorada», se dijo Leire sin explicarse quién había podido fijarse en su hermana, siempre tan gris.

—Anda así todo el día —apuntó Irene con una sonrisa—. Ni cuando era una adolescente la había visto tan atontada.

—¡Oh, vamos! —se quejó Raquel—. ¡Dejadme en paz! ¿No tenéis bastante con la tele?

Leire miró de reojo la pantalla, ocupada por una cuadrilla de txikiteros que cantaban fingiendo estar borrachos. Después recorrió la mesa con la mirada. Montaditos de surimi con mahonesa, mejillones rellenos, croquetas, pastel de pescado, jamón serrano... El menú de aquella cena de Nochebuena era el mismo que el del año anterior y sería el mismo un año después. Desde que ella tenía recuerdo, jamás había habido variación alguna. Por más que le insistiera a su madre que no se complicara la vida preparando tantos platos y que se limitara a meter un cordero en el horno, Irene no entendía una celebración navideña donde faltara alguno de aquellos entrantes.

—¿No nos vas a contar nada? —preguntó la escritora mirando a su hermana.

Raquel tomó una croqueta y se la metió entera en la boca.

—Está riquísima, *ama* —reconoció haciéndose la interesante.

Leire torció el gesto. Odiaba tener que jugar a sonsacarle el secreto como si Raquel fuera una niña pequeña. Su hermana tenía tres años más que ella y ninguna de las dos era ya una adolescente.

—Venga, mujer. Cuéntanoslo —insistió a pesar de que hubiera preferido pasar del tema. Aun así, sabía que Raquel estaba esperando su insistencia y se sentiría infravalorada si no llegaba.

Su hermana terminó con la croqueta y se limpió las manos con la servilleta de papel, que contrastaba con la solemnidad del mantel de hilo blanco con bordados azules.

—Está bien —aceptó fingiendo desgana—. En realidad iba a hacerlo. ¿Por qué crees que he insistido tanto en que vinieras?

A Leire no se le pasó por alto que al hablar se llevaba las manos a la barriga.

«No, no puede ser. ¿Raquel, preñada? —se dijo para sus adentros—. Imposible. ¿Estás loca?».

Las palabras de su hermana, sin embargo, no tardaron en corroborarlo.

—Estoy embarazada —anunció con una sonrisa radiante.

Irene se atragantó y comenzó a toser ruidosamente.

—No —dijo Leire incrédula—. Es broma, ¿no?

Raquel se acarició la barriga. Aún no se veía especialmente abultada.

—Hace casi un año que estoy con él. Nunca antes había sido tan feliz. Nos vamos a ir a vivir juntos el uno de enero.

Leire no apartaba la mirada de su madre. Por más que Irene intentara sonreír, su rostro no mostraba alegría alguna, sino una honda preocupación. Raquel llevaba demasiados años viviendo con ella, siendo el bastón en el que se apoyaba, ofreciéndole una compañía que la muerte de su marido le había arrebatado cuando sus hijas eran unas niñas.

—Esto merece una celebración —murmuró la mujer a duras penas poniéndose en pie.

Raquel miró a su hermana con cara de circunstancias y sujetó a su madre por el brazo para impedir que siguiera su camino.

—¿Adónde vas, *ama*? —le dijo con voz firme.

—Venga hija, solo una copita. ¿Cómo no vamos a brindar por algo así? ¡Voy a ser abuela! —intentó zafarse Irene.

—Ni una copita, ni media —zanjó la embarazada—. En esta casa se celebra con agua.

—Siéntate, *ama* —añadió Leire—. No lo echemos todo por la borda. ¿Dónde tienes la botella? ¿No quedó claro que nada de alcohol en casa?

Irene fue incapaz de sostenerle la mirada.

—No tengo nada. Ha sido solo la costumbre de levantarme para ir al armario. Hace un año que no entra una botella aquí.

—¿Seguro? Luego inspeccionaré la casa. Espero no encontrar nada —la amenazó Leire cruzando una mirada con su hermana.

Las tres sabían que si algún día fallaba a su juramento y volvía a ingerir aquel demonio caería de nuevo en sus garras. Habían sido demasiados años de tormento, toda una vida enganchada a la bebida para superar la pérdida de su marido. Leire apenas recordaba a su madre como una mujer feliz. Solo era una niña cuando aquellos dos compañeros de su padre en el cuerpo de bomberos se presentaron en su casa para darle a la viuda la terrible noticia, dando comienzo a la espiral de desolación, culpabilidad y vergüenza en la que el alcohol la había sumido.

—Una copita no va a cambiar nada —insistió la mujer de pie junto a la mesa.

—*Ama*, por favor —insistió Leire—. ¿Quieres que te recuerde cómo era tu vida antes de dejarlo?

Todavía recordaba la visión de su madre vomitando en el suelo de la cocina junto a una botella vacía de ginebra barata. No podían permitirse volver a pasar por lo mismo.

Irene se dejó caer en la silla. Estaba lívida.

—No te vayas, hija —suplicó de pronto dirigiéndose a Raquel—. ¿Qué voy a hacer yo sola?

Leire se fijó en su hermana. Tenía los ojos llenos de lágrimas.

—¿Cómo no me voy a marchar? —replicó con rabia contenida—. Yo también puedo tener mi vida. Unai quiere que me mude con él a su casa de Las Arenas. ¡Vamos a ser padres!

—Primero tu padre, ahora tú —sollozó su madre—. No me falles, hija. No me falles.

Leire sintió que se le hacía un nudo en la garganta. Era como si ella no existiera.

—Solo se va a Getxo —decidió intervenir—. Solo tienes que coger el metro y en diez minutos estás en su nueva casa. Además, Raquel estará encantada de que vayas a pasear a tu nieta.

—O nieto —la corrigió su hermana.

—¡A veces me siento tan sola! No os podéis imaginar lo terrible que es que el hombre con el que quieres envejecer se vaya al trabajo y no vuelva nunca más —lloró desconsoladamente Irene.

Leire se levantó y la rodeó con sus brazos.

—Vamos, *ama*. Ya hemos hablado de esto. Nos tienes a nosotras. Siempre estaremos a tu lado —intentó animarla.

—¿A mi lado? ¿En Getxo y en Pasaia? —protestó la mujer alzando la voz—. ¿Esa es vuestra forma de estar a mi lado?

Raquel dejó caer el tenedor en el plato.

—¿Qué pretendes? ¿Que me entierre viva aquí contigo? —Su tono no ocultaba la rabia que le dictaba las palabras—. ¡Voy a ser madre! ¿Es así como lo celebras? ¡Gracias por alegrarte tanto por mí! ¡Muchísimas gracias!

Mientras hablaba, se puso en pie y se alejó por el pasillo.

—Feliz Navidad —murmuró Irene secándose las lágrimas con un pañuelo de tela.

—Estás siendo injusta —la regañó Leire dudando entre seguir a su hermana o volver a sentarse—. Raquel tiene cuarenta años y no ha hecho más que cuidarte. ¿No te parece que ya es hora de que alce el vuelo?

Irene la miró avergonzada.

—Lo siento, a veces solo pienso en mí —admitió—. Tengo tanto miedo a estar sola...

Leire suspiró desanimada. Hacía demasiados años que se había desentendido del problema y le había dejado a Raquel la carga de cuidar de su madre alcohólica. Ya iba siendo hora de hacerse cargo de ella y permitir a su hermana disfrutar de la maternidad. Se imaginó a Irene en el faro y los cambios que supondría. Había sitio de sobra. Dos habitaciones estaban vacías, llenas de muebles viejos cubiertos por sábanas. Eso no sería problema. Además, su madre disfrutaba cocinando. Se sintió mal por pensar en ello, pero sería un lujo terminar de escribir y tener la comida en el plato sin tener que preocuparse de la compra siquiera.

Iba a proponérselo cuando se fijó en el televisor. Irene también era eso: programas chabacanos a todo volumen, un carácter depresivo que teñía de gris el día a día y la necesidad de imponer su manera de hacer las cosas a los demás. Por no hablar de la intimidad que perdería. ¿Qué haría con Iñaki? ¿Qué sería de sus pasiones improvisadas en cualquier rincón del edificio? ¿Y de la libertad de ir y venir cuando quisiera sin dar explicaciones a nadie?

Era una decisión demasiado complicada.

—*Ama*, tienes que ser fuerte. Vas a ser abuela. ¿Qué más se puede pedir? Podrás ir cada día a Getxo a ver a tu nieta. —Conforme lo decía en el tono más reconfortante que le fue posible, Leire se sintió culpable.

—No sé. Ya veremos. Lo intentaré —musitó Irene poniéndose en pie—. Me voy a la cama. No tengo ganas de celebrar nada. Vaya Navidad nos ha dado tu hermana.

Leire la observó mientras se alejaba por el pasillo. Sintió lástima por ella. Tenía que ser muy duro quedarse sola tan joven al frente de una familia con dos hijas pequeñas. Desde luego que no se la podía culpar por haber buscado alivio en el alcohol. Después se fijó en la tele. Un tipo con pasamontañas y camiseta a rayas se casaba en la catedral de Sevilla con una chica vestida de flamenca. Las risas enlatadas fueron la gota que colmó el vaso. Buscó el mando a distancia y apagó el televisor.

Suspiró desanimada. No se le ocurría mejor solución que llevársela a Pasaia, pero no le resultaba nada sugerente el cambio de vida que le acarrearía.

Cogiendo el plumífero del perchero, optó por posponer la decisión. Sería mejor pensarlo con calma.

Miró la hora. Aún no eran las doce de la noche. Sacó el teléfono del bolsillo y marcó el número de Iñaki.

—¿Te vienes a dormir al faro? —le preguntó sin preámbulos.

33

La bocina de un carguero le hizo apartar la vista de la pantalla y alzarla hacia la ventana. Dos nubes flotaban en un cielo azul que contagiaba sus alegres tonos al mar. Varias txipironeras que no conocían de días de guardar bailaban a merced de las olas. El carguero, de un estridente color naranja, acababa de salvar las balizas de enfilación y se disponía a acceder a la bocana. No se trataba de uno de los habituales barcos cargados de chatarra y madera que llegaban a puerto cada semana, sino que venía repleto de contenedores ordenadamente apilados. Volviendo a fijarse en el portátil, abrió el navegador y tecleó la dirección de una web de localización de barcos mercantes. Hacía poco que la había descubierto y le fascinaba poder ver en tiempo real la localización de cada uno de ellos. Centró el visor del mapa en el golfo de Bizkaia y amplió el zoom hasta que el puerto de Pasaia ocupó la pantalla. No tuvo más que hacer clic sobre el símbolo que se dibujaba entre los diques de la bocana para que le apareciera en la pantalla el nombre del navío que acababa de ver, así como su foto y la singladura que acababa de completar. Era el Hollandia IV y había zarpado dos días atrás del puerto belga de Amberes. Se imaginó la cena de Nochebuena a bordo, en alta mar. No le hubiera importado. Cualquier opción le parecía mejor que la suya, con su hermana enfadada y su madre llorando su desgracia.

Con un suspiro de impotencia, cerró el explorador de internet y volvió a encontrarse frente al procesador de textos. La página estaba en blanco. Su intención de escribir el día de Navidad no estaba resultando demasiado fructífera. Tal vez fuera mejor que lo dejara todo y volviera a la cama. Solo tenía que apagar el ordenador, bajar las escaleras y colarse entre las sábanas blancas donde dormía Iñaki. Se lo imaginó despertándose con el pelo enmarañado y esa cara de desorientado que lo hacía tan atractivo, y estuvo a punto de hacerlo.

Era feliz a su lado. Ni siquiera recordaba haberse sentido así durante los primeros años con Xabier, cuando todavía no había descubierto la faceta narcisista de un hombre que había sido incapaz de serle fiel. Algo le decía que con Iñaki no tendría que soportar tantas noches de cama vacía y corazón herido. No, él no era uno de esos coleccionistas de mujeres a los que nada importaba el daño causado. Sin embargo, aún no se sentía preparada para dar el paso de pedirle que se fuera al faro a vivir con ella.

Pensaba en ello cuando recordó a Eneko. Una punzada de culpa le hizo plantearse si no era ella ahora quien volaba de flor en flor.

«No. Solo necesitas tiempo. De momento, nada de relaciones serias», se dijo tajantemente, sin permitirse pensar que lo que mantenía con Iñaki se parecía demasiado a una relación formal. Salvo por su propia falta de compromiso, claro.

Suspirando una vez más, escribió el título del capítulo y lo releyó una y otra vez hasta que decidió borrarlo de nuevo. No tenía su mejor día de inspiración, estaba claro. Si no hubiera perdido tanto tiempo en Orbaizeta, no tendría que verse así en un día festivo, pero no le quedaba otra opción. Quería terminar el manuscrito para finales de febrero, a tiempo para poder publicar la novela de cara al día del libro, el 23 de abril. Apenas había comenzado.

Suspirando, se llevó un cigarrillo a la boca. Después estiró el brazo para alcanzar sus tejanos. Descansaban sobre el respaldo de la silla donde habían caído de madrugada, cuando Iñaki se presentó en el faro y fueron incapaces de esperar a llegar al dormitorio, como tantas otras veces. Introdujo la mano en uno de los bolsillos traseros y tomó un papel doblado. Era la nota simple del Registro de la Propiedad que le había entregado Cestero la víspera. La desplegó mientras sentía el efecto calmante de la primera calada llegando al torrente sanguíneo. A pesar de que sabía lo que encontraría, empezó a leer. Construcciones de Navarra Sociedad Limitada era la nueva propietaria de la finca urbana donde se levantaba Aezkoana de Maderas, la serrería de Serafín Chocarro.

Todo normal, con los formulismos propios de ese tipo de documentos y plagado de números de referencias catastrales. No obstante, al reparar en la fecha de venta de la finca, una nueva perspectiva se abrió paso en su mente.

—¡Joder! —exclamó cogiendo el móvil.

Ane Cestero tardó exactamente siete tonos en responder.

—No paras, ¿eh? —dijo a modo de saludo. Su voz delataba que la acababa de despertar.

Leire se disculpó. Sabía que había tenido turno de noche. Sin embargo, necesitaba compartir con ella su nueva visión del caso.

—Chocarro vendió la finca hace casi un año, pero su serrería sigue en marcha. ¿Te das cuenta de lo que eso significa? Ese tío ha cobrado un millón de euros por unos terrenos de los que sigue disponiendo como si fueran suyos. Mientras Construcciones de Navarra no arranque la obra, la serrería sigue funcionando.

—Creo que estoy demasiado dormida para entenderte —se disculpó Cestero.

—Es posible que tenga un contrato privado para poder seguir ocupando los terrenos vendidos mientras no comiencen a edificar los adosados. O quizá sea un mero acuerdo verbal, pero es evidente que cuanto más se dilate la obra, más gana Chocarro.

—Y más aún si las casas no se llegan a construir nunca —comprendió la ertzaina—. Es un gran negocio. Cobra por el solar de su serrería y al mismo tiempo continúa con su actividad como si nada hubiera ocurrido.

Leire asintió con una sonrisa triunfal.

—Chocarro pasa de ser una posible víctima colateral de un criminal que pretende echar por tierra su negocio al principal sospechoso —aseguró la escritora—. Nadie puede tener mayor interés en que no se rehabilite la fábrica. Lo de los demás vecinos son meras cuestiones nostálgicas. Lo de este tío, en cambio, es la carambola de la especulación. Gana un montón de dinero y además puede quedarse con la serrería. ¡Es redondo!

Cestero guardó silencio. Leire se la imaginó pensando en su prima.

—Lo mataría. Te juro que lo haría —reconoció la ertzaina—. Si el dinero es el motivo por el que la mató, no merece seguir viviendo. Lo estrangularía con estas manos —añadió alzando la voz, que se le rompió antes de acabar la frase—. ¿Cómo puede alguien arrebatar una vida por unos miserables euros?

—Tres vidas ha arrebatado ya —intervino Leire.

—Tenemos que pararlo antes de que se cargue a alguien más —apremió Cestero.

La escritora sintió unas manos en la nuca. No se sobresaltó. La tocaban con suavidad, la acariciaban. Se giró lentamente y sonrió al encontrar a Iñaki. Solo llevaba una toalla alrededor de la cintura, dejando a la vista su torso atlético. El oscuro cabello, habitualmente recogido en una coleta, le caía mojado sobre la espalda. Estaba tan ensimismada que no le había oído ducharse.

—No creo que haya más muertes. Ha ganado. Los obreros han abandonado el barco. Sin rehabilitación de las ruinas, su serrería no corre peligro —apuntó rodeando la cintura de Iñaki y atrayéndolo hacia ella con la mano que tenía libre.

—Hay algo que no acabo de entender —admitió Cestero—. Estamos dando por hecho que si no se lleva a cabo la obra de la fábrica, no hay adosados. ¿Y si la constructora decidiera seguir adelante?

Leire besó con una sonrisa pícara el abdomen de Iñaki. Olía a jabón. Quizá no tuviera tan marcados los abdominales como Eneko, pero lo tenía plano y bien definido.

—Tendrías que conocer todo aquello. La intervención en las ruinas no es más que el primer paso para abrir el valle al turismo. Es la primera fase del Plan Integral de Regeneración de Orbaizeta. Una vez completada, en una segunda fase se acometerán obras de accesibilidad y saneamiento, se señalizarán senderos y se abrirá un centro de acogida de visitantes. Y todavía hay una tercera fase con más proyectos —explicó acariciando la espalda del joven y sintiendo como sus propios pezones se endurecían por la excitación—. ¿Quién crees que querría comprarse un adosado en un lugar perdido de la mano de Dios, donde no hay nada más que ganaderos poco acogedores y un bosque opresivo donde es imposible dar un paso sin perderse?

—Me cuesta imaginar un lugar así —reconoció Cestero—. Ojalá pudiera ir contigo. Me iba a liar a hostias con ese cerdo hasta que confesase todo lo que ha hecho.

—Tranquila. Mañana a primera hora regreso a Orbaizeta y te aseguro que encontraré pruebas que le incriminen. Nadie puede matar a tres personas sin dejar algún cabo suelto del que poder tirar —la calmó Leire soltando el nudo de la toalla de Iñaki. Su invitado sonreía provocador—. Ahora vuélvete a la cama.

—Gracias, Leire. No dejes de avisarme con cualquier novedad —la instó Cestero antes de desearle una feliz Navidad.

La escritora ni siquiera escuchó sus últimas palabras. Se había apoyado en la pared y atraía hacia ella el cuerpo anhelan te de Iñaki, que le susurró en la oreja que la quería mientras la despojaba de la ropa. Sus palabras despertaron de nuevo en ella un sentimiento de culpa que le costó aplacar.

Abajo, en la bocana, la potente bocina del carguero resonó entre los acantilados, silenciando los jadeos de Leire mientras el joven la penetraba, primero con suavidad y después con firmeza, recostada sobre los bocetos de su nueva novela.

34

En cuanto llegó con el coche al barrio de la Fábrica supo que algo extraño estaba ocurriendo. Varios coches y camiones de obra ocupaban la plaza, desierta en los días previos a Nochebuena. Aparcó el 206 de Iñaki junto a la furgoneta de una empresa de seguridad y abrió la puerta para apearse. Al hacerlo, le sorprendió el ruido. Motores, pitidos, golpes metálicos... La obra había comenzado y lo había hecho sin titubeos. Se preguntó cuándo habrían vuelto los trabajadores. Solo había estado dos días fuera y, de repente, se encontraba todo en ebullición.

«Los vecinos estarán que trinan», se dijo fijándose en la polvareda que levantaban las máquinas entre las ruinas.

—Buenos días —la saludó de pronto alguien que se le había acercado por detrás—. ¿Vive aquí?

Era un guardia de seguridad. Su uniforme marrón y el emblema amarillo cosido en la manga de la chaqueta no dejaban lugar a dudas.

—Eh, bueno. No exactamente, pero acostumbraba a dormir en una de esas casetas —apuntó Leire señalando los barracones que se extendían al otro lado del río.

El guardia frunció el ceño sin comprender a qué se refería.

—¡Leire! —la saludó de pronto Jon, el jefe de obra, haciéndole un gesto para que se acercara. Subía por las escaleras de piedra que comunicaban la plaza con la fábrica en ruinas—. Déjala pasar. Es de los nuestros.

La escritora se rio para sus adentros al oír esa expresión. ¿Quiénes serían de los nuestros y quiénes de los otros? ¿Qué la convertía a ella en lo primero? Tal vez el compartir mesa con los obreros, o tal vez el dormir en sus barracones. No, para entonces ya debía de ser de los suyos, de lo contrario no la hubieran invitado a mudarse a su gueto.

—Jon, estoy alucinando. Me marcho dos días y montáis semejante despliegue... ¿Cuándo habéis vuelto? —Lo saludó dándole un beso en cada mejilla.

—Feliz Navidad, guapa —la saludó él. Las bolsas bajo sus ojos delataban cansancio—. Hemos empezado hoy a primera hora. Aquellos no han querido volver —explicó refiriéndose a sus obreros—, pero la empresa se juega mucho con esta historia y hemos contratado varias cuadrillas de portugueses. Se han pasado la noche en la carretera para poder empezar hoy mismo. Las ayudas de Europa nos obligan a estar en marcha antes de fin de año. ¡Somos casi cincuenta! No vamos a perder ni un segundo. Esto lo acabamos como que me llamo Jon Albia.

—¡Y seguratas! —señaló la escritora mirando al hombre que la había abordado nada más llegar.

—Cuatro guardias. Día y noche. Solo faltaba, después de lo que ha pasado. Tres asesinatos, uno de ellos de los nuestros. Pobre Pedro, tendrías que haber visto a su viuda. Estaba desolada. Era un buen compañero.

Leire recorrió las ruinas con la mirada. Aquí y allá se veían grupos de obreros atareados. La mayor parte trabajaban con sus manos, limpiando muros de hiedra y picando la argamasa allá donde estuviera enferma. Otros, en cambio, manejaban maquinaria pesada. A simple vista, contó tres pequeñas excavadoras, dos hormigoneras y cuatro martillos hidráulicos.

—¿Adónde vais con tantas máquinas? Pensaba que sería una intervención superficial —musitó la escritora.

Jon asintió.

—Y lo es, pero hay que excavar. Si queremos afianzar lo poco que queda en pie hay que cimentarlo bien. Además, muchos edificios se han derrumbado parcialmente, dejando montones de cascotes que debemos retirar para que el público pueda ver todo tal como era.

—No sé si a Saioa Goienetxe la hubiera hecho muy feliz ver con qué poco mimo se lleva a cabo su soñada restauración —divagó Leire en voz alta.

La mirada que le devolvió el jefe de obra incluía un destello de vergüenza.

—Todo iba a ser mucho más artesanal, mucho más cuidadoso —reconoció—. Lo pudiste comprobar cuando dirigía a mi propio equipo. Ahora, sin embargo, mi empresa y el Gobierno de Navarra pretenden que la obra se dilate lo menos posible. Nadie quiere más asesinatos y, si tal como creéis, la intervención en la fábrica está detrás de todo, más nos vale terminarla cuanto antes.

Leire reparó en unos obreros que habían encendido un fuego en un barril metálico y se calentaban las manos mientras almorzaban. Hacía frío. Esta vez, no obstante, había venido más equipada, con guantes y calzado de montaña.

—Es una pena —admitió.

—El resultado será el mismo —se defendió Jon—. La única diferencia es que tardaremos menos.

La escritora se fijó en la velocidad con la que hurgaba el suelo una excavadora y sintió que las palabras del jefe de obra no tenían mucho sentido. Se imaginaba la intervención casi como una investigación arqueológica en busca de vestigios del pasado. Suponía que se encontrarían viejas herramientas ocultas entre los cascotes y quizá también elementos que permitieran hacerse a la idea del modo de vida de quienes allí trabajaron. Aun así, lo que tenía ante sus ojos no tenía mucho que ver con todo aquello. A pesar de ello, se dijo que aquella no era su guerra. Ella estaba allí para esclarecer unos asesinatos, no para defender la moralidad de la rehabilitación. Tampoco podía culpar a Jon. Lo que él hacía, al fin y al cabo, era humano. Bastante tenía con estar de nuevo en el lugar donde hacía menos de una semana había sido brutalmente asesinado uno de sus compañeros.

—¿No habrás visto al cura? —preguntó Leire cambiando de tema—. ¿Ha aparecido por aquí?

Jon negó con la cabeza.

—Desde que hemos llegado solo he visto al matrimonio que vive en la iglesia y a la solterona esa. Hoy, al irse a trabajar, ha estado intentando meter el miedo en el cuerpo a los portugueses.

Leire se imaginó a Sagrario hablándoles de las malvadas lamias que asesinaban a obreros incautos.

—¿No tienen miedo? —inquirió señalándolos.

Jon se encogió de hombros.

—Claro. Y yo —admitió—. Por eso se han puesto los guardias de seguridad y se nos paga casi el doble de lo habitual. A ver quién iba a venir aquí si no era con estas condiciones.

—¿Y los otros? ¿El equipo que dirigías hasta lo de Pedro? —preguntó Leire—. ¿Ellos no han querido volver?

—Es complicado. Con lo que cobraban ellos, vienen los portugueses bien contentos. ¿No ves que acostumbran a cobrar bastante menos?

—¿Y saben lo que ha ocurrido aquí? ¿Saben lo que hizo que los anteriores se marcharan?

La mirada de Jon se desvió hacia la obra.

—Más o menos —dijo poco convencido antes de girarse para bajar hacia las ruinas—. Todavía tienes libre el barracón de Saioa. ¿Comerás hoy con nosotros? —inquirió alejándose—. Tenemos cocinera portuguesa. Te hartarás de comer bacalao.

Leire buscó algún vecino con la mirada. No había nadie a la vista. Tampoco se veía por ninguna parte el Renault Clio de Eugenio Yarzabal. Debía de encontrarse en Orbaizeta. Era allí, junto a la iglesia de San Pedro, donde estaba la casa parroquial.

Estaba intrigada por saber qué era aquello que no podía contarle por teléfono. Secretos de confesión, secretos del pasado que podían estar detrás de lo ocurrido durante los últimos días. Sonaba terrible y debía de serlo para que el religioso se hubiera agobiado tanto como para decidir soltar lastre y compartirlo con ella. Ojalá en los días transcurridos no se hubiera echado atrás.

Iba a subirse de nuevo al 206 para acercarse a Orbaizeta cuando reparó en que podía llamar a Yarzabal. Tenía su teléfono. No hacía falta dar palos de ciego. Sacó el móvil de la guantera y buscó entre las últimas llamadas recibidas. A pesar de que no lo había memorizado en el registro de contactos, el número del cura fue fácil de localizar entre quienes la llamaron dos días atrás.

Los tonos que indicaban que el terminal del religioso estaba sonando no se hicieron esperar, pero sí la respuesta, que no llegó antes de que la llamada se extinguiera. Leire lo intentó de nuevo, sintiendo que la inquietud crecía en su interior. Fue en vano. Nadie respondió.

Tendría que ir a Orbaizeta a buscarlo en persona. Se disponía a cerrar la puerta del coche con el motor ya arrancado, cuando comprobó con el rabillo del ojo que alguien se acercaba.

—¡Feliz Navidad, Leire! ¿Qué tal con tu familia? ¿Están todos bien? —Celia abrió los brazos para darle un par de besos—. Los míos se fueron ayer. Lástima, me hubiera gustado que los conocieras.

La escritora giró la llave de contacto para silenciar el motor.

—Lo siento. Pensaba venir, pero decidí quedarme a descansar y recuperar fuerzas.

—¿Has visto? Han vuelto, y esta vez van en serio —apuntó la anciana señalando la fábrica con el bastón.

El rugido de las máquinas y los pitidos de las excavadoras al dar marcha atrás rompían la habitual quietud del entorno. Nada de susurros del río ni del viento silbando entre los árboles; solo una suerte de caos en aquel recodo olvidado de la geografía navarra.

Leire apenas la escuchaba. Tenía la cabeza lejos de allí, en Orbaizeta. Quería llegar cuanto antes a la casa del cura.

—Tengo que irme. Luego me paso por tu casa. ¿Te parece? —comentó haciendo ademán de cerrar la puerta.

Celia la sostuvo con fuerza.

—No me gusta nada que hayan vuelto —anunció con gesto apesadumbrado—. La selva está inquieta. ¿No lo notas?

El móvil de Leire comenzó a sonar. En la pantalla no había ningún nombre. Solo un número; uno que la escritora conocía bien.

—Hola, Eugenio —saludó haciendo un gesto a Celia para que aguardara.

—Perdone, estaba en plena plegaria y no he podido atender la llamada. —La voz era la del sacerdote, no cabía duda—. ¿Ya está en Orbaizeta?

—Sí, aquí estoy. ¿Dónde está? ¿Dónde podemos vernos?

—No, hoy no podrá ser. Estoy en Zaragoza, en casa de mi hermano. Vine ayer para la comida de Navidad. Se nos han sumado unos amigos de Lleida. Celebraremos San Esteban con ellos y después me volveré a Orbaizeta. La buscaré cuando llegue.

—¿Viene hoy? Venga a verme aunque sea tarde —le instó Leire.

—Hoy no. Hasta mañana no volveré. No se preocupe; lo primero que haré será ir a verla. Quiero quitarme esta losa de encima cuanto antes.

—Adelánteme algo. ¿Quién cree que está detrás de todo? ¿Sabe que hoy han reemprendido la obra?

Un tenso silencio se adueñó de la línea.

—¿Están excavando? —preguntó el cura con un hilo de voz. Leire podía imaginar sus ojos sin vida escrutando asustado una obra que desde Zaragoza no podía ver.

—Sí, hay un montón de obreros por aquí. Adelánteme

algo. ¿Qué más da que sea a través del teléfono? —suplicó Leire impotente.

—¡Oh, Dios mío! ¡Que paren de una vez! ¿No ven que están despertando el mal? —La voz de Eugenio Yarzabal dejaba entrever de pronto una profunda aflicción. Después solo se oyó el vacío. El sacerdote había cortado la comunicación.

Un coro desordenado de voces fue ganando intensidad desde las ruinas. Leire no llegaba a entender qué decían los portugueses. Celia, de pie junto al coche, miraba acongojada hacia las obras.

—Ha vuelto a pasar. Lo ha vuelto a hacer —murmuró la anciana aferrándose con fuerza al brazo de la escritora. Su rostro se había tornado lívido y parecía haber envejecido varios años de golpe—. Maldita la hora en que se les ocurrió retomar esta obra infame. La selva no perdona.

Víspera de San Pedro, verano de 1966

Había sido Chocarro, Tomás no tenía ninguna duda. Su repentina enfermedad era la clave de todo. Sabía perfectamente que fallando a última hora Aranzadi se vería obligado a subir en su lugar. Por eso el teniente lo esperaba allá arriba.

El disparo que acabó con su vida resonaba aún en sus oídos. Los que vinieron más tarde, mientras aprovechaba el momento de confusión que siguió al asesinato de Aranzadi para echar a correr ladera abajo, le hacían despertarse en plena noche envuelto en sudores y delirios espantosos. Fueron tres. El primero sonó demasiado cerca. Los otros dos no tanto, aunque pudo oír la bala silbando a escasos centímetros de su cabeza. El teniente, o quienquiera que fuera el que le disparó, tiraba a matar. Habían pasado dos meses. Dos meses, sí, pero aún le despertaba cada noche la imagen de Santoyo agachándose junto al cuerpo sin vida de Aranzadi para arrancarle de las manos el pedazo de cuero que envolvía los billetes. Era aquello, no le cabía ninguna duda, lo que le llevó a matar al contrabandista. Tomás no había visto, ni vería jamás, el informe oficial de lo ocurrido aquella noche en el collado de Organbide. No necesitaba hacerlo para saber que solo se mencionaban los fardos con la maquinaria de la serrería. Ni una sola palabra sobre los miles de pesetas que le habían costado la vida a Juan Mari Aranzadi.

Se fijó en su viuda. Estaba sentada junto a sus padres en uno de los bancos que aprovechaban la sombra que brindaban los tilos. Sus ropas negras y el pañuelo oscuro con el que se cubría el cabello no ahuyentaban a algunas vecinas que se acercaban para acariciarle con cariño una barriga que anunciaba que una nueva vida estaba en camino. Ajena a sus palabras de ánimo, la expresión ausente de la joven madre delataba la tristeza infinita que sentía. Ni siquiera tenía fuerzas para clamar que se hiciera justicia. Nadie las tenía. A pesar de que muchos lloraron el asesinato de Aranzadi y el encarcelamiento de Antón y el joven trabajador de la serrería, nadie se atrevió a abrir la boca para protestar. Una cosa era lo que se hablaba en casa, a menudo jurando luchar por una justicia que sabían que no llegaría, y otra, muy diferente, lo que se hacía en la calle. Tal vez en la ciudad la reacción hubiera sido diferente, pero todos en Orbaizeta sabían que quien osara alzar la voz contra la Guardia Civil pagaría las consecuencias.

La música comenzó a sonar de nuevo. Algunos de los que habían entrado a la taberna salieron a escuchar a la banda. Tomás vio salir a su padre. Manuel apenas cojeaba ya. Al reparar en que su hijo lo miraba, alzó a modo de brindis el vaso de vino. El joven le respondió con un gesto de la mano.

—Ya estoy aquí. —Era la voz de Isidro. Al girarse, Tomás comprobó que le había traído vino—. Está muy bueno. Dicen que ha llegado de Olite especialmente para las fiestas.

Tomás lo miró escéptico. El vino que se bebía en Orbaizeta acostumbraba a ser casi vinagre. La única vez que había probado uno decente fue una vez que alguien lo pasó del otro lado de la muga para una fiesta de cumpleaños.

—¿Un brindis? —propuso tomando el vaso que le ofrecía su amigo.

—Por tu vuelta a la cuadrilla de taladores —celebró Isidro alzando el vaso.

—Por mi regreso —aceptó Tomás.

Hacía más de un mes que había retomado su antiguo oficio. Esperaba que el capataz le pusiera más trabas, pero se limitó a burlarse de él por haber creído que el trabajo de noche era la panacea universal. El dinero hay que sudarlo, le dijo entre mofas. Y bien que lo sabía Tomás. No pensaba volver a dedicarse al contrabando. Los sucesos del collado de Organbide pesaban en su decisión, pero más aún que Serafín Chocarro hubiera ocupado desde entonces el lugar de Aranzadi, convirtiéndose en el patrón que manejaba el trabajo nocturno en Orbaizeta.

—Toca bien el de la trompeta —comentó Isidro.

Tomás asintió de manera mecánica. Él no entendía de música. Aquello sonaba bien, aunque no sabía si era gracias a uno solo o a los cuatro hombres que formaban la banda.

Era la víspera de San Pedro. El municipio y la parroquia sufragaban los gastos de unos festejos a los que no faltaba ningún vecino. Acudían incluso gentes de los pueblos aledaños. Tomás buscó con la mirada a su madre. Maritxu hacía cola ante la taquilla de la feria. Su hermanita esperaba sentada en un caballo de madera a que le pagara el viaje. ¡Ya tenía casi ocho años! El tiovivo comenzó a girar al ritmo que le marcaba el feriante con una manivela. Era sencillamente prodigioso que un pequeño volante fuera capaz de mover aquel artilugio en el que podían montar hasta nueve niños a la vez.

—¿Has visto a Encarna? —inquirió Isidro—. Está bien guapa hoy, ¿no?

Tomás asintió. ¿Cómo no iba a haberla visto? Era lo primero en lo que se había fijado en cuanto llegó a la plaza. Estrenaba un vestido verde que le hacía destacar el color dorado del pelo.

—Hoy la sacaré a bailar —anunció dando un largo trago al vino y buscándola con la mirada.

Le costó dar con ella. Había demasiada gente, mucha más que un domingo después de misa. Y más que llegaría conforme el sol, que comenzaba a ocultarse, cediera el testigo a la noche. Quienes llegaban de Orbara y de Aribe solían hacerlo a última hora, justo a tiempo para que comenzara la verdadera verbena.

Encarna hablaba animadamente con un guardia civil. Era uno joven que no hacía mucho que había llegado a Orbaizeta.

Tomás lo reconoció como uno de los que estaban aquella fatídica noche en la muga. Era el que encañonaba al chico de la serrería.

—¿Qué hace con ese? —preguntó entre dientes.

—¿No es el catalán? —apuntó Isidro.

La muchacha parecía divertirse con él.

—¡Maldita sea, solo falta que me la quite un maldito picoleto! —protestó Tomás dudando entre acercarse a ofrecerle un baile o esperar a que desapareciera aquel entrometido.

La cautela le obligó a luchar contra su impulso inicial y mantenerse a la espera. Todavía temía que cualquier día se presentaran los guardias ante su puerta para detenerlo por lo de aquella noche. Por suerte, parecía que no lo habían reconocido y Antón nunca había sido amigo de irse de la lengua. El pobre tendría que pasarse una buena temporada entre rejas. Cuando saliera, quizá también a él se le hubieran quitado las ganas de seguir pasando mercancía.

En cuanto el último rayo de sol que iluminaba la pista de baile quedó oculto tras los montes que cerraban el valle, el alcalde salió a la plaza alzando los brazos para pedir silencio. Era un hombre espigado, de pelo y bigote tan blancos como la nieve.

—Vecinos, este año estrenamos algo que hará que nuestra fiesta brille más que ninguna —proclamó haciendo un gesto a la banda para que comenzara a tocar de nuevo—. No hay pueblo en el valle de Aezkoa que tenga algo así. Mañana nadie hablará de otra cosa en toda la comarca. ¡Viva Orbaizeta!

Los vítores con los que le respondieron los vecinos coincidieron con el encendido de la guirnalda. Se trataba de una magnífica ristra de luces de colores que unían entre sí los árboles y faroles de la plaza. Los niños no fueron los únicos que se quedaron boquiabiertos observándola. Eso sí que era una fiesta. Había llegado desde Francia, igual que las botellas de champán que comenzaron a descorcharse con alegría.

Tomás sintió rabia al comprobar que el teniente Santoyo era el primero en alzar su copa de espumoso de contrabando.

Estaba tan ensimismado observándolo que no se percató de que Chocarro se había acercado hasta él.

—Mañana tengo trabajo —le susurró—. Para ti también, si quieres —añadió girándose hacia Isidro.

—Estoy otra vez de talador. Tuve suficiente con lo de Aranzadi —apuntó Tomás conteniéndose las ganas de espetarle a la cara que era un traidor.

—Es un trabajo fácil. Portugueses. Los de Aribe los guiarán hasta la fábrica de armas para que les demos el relevo y los llevemos hasta Esterenzubi —continuó Chocarro. Sus ojos pequeños bailaban inquietos de un lado a otro. No era el único rasgo que inspiraba desconfianza en él. También estaban esos labios que mantenía siempre arrugados en un rictus despectivo, como si se pasara la vida oliendo los efluvios de una porqueriza.

—No —musitó Tomás. Hacía meses que oía hablar de ese nuevo negocio. Los portugueses huían de la represión política y la miseria que se había instalado en su país, sometido a una férrea dictadura. Para un pasador era tarea fácil guiarlos a través del bosque hasta la frontera con Francia, donde esperaban encontrar una nueva vida. La principal zona de paso era el valle de Batzan, pero el afán de Chocarro por ganar dinero fácil parecía haber incluido Orbaizeta en la triste ruta migratoria.

—Mira a tu padre, sigue cojo. ¿No crees que tu hermana sería más feliz si pudiera montar en el carrusel tantas veces como quisiera? Tu familia lo necesita. ¿O crees que con lo que ganas de talador podéis manteneros todos? —La sonrisa de Serafín intentaba ser amable cuando en realidad era una dolorosa puñalada.

Tomás miró hacia la feria. Maritxu intentaba explicar a su hermanita que con una vez había suficiente. Otros niños, en cambio, seguían en sus caballos de madera a la espera de que el feriante volviera a hacer girar el artilugio.

—Trescientas pesetas por unas horas de trabajo —sentenció Chocarro mirando también a Isidro—. ¿Seguro que no os interesa?

Costaba aceptarlo, pero tenía razón. Mientras Manuel no pudiera volver al monte, su mísero salario de talador no era suficiente para mantener a la familia. De eso sabía demasiado Serafín Chocarro, el niño huérfano de padre que había crecido trabajando mientras los demás iban a la escuela.

—Yo me animo —anunció Isidro. Nunca hasta entonces había hecho trabajos de noche, pero guiar personas parecía una tarea más fácil que aguantar al capataz por un jornal infinitamente menor.

Tomás se debatió unos instantes entre lo que quería y lo que debía hacer. Trabajar para el indeseable que los había traicionado a todos era una canallada, aunque tal vez una canallada necesaria.

—No. Búscate a otro. Si es que queda alguno después de las detenciones del collado. —El tono crispado y la mirada desafiante que acompañaron sus palabras hicieron desistir a Chocarro, que se dio la vuelta y se alejó.

Las piezas que tocaba la banda eran ahora más animadas y eran muchos los que bailaban bajo las guirnaldas de colores. Algo, quizá el efecto del vino, empujó a Tomás a buscar a Encarna. Iba a sacarla a bailar. Esta vez sí.

—¿Adónde vas? —exclamó Isidro—. ¡Espera!

La encontró en la puerta de la taberna, hablando con don Celestino, su padre. El empresario parecía haber envejecido en las pocas semanas pasadas desde lo de Aranzadi. Decían las malas lenguas que se había endeudado para poder comprar una maquinaria que acabó en manos de la Guardia Civil. Ahora, sin dinero y sin sierras nuevas, su empresa languidecía víctima de la competencia feroz que llegaba de Aoiz, adonde eran conducidos por el río los troncos que talaban Tomás y sus compañeros de cuadrilla.

—Hola —la saludó cuando la joven reparó en él—. ¿Quieres bailar?

Las mejillas de Encarna la traicionaron, volviéndose tan rojas como debían de estar las de Tomás, que las sentía calientes.

—Vamos, ve —la animó su padre—. La verbena de San Pedro no es para hablar de cosas importantes.

La muchacha le tendió la mano y lo acompañó hasta el espacio central de la plaza, donde una frontera invisible delimitaba la pista de baile. Las luces de colores brindaban una atmósfera irreal que invitaba a Tomás a soñar con una vida feliz junto a Encarna. Ojalá aquella pieza no acabara nunca y pudiera tenerla entre sus brazos hasta el fin de los días.

—No sabes mucho de esto, ¿no? —se burló ella al segundo pisotón.

Tomás volvió a ruborizarse. Los pasodobles no eran lo suyo. En realidad ninguna música lo era. Él era más de tirar árboles y de correr por el monte.

—¿Qué tal tu padre? —le preguntó intentando que no se concentrara tanto en el ritmo.

—Bien —contestó ella lacónicamente.

—Yo estaba en el collado aquella noche, cuando lo de Aranzadi —apuntó Tomás.

Los ojos de Encarna lo observaron con interés.

—El teniente lo mató a bocajarro para quedarse vuestro dinero —le explicó.

—Eso suponía mi padre, pero los guardias niegan que hubiera dinero alguno —murmuró la joven bajando la vista hacia los pies, donde acababa de sufrir un nuevo pisotón.

—Yo le vi cogerlo antes de escaparme —añadió Tomás.

Encarna se encogió de hombros. Tanto daba, si la Guardia Civil tenía una versión de lo ocurrido, esa era la única válida.

—¿Va a pujar por los paquetes?

Siempre que había una incautación, la Hacienda Pública subastaba los bienes y no eran pocas las veces que quienes ya habían pagado por ellos volvieran a hacerlo para recuperarlos.

—Lo intentará, aunque no creo que pueda comprarlos. Había gastado hasta la última peseta. Tendremos que conformarnos con mantener la serrería a flote como podamos. —El tono de Encarna era de resignación.

El pasodoble terminó, provocando los aplausos de quienes rodeaban la pista de baile. Tomás supo que su tiempo había acabado. Había sido corto, aunque una vez roto el hielo, esperaba tener otras muchas ocasiones para bailar con ella.

—¿Otra? —propuso Encarna para su sorpresa.

El joven asintió eufórico. Eso solo podía significar que se sentía a gusto con él a pesar de su torpe ritmo.

Mientras aguardaba a que la banda arrancara de nuevo, se fijó en su familia. Su hermana señalaba una lucecita morada y su padre la levantaba en brazos para que pudiera verla de cerca. Maritxu no parecía demasiado contenta. Eso de no tener dinero para gastar un día en el que todos los vecinos derrochaban en confites no era plato de buen gusto. Manuel vio que los miraba y le guiñó un ojo haciendo un gesto con el que parecía celebrar su pareja de baile. Tomás lo recibió con un sentimiento de culpa. Ya era hora de perdonar a su padre. No podía pasarse la vida odiándole por algo que había ocurrido hacía muchos años. Seguro que el propio Manuel estaba arrepentido de haber tenido un comportamiento tan abominable.

—Tomás, piénsatelo, hombre —intentó convencerle de pronto Isidro. Se había adentrado en la pista de baile aprovechando el parón—. No me dejes solo, yo nunca he hecho trabajos de noche.

Encarna lo miró extrañada.

—¿Quieres dejarme bailar? —protestó Tomás volviendo a centrarse en el hermoso rostro de la joven. Estaba preciosa. Su cara, normalmente angulosa, parecía más redonda. Tal vez fuera la luz tamizada que brindaba la guirnalda, o tal vez el verla tan de cerca. Tanto daba. Estaba guapa y punto.

—Déjame decirle que te lo has pensado —insistió Isidro—. Por favor, antes de que hable con algún otro.

La banda comenzó a tocar de nuevo y Encarna se agarró con más fuerza al hombro y la cintura de su compañero de baile.

—No, no y mil veces no. Antes trabajo de talador día y noche —se negó Tomás haciendo un gesto con la mano para quitarse de encima a su amigo.

—Espero que los valses se te den mejor —comentó la joven con una sonrisa cómplice.

Era tan hermosa. Los empujones de otras parejas poco importaban. Tampoco las decenas de miradas de quienes contemplaban el baile con una copa o algún dulce en la mano. Lo único que existía en aquel momento era ella. Su olor a flores, su mirada luminosa y el calor que desprendía su cuerpo. Tomás iba a recordar aquella víspera de San Pedro durante el resto de su vida.

—Algo se quema —anunció ella sin parar de bailar.

—Son las parrillas —replicó el muchacho. La sardinada estaba a punto de empezar.

—No, huele más fuerte. ¿Quieres dejar de pisarme? —A pesar de quejarse, su rostro no perdía la sonrisa.

La música iba cada vez más rápida. Tanto que Tomás apenas era capaz de seguirla. No era el único; otras parejas dejaron de bailar entre risas, pero eso no era consuelo. Él quería cautivar a Encarna y no podía permitirse ser tan torpe. A duras penas seguía los pasos que marcaba la joven, acostumbrada a salir a bailar domingo tras domingo. A su pesar, el ritmo se aceleró aún más, dejando en evidencia su falta de control.

—Tendré que practicar más —admitió acercando su boca al oído de Encarna.

Ella se rio.

—No te preocupes. Estas son difíciles. Luego bailamos otra vez, si quieres.

Tomás no podía creer la suerte que estaba teniendo. Encarna, la joven de la que llevaba años enamorado, parecía corresponderle. Aquel día era el más feliz de su vida.

—¡Fuego! —Las primeras voces de alarma se mezclaron con el vocerío festivo y las notas de la banda.

—¿Ves como algo se quemaba? —se jactó Encarna.

Las pocas parejas que quedaban en la pista se detuvieron, obligando a la orquesta a dejar de tocar.

—¡Fuego! ¡Fuego!

Las carreras de los vecinos acrecentaban la confusión. Tomás perdió de vista a su compañera de baile y se dirigió apresuradamente hacia donde iban todos. Era imposible entender nada entre tanto revuelo, pero resultaba evidente que había un incendio. El resplandor rojizo que iluminaba el cielo nocturno no dejaba lugar a dudas. Tampoco el olor a quemado ni las partículas de hollín que llovían por doquier. Trepando a un tilo logró atisbar algunas llamas que se alzaban como lenguaradas hacia la noche. Era lejos de allí, lejos del pueblo. Conocía suficientemente el valle para saber a simple vista que lo que se quemaba estaba en el barrio de la Fábrica. Pensó en su casa, el hogar donde había vivido desde que nació. Sin embargo, una nueva llamarada delató que el fuego no estaba tan allá, sino a medio camino.

Tragó saliva con dificultad.

Era la serrería. El fuego la estaba devorando.

35

El cuerpo estaba cubierto de tierra ennegrecida y se hallaba espantosamente partido por la mitad a la altura de la cintura. La excavadora lo había desmembrado al escarbar en el viejo almacén de carbón. Las piernas sobresalían aún de la pala sobre el vocerío desordenado de las decenas de portugueses que se habían agolpado entre las cuatro paredes que se mantenían precariamente en pie.

—Dejadla pasar, por favor —les instó Jon Albia a empujones para que Leire pudiera acercarse a ver el cadáver.

La escritora se sintió como una inspectora de policía. Los obreros la observaban con curiosidad mientras se agachaba junto al cuerpo sin vida. Igor Eceiza le había dado órdenes precisas: en las dos horas que tardaría desde Pamplona, no quería que se tocara nada. Debían establecer un cordón de seguridad alrededor del edificio y evitar que nadie pudiera contaminar ninguna posible prueba. Ella, sin embargo, quería ver aquello con sus propios ojos. Después vaciaría de gente el recinto, pero primero quería saber quién era esta vez la víctima.

—Lleva mucho tiempo muerto —anunció Leire comprobando que apenas se trataba de un esqueleto cubierto por algunos pedazos de ropa que se habían conservado incólumes—. No creo que forme parte de los crímenes que estamos investigando. A no ser —añadió pensativa— que nuestro asesino empezara su cruel labor mucho antes de lo que imaginamos.

Un torbellino de ideas comenzó a desfilar por su mente. Tal vez acabaran de dar, de forma accidental, con el móvil que explicara los crímenes de las últimas semanas.

—Vamos, salid todos. No se os paga para que perdáis el tiempo. Volved al trabajo —vociferó el jefe de obra empujando a los portugueses para que abandonaran el almacén de carbón.

—Que los de seguridad se ocupen de que no entre nadie —le pidió Leire poniéndose en pie para salir de allí. No había mucho más que hacer ante un esqueleto semienterrado.

Jon asintió. Se le veía aliviado.

—¡Vaya susto! Menos mal que ha sido una falsa alarma —admitió—. Si llega a ser otro de los nuestros, me da algo.

—No sé mucho de estas cosas, pero debe de llevar muchos años enterrado aquí —aventuró Leire—. A ver qué dicen los forenses.

Al dejar la carbonera, y para su sorpresa, los obreros habían reemprendido sus labores. La confusión reinante había cedido el testigo de nuevo a los silbidos de las máquinas y el golpeteo de los martillos.

—También ellos tienen ganas de marcharse de aquí —apuntó Jon—. A nadie le gusta trabajar en un ambiente tan opresivo.

Leire reparó en que miraba contrariado hacia la plaza. Allí, ante las escaleras que bajaban a la fábrica, varios vecinos discutían con dos guardias de seguridad que les impedían el paso. Reconoció a Eneko, Sagrario y los Roncal. Sabino Lujanbio, que llegaba caminando seguido por sus vacas, estaba a punto de incorporarse al grupo. Ojalá apareciera pronto la policía y se hiciera cargo de la situación.

—Voy a ver si puedo calmarlos —anunció la escritora alejándose del jefe de obra.

De camino, sacó el teléfono y llamó a Eugenio Yarzabal. Quizá él pudiera ofrecerle las respuestas que necesitaba.

—¿Diga? —se oyó su voz al primer tono.

—Soy Leire Altuna. Ha aparecido un cadáver en la fábrica. Un esqueleto —precisó. Estaba convencida de que había alguna conexión entre lo que el cura quería contarle y ese nuevo hallazgo.

El párroco se mantuvo en silencio unos segundos antes de contestar entrecortadamente.

—¿Ya? ¿Quién?

—Era eso, ¿verdad? ¿De quién se trata? ¿Qué tiene que ver con los crímenes de estos días? —Leire tenía tantas preguntas que hacerle que se le agolpaban todas en la cabeza.

—No —balbuceó Yarzabal—, por teléfono no. Mañana a primera hora, a las ocho de la mañana, la veré en los arcos. Tenían que haber parado —añadió apartándose del auricular—. ¿Quién les mandará hurgar en un pasado que causó tanto dolor?

El pitido que acompañó al corte de la comunicación sonó como un jarro de agua fría. Leire miró incrédula la pantalla de su teléfono táctil y confirmó que el cura había colgado. Un símbolo indicaba que tenía una llamada perdida. Pulsó sobre él. No era una, sino tres las veces que Raquel la había llamado.

Tomó aire a fondo y marcó su número.

—¡Por fin! Creía que no lograría hablar contigo. —Fue lo primero que oyó a través del auricular. Su hermana volvía a tener su habitual tono desagradable, nada quedaba de la amabilidad de los últimos días—. Vaya día de Navidad que me habéis dado. Ayer, mientras me iba a tomar un chocolate con churros con Unai, tu querida madre se emborrachó. Me la encontré tirada en el sofá con una botella de ginebra barata al lado. A saber de dónde la había sacado.

—¿Otra vez? —musitó Leire sintiendo un gran peso sobre sus hombros. La imagen de Irene reconociendo su alcoholismo en aquella reunión se adueñó de sus pensamientos. ¿De qué había servido tanto esfuerzo durante el último año?

—Y volverá a hacerlo —advirtió Raquel furiosa—. Es como un crío que se ha agarrado una pataleta. No quiere quedarse sola y necesita llamar nuestra atención. —Leire reconoció que tenía razón—. No pienso decirte lo que tienes que hacer, pero yo el uno de enero me mudo a Getxo. He pasado demasiados años enterrada en esta casa y tengo derecho a ser feliz.

—¿Raquel? —Leire temía que hubiera colgado.

—¿Qué? ¿No tienes nada que decir? —espetó su hermana—. Ya me lo imaginaba. Siempre has sido una egoísta.

—No es verdad —se defendió la escritora sin saber qué alegar. Sabía que, cuando se enfadaba, Raquel hablaba más de la cuenta, pero en el fondo temía que tuviera razón.

—¡Sí que lo es! La otra noche me pareció que no te alegrabas cuando te dije que esperaba un hijo.

—Claro que me alegro. Me pilló tan de sorpresa...

Su hermana aún tenía algo que decir.

—Tantos años casada con Xabier... Todas esperábamos que fueras tú la primera, y mira ahora. Como no te des prisa, se te va a pasar el arroz. No pensarás dejar a mi hijo sin un primito, ¿no?

Leire pulsó la tecla de colgar. Esta vez Raquel había ido demasiado lejos. ¿Cómo podía ser tan insolente?

Obligándose a no pensar en ello, reemprendió el camino hacia el grupo de vecinos. La más joven de las viudas Aranzadi y Celia se habían sumado a él.

—¡Es un guardia civil! —oyó a sus espaldas.

Al girarse vio que uno de los empleados de la empresa de seguridad le hacía gestos desde el almacén de carbón.

—¿No estaréis? —exclamó Leire volviendo rápidamente sobre sus pasos. Fingía estar indignada, aunque la curiosidad le podía.

—No hemos tocado nada —se defendió el guardia echándose a un lado para que la escritora entrara.

De cuclillas junto al cadáver, su compañera, una mujer con mechas en el pelo y rostro bronceado, sostenía en sus manos un objeto negro y deformado por el tiempo de entierro.

—Yo iba para forense en mi país. Aquí me quedé en segurata —apuntó con acento brasileño—. Es un tricornio. Y dice él que esos polis llevaban una capa de paño —añadió señalando a su compañero—. Como esta de aquí —sentenció estirando del grueso capote que, a pesar de los años pasados, se mantenía incorrupto en la zona más cercana a la cabeza. Los tirones desprendieron el cráneo. Rodó hasta una pequeña cárcava del terreno, a poco más de un metro de distancia. Las oquedades vacías que un día ocuparon los globos oculares quedaron enfocadas hacia la escritora.

—Basta, dejémoslo —se alarmó Leire sin poder evitar un estremecimiento.

—Y todos esos correajes de cuero —señaló el otro empleado de seguridad—. Ese tío era un guardia civil como que yo me llamo Manolo.

La escritora se giró hacia él. Le calculó cincuenta años largos, alguno más que a la brasileña.

—¿De cuándo estamos hablando? —inquirió—. ¿Cuándo vestía así la Guardia Civil?

El hombre alzó la vista hacia el cielo.

—Hace mucho. Demasiado. En tiempos de Franco —musitó—. ¡Joder, qué viejo soy!

Leire intentó atar cabos. Un asesinato en la dictadura, tres más en el año 2014... Había un mínimo de cuarenta años entre un crimen y los otros. Por más que intentaba unir ambos sucesos, no encontraba nexo alguno. Menos mal que Eugenio Yarzabal podía contar con una pista decisiva. O eso quería creer; de lo contrario tanto secretismo no tendría sentido alguno.

—Bueno, ya está bien. Os quiero a los dos en la puerta de la carbonera. No volváis a entrar —instó dedicando una mirada reprobadora a la brasileña, que le devolvió un gesto contrariado mientras se ponía en pie—. Si la Policía Foral se entera de que habéis estado hurgando en el escenario, no les hará ninguna gracia.

Conforme se acercaba a los vecinos, oyó a lo lejos el aullido de las sirenas policiales. Miró la obra y se la imaginó, no sin cierta pereza, detenida una vez más y con los forales deambulando entre las máquinas y haciendo preguntas a diestro y siniestro. Era el cuento de nunca acabar. Aunque algo le decía que esta vez empezaba a tener al culpable de todo al alcance de la mano. En solo unas horas, en cuanto hablara con el cura y pudiera atar los cabos que permanecían sueltos, todavía demasiados, podría estirarla un poco más y cogerlo por el gaznate.

De pronto una idea tomó forma en su cabeza. ¿Cuánto tiempo había hasta Zaragoza? ¿Tres horas? Era genial. No tenía por qué esperar hasta el día siguiente. Si Yarzabal quería contárselo en persona, no sería ella quien se lo impidiera.

—¿Diga? —contestó el cura.

—Eugenio, ¿dónde podemos vernos dentro de tres horas? Me voy a Zaragoza —le espetó Leire impaciente.

—No. Hoy celebro San Esteban con amigos catalanes. En su tierra es un día importante. Creía habérselo dicho. Mañana a las ocho nos vemos allí. Este secreto ha dormido muchos años. Por unas horas no va a cambiar nada —zanjó Yarzabal.

Leire lamentó encontrarse a expensas de los ritmos que marcara el sacerdote.

—Es un Guardia Civil. El cadáver de la fábrica —empezó a decir con la esperanza de que pudiera darle alguna pista.

Fue en vano. Eugenio Yarzabal había colgado y no volvió a coger el teléfono cuando Leire intentó llamarle de nuevo. Tendría que esperar hasta el amanecer del día siguiente.

Alcanzó la plaza a tiempo para ver como tres coches patrulla aparcaban ante la iglesia de los Roncal. Era el mayor despliegue hasta el momento que la Policía Foral llevaba a cabo desde el inicio de los crímenes. No era para menos; la presión mediática comenzaba a ser demasiado fuerte. A pesar de que las fiestas navideñas le habían restado protagonismo, el caso de la Fábrica Maldita era la comidilla de todos los programas de televisión y ocupaba las portadas de los diarios de la zona.

36

Dejando atrás la iglesia y el ruido de la obra, que continuaba a pesar de que la Policía Científica buscaba posibles pruebas en la vieja carbonera, Leire vadeó el río y siguió avanzando sin detenerse a pensar adónde iba. Necesitaba caminar y alejarse del barullo. Entre los silbidos de las excavadoras, las órdenes de Eceiza y las cámaras de televisión, la Fábrica de Orbaizeta se había convertido en el peor lugar para pensar.

La única casa de aquella otra orilla era la de Eneko. La puerta de la cochera estaba abierta. Estaría entrenando, como tantas otras veces. Estuvo tentada de asomarse a saludar, pero la dejó de lado y enfiló el camino hacia la selva. Echaba de menos la compañía del mar, ese gigante azul que le susurraba y le ayudaba a aclarar la mente. El hayedo era lo más parecido que encontraría por allí, un gigantesco organismo vivo que resultaba tan inquietante como atractivo.

Antes de que la devorara, en la linde de las últimas campas forrajeras que rodeaban las casas, se dejó llevar por el olor dulzón de unas balas de heno envueltas en plástico negro. Era un aroma embriagador que le despertaba sensaciones ambivalentes, pues aquellos feos paquetes modernos estaban desterrando las hermosas metas que caracterizaban antes los valles ganaderos. Unos pasos más allá, las hayas desnudas del invierno se adueñaron de todo. Ya no había olores; tampoco colores al margen del gris plateado de los troncos y el rojo apagado de la hojarasca. Ni siquiera el crujido característico de las hojas secas bajo sus pies la acompañaba ese día. El tímido sirimiri que caía como una triste cortina empapaba el suelo y neutralizaba el efecto de la pisada.

No se detuvo a pesar de la sensación opresiva de ver que todo a su alrededor quedaba reducido a un mar inabarcable de árboles que se alzaban rectilíneos hacia las nubes bajas. Era precisamente lo que necesitaba. Sentirse sola y pequeña en medio de la nada. Por un momento creyó oír el rugido del mar. Solo era el viento al acariciar las copas. Algunas hojas despistadas cayeron de las ramas como una lenta lluvia de tristeza. La selva dormía en su mortaja invernal a la espera de que la primavera le devolviera la vida.

El teléfono vibró en el bolso. ¿Quién sería ahora? ¿Raquel otra vez? Todavía tenía en la boca el regusto amargo de sus palabras. O quizá Jaume Escudella. Desde que le colgó el teléfono días atrás, el editor no había dejado de llamarle y enviarle mensajes con disculpas. Estaba desesperado por conseguir que publicara con él su nueva novela. ¿Y si fuera Iñaki? Todavía no le había respondido al mensaje en el que el joven aseguraba haberla encontrado distante durante su encuentro en Pasaia.

Tanto daba. No pensaba contestar. Necesitaba estar sola. Demasiadas preguntas sin respuesta, demasiadas páginas sin escribir y aún más frustraciones y dudas existenciales. Si no se detenía y se tomaba su tiempo, la vida se le seguiría escapando entre los dedos como el agua clara de un torrente.

Su hermana había puesto la guinda al espetarle que se le pasaba el arroz. A pesar de que eran solo unas palabras vomitadas con mala intención, habían logrado despertar en ella un temor que descansaba aletargado en su subconsciente.

—¿Por qué matarían a un guardia civil?

Hablaba en voz alta. Le gustaba hacerlo cuando estaba en un espacio abierto como aquel. También lo hacía a veces en el silencio del faro. Le ayudaba a pensar, a ver las cosas más claras. Era como si compartiera sus preocupaciones con alguien. Quizá no fuera más que una forma de luchar contra la soledad, pero le daba resultados.

Había algo en todo aquello que no tenía lógica alguna. ¿Matar a tres personas por ocultar un asesinato que, a todas luces, estaría prescrito?

Tampoco tenía sentido dejar aparcados sus problemas personales para pensar solo en la investigación de un caso que ni siquiera era suyo, pero era más fácil así. Lo demás era demasiado complicado, doloroso incluso, para atreverse a afrontarlo. Era mejor pensar en los crímenes de Orbaizeta que enfrentarse a su propia vida.

De pronto, cuando giraba sobre sí misma para intentar apreciar la inmensidad del bosque, el corazón le dio un vuelco.

En medio de aquel mar de hayas, lejos de las sendas principales que se adentraban en la selva, una figura se acercaba decidida hacia ella. No le costó reconocerla. Vestida de riguroso luto de la cabeza a los pies, Piedad, la más joven de las viudas Aranzadi, avanzaba sin descanso. Parecía un gigantesco cuervo revoloteando a través del hayedo. Su rostro, que tantas veces había visto a través del cristal de la ventana de su casa, mostraba una crispación que dejaba en un segundo plano la autocompasión habitual.

Leire miró instintivamente a su alrededor en busca de un lugar por el que huir. No había senderos a la vista, pero el bosque ofrecía la posibilidad de hacerlo en todas las direcciones. Si aquella mujer de la que tan poco sabía traía malas intenciones, no sería rival. A pesar de que ya no remaba en la trainera de San Juan, la escritora corría regularmente y se mantenía en buena forma.

La respiración de la viuda resonaba ansiosa entre los árboles, despertando de algún modo al propio bosque, que Leire sentía expectante.

—¿Quieres saber quién lo mató? —inquirió a bocajarro. Su mirada destilaba odio y deseos de venganza.

—¿Lo sabes? —La escritora dio un paso atrás. No se sentía cómoda tan cerca de ella.

—Pregunta en el estanco del pueblo. Jorge te lo dirá —anunció Piedad volviendo a acercarse. Su aliento hedía.

—Dímelo tú y me ahorras el viaje —se le encaró Leire. Sin entender muy bien por qué, la insolencia de la viuda la invitaba a contestarle con sus mismas maneras.

La mujer negó con un gesto. La escritora reparó en que tenía unos bonitos labios y unos ojos claros que, de no ser porque se veían muertos, resultarían atractivos.

—A mí no me creerías —se defendió la mujer.

—¿Por qué no se lo has dicho a la policía?

La viuda soltó una risita desdeñosa.

—No creo en la policía —anunció secamente. Su mirada estaba cada vez más dominada por el odio—. Ese cabrón que habéis encontrado hoy fue quien mató a mi padre. Por su culpa, ni siquiera pude conocerlo. ¿Y todavía pretendes que confíe en la policía? —sentenció con la voz rota antes de girarse para alejarse por donde había llegado.

—¡Espera! —le pidió Leire alzando la mano. Había algo en todo aquello que no encajaba.

Piedad se volvió hacia ella. Estaba a cuatro árboles de distancia, suficientemente lejos como para que sus rasgos aparecieran velados. Aun así, la escritora supo que había roto a llorar.

—¿Por qué quieres delatar a quien mató al asesino de tu padre? —le preguntó.

La viuda la observó con gravedad. El odio había vuelto a dar paso a la autocompasión.

—Ve al estanco. Entonces lo entenderás —anunció antes de que los árboles la engulleran.

37

Leire apartó la cortina de tiras de plástico que evitaba el paso de las inexistentes moscas de diciembre y empujó la puerta de madera acristalada. Su primera reacción fue de sorpresa. No esperaba el colmo de la modernidad, aunque tampoco un lugar tan varado en el tiempo como aquel. Una larga barra de mármol blanco rodeaba dos de los cuatro lados del establecimiento, en el que la amplia superficie diáfana central se convertía hacia su extremo derecho en un magnífico batiburrillo de los objetos más diversos ordenados de forma discutible sobre el suelo. No eran los únicos; de las vigas de madera del techo colgaban todo tipo de artículos en venta. Comederos para gallinas de corral, bebederos de patos, trampas para cazar ratones, escobas y hasta hoces y guadañas pendían sobre la cabeza de los clientes. En ese momento se reducían a dos chicos que jugaban al futbolín.

—¿Es el estanco? —preguntó Leire decidida a dar media vuelta. Debía de haberse equivocado de puerta.

Sin apartar las manos del vaso que estaba secando, el hombre que atendía el mostrador se limitó a señalar la estantería que había tras él. Decenas de cajetillas de tabaco se alineaban con sus atractivos colores formando varias columnas que incitaban al consumo. Junto a ellas, se veían brochas de afeitar y escobillas de inodoro de diversos colores.

—Perdona, no lo había visto —se disculpó Leire sacando la cartera—. ¿Me pones una cajetilla de Gold Coast? No, que sean dos —corrigió al instante. En el barrio de la Fábrica no tenía manera de comprarlo y no tenía ganas de sufrir un ataque de ansiedad en su barracón de obra por quedarse sin nicotina.

—Ocho euros con sesenta —apuntó el dependiente dejando los paquetes sobre el mostrador. Apenas tenía arrugas, aunque era evidente que pasaba de la edad de jubilación.

La escritora reparó en los quesos que descansaban bajo una campana de vidrio al final de la barra.

—¿Son para vender? —preguntó.

El hombre mostró por primera vez una sonrisa. Tenía los dientes amarillos.

—No, son de adorno —se burló—. ¿Para comer aquí o para llevar? —quiso saber levantando la tapa de cristal. Las luces multicolores del árbol de Navidad se reflejaron en ella.

Leire comprendió que estaba ante una buena ocasión para poder charlar con él.

—Lo comeré aquí. Así lo pruebo y, si me gusta, me llevaré para la cena.

—Te va a gustar. Eso te lo aseguro —le dijo el estanquero cortando varias lascas de queso con un cuchillo de carnicero—. Lo hace mi cuñado. Cien por cien leche de oveja *latxa*. Ya quisiera el Idiazabal estar tan bueno. ¿Vas a beber algo?

La escritora alzó la vista hacia la pared. Entre el tabaco y las chucherías para los niños, había un sinfín de botellas de todos los licores imaginables.

—¿Tienes vino? —preguntó.

—Tú dirás —volvió a reírse el otro—. A ver dónde has visto un bar sin vino. ¡Marchando una copita de tinto de la casa!

—Tú debes de ser Jorge, ¿verdad? —le preguntó Leire llevándose a la boca un pedazo de queso.

—Jorge Aragonés, para servirte —confirmó el estanquero poniendo de nuevo el corcho a la botella.

—Soy Leire Altuna, escritora —se presentó tendiéndole la mano—. Está buenísimo el queso.

—Aquí todo está bueno. Para que se lo venda a alguien, primero tiene que gustarme a mí. Encantado —dijo correspondiendo a su saludo—. ¿Y qué hace una escritora por aquí?

—Es una historia larga. En realidad estoy investigando los crímenes de estos días.

El ruido del futbolín apagó sus palabras. Ninguno de los dos jugadores abría la boca, pero manejaban los mandos con tanta energía que arrastraban la mesa continuamente.

—Chicos, no os lo toméis tan en serio. Si rompéis ese trasto, lo pagáis. Lleva treinta años ahí y nunca nadie lo ha tratado tan mal —les advirtió Jorge—. Es terrible lo que ha pasado. Mira que llevo aquí toda una vida y jamás he visto nada semejante.

—¿Te has enterado del hallazgo de hoy, del cadáver enterrado? —inquirió Leire bajando la voz.

—¿Otro? ¡Madre mía! ¿Ya son cuatro? —se escandalizó el estanquero antes de girarse hacia los del futbolín—. ¿Ya habéis oído? ¡Otro muerto!

—Sí —contestó uno de ellos sin soltar los mangos—. Uno de hace tiempo. Un picoleto, ¿no?

Jorge Aragonés apremió con la mirada a Leire para que lo confirmara o lo negara.

—Así es. Ya veo que aquí las noticias vuelan —admitió a regañadientes—. Alguien lo mató y lo enterró en una carbonera. El tricornio y su uniforme no dejan lugar a dudas. Tampoco sus galones. Parece que era teniente.

—¡La madre que me parió! —exclamó el hombre—. Santoyo. Siempre lo supe. ¡Siempre!

Leire celebró que fuera tan fácil hablar con él. Seguramente, se dijo, habría sido más difícil con alguien de la tierra. Por las venas de Jorge Aragonés, sin embargo, corría sangre mediterránea y eso, pese a tantos años en los Pirineos, se notaba.

—¿Sabes quién fue? —le preguntó sin rodeos.

El estanquero se secó las manos con un trapo y le hizo un gesto para que aguardara unos instantes. Después se perdió por una puerta lateral que también contaba con una cortina antimoscas que tintineó cuando la apartó de un manotazo.

La escritora aprovechó para echar un vistazo a su móvil. Un wasap de Cestero le confirmaba que Chocarro había acordado con Construcciones de Navarra que la serrería podía continuar funcionando hasta que se iniciaran las obras de los adosados. La constructora le había asegurado que así estaba recogido en una escritura pública firmada el mismo día de la compraventa de la finca.

Leire lamentó no haber tenido todavía tiempo de hablar con el empresario.

Cuando Jorge regresó lo hizo con una mujer ancha de hombros y vestimenta poco femenina. Su expresión era desconfiada.

—Hola —la saludó tímidamente la escritora sin obtener más respuesta que un leve movimiento de cabeza.

—Vosotros dos a ver cómo os portáis. Ya sabéis que ella no tiene tanta paciencia como yo —les advirtió el estanquero a los del futbolín mientras abría la puerta para salir a la calle.

—Feliciana, Feli la llamo yo, fue quien me hizo dejarlo todo en su día —explicó protegiendo del viento la llama del mechero con el que se encendió un cigarrillo—. Yo solo pensaba en volverme a mi pueblo y trabajar en la nuclear que estaban construyendo. Ella me hizo perder la cabeza, y aquí me quedé. Heredamos el estanco de sus padres. Lástima los hijos. Ella quería tener muchos; yo alguno ya hubiera tenido, pero no hubo suerte. Nos seguimos queriendo, no creas —dijo antes de volverse a llevar el pitillo a los labios.

—¿Qué pasó con el teniente? —le preguntó Leire estudiando a aquel hombre de mirada sincera—. ¿Quién sospechas que lo mató?

—¿Crees que puede tener algo que ver con los crímenes de los últimos días? —se interesó Jorge.

La escritora se encogió de hombros. Era una posibilidad.

—Depende de lo que me cuentes —admitió.

El ex guardia civil se lo pensó unos instantes con la mirada perdida, como quien busca recuerdos tras las espesas nieblas del olvido.

—Todo empezó un día al poco de llegar yo al cuartel. Uno que andaba en el contrabando vino a ver al teniente y delató a sus compañeros. Esa noche subimos a la muga, pero no dos, como era habitual, sino todos. El teniente venía con nosotros. Fue extraño, detuvimos a varios, pero él no se conformó con eso. Jamás disparábamos a dar; lo hacíamos al aire. Aquel día fue diferente. —Se detuvo para dar una calada—. Santoyo disparó a bocajarro al patrón de la cuadrilla de pasadores y le arrebató un fajo de billetes. Se nos prohibió hablar de aquello y el dineral que se guardó el teniente nunca apareció en el libro de aprehensiones. Para mí que había quedado en repartírselo con el delator. —Leire se encendió un cigarrillo sin dejar de escuchar atentamente—. A partir de ahí pasaron muchas cosas extrañas.

—¿Recuerdas los nombres de los contrabandistas? —inquirió la escritora comenzando a hacerse un dibujo mental de la situación.

—Claro. El que apareció por el cuartel era Serafín Chocarro. El muerto, un tal Aranzadi. Juan Mari creo que se llamaba. Me parece que su viuda aún vive en el barrio de la Fábrica.

Leire no se extrañó al escuchar esos nombres. Al contrario, eran los que esperaba oír y los que confirmaban las historias de Celia.

—¿Qué pasó después? —preguntó impaciente.

—Chocarro no volvió a aparecer por el cuartel, aunque era fácil verlo hablando con el teniente en cualquier esquina. Las piezas incautadas la noche de la muerte de Aranzadi fueron subastadas. Ese era el procedimiento habitual siempre que se producía una aprehensión, pero se dijo que la subasta había sido amañada. No se le dio apenas publicidad para que solo hubiera una persona en la puja. ¿Sabes quién? —preguntó Jorge con una mueca burlona.

—Serafín Chocarro —aventuró Leire encajando piezas.

—El tío se hizo con la maquinaria nueva de la serrería por dos duros. Por si fuera poco, había comprado también las propias instalaciones, arrasadas por el fuego un día de verbena.

—¿De dónde sacó el dinero? ¿No era un simple contrabandista?

Jorge Aragonés se llevó un segundo cigarrillo a la boca.

—Esta maldita ley que impide fumar en los locales públicos es una mierda. Antes mi estanco era el paraíso. Ahora puedo vender todo el tabaco que quiera, pero tengo que irme fuera a fumarlo. ¡Malditos políticos! —protestó—. Setenta y un años, y como una rosa. ¿Quién dice que fumar es malo? —Carraspeó antes de continuar—. ¿El dinero? Ya te he dicho que se repartieron el botín entre el teniente y él. Para mí que se hicieron socios en eso de la serrería. No puedo culpar a mi jefe. ¿Sabes el hambre que llegábamos a pasar en el cuartel? Nos pagaban una miseria. ¡Como para no caer en sobornos de los contrabandistas! A ver quién fue el guapo que no los aceptó alguna vez. Aquellos tíos ganaban más en una noche que nosotros en dos semanas de trabajo. Me sé de alguno, incluso, que se cambió de bando, que dejó el cuerpo y se dedicó a pasar mercancía. En Elizondo se dieron casos así. Eran tiempos jodidos.

Leire pensó que algún día podría escribir un libro sobre todo aquello, sobre la vida en la frontera en los oscuros años de la dictadura. Sin embargo, estaba allí por otra cosa y le apremiaba saber más detalles. Aún no comprendía cómo podía haber desembocado aquella historia de traiciones y confabulaciones en el asesinato del responsable del cuartel de Orbaizeta.

—¿Quién crees que está detrás de su muerte? —preguntó cada vez más nerviosa. Sentía que se estaba acercando a la verdad. Parecía imposible que los odios y enemistades sembradas por aquel entonces no estuvieran vinculadas con los crímenes de la última semana.

—¿Por dónde iba? —murmuró el estanquero llevándose una mano a la frente—. ¡Ah, sí, la serrería! Aquella empresa empezó a tirar muy fuerte. La maquinaria nueva la convirtió en la envidia de todas las que había por aquí alrededor. Santoyo empezó a manejar dinero. Se traía mujeres, champán francés de contrabando, puros... A veces bromeábamos entre nosotros con que el cuartel parecía más un burdel. —Mientras hablaba, sus ojos, que conservaban el brillo de la juventud pese a su edad, observaban algo que Leire comprendió que no era otra cosa que sus propios recuerdos—. Empezó a beber mucho, demasiado. Más de una vez, borracho, se iba a la serrería. Creo que iba a buscar dinero. Chocarro y él se distanciaron, fue patente durante una romería. El teniente estaba bebido y le echó en cara que era un ladrón, que había fallado a su palabra. El contrabandista hizo lo posible por zanjar la discusión. Se le veía incómodo en medio de tanta gente. —Un gesto de circunstancias acompañó sus palabras—. Las cosas entre ellos no debieron de ir a mejor. De la noche a la mañana, Santoyo dejó de gastar con tanta alegría y andaba todo el día enfadado. Así hasta que una noche salió del cuartel y se fue hacia el norte, hacia el barrio de la Fábrica. Nunca más volvió.

—¿No se le buscó? —inquirió Leire extrañada.

Jorge Aragonés tiró la colilla al suelo y la pisó para apagarla. Decenas de ellas alfombraban los adoquines cercanos al estanco. Por lo demás, la plaza era hermosa, flanqueada de casas encaladas y con árboles desnudos de hojas repartidos con gusto. Una sencilla estrella de Belén, que cobraría vida con la llegada de la noche, pendía entre dos de ellos. Olía a lumbre.

—Preguntamos aquí y allá. Vinieron compañeros de Pamplona. Tampoco aclararon gran cosa. Se dijo que había huido a Francia con una fortuna —explicó con gesto escéptico—. En realidad creo que los de arriba estaban hartos de la deriva que había tomado el cuartel de Orbaizeta bajo su mando, así que su desaparición les vino como anillo al dedo.

Leire asintió.

—Chocarro lo mató cuando se convirtió en una pesada carga y, ahora, ha hecho lo mismo para intentar que aquella oscura verdad no saliera a la luz —aventuró sacando el móvil y buscando un nombre entre sus contactos.

—Inspector Eceiza —saludó una voz al otro lado del auricular.

—¿Estás todavía en Orbaizeta? —preguntó la escritora.

—No, vamos de camino a Pamplona. Hemos pasado ya Garralda.

—Me temo que tendrás que dar media vuelta —anunció Leire imprimiendo tanta fuerza como podía a sus palabras. A su lado, Jorge Aragonés asentía con expresión severa.

Un día de verano de 1966

Los Elizondo se marcharon dos semanas después, en cuanto consiguieron que alguien les pagara algo por los restos de su maltrecha serrería. Don Celestino no quiso quedarse en Orbaizeta un solo día más. La empresa que había heredado de sus antepasados había quedado inutilizable y él no tenía ni dinero ni ganas de volverla a poner en marcha. Se sentía fracasado. Con él se fueron su mujer y sus hijas, Encarna y Catalina. Nadie tuvo tiempo de despedirse de ellos, porque nadie contaba con que se montaran en su Topolino al amanecer y se fueran para no regresar jamás.

Dejaron a una vecina el encargo de recoger todas sus cosas y empaquetarlas. Más adelante, una vez que estuvieran asentados en Pamplona, donde vivían ya algunos familiares, mandarían un camión para hacer la mudanza.

Tomás lloró amargamente la marcha de Encarna cuando conoció la noticia por boca de su madre. ¿Qué iba a hacer él ahora? ¿De dónde iba a sacar fuerzas para pasar el día tirando árboles sin contar con la ilusión de que el domingo podría sacarla a bailar?

—Vamos, hijo. Hay muchas jóvenes en el pueblo —trató de animarlo Maritxu entrando en la habitación—. ¿Qué me dices de Ana, la mayor de los Aranzadi? ¿Y Celia? Es guapa Celia, ¿no te parece?

—Déjame, *ama*. Si no puedes entender que a mí me gustaba Encarna, déjame —protestó Tomás sentado en la cama.

Su mundo, sus ilusiones, sus sueños acababan de hacerse trizas. No tenía ganas de estar con nadie. A pesar de ser domingo, no pensaba ir al pueblo. Ni misa ni baile. No quería volver a oír música si Encarna no estaba ya en Orbaizeta.

—Te vendría bien salir. Fijarte en otras chicas, reírte con tus amigos...

—¡Que me dejes! ¿Tan difícil es entender que quiero estar solo? —se defendió con la mirada ahogada por las lágrimas.

Maritxu hizo un gesto de resignación, pero antes de salir de la estancia aún tenía algo que decir.

—No era una buena chica esa Encarna —anunció con voz seca—. Me han dicho las vecinas que se iba encinta. La muy marrana está preñada, y ni siquiera está casada.

—¡No digas eso! ¡Es mentira! —Tomás sentía el cosquilleo de las lágrimas corriendo por su cara y la rabia devorándole las entrañas.

—No lo es. Las pocas que la han visto estos días dicen que estaba bien gorda. ¿Sabes? Creo que el pobre don Celestino no ha dejado el valle por la ruina de su serrería, sino por la vergüenza de ver a su hija preñada de vete a saber qué desgraciado. Si te descuidas, ni ella misma sabe quién es el padre.

—¡Calla! ¡Deja de mentir! —gritó Tomás llevándose las manos a los oídos.

Maritxu abandonó la habitación y se perdió escaleras abajo.

—Venga, mujer. Te estamos esperando. ¿Quieres llegar tarde a misa? —la apremió la voz de Manuel.

Después solo se oyó la puerta al cerrarse y el ruido de pasos que se alejaban por la gravilla del exterior.

Tomás se dejó caer en la cama y lloró abrazado a su almohada. No podía ser verdad lo del embarazo de Encarna. Ella no era de esas. Seguro que era un error. Maldijo a las mujeres de Orbaizeta, siempre tan cotillas y malpensadas. Sin embargo, no pudo evitar recordar que durante la verbena de San Pedro le había llamado la atención lo saludable que parecía la muchacha. Su hermoso rostro se veía amablemente redondeado.

—¡Maldita sea la lengua de todas esas brujas! —clamó con rabia.

Cuando no quedaron más lágrimas con las que llorar su pena, se puso en pie y miró alrededor. Las paredes desnudas de la habitación, con el crucifijo como única decoración, comenzaban a parecerle una insoportable celda. Necesitaba aire puro. Bajó las escaleras y salió al exterior.

Hacía calor. Mucho calor. Ni siquiera el hecho de estar a primeros de julio justificaba semejante temperatura. La selva de Irati actuaba normalmente como un balsámico foco de frescor que suavizaba las temperaturas. Aquel domingo, en cambio, el viento sur barría el valle de Aezkoa, arrastrando calores que ni siquiera el bosque era capaz de neutralizar.

Sin pararse a pensarlo, tomó el camino del sur, el que llevaba a Orbaizeta. La plaza del barrio quedó atrás conforme la carretera de gravilla le llevaba hasta la casa de los Lujanbio. Al pasar junto a ella, saludó con un gesto a Maite, que amamantaba sentada en un banco de piedra a su bebé, nacido días antes de San Juan.

—¿Tú tampoco vas a misa? —le preguntó la joven cubriéndose pudorosamente el pecho con una toquilla.

No era guapa, aunque su sonrisa irradiaba felicidad. Rondaba los treinta años y había perdido tres criaturas hasta que logró finalmente traer al mundo al pequeño que tenía en el regazo. O eso decía Maritxu que contaban las vecinas.

—No, hoy no tengo ganas. Ya iré el domingo que viene —murmuró Tomás sin dejar de caminar—. ¿Qué tal está...? —No recordaba el nombre del bebé.

—Sabino —apuntó Maite dedicándole una tierna sonrisa a su retoño—. Es un bendito. Se porta muy bien. Hoy está un poco acatarrado, así que no nos moveremos de aquí. Ya rezarán los míos por nosotros.

—Bien hecho —zanjó el joven continuando su camino.

El caserío de los Chocarro le salió pronto al paso. El batiente superior de la puerta estaba entornado, pero no se percibía movimiento alguno. Tomás apretó el paso para aplacar la rabia que crecía en su interior. Quería dejar atrás cuanto antes aquel edificio ante el que comenzó a fraguarse el asesinato de Aranzadi. Si aquella fatídica noche Serafín no los hubiera traicionado a todos, tal vez Encarna y los suyos estarían aún en el valle. El incendio de la serrería no habría tenido las mismas consecuencias si hubieran contado con la nueva maquinaria para poder reemplazar las instalaciones arrasadas por las llamas.

Todo era culpa de Chocarro. Sin sus maniobras para hacerse con el negocio del contrabando, nada habría sucedido. Era como si su traición hubiera afectado a la base de un castillo de naipes que todavía seguía desmoronándose.

Pensaba en ello cuando un camión Pegaso aparcado a la orilla de la carretera llamó su atención. Había alguien descargando paquetes y llevándolos al interior de un recinto cercado que Tomás, como cualquier otro vecino de Orbaizeta, conocía muy bien.

Con el corazón en un puño, apretó el paso. Tal vez todo fuera un error. Tal vez Encarna no se hubiera ido. ¿Qué hacía si no aquel hombre descargando material en la serrería de su padre?

Sin embargo, conforme se acercaba, la ilusión se tornó en incredulidad. Era Serafín Chocarro quien bajaba fardos de la caja del camión. Si él estaba por medio, aquello no podía significar nada bueno.

—¿Qué haces en la serrería de don Celestino? —le espetó Tomás en cuanto llegó a la puerta.

Chocarro, con los brazos en jarras, lo miró con desprecio. Sudaba tanto por el esfuerzo que tenía la camisa empapada. Un fuerte olor a quemado lo envolvía todo, pero solo una parte de la cubierta de la nave se había venido abajo. Aún quedaba en pie la mitad de la techumbre, apoyada, eso sí, sobre vigas ennegrecidas que amenazaban con desplomarse.

—Ahora es mi serrería —anunció dándose unas palmadas en el pecho para recalcar sus palabras—. La he comprado.

La noticia golpeó a Tomás como el más brutal de los puñetazos. Aquello era demasiado. Todo lo que hasta entonces parecía fruto de la mala suerte comenzaba a dibujarse como el siniestro plan de una mente diabólica.

—Fuiste tú quien le dio fuego —musitó comprendiéndolo todo de repente—. La quemaste para poder comprarla por cuatro reales. —Conforme hablaba, el joven pensaba en Encarna marchándose para siempre y sentía crecer en su interior una ira imparable.

—El contrabando se acaba. ¿Qué quieres, que me pase la vida llevando portugueses al otro lado? —se limitó a responder Chocarro en tono condescendiente.

—¡Tú la quemaste! —insistió Tomás asiéndolo por la camisa y zarandeándolo con fuerza—. ¡Eres un cabrón! ¡Un cabrón de mierda!

Chocarro soltó una risita hiriente.

—Venga, niñato. Lo único que te importa es que Encarna se ha ido —se burló empujándolo para zafarse de él—. ¡Pobre Tomás! Su querida rubia ya no está. Crece, muchacho, crece. Deberías saber que la muy puta se ha ido bien rellena. Vete a saber de quién. Dicen que se la follaban hasta los guardias del cuartel.

Tomás enrojeció de rabia y vergüenza. ¿Cómo era posible que todos supieran que estaba enamorado de Encarna?

—Eres un puerco miserable. Ojalá se te caiga encima el tejado de tu serrería —le deseó arrastrando con odio cada palabra.

—Lávate la boca. Algún día tendrás que venir a pedirme perdón —apuntó Chocarro llevándose las manos a los bolsillos del pantalón en actitud chulesca—. En cuanto terminemos de reforzar las vigas y podamos instalar la nueva maquinaria, tendrás que venir a buscar trabajo. Aezkoana de Maderas será pronto la serrería más importante de la provincia gracias a las máquinas que tú mismo ayudaste a traer del otro lado de la muga.

Tomás se fijó en los fardos que descansaban junto a la camioneta. Algunos todavía conservaban el *kopetako*, la cinta de cuero con la que los contrabandistas se los ataban a la frente.

—¿Las que nos incautaron cuando mataron a Aranzadi? —murmuró boquiabierto. Aquello era demasiado—. Lo tenías todo previsto cuando nos traicionaste. ¡Maldita sea tu estampa! —exclamó abalanzándose contra él.

—Yo no traicioné a nadie —se defendió Chocarro dando un paso atrás—. Fue solo vuestra mala suerte.

Tomás lo sostuvo con fuerza por el cuello contra el capó del camión.

—Te mataría —le espetó apretando los dientes para intentar calmarse—. Eres de la peor calaña. No mereces vivir.

Alzó el puño derecho para descargarlo con fuerza contra su cara, pero no llegó a golpearle porque una voz a sus espaldas le ordenó que se detuviera. Al girarse para comprobar de quién se trataba, Tomás solo vio las patas de un caballo escuálido. Sobre él, con expresión sombría, estaba el teniente Santoyo. El mismo que había disparado a Aranzadi a bocajarro.

—Suéltalo —advirtió sin bajarse de la montura.

—Mi teniente —comenzó a decir Tomás dejando libre a Chocarro—, quiero denunciar a este hombre.

—Calla, necio. Ya puedes ir desfilando si no quieres que te detenga —le ordenó el guardia civil señalando el camino hacia Orbaizeta.

—Pero si es a Chocarro a quien debería detener. Es un criminal —protestó el joven encarándose con él.

—Ni pero ni pera. ¡Fuera de aquí! —sentenció el teniente apuntándole con su arma reglamentaria.

Tomás esperó a alejarse para permitirse romper a llorar. Era un llanto amargo, de impotencia y rabia. El llanto de quien odia el mundo injusto en el que le ha tocado vivir.

38

Viernes, 26 de diciembre de 2014

—Desplegaos por allí. Quiero a dos hombres en la salida trasera y a dos más cubriendo las ventanas desde detrás de esta tapia. Garikano, Romero, Campos, venid conmigo. Vosotros dos, detrás —ordenó Eceiza gesticulando sin parar. La alarma social que estaban despertando los medios de comunicación había empujado a sus superiores a destinar más hombres al caso—. No quiero a nadie sin el chaleco antibalas.

El inspector se ajustó el suyo. Todavía no entendía cómo habían llegado a esa situación. Solo pretendía interrogar a Serafín Chocarro sobre el asesinato del guardia civil, un asunto claramente prescrito y que ni siquiera estaba claro que tuviera relación con las muertes de las últimas semanas. El empresario, sin embargo, se negaba a abrirles la puerta de la serrería y amenazaba con pegar un tiro al primero que pusiera un pie en su interior. Pocas veces alguien delataba su culpabilidad de una forma tan fehaciente.

Eceiza estaba nervioso. Solo unos pasos lo separaban de la puerta de Aezkoana de Maderas. Estaba a punto de dar carpetazo al caso, pero no iba a ser fácil. Chocarro les llevaba ventaja. Jugaba en casa. Es lo que había sido la serrería desde que el contrabandista consiguiera hacerse con ella cincuenta años atrás.

Se disponía a dar la orden de entrar cuando el potente foco de una cámara de televisión le deslumbró. Hacía dos horas que se había hecho de noche.

—¿Qué hacen estos aquí? Lo echarán todo a perder. Romero, ocúpate de ellos. Muéstrales el arma si es necesario —ordenó con un nudo en el estómago—. ¿Vamos? —inquirió girándose hacia Garikano. Su compañero asintió con la cabeza—. ¡Venga, chicos! ¡Ya es nuestro!

La carrera a través del patio de la serrería, entre viruta de madera mojada por la lluvia y listones listos para el transporte, los llevó hasta la nave. La puerta estaba entornada. Solo hizo falta empujarla para que se abriera de par en par.

—Buscad los interruptores. Yo os cubro —ordenó Eceiza enfocando con la linterna hacia el oscuro interior. Mientras tomaba conciencia de lo complicado que iba a ser aquello, la imagen de sus dos hijas se le vino a la mente. Estarían jugando con los regalos navideños. Hacía apenas unos minutos guardaba la esperanza de que la detención del sospechoso sería rápida y podría volver a casa antes de que las pequeñas se acostaran. Ahora, en cambio, a la vista de todas aquellas máquinas y troncos apilados, comenzaba a temer un registro largo y peligroso.

Aquí y allá, maderas preparadas para el corte, sierras y grúas formaban un auténtico laberinto. Las sombras que proyectaban las linternas bailaban siniestras en él. Era frustrante saber que Chocarro estaba allí dentro. Era su territorio, se sabía mover en él mejor que ellos y, seguramente, los estaría observando desde algún escondrijo. Estaría asustado. Sí, pero también disfrutaría al verlos atascados sin ser capaces de dar un paso en aquella fábrica, la suya, que podía convertirse en una trampa para los agentes.

—No hay luz —anunció Garikano accionando una y otra vez el interruptor general—. Ese cabrón la habrá cortado.

—¡Venga, Chocarro! No nos marcharemos hasta hablar con usted. ¡Deje de jugar y se lo tendremos en cuenta! —advirtió el inspector alzando la voz.

Tal como esperaba, no obtuvo respuesta. No la necesitaba. El empresario había sido suficientemente claro al asomarse por una ventana superior con una escopeta en la mano en cuanto los vio acercarse.

Eceiza movió la linterna de un lado a otro y las sombras emprendieron su baile inquietante. En algún lugar esperaba agazapado el criminal que había aterrorizado al valle. Aunque había logrado engañarle con el asunto de la gasolina, esta vez no se le iba a escapar. Por fin podría mostrarlo como su particular pieza de caza ante las cámaras de televisión. Imaginó los titulares del día siguiente: «El inspector Eceiza devuelve la paz al valle de Aezkoa»; o mejor: «Igor Eceiza, héroe de Orbaizeta». Sería un empujón para su carrera. Pocos policías tan jóvenes llegaban a ser algo más que inspectores, pero la repercusión mediática del caso podía llevarlo a comisario.

—Vamos a entrar —les susurró a los cuatro agentes que le acompañaban. Dirigió una mirada hacia la barrera. Romero discutía con los de la televisión, encantado a buen seguro de no tener que entrar en la nave. Nunca le habían gustado las situaciones que conllevaran peligro. Garikano, en cambio, tomó la delantera, como era habitual siempre que había que jugársela—. No tan rápido. Tenemos que mantenernos unidos. Sacad las pistolas.

Campos y los otros dos agentes se mantenían en todo momento tras el inspector, pero Garikano se movía deprisa. De alguna manera lograba dejar el miedo al margen en situaciones como aquella y moverse con cierta facilidad.

Era el único.

—Por aquí, hacia las escaleras —le indicó Eceiza enfocando su linterna hacia unos peldaños metálicos que ocupaban la esquina derecha.

Conforme avanzaba hacia allí en medio de un caos de haces de luz, el inspector intentó luchar contra el pánico de saber que un asesino despiadado podía estar apuntándole con un rifle.

«Es él quien está asustado. Sabe que lo tenemos», se reprendió para sus adentros.

—¿Subimos? —preguntó Garikano con un pie apoyado en el primer peldaño.

Eceiza enfocó la linterna hacia arriba. Una puerta de madera cerraba el paso. Era la oficina desde la que se gestionaba la empresa.

—Vamos —decidió comenzando a subir.

Mientras lo hacía, y gracias a la altura que le brindaba aquella estructura metálica, barrió con el haz de luz todos los rincones de la serrería. Había tantos recovecos entre troncos y máquinas de gran tamaño que Chocarro podía haberse escondido en cualquier lugar.

—¿Me cubres? —inquirió Garikano asiendo la manilla de la puerta.

Eceiza se colocó en posición de ataque y sujetó con fuerza la pistola, con el dedo índice acariciando nervioso el gatillo. Campos y los otros dos agentes copiaron su postura, aunque varios peldaños más abajo.

—¡Policía! —anunció Garikano abriendo la puerta de par en par.

El inspector tuvo la sensación de que el tiempo discurría más lento a partir de ese momento. Siempre le ocurría en situaciones así. Los sentidos también parecían aguzarse al acecho de lo que pudiera pasar.

—¡No te acerques! —Tronó una voz dentro de la oficina.

Instintivamente, Garikano dirigió hacia allí su linterna. Era Serafín Chocarro. Estaba acurrucado bajo una mesa y los encañonaba con una pistola.

—Tire el arma —le ordenó el inspector.

—¡Ni un paso! —advirtió el empresario—. ¡Ni uno!

Garikano se lanzó hacia él con la agilidad de un felino. Antes de que Chocarro pudiera darse cuenta, estaría desarmado. Sin embargo, algo salió mal. Un fogonazo iluminó de pronto la exigua oficina. Apenas fue una fracción de segundo, suficiente para que Eceiza viera caer desplomado a su compañero. Ni siquiera fue consciente de haber oído el disparo.

—¡Cabrón! —gritó alguien con todas sus fuerzas.

Era Campos. Aprovechando el desconcierto, se había abalanzado sobre el empresario y le golpeaba una y otra vez en la cabeza con la culata de la pistola.

—¡Basta! ¡Lo vas a matar! —exclamó Eceiza corriendo a agacharse junto a Garikano.

La luz de las linternas bailaba a su alrededor conforme el charco de sangre crecía imparable. Tomó en sus manos la cabeza de su compañero. Un profundo silencio se adueñó de la oficina. Abrió la boca para decir su nombre, para llamarle, pero enseguida comprendió que era en vano. Un espantoso agujero se abría en la frente del joven agente, apenas un centímetro por encima de la ceja derecha.

—¿Pido una ambulancia? —preguntó uno de los nuevos.

Eceiza no contestó. No tenía fuerzas para hacerlo. Con el corazón desgarrado por el dolor, abrazó con fuerza el cadáver aún caliente del que había sido su compañero durante años y sintió el aroma empalagoso de la sangre invadiendo cada rincón de sus fosas nasales. Recordó el primer día de Garikano en su equipo, cuando lo vio aparecer con su barba descuidada y sus gafas de pasta. Su primera impresión fue que se había escapado de una pretenciosa tertulia cultural. Enseguida quedó claro que la realidad era bien distinta. Bajo aquel aspecto, el joven escondía una valentía y un sentido del deber como pocos. Pensó en su novia. Nunca recordaba el nombre de aquella muchacha bajita que contrastaba con la altura de Garikano y que siempre parecía contenta. Iba a ser un golpe muy duro.

Se sentía roto por dentro. Quería llorar. Lo necesitaba. Lo hubiera dado todo por dejarse llevar por el llanto y despertarse en otro sitio, lejos de allí. Las lágrimas, sin embargo, no quisieron brotar. No había desahogo posible.

Entonces reparó en Chocarro. Estaba tumbado en el suelo, inconsciente. Campos, con el rostro surcado por las lágrimas, le había arrebatado la pistola y lo había esposado. Dejó a Garikano en el suelo con suavidad y avanzó a gatas hasta el detenido. Parecía dormir tranquilo. Llevó las manos ensangrentadas hacia el cuello de aquel malnacido y las detuvo crispadas a escasos centímetros de distancia. De buena gana lo hubiera estrangulado. Alzando la vista hacia Campos, que negaba con la cabeza, las apartó. No había acabado. No podía dejarlo así. Volcó toda la rabia contenida en su puño derecho y lo descargó con fuerza en el plácido rostro de Serafín Chocarro.

Un leve lamento fue su única respuesta.

39

Sábado, 27 de diciembre de 2014

Las campanas doblaban a difuntos. Un tañido grave y largo seguido de otro más corto. Era un sonido lúgubre que contagiaba su tristeza, una pena intangible que se aferraba a todos los rincones del alma. Leire frunció el ceño y se giró hacia el otro lado. En su sueño estaba embarazada. Como Raquel. De alguna forma sabía que dentro tenía un pequeño rubio y de cabellos rizados. Podía ver su cara. Le sonreía. Ya no estaba en su barriga, sino de pie ante la lavadora, jugando y riendo. La llamaba. *Ama, ama, ama...* De pronto empezó a llorar. Era un llanto angustioso que Leire identificó de inmediato: el mismo que llegaba días atrás desde la espesura del bosque. Reconocerlo le resultó turbador. Ella tampoco estaba feliz. Era por esas campanas. ¿Por qué tocaban a difuntos? Al bebé también le molestaban. Se llevó sus manos regordetas a los oídos y sus lloros se hicieron más intensos.

—¡Que paren! ¡Que paren ya! —pidió sentado en el suelo.

Leire compartía su angustia. La sentía como propia. Cada vez se oían más fuertes, más claras. Quiso abrazar a su pequeño, quiso calmarlo, decirle que pronto pasaría. Al cogerlo en sus brazos, el bebé se desvaneció y ella solo abrazó un vacío que brotaba desde lo más hondo de su ser.

Se despertó envuelta en sudores fríos. La barra incandescente del calefactor brindaba su cálida luz a la caseta metálica. No estaba en su faro ni tenía ningún bebé. Las campanas seguían sonando. Un tañido largo, uno corto; uno largo, uno corto. Sintiendo un escalofrío, se sentó en la cama en un intento por despertarse del todo. Tenía que tratarse de una ensoñación. No había campanas por allí. Las más cercanas eran las de Orbaizeta, a cinco kilómetros. El sonido venía de demasiado cerca. Solo podía tratarse de... No, no podía ser. Había quedado con él a las ocho de la mañana. ¿Por qué iba a presentarse en plena noche poniendo en guardia a los vecinos?

Se puso en pie y se vistió con los tejanos que se había quitado hacía solo unas horas. Oyó voces en el exterior. Venían de la plaza. Los tañidos habrían despertado a todo el barrio. Al salir, comprobó que no había movimiento en los otros barracones. Los portugueses dormían. En la plaza era diferente. La luz de las farolas le permitió reconocer a los Roncal. Hablaban con alguien que estaba de espaldas. Un hombre. Leire vadeó el río y se acercó a ellos. Cuando reconoció el Clio de Eugenio Yarzabal, apenas se sobresaltó. Estaba aparcado junto a la casa de Celia y era, como había supuesto, el origen de los tañidos.

—¿No te parece demasiado? ¿Hasta cuándo tendremos que aguantar que este personaje nos amargue la vida? —le preguntó Paco Roncal sin perder el tiempo en saludos.

—Está loco. Lo de las procesiones, pase, pero esto clama al cielo —protestó Sagrario, a quien Leire había confundido con un hombre.

—¿Dónde está? —inquirió la escritora mirando alrededor.

—No está. Se ha ido. Nos ha dejado aquí esta mierda y se ha marchado —intervino la dueña de la iglesia. Era la primera vez que no la veía con el delantal puesto—. Una más de sus iniciativas para amargarnos la vida.

Sus palabras sonaron tan irritadas que Leire tuvo la sensación de que Yarzabal había ido esta vez demasiado lejos. El hartazgo de los vecinos comenzaba a ser irreparable.

—¿Habéis mirado si está abierto? —preguntó intentando abrir la puerta del coche del cura.

Estaba cerrado. En la baca, encerradas en la jaula de rejilla que las protegía, las dos campanas continuaban su triste letanía. El badajo, dispuesto entre ambas, golpeaba primero una y después la otra. Lentamente, con tal parsimonia que casi parecía una burla a quienes llevaban un buen rato intentando buscar la forma de que dejaran de sonar.

Paco lo intentó con una vara que introdujo a través del enrejado y logró interponer entre los engranajes. Apenas aguantó unos segundos; la propia oscilación del mecanismo lo desatascó y los tañidos volvieron a sonar.

—¿No se le podía haber ocurrido un ritmo más alegre? ¡Vaya mala leche tiene el tío! —Era Celia. Acababa de salir de casa enfundada en un batín y zapatillas de casa—. Ese lamento se te mete en el cuerpo y te desgarra el alma.

—Estoy por coger una maza y reventarlo todo —espetó Paco.

—Míralas, las dos monjitas —señaló Sagrario con la mirada fija en la casa de las viudas Aranzadi—. Seguro que están encantadas.

Leire giró la vista hacia allí. Dos rostros serios y apagados escrutando la oscuridad tras una ventana. Se estremeció al comprobar que cada una sostenía una vela en la mano, como si asistieran a una de las siniestras procesiones de Yarzabal. Abrían y cerraban la boca de manera rítmica. Estaban orando.

—Están locas. Pobres mujeres, vaya pena de vida —murmuró Celia con un atisbo de tristeza.

—Oyen campanas y se ponen a rezar —añadió Marisa Roncal con gesto de desdén—. Si te descuidas, saben dónde está el cura. No me extrañaría que nos estuviera espiando desde alguna otra ventana de su casa. ¡Lo que disfrutará el tío con nuestro desasosiego!

—¡Cabrón de mierda! —exclamó su marido arremetiendo a patadas contra el coche del párroco.

Leire dio un paso atrás. Sacó el móvil del bolsillo del plumífero y lo desbloqueó para ver la hora. Eran las cinco y media de la mañana. Un símbolo verde anunciaba que tenía un mensaje. Era de Eugenio Yarzabal y lo había recibido hacía poco más de una hora.

> *Ya estoy aquí. Cuando se despierte, venga a los arcos. Allí podremos hablar.*

Tomó aire lentamente y volvió a leerlo una y otra vez. Después tuvo un presentimiento. Se alejó sin despedirse. Sintió las miradas de las viudas fijas en su espalda conforme bajaba al cauce del Legarza. La niebla flotaba sobre él, envolviendo como una fría caricia la interminable fila de arcos que apenas se dibujaba en la oscuridad. Los tañidos perdían intensidad allí abajo. Las paredes de piedra y el rumor del río se ocupaban de disimularlos en un segundo plano. Leire forzó los ojos, incapaz de ver más que los dos arcos más cercanos. Los demás se perdían en las tinieblas de la noche. Pensó en volver a por una linterna, pero no tenía ganas de perder ni un solo segundo. Comenzó a avanzar. Lo hacía lentamente, apoyada en la pared de la derecha para no trastabillar con los cantos rodados del río. A la altura del tercer arco, sintió la corriente glacial que llegaba por el pasadizo lateral. Era, si cabe, más fría de lo habitual. Pensó que era un mal presagio. De hecho, siempre tenía esa misma sensación. ¿Por qué había elegido el asesino aquel lugar para colgar el cuerpo de Saioa? Tenía más de veinte arcos para escoger, pero la historiadora pendía del tercero, en el único lugar donde la fábrica vomitaba al río el agua que recorría sus entrañas. No podía ser una casualidad.

«Enseguida lo sabrás», se dijo a sí misma volviéndose con la esperanza de encontrar al cura a su espalda, como en otras ocasiones.

Esta vez no había nadie. Solo la niebla, la noche y el silencio, que se podía palpar a pesar de las campanas y el rumor del río. Era un silencio incómodo: tenso y hostil. Un silencio como solo existe cuando el tiempo se ha detenido a la espera de que una sacudida lo vuelva a poner en marcha de nuevo.

¿Dónde estaba Eugenio Yarzabal?

Por un momento creyó verlo entre los arcos, avanzando hacia ella con su sotana y sus ojos apagados. Solo era su imaginación. Allí no había nadie.

Se disponía a dar media vuelta cuando el aullido de terror de una mujer desgarró la noche. Venía de la plaza y se repitió de inmediato, seguido por varias voces, entre las que reconoció la de Paco Roncal. ¿Qué estaba ocurriendo?

Leire avanzó tan rápido como pudo hasta la salida. Una vez en tierra firme, lejos de las piedras resbaladizas del cauce, echó a correr hacia las casas. La campana seguía tocando a difuntos, pero no había nadie junto al coche. Se encontraban todos ante el portón de la iglesia. Estaba abierto de par en par y dejaba salir del interior una oscilante luz que hacía bailar las sombras de quienes se habían quedado de piedra ante el templo.

—¡La madre que me parió! —exclamó Paco abrazando a su mujer, que lloraba asustada hundiendo el rostro en el pecho del ganadero.

La escritora tragó saliva. Sabía lo que se iba a encontrar, pero no imaginaba el alcance de lo que estaba a punto de ver. Llegó junto a Sagrario y Celia, que contemplaban horrorizadas la nave de la iglesia. Sin atreverse a mirar al interior, cerró los ojos para tomar aire. Al volver a abrirlos, vio la estampa más espantosa que había visto jamás; una obra impía que deleitaría al mismísimo Satanás.

La gran cruz negra que Leire recordaba apoyada habitualmente en una esquina del presbiterio, había sido izada hasta lo más alto de la iglesia. Eugenio Yarzabal pendía de ella, crucificado y salvajemente mutilado. No quedaba nada, solo una masa sanguinolenta, en las cuencas donde solían estar sus ojos sin vida. Lo peor, sin embargo, estaba más abajo. Habían intentado arrancarle la lengua sin conseguirlo y colgaba espantosamente desgarrada de la boca abierta del sacerdote. Ajenas a todo, las vacas que ocupaban la iglesia rumiaban heno y observaban despreocupadas a quienes se agolpaban ante su puerta.

Fuera, hendiendo la fría noche de aquel recóndito lugar de la montaña navarra, las campanas seguían doblando, contagiando el ambiente con su tétrica cadencia, como un llanto desgarrado que clamara una justicia que cada día parecía más lejana.

40

Sábado, 27 de diciembre de 2014

Cuando amaneció hacía un buen rato que las campanas habían dejado de llorar. Fue mucho antes, cuando las sirenas policiales aún no resonaban en el bosque, cuando Paco Roncal no pudo aguantarlas más y desconectó la batería del Renault Clio. No le costó romper la ventanilla del conductor con un martillo. Leire insistió en esperar a Eceiza y sus hombres. Fue en vano. En realidad lo agradeció. Aquel tañido lúgubre les estaba calando a todos hasta los huesos y habría acabado por hacerles perder la cabeza.

Ahora, con las primeras luces del día, la Fábrica de Orbaizeta estaba muy lejos de ser el lugar apacible que alguien espera cuando piensa en el mayor hayedo del sur de Europa. Eran cuatro las patrullas policiales que se habían desplazado hasta allí. Las unidades móviles de Atresmedia y ETB estaban aparcadas en la plaza. Sus parabólicas estaban desplegadas, listas para conectar en directo con sus programas matinales. La Policía Foral no les había permitido acercarse a la iglesia, ante la que se agolpaban los vecinos. En el interior del templo que no lo era, el juez Arjona asistía al levantamiento del cadáver. El inspector Eceiza salió para dirigirse a Leire.

—Explícame todo otra vez —le pidió llevándola aparte. Unas marcadas ojeras y la barba sin afeitar, cuando siempre la llevaba a raya, delataban una larga noche en vela.

Se le veía agobiado, superado por los acontecimientos. No era el único que creía que con la detención de Chocarro se acababa todo. La decepción entre sus compañeros, que aún no habían dado sepultura al agente Garikano, era más que evidente.

La escritora le habló de los tañidos en la noche, de las viudas Aranzadi espiando desde la ventana y de los demás vecinos indignados por las horas de sueño que les estaba robando el cura. Le contó también que Marisa Roncal había ido en busca de un martillo para romper las lunas del Clio y que, al abrir el portón de la iglesia, se había dado de bruces con la diabólica escena.

—Sí, eso ya me lo ha explicado ella con pelos y señales. ¡Madre mía lo que habla esa mujer! —la interrumpió el inspector—. ¿Quiénes estaban y quiénes no? —inquirió señalando la esquina donde permanecían los vecinos.

Leire ya lo había pensado. Quizá ahí estuviera la clave. Aunque en realidad cualquiera podía haber matado a Yarzabal y aparecer después haciéndose el sorprendido.

—Solo estaban los Roncal, Sagrario y Celia, que llegó un poco más tarde. Las Aranzadi también, pero desde su ventana —explicó señalando hacia la casa de las viudas—. Era extraño, estaban rezando. Creo que sabían lo que había dentro de la iglesia. —Sintió un escalofrío al recordar sus rostros iluminados por las velas que sostenían entre las manos—. Ni rastro de los Lujanbio ni de Eneko.

—¿El aizkolari? —preguntó Eceiza tomando notas.

—Estaba dormido. Su casa no está en la propia plaza, de modo que los tañidos no lo despertaron —le justificó Leire.

El inspector alzó la vista de la libreta y la miró con escepticismo.

—Vive ahí mismo —dijo señalando la casa solitaria que se alzaba en la otra orilla del río—. Tú no dormías mucho más cerca, ¿no?

La escritora se giró hacia las casetas de obra. Era evidente que estaban tan lejos como la casa de Eneko.

—No es lo mismo una pared de chapa que una de piedra —apuntó poco convencida. A ella también le había extrañado que el aizkolari tardara tanto en aparecer y le había interrogado sobre ello. Sus explicaciones, sin embargo, le habían resultado convincentes.

Igor Eceiza hizo un gesto de desaprobación antes de guardarse la libreta en el bolsillo trasero del pantalón.

—Los Lujanbio sí que viven algo más apartados. Es normal que no oyeran nada —murmuró como para sí mismo.

—¿Cómo lo mataron? —preguntó Leire sin poder quitarse de la cabeza la imagen del cura crucificado.

El inspector la observó largamente mientras valoraba si debía compartir esa información con ella.

—Tiene el hueso parietal destrozado —explicó finalmente—. Le dieron en la cabeza con algo contundente. La sangre que ha aparecido en el asiento de su coche delata que fue ahí donde le atacaron. Dice el forense que murió en el acto. Después fue arrastrado hasta el corral, o la iglesia, como prefieras llamarlo. Hay un rastro de sangre por toda la plaza. Lo ataron a la cruz y lo izaron hasta el techo con la polea que utilizan los Roncal para mover los fardos de heno.

—¿Y lo de los ojos y la lengua? —inquirió Leire con una mueca de asco.

—Se lo hicieron una vez muerto. No hay sangre en las heridas. Los alicates con los que intentaron arrancársela estaban en el abrevadero de los cerdos.

—¿Qué cerdos? —Leire solo recordaba haber visto vacas en la iglesia.

—Los de Paco Roncal. Al fondo, en lo que en su día debió de ser una capilla lateral, tiene dos cerdos —aclaró el inspector—. Bien gordos que son. Los globos oculares no aparecerán. Seguramente se los echarían a los gorrinos.

La escritora sintió que se le revolvía el estómago. Alguien comería ese año jamón serrano de cochinos alimentados con ojos de cura.

—Es mucho más salvaje que las anteriores muertes —apuntó—. ¿Creéis que es el mismo asesino?

Igor Eceiza hizo un aspaviento a un cámara de televisión que intentaba acercarse.

—¿Es que no ves el cordón policial? —le espetó indignado—. ¡A ver si vamos a tener que llevaros detenidos! Me tienen harto estos tíos. Hasta en la puerta de mi casa me esperan para intentar sonsacarme información —confesó girándose de nuevo hacia Leire—. No sé qué decirte. Hace unas horas estaba convencido de que era Chocarro quien estaba detrás de todo. Ahora todo se desmorona. —Miró pensativo al juez Arjona. El magistrado abandonaba la iglesia con el sombrero en la mano—. ¿Sabes qué me hace pensar que estamos ante la misma persona?

—Lo de las campanas —apuntó Leire.

El inspector le dedicó una sonrisa de complicidad.

—Efectivamente. El cabrón que le hizo eso al cura buscó una puesta en escena impactante. Lo colgó crucificado y después volvió a su coche, puso en marcha las campanas y lo cerró para que nadie pudiera detenerlas —resumió—. Todo dirigido a crear temor, a alertar a los demás de que están en peligro, como las anteriores muertes. Incluso los falsos suicidios iban por el mismo camino; pretendían hacer creer que una fábrica maldita los inducía a quitarse la vida para que no osaran tocarla.

La escritora había llegado a la misma conclusión. Chocarro sería el asesino del guardia civil hallado en las excavaciones, pero no era el criminal que los tenía en jaque. Había algo que Eceiza aún no sabía. No podía seguir ocultándoselo porque podía ser clave en la investigación.

—Había quedado conmigo —confesó con gesto grave—. Eugenio Yarzabal estaba aquí porque quería contarme algo.

Igor Eceiza alzó la mano para llamar la atención del juez, que lo buscaba entre los policías que hablaban con los vecinos ante la puerta de la iglesia.

—¿Quería contarte algo? ¿Algo de qué?

—Me llamó atormentado porque creía tener la clave de los asesinatos. Parece que alguien le contó bajo secreto de confesión algo que podía estar motivando los crímenes. Creo que estaba convencido de que tenía al culpable.

—¿Y por qué te llamó a ti y no a la policía? ¡Me cago en todo!

Leire se encogió de hombros.

—Creo que eso explica lo de arrancarle la lengua —musitó—. Es una venganza, aunque también una advertencia.

—¿Ibais a veros a las cinco de la mañana? —inquirió Eceiza extrañado.

Leire le mostró el mensaje que le había enviado el cura.

—Llegó de madrugada desde Zaragoza y se vino directo a la Fábrica. Supongo que dormía dentro del coche cuando lo abordaron —aventuró pensativa.

—¿Por qué tanta prisa de repente? ¿No dices que pensabais encontraros a las ocho de la mañana? Lo normal hubiera sido que se fuera a su casa y durmiera unas horas. —El rostro del inspector mostraba su estupefacción.

—Ya lo he pensado. Ayer le llamé para contarle lo del guardia civil enterrado. Supongo que se alarmaría y creería necesario contarme lo que sabía cuanto antes —explicó la escritora.

—A ver si acabamos de una vez con esto. Estoy harto de venir cada dos días hasta Orbaizeta —saludó Arjona dando una palmada en la espalda del inspector. Su tono de voz incluía un serio reproche. De algún modo le decía: tú eres el culpable de que este caso esté todavía abierto.

Leire se apartó incómoda al ver la mirada herida de Eceiza.

—Estamos en ello —apuntó el policía.

—¿Sabes lo que me tranquiliza? —confesó el juez con una sonrisa sarcástica—. Que a este paso no va a quedar vivo más que el asesino. ¿Cuánta gente vive aquí? ¿Diez? ¿Quince? Cada vez tienes menos sospechosos.

Sin esperar respuesta, se abrochó la gabardina y se fue hacia el taxi que le esperaba junto a las unidades móviles de televisión.

—Es imbécil. Se creerá que a mí me hace ilusión tener que enterrar a compañeros —protestó Eceiza acercándose de nuevo a Leire con los ojos llenos de lágrimas—. Ayer estuve hasta la una de la madrugada con la novia de Garikano. Un drama, un maldito drama. Y todavía tiene el valor de echarme en cara que el caso sigue abierto. Es un cretino. —Se detuvo unos instantes para secarse las lágrimas con las mangas de la chaqueta oficial—. ¿Por dónde íbamos...? ¿Sabía alguien que habías quedado con la víctima?

Leire llevaba desde el primer momento dándole vueltas a ese mismo asunto.

—Solo Ane Cestero. Ni siquiera estoy segura de si Celia sabía algo. Ayer estaba cerca cuando hablé con Yarzabal por teléfono. Me oyó, de eso no tengo ninguna duda, pero no sé si pudo llegar a imaginar quién estaba al otro lado de la línea.

—Celia, la vieja profesora —murmuró lentamente el inspector—. Una vecina, al fin y al cabo. Si lo sabía ella, no tengas ninguna duda de que los demás no tardarían en enterarse. —Al hablar miraba con desprecio a los vecinos. El subinspector Romero les tomaba declaración en la propia puerta de la iglesia. También se le veía más desaliñado que de costumbre, aunque no tenía tantas ojeras como su superior—. No se soportan entre ellos, pero se lo cuentan todo unos a otros. ¿No ves que son todos unos intrigantes?

Leire reconoció que tenía razón. Había pecado de incauta al hablar con Yarzabal estando Celia tan cerca. Hasta entonces no había reparado en ello. Se sintió culpable. Aquel hombre podía haber muerto por su negligencia.

—No lo pienses —la animó Eceiza adivinando lo que pasaba por su cabeza—. Todos cometemos errores. El único culpable aquí es el que ha hecho eso —dijo señalando la enorme bolsa negra en la que dos compañeros suyos llevaban el cuerpo sin vida del sacerdote.

Uno de los martillos hidráulicos de la obra comenzó a picar demasiado cerca. Tanto que obligaba a alzar la voz para entenderse por encima de sus vibraciones.

—También lo sabía Jon Albia —admitió Leire avergonzada—. Se lo conté ayer cuando apareció el guardia civil. Le dije que, gracias al cura, hoy tendríamos al culpable.

Eceiza la reprendió con la mirada. Demasiados sospechosos.

—Estoy hasta las narices de este pueblucho —confesó el inspector llevándose las manos al puente de la nariz, que apretó con el índice y el pulgar—. No entiendo cómo no coges tus cosas y te vuelves a tu casa. Nadie te obliga a aguantar esto.

Leire se encogió de hombros. Ella también se lo había planteado. Sin embargo, no pensaba dejar el caso sin resolver. No se iría mientras no tuviera respuestas.

—¿Cómo estáis vosotros? —preguntó apoyando una mano en el brazo del policía. Jamás lo había visto tan agotado, tan superado por los acontecimientos.

Igor Eceiza apretó los labios y negó con la cabeza sin ocultar una mueca de tristeza.

—Jodidos —reconoció—. Garikano era el mejor de mi equipo. Demasiado impulsivo, es verdad, pero un policía tiene que ser valiente. Él de eso tenía de sobra. Campos no ha querido venir hoy. Se va a coger la baja por depresión, y Romero no me extrañaría que le imitara. Esto de pasarnos el día lejos de la familia, en este lugar perdido, nos está matando. ¡Es Navidad! Quiero pasear por Pamplona con mis pequeñas, no estar aquí en un mundo gris y siniestro. —Se giró para señalar a los vecinos—. ¿Crees que alguno ha venido a decirme que siente lo de Garikano? No. ¡Les da igual! Por mí podrían matarse entre ellos y dejarnos en paz. En momentos así me arrepiento de haberme hecho policía.

Un agente de la Científica pasó tras él con una maza metida en una bolsa de plástico transparente.

—No veas lo que pesa —apuntó sopesándola con una sonrisa—. Vaya mala leche golpear a alguien con esto.

Leire reparó en la sangre que impregnaba la bolsa y fue incapaz de reprimir un escalofrío. Le iba a costar olvidar la imagen del cura crucificado en aquel espantoso templo de la muerte en que se había convertido el corral de los Roncal.

—Vamos a pararlo —sentenció con decisión—. No vamos a permitir ni una sola víctima más.

Por más fuerza que intentó imprimir a sus palabras, ni siquiera ella misma consiguió creérselas.

41

Sábado, 27 de diciembre de 2014

Las hayas proyectaban inquietantes formas a la luz del frontal, como si las criaturas del bosque cobraran vida para salirle al paso. Leire no se permitía ni siquiera pensarlo. No era más que un hayedo. No había fantasmas ni monstruos horribles; solo un montón de árboles que dormían silenciosos a la espera de vestirse de verde. La sensación del sudor corriendo por sus mejillas la calmaba, pero no tanto como los latidos acelerados de su corazón. Cabalgaba frenético para alimentar sus piernas. No recordaba haber corrido nunca tan deprisa. Lo necesitaba, quería caer rendida y quemar la tensión acumulada.

Aquella pista de tierra a la orilla del arroyo Itolaz era una maravilla para correr: llana y con buen firme. Pensó que ojalá en Pasaia tuviera algo parecido. Desde que dejó de remar en la trainera de San Juan, salía a correr regularmente. Vivir en un faro situado en lo alto del monte tenía sus inconvenientes. Si elegía el camino hacia el pueblo, le esperaba una larga bajada que después debía remontar para regresar a casa. Si, por el contrario, optaba por ir hacia el oeste, se las tenía que ver con una senda que era un terrible rompepiernas, con repechos continuos y piedras que convertían las torceduras de tobillo en una realidad demasiado frecuente. A veces se decía que debería volver al remo. Varias de sus compañeras en la Batelerak se presentaron una tarde en el faro para disculparse y la animaron a regresar al equipo. Era una puerta abierta, que no era poco, pero aún eran demasiado recientes las heridas del caso del Sacamantecas. Sabía que algún día lograría pasar página, aunque todavía era incapaz de pensar en la trainera sin recordar cada uno de los comentarios malintencionados que vertieron sobre ella mientras remaban por la bocana. Aquello era difícil de perdonar, y más viniendo de compañeras de tripulación que se conocían desde hacía tantos años.

Al llegar a una corta subida apretó el ritmo. No llevaba pulsómetro, pero sabía que sus pulsaciones se acercaban peligrosamente a las doscientas por minuto. Tal vez veinte o treinta menos, aunque no mucho más. Apretaba los puños y la mandíbula con fuerza. Demasiados días sin quemar adrenalina, demasiados días convirtiéndose en una olla a presión al límite.

—¡Vamos, Leire! —se animó en voz alta.

No hacía mucho tiempo que el sol se había escondido tras los montes que cerraban el valle por el oeste. Los bancos de niebla comenzaban a formarse, como halos fantasmales, sobre el Itolaz. Era un arroyo de caudal medio, uno de tantos que corren por Irati recogiendo el agua de las innumerables regatas que saltan entre los árboles. Si continuaba corriendo a ese ritmo, no tardaría en llegar a su confluencia con el Legarza. Poco después las luces de la Fábrica de Orbaizeta se abrirían paso entre los árboles.

En condiciones normales, la escritora no se habría sentido cómoda. El potente haz de luz del frontal era su único aliado para enfrentarse a una oscuridad tan absoluta que no invitaba a adentrarse en ella. Y menos cuando hacía poco más de doce horas del macabro hallazgo del cuerpo mutilado y crucificado de Eugenio Yarzabal en la iglesia de los Roncal. Sin embargo, Leire no se lo había pensado dos veces. Necesitaba correr y limpiar la mente del torbellino de pensamientos siniestros que se habían instalado en ella. Ni siquiera se permitió tirar la toalla cuando Eneko le dijo que no podía acompañarla. Debía reservarse para el desafío que tenía al día siguiente en Garralda. No todos los días se competía contra Josetxo Manegia, un cincuentón de Etxalar que llevaba muchos años ostentando el título de mejor aizkolari de Navarra.

Uh-uh.

Un cárabo andaba cerca. Leire se lo imaginó espiando la noche desde alguna rama cercana. Instintivamente, apretó aún más el paso. Notaba una fuerte presión en el pecho. Era el tabaco, lo sabía perfectamente. Tenía que dejarlo. No podía ser que algo tan insignificante como un cigarrillo la tuviera sometida.

—¡Vamos...! —Antes de que pudiera terminar las palabras de ánimo, una rama baja se enredó en su pelo y le arrancó el frontal. El golpe lo apagó.

Leire se dejó caer de rodillas y comenzó a palpar el suelo con las manos. Sintió la fría rugosidad de la tierra, la delicadeza de las hojas caídas y la dureza de la gravilla; pero sobre todo sintió miedo. La imagen del sacerdote despojado de sus ojos y con la lengua desgarrada se le apareció con tanta claridad que temió que surgiera de repente entre las hayas.

El cárabo volvió a ulular antes de lanzarse al vuelo. Su aleteo levantó una leve corriente de aire cuando pasó a escasos centímetros de la escritora.

Leire se maldijo en silencio por su insensatez. ¿Qué hacía sola y en plena noche en medio de la selva de Irati?

«Lo necesitaba. Si no corría me iba a volver loca», se justificó desesperada avanzando a tientas para ampliar su radio de búsqueda.

De pronto un llanto desgarrador se abrió paso a través de los árboles. El bebé que escuchara noches atrás volvía a llorar. Era extraño, parecía que fuera la propia selva la que se lamentara. Apenas fueron unos segundos. Después el silencio se hizo implacable.

Leire se puso en pie. No podía seguir allí más tiempo. Tenía que volver a la Fábrica, aunque fuera a ciegas.

Entonces la vio.

Abriéndose paso entre las ramas desnudas como la peor de las amenazas, la hoguera de Urkulu volvía a arder.

Un temblor irracional se apoderó de ella. Cayó postrada de rodillas sin poder apartar la mirada de aquella inmensa tea maléfica. Sintió ganas de llorar de impotencia, de cerrar los ojos y no abrirlos nunca más, de acurrucarse entre los árboles y esperar a que el alba disipara las sombras de la noche.

Un día de verano de 1966

—¡Árbol va!

Sin dejar de golpear con la pesada hacha, Tomás calculó de manera mecánica la trayectoria. Varias hayas se interponían entre él y la que acababan de talar los de Lesaka. A pesar del estrépito que causaría la caída, no corría peligro alguno.

—¿Sabes algo de Encarna? —le preguntó Isidro deteniéndose para secarse el sudor que le corría por la cara.

Tomás negó con la cabeza. No sabía nada. Había pasado poco más de un mes desde su marcha y, cada noche, antes de dormirse, se la imaginaba paseando por las calles de Pamplona. Seguro que en la ciudad había baile cada día y Encarna sería la sensación de todas las plazas. No le faltarían pretendientes. Eso le contagiaba una profunda tristeza. Si en el valle no había sido capaz de hacerla suya, ¿cómo iba a lograrlo en una capital donde habría miles de jóvenes apuestos, y con posibles, decididos a luchar por su amor? De no haber sido por esa certeza, habría ido tras ella. Nada le ataba a Orbaizeta si la muchacha ya no estaba allí.

—¿Has visto que Chocarro ha cambiado ya casi toda la techumbre de la serrería? —inquirió su amigo, arrepentido por recordarle a la joven—. Dice que antes de que acabe el verano estará funcionando a pleno rendimiento.

—¿De dónde saca el dinero? —preguntó Tomás mirándose las palmas de las manos, doloridas y descarnadas. El calor le ablandaba la piel, volviéndola más sensible a las rozaduras—. Con el contrabando no puede haber ganado tanto como para hacerse con la serrería.

Isidro ladeó la cabeza en señal de disconformidad.

—No creas que ha pagado tanto. Cuando don Celestino intentó vendérsela a los de Aoiz, se burlaron de él. No era más que una nave arrasada por las llamas llena de maquinaria obsoleta que no merecía la pena reparar. Si Chocarro le dio un puñado de duros, ya sería mucho.

Una sinfonía de crujidos acompañó la caída del árbol, que alcanzó el suelo con un golpe seco.

—Te olvidas de que también compró las nuevas máquinas. No creo que eso le saliera tan barato. Habría bastantes pujadores —alegó Tomás dando un trago de la bota antes de pasársela a su compañero. El vino estaba rancio, pero no dejaba de ser vino.

Cada vez que la Guardia Civil incautaba una mercancía, tenía lugar una subasta en la que cualquier ciudadano podía pujar para hacerse con ella. Tomás había oído a su padre contar que una vez pasaron un cargamento de cientos de plumas estilográficas y que a él le tocó a suertes dejarse atrapar por los guardias. Entre falsos lamentos, le fueron incautadas cincuenta piezas por las que hubo una puja reñida que ganó una famosa papelería de Pamplona. Era un secreto a voces que el resto del cargamento había ido a parar al mismo lugar. De ese modo, el establecimiento pudo vender cientos de plumas de contrabando con la cobertura legal que le brindaba haber adquirido unas pocas en subasta pública. Si alguien preguntaba por el origen de la mercancía, no tenían más que enseñar el documento expedido por Hacienda.

—Solo participó Chocarro en la subasta por la maquinaria —apuntó Isidro con gesto de circunstancias. Era evidente que a él también le parecía extraño que nadie más quisiera hacerse con unas piezas que podían multiplicar la capacidad de corte de cualquier serrería—. Compró a precio de salida. ¡Una ganga!

—¡Vosotros dos! —tronó la voz del capataz—. ¡Basta ya de tanta cháchara!

Tomás no daba crédito a lo que acababa de oír. El objetivo de las subastas era precisamente recaudar la mayor cantidad posible de dinero para las arcas públicas. Por ello acostumbraban a ser muy publicitadas. Cuantos más pujadores, más posibilidades de que la suma pagada fuera importante.

—¿No tomaron parte los de Aoiz? —inquirió—. ¿Quién te lo ha dicho?

—Él —admitió Isidro.

Desde que se estrenara el día de San Pedro, el joven había hecho varios trabajos de noche con Chocarro, que se había visto obligado a buscar gente nueva para el contrabando. Ninguno de los que trabajaban habitualmente para Aranzadi querían saber nada de él. El dinero era importante, pero la palabra y la confianza lo eran mucho más.

—Me sé de dos que, como sigan así, se van a quedar hoy sin cobrar —anunció el capataz acercándose.

Tomás tomó impulso y descargó con fuerza el hacha contra el árbol. Isidro le imitó desde el otro lado del árbol.

—Así me gusta. Lo quiero abajo antes de que paréis a comer —ordenó el jefe señalando hacia el río Irati, cuyas aguas se dejaban entrever al pie de la ladera.

Tomás ni siquiera le escuchaba. Pensaba furioso en Chocarro. De alguna forma se las había arreglado para que nadie se enterara de que la subasta tendría lugar. De lo contrario, cualquier propietario de una serrería en Navarra, o incluso en provincias aledañas, se hubiera interesado por las piezas incautadas. Recordó el gesto amenazador del teniente desde lo alto de su caballo y resonó una vez más en su cabeza el disparo con el que asesinó a Aranzadi. Aquello olía muy mal.

El haya no tardó en estar a punto para ser derribada. Un

leve empujón en la dirección deseada era lo único que necesitaba para acabar en el suelo.

—¡Árbol va! —anunció Isidro haciéndose a un lado para que Tomás le diera el golpe de gracia.

El estruendo que esperaban no llegó. La copa había quedado enganchada en una rama de otro árbol que impedía la caída. Era algo bastante habitual, aunque no por ello menos engorroso.

—Eso pasa por no estar a lo que tenéis que estar —les espetó el jefe apoyado en el tronco y mirando hacia lo alto.

—Ya subo yo —se ofreció Tomás atándose una sierra a la cintura.

Había dos opciones cuando ocurría algo así: derribar también el otro árbol o subirse a él para cortar la rama que molestaba. Esta vez saltaba a la vista que la segunda haya era demasiado joven para poder aprovechar su madera, de modo que la propia naturaleza decidía por ellos.

El tronco liso de aquellos árboles no era el mejor para trepar. Era más fácil cuando había que escalar un abeto con su piel rugosa. Sin embargo, el joven sabía aprovechar las ramas para impulsarse en ellas.

No se detuvo a mirar abajo. No tenía vértigo, pero prefería no ser consciente de la enorme altura que le separaba del suelo para poder trabajar con más presteza.

—¡Bravo, Tomás! —le animó Isidro desde abajo.

Trabajar con la sierra mientras se aferraba al tronco con la otra mano requería de una gran pericia. No era lo mismo emplear una sierra de gran tamaño entre dos hombres, como hacían para eliminar las ramas una vez talado el árbol, que una pequeña a diez metros de altura.

—Sois unos inútiles —oyó la voz del capataz—. Ni los de Elizondo, que llevan solo unos meses aquí, son tan torpes. Y mira que lleváis años en este trabajo.

A Tomás aquellos comentarios le traían sin cuidado. Llevaba demasiado tiempo oyéndolos como para darles el menor valor. Bastante más le incomodaban las gotas de sudor que le corrían por la frente y le escocían en los ojos. Agosto no era el mejor mes para trabajar, y menos aquel año que el calor se estaba haciendo insoportable.

—¡Cuidado, allá va! —advirtió al comprobar que la rama comenzaba a ceder. A pesar de que aún quedaba más de la mitad por cortar, el propio peso del árbol talado se ocupaba de hacer el resto del trabajo.

Un fuerte crujido anunció que comenzaba la caída. Tomás la contempló satisfecho, aferrado con fuerza al árbol que se había empeñado en frenarla. Una tras otra, el haya derribada fue chocando contra sus ramas más bajas, sacudiendo violentamente el tronco al que se sujetaba el joven. Solo respiró tranquilo cuando un golpe sordo anunció que había llegado finalmente al suelo.

—¿Todo bien? —inquirió Isidro—. ¿Bajas?

Tomás comenzó el descenso sin apartar la vista de las ramas cercanas. Recordaba haber visto un nido con varios huevos azulados mientras serraba y pensaba llevárselos para la cena. Sin embargo, las sacudidas debían de haberlo tirado, porque por más que se empeñó, no fue capaz de dar con él.

—¿Ya estás buscando huevos? —le echó en cara el capataz—. ¡Baja de una vez! A este paso no podréis parar a comer.

El contacto con el suelo le resultó tranquilizador. Por más que intentara no pensar en ello, hacía tres años un compañero había muerto tras caer desde la copa de un árbol al que había trepado para realizar la misma operación que acababa de llevar a cabo. La mala suerte quiso que una rama del abeto liberado le golpeara en la cabeza, haciéndole perder el equilibrio.

—¡Vamos! Ayuda a Isidro con las ramas. El tronco debería estar ya en el río —le apremió el jefe dando palmas con insistencia.

—¡Ya va! Podré beber un trago antes, ¿no? —protestó Tomás tomando la bota que pendía de una rama baja.

En poco más de una hora, el tronco estuvo listo para su transporte. Hasta hacía pocas semanas, eran dos bueyes quienes se ocupaban de arrastrar la madera hasta las orillas del Irati. Ahora, en cambio, los ingenieros habían ideado un robusto cable de acero que funcionaba mediante un sistema de poleas y permitía transportar los árboles talados con mayor presteza.

—A este paso no hará falta ni que vengamos a talar —apuntó Isidro observando como el tronco desaparecía ladera abajo.

—Qué más quisieras tú —se burló Tomás fijándose en un roquedo cercano. Le había parecido ver a alguien agazapándose tras las rocas.

—Hoy tengo sardinas y pan blanco —anunció su compañero sacando un paquete aceitoso del zurrón.

Tomás sintió que se le hacía la boca agua. Le encantaba el pescado en salazón que, a menudo, llevaba Isidro para comer. Él tendría que conformarse con un pedazo de carne seca y queso. No era poca cosa, pero prefería las sardinas. Suerte que su amigo lo sabía y siempre le daba alguna.

El poder volver cada día a casa les permitía llevar un régimen de comidas más variado que a quienes llegaban desde otras zonas para pasar meses sin bajar del monte. Estos desayunaban, comían y cenaban cada día lo mismo: habas cocidas. A veces, pocas, con patatas de Jaurrieta o con algún pedazo de carne rancia que el cocinero hubiera conseguido a bajo precio. Los domingos, el único día que libraban por la tarde, tenían ajoarriero. Ese día sí que Tomás los envidiaba. A pesar de ser plato de pobre, su olor traspasaba las precarias paredes de la cabaña de madera destinada a cocina y se extendía, embriagador, por todos los rincones del bosque.

—¿Has visto eso? —inquirió señalando hacia las rocas. Había vuelto a ver movimiento. Esta vez no tenía ninguna duda—. Alguien se esconde ahí.

Isidro le dedicó un gesto escéptico, aunque le siguió hacia el roquedo.

—Te juro que hay alguien espiándonos —susurró Tomás intentando avanzar sin hacer ruido.

—¡Árbol va! —La advertencia sonó lejos. No había peligro.

El sonido de sus pisadas en la hojarasca alertó a quienes se escondían tras las rocas. Eran cuatro hombres. Echaron a correr en cuanto se sintieron en peligro.

—¡Son portugueses! —exclamó Isidro—. ¿Adónde van por aquí?

Uno de ellos no llegó muy lejos. La trampa de un cazador furtivo le atrapó la pierna y cayó de bruces al suelo. Los demás no se detuvieron a socorrerlo, sino que siguieron corriendo como si hubieran visto al mismísimo diablo. El hayedo enseguida los devoró. No quedó de ellos más que el sonido lejano de sus voces asustadas.

—¡Tranquilo! —le instó Tomás corriendo a su lado—. No te muevas o te harás daño.

Tal como imaginaba, se trataba de un sencillo lazo corredizo de acero de los que se empleaban para cazar corzos. Cualquiera de los que trabajaban en la saca de madera había visto demasiadas veces zorros, gatos monteses y otras alimañas atrapadas en esas trampas que algunos, empujados a menudo por la necesidad, desplegaban en el bosque.

—Déjame ir, por favor —sollozó el portugués llevándose las manos a la pierna y forcejeando desesperado por liberarse.

No era ningún niño. Tendría veinte años, o quizá más, pero su rostro era el de un crío aterrorizado.

—Te quedarás sin pierna si sigues moviéndote —le advirtió Isidro esquivando los puñetazos con los que intentaba defenderse el cautivo.

—Cuanto más estires, más se aprieta el lazo —apuntó Tomás lentamente con la esperanza de que pudiera entenderle.

—¡Déjame! —Lágrimas de impotencia surcaban el rostro del portugués. Temía que su viaje hacia una vida mejor hubiera acabado en aquel bosque del que ni siquiera sabía el nombre—. ¡No Guardia Civil, por favor!

Tomás alzó las manos para mostrarle que estaban desarmados.

—Nosotros amigos. No somos la Guardia Civil —anunció con el tono más amable que fue capaz de imprimir a sus palabras—. Queremos ayudarte.

El forastero le dedicó una mirada desconfiada, aunque pareció calmarse. Después de estudiar el rostro y las manos tendidas de los dos taladores, se sentó en el suelo con expresión abatida. Su pantalón de loneta gris estaba empapado de sangre allí donde el lazo metálico lo mantenía atrapado.

—¿Francia es por allí? —inquirió el portugués señalando la dirección que habían seguido sus compañeros.

—No. Por ahí se va a Otsagabia —le explicó Isidro mientras Tomás lo liberaba de la trampa.

Tenía el tobillo en carne viva por el roce del cable. Era exactamente lo mismo que les ocurría a los animales cuando caían en ese tipo de trampas. Luchaban tanto por zafarse de ellas que cuando los hallaban solían tener la pata destrozada. Además, los cazadores a menudo olvidaban pasar a verificar si había caído alguna pieza, y eran quienes trabajaban en la saca de madera o los contrabandistas quienes daban con las bestias moribundas.

—Son unos canallas —murmuró Tomás limpiando con su propia camisa las heridas del portugués—. ¿Por qué no usan una escopeta? Esto que hacen es de cobardes.

—No todo el mundo puede tener una —los disculpó su amigo—. Son caras. Y los cartuchos también.

Tomás ni siquiera se había parado a pensarlo. En su casa siempre había habido una y su padre hacía todos los años alguna incursión a Esterenzubi, al otro lado de la muga, para comprar munición. Jamás le había oído quejarse del precio. Tampoco era de extrañar, pues el aficionado a la caza era él y Maritxu le hubiera echado en cara que malgastara así el dinero.

—¿Dónde es Francia? —inquirió el herido incorporándose entre gestos de dolor.

—No, no te levantes —le advirtió Tomás—. Vas a necesitar descansar. Esa herida tiene mala pinta.

—No puedo. Tengo que ir —rompió a llorar el portugués dejándose caer de rodillas al darse cuenta de que el pie no le respondía.

—¿Cómo te llamas, amigo? —le preguntó Isidro apoyándole una mano en la espalda.

El chico alzó su mirada herida. Tenía un bigote poblado que disimulaba en parte su extrema delgadez.

—João. João de Gama.

—¿Qué hacíais aquí, João? ¿No tenéis un guía?

El extranjero guardó silencio unos instantes. Su rostro mostraba una mezcla de impotencia y rabia.

—Nos engañó —admitió en su precario castellano—. Nos dejó en una plaza con un granero que parece una iglesia y dijo que eso ya era Francia. Estamos cantando contentos. Por fin en Francia, por fin libres. Un señor viene y nos dice que nosotros equivocados, que la frontera a diez kilómetros, detrás del bosque.

Isidro dirigió una mirada grave a Tomás.

—Esto es cosa de Chocarro. Ayer me propuso pasar a un grupo de portugueses. Horas después me dijo que ya estaba solucionado. Cuando le pregunté cómo lo había hecho, solo sonrió en plan enigmático y me reprochó que bastante trabajo tenía con intentar poner en marcha la serrería.

Tomás sintió que la rabia crecía en su interior. ¿Cómo era posible que siempre fuera Chocarro quien estuviera detrás de las desgracias que ocurrían en el valle?

—¿Solo erais cuatro? —se interesó Tomás.

—No. Diez más dos —replicó João—. Los demás por otro camino.

—Es un puerco. Solo piensa en el dinero —protestó Isidro.

—¿Acaso no te dije que no trabajaras para él? —le espetó Tomás furioso—. Aranzadi está muerto por su culpa; don Celestino, arruinado; Encarna, en Pamplona... ¿No te parece suficiente?

Su amigo bajó la mirada avergonzado.

—Necesitaba el dinero —musitó.

—No. No lo necesitabas. Te cautivó la idea de ganarte unas pesetas fáciles. De no haber sido por él, seguiríamos pasando café, puntillas y puros Voltigeurs, pero el muy perro quería un trabajo más fácil y que diera más dinero. ¿Y qué mercancía se pasa ahora por nuestra muga? —inquirió señalando al portugués. El muchacho se llevaba las manos al tobillo con gesto de dolor—. Personas a las que deberíamos ayudar en lugar de enriquecernos a su costa. ¡Huyen de la miseria y de la cacería política que se ha desatado en su país!

—Ostras, mira quién viene —advirtió Isidro señalando hacia la espalda de Tomás.

—¿Qué hacéis ahí? ¿Quién es ese? —preguntó el capataz acercándose.

João intentó ponerse en pie, pero el tobillo le volvió a fallar.

—Tranquilo. Es amigo —trató de calmarlo Tomás. Escrutaba el rostro del encargado sin saber muy bien qué esperar de él.

—¿Se puede saber qué estáis haciendo? —inquirió el recién llegado.

—Es portugués. Chocarro ha estafado a su grupo y andan perdidos por la selva —explicó Isidro haciéndole un gesto para rogarle que se calmara.

Desde el suelo, João contemplaba angustiado al capataz.

—¿Qué le pasa en la pierna? ¿Está herido?

Tomás le mostró el cable de acero.

—Los furtivos —explicó con cara de circunstancias.

—¿Ha comido? —El encargado empleaba su habitual tono autoritario—. ¿No? Pues no sé a qué esperáis. Tendrá hambre. Dadle algo y después bajadlo al pueblo. Que lo vea el doctor. Esas trampas son una mierda. Tendrá el tendón destrozado —aventuró antes de guiñarles el ojo—. Después alguien tendrá que mostrarle el camino a Francia, ¿no?

Tomás asintió agradecido. De buena gana le hubiera dado un abrazo, pero sabía perfectamente que no lo recibiría de buen grado. No era la primera vez que demostraba tener buen corazón, ni sería tampoco la primera que se molestara ante las muestras de afecto. Él era allí quien mandaba y eso parecía obligarle a mantener las distancias.

—¿Y los árboles de esta tarde? —quiso saber Isidro.

—Ya os quedaréis mañana un rato más para recuperar el tiempo perdido —refunfuñó el otro girándose para subir hacia la cuadrilla de Lesaka. Tampoco les estaba regalando gran cosa, porque en la saca de madera se trabajaba a destajo. Tantos árboles derribados, tanto dinero embolsado—. Venga, pánfilos, no os quedéis ahí parados. Estará muerto de hambre.

Tomás corrió a por su zurrón en busca del queso. Apenas tuvo tiempo de sacarlo porque João se lanzó a por él como si hiciera días que no se llevaba nada a la boca. Con las sardinas de Isidro no fue mucho mejor. Ni siquiera se detuvo a retirar la raspa. Tampoco la cabeza, que crujió desagradable entre las mandíbulas del muchacho.

—Ostras, sí que ha pasado hambre —musitó Isidro boquiabierto.

Tomás no era capaz de abrir la boca. Ver en aquella situación a un chico que huía de la desgracia siguiendo el sueño de una vida mejor le revolvía las entrañas. Pensó en Chocarro y deseó poder estrangularlo con sus propias manos. Aquello era demasiado.

—Alguien tiene que pararle los pies a ese puerco miserable —espetó con una rabia implacable devorándolo por dentro.

42

Estaba agotada. Apenas la separaba un kilómetro desde el lugar donde el frontal dejó de funcionar hasta las primeras farolas, pero la tensión parecía decidida a multiplicar la distancia. Suerte que la gravilla del camino era clara y logró seguirlo una vez que los ojos se le acostumbraron a la oscuridad. Lo peor era el miedo. Contemplar aquella temible hoguera encendida de nuevo era el más fatídico de los presagios. La única vez que había visto fuego en el torreón de Urkulu había sido para anunciar el crimen de Pedro Merino.

¿Quién sería esta vez la víctima?

La angustia de saberse sola en medio de la selva le atenazaba los sentidos. Creía oír pasos a su alrededor, ver siluetas que se cernían sobre ella... Lo peor era el llanto del bebé del bosque. Se repitió varias veces, pero se extinguía en apenas unos instantes, antes de que pudiera dar con el lugar de origen. Leire luchó contra el pánico y corrió tanto como pudo a pesar de que sabía que la escasa visibilidad podía resultar traicionera.

La hoguera, tan lejana como imponente, se reflejaba en las nubes bajas y teñía de un furioso color rojo un cielo que se convertía en una grotesca amenaza. Alguien iba a morir, si no lo había hecho ya, y podía ser cualquiera.

El alivio de llegar a la zona habitada se difuminó en cuanto comprobó que la plaza era un hervidero de vecinos y obreros cuyos rostros teñían de azul las luces de los coches patrulla.

Algo había ocurrido.

Cuando llegó a la altura de la iglesia de los Roncal, comprobó que el inspector Eceiza se separaba de los guardias de seguridad, a los que estaba dando órdenes, para dirigirse hacia ella. La seriedad de su rostro no presagiaba nada bueno.

—¿De dónde vienes? —le preguntó apartándola del resto.

Su tono de voz era gélido.

—Necesitaba salir a correr —murmuró Leire tragando saliva.

El policía abrió los ojos en una mueca de incredulidad.

—No para de morir gente asesinada y tú te vas a correr por el bosque en plena noche —apuntó gesticulando para recalcar su escepticismo—. Reconocerás que no parece muy normal.

—Solo son las ocho de la tarde. ¿Qué pretendes que haga, que me encierre a cal y canto? Llevo aquí diez días y es la primera vez que salgo a hacer un poco de ejercicio. ¡No aguantaba más! Y tú deberías comprender de qué estoy hablando —le reprochó la escritora.

Eceiza soltó un bufido de hastío.

—¿Por ese camino se puede ir a Urkulu? —inquirió de mala gana girándose hacia Romero, que había llegado junto a ellos.

El subinspector se limitó a asentir con cara de circunstancias.

—Eres la única que faltaba de todos los que están estos días en esta puñetera aldea. ¿Te das cuenta de que te acabas de meter en un lío?

—¡Solo he ido a correr! —exclamó mostrando su camiseta empapada de sudor—. Pregúntale a Eneko. Él me ha visto irme. Incluso le he propuesto que me acompañara.

El inspector se presionó el arco de la nariz con los dedos índice y pulgar. Al agachar la cabeza, quedaron a la vista mechones desordenados en su habitual peinado perfecto. El caso de Orbaizeta comenzaba a superarle. Como a todos.

—Esto es una locura —reconoció recuperando la compostura—. ¿Has visto la hoguera?

Leire asintió.

—¿No falta nadie? —inquirió señalando a los obreros. Se agolpaban en el extremo de la plaza más cercano a las ruinas—. ¿Están todos los portugueses?

—Nadie. En cuanto hemos sabido lo de la hoguera, he enviado una patrulla al torreón y he reunido a todo el mundo en la plaza. De la obra no falta nadie y la única vecina que ha llegado tarde ha sido Elsa. Tiene coartada porque estaba en una casa de Orbara poniendo una inyección a una vieja.

—¿Lo has comprobado? —quiso saber Leire.

—Sí. No he perdido el tiempo. La he llamado por teléfono. La mujer no ha sabido confirmar la hora exacta a la que se ha marchado la enfermera. Solo decía que no hacía mucho.

—Puede haber tenido tiempo de subir a Urkulu antes de volver a casa —sugirió la escritora.

—En realidad todos han tenido tiempo —admitió el policía—. No sabemos desde qué hora está ardiendo. Nosotros estábamos en el hostal tomando una caña cuando ha aparecido uno del pueblo diciendo que en Urkulu volvía a haber fuego. —Miró su reloj de pulsera, un Casio negro de los que la moda había hecho salir de los cajones del olvido—. De eso hace poco menos de una hora.

Leire pidió permiso para ir a ponerse más ropa. Estaba quedándose helada con sus mallas y su camiseta térmica.

—Romero te acompañará. No quiero a nadie solo esta noche. Después tendré que hacerte algunas preguntas —anunció circunspecto—. No puedo descartar que acabes de bajar corriendo de Urkulu. No puedo descartar nada. Empiezo a temer que tengamos que ampliar la investigación. Quizá el asesino no esté aquí —añadió barriendo la plaza con un movimiento de brazo que pretendía incluir a todos los vecinos—. Quizá sea alguien de Orbaizeta y nos estemos equivocando al centrar las pesquisas entre los de este barrio.

La escritora torció el gesto.

—El asesino está aquí. En esta plaza. No me preguntes por qué, pero estoy segura de ello. Algo se nos escapa, pero lo cogeremos. ¿Y sabes por qué? —inquirió antes de girarse para seguir a Romero—. Porque está actuando con precipitación, y las prisas no son buenas. No tardará en dejar algún cabo suelto, si es que no lo ha hecho ya.

Cuando regresó, Eceiza estaba tomando declaración a los Roncal. Marisa había pasado la tarde en casa preparando una tarta que aún estaba en el horno cuando su marido le avisó de que había fuego en Urkulu. El hombre explicó que disponía camas de heno fresco para las vacas cuando oyó que la más joven de las viudas Aranzadi daba voces alertando a su madre de la hoguera. Después solo hubo confusión.

—¿Echasteis en falta a algún vecino? —preguntó el inspector tomando notas en su libreta.

Los Roncal cruzaron una mirada en la que Leire creyó entrever una duda, pero decidió que podía ser producto de su imaginación.

—No. Enseguida estaba todo el mundo en la plaza. —Fue Paco quien habló—. Los únicos que tardaron un poco fueron los Lujanbio. Eneko también llegó en su moto un poco más tarde que el resto, aunque no tanto como Sabino y la enfermera.

—¿Algo que llamara vuestra atención? —insistió Eceiza mientras Leire fruncía el ceño—. ¿Algún coche a horas extrañas, algo que se saliera de la rutina habitual?

Paco negó con la cabeza.

—¿Dices que Eneko llegó en moto? —intervino la escritora. Ella lo había dejado en su casa, a un paso de la plaza.

—Sí. Vino de allí —explicó señalando la carretera de Orbaizeta.

—Urkulu está en dirección opuesta —sentenció el inspector descartando cualquier sospecha.

Leire arqueó las cejas mostrando su disconformidad. Que llegara por ahí no tenía que significar necesariamente que viniera de allí. El aizkolari era muy diestro en el manejo de su moto de monte, como ella misma había podido comprobar en más de una ocasión, y podía haber dado un rodeo por sendas secundarias para llegar a la Fábrica por la carretera que levantara menos sospechas. Aun así, se cuidó mucho de abrir la boca. No quería incriminarlo injustamente.

—Y tú, ¿no oíste nada, no viste nada? —preguntó Eceiza girándose hacia Marisa.

—¿Yo? Nada de nada —replicó la mujer limpiándose las manos en el delantal—. Es todo por esa manía que tienen con la obra de la fábrica. Con lo bien que estábamos nosotros aquí hasta que llegaron los políticos con ese proyecto. ¿Cuántas muertes más tiene que haber para que lo dejen de una vez? —Miró la hoguera y se estremeció—. A ver a quién matan hoy, porque ese fuego no anuncia nada bueno. ¡Maldita sea! Nos han traído la muerte a nuestra propia casa.

El inspector decidió que había tenido suficiente. Les agradeció su buena disposición y se giró en busca de otros vecinos. Hizo un gesto a Eneko para que se acercara, pero se detuvo para sacar el móvil del bolsillo. Estaba vibrando.

—¿No hay nadie? —dijo nada más descolgar—. Lo imaginaba. Quien la haya encendido habrá bajado tan rápido como ha podido para pasar desapercibido... ¿Qué es lo que está ardiendo? ¿En serio...? Buen trabajo. Bajadlo y lo cotejaremos con los de la serrería.

—¿Están en Urkulu? —preguntó Leire sorprendida—. Creía que no podíais pasar por Francia.

—Oh, eso ya está arreglado —murmuró el inspector apartando la mirada—. Además, Urkulu está en plena muga. ¡Solo faltaba que no pudiéramos subir hasta allí!

La escritora tuvo la sensación de que le mentía. Celebró que Eceiza hubiera dejado de lado los problemas burocráticos para ser más diligente en la búsqueda del asesino.

—¿Alguna novedad? —preguntó.

—No. Todo parece seguir el patrón de la última vez. Mis compañeros han podido rescatar del fuego un buen trozo de madera. Dicen que son tablones gruesos y pesados. —Se detuvo unos instantes pensativo—. Les parece que son iguales a los que había ayer amontonados a la entrada de la serrería.

—Puede ser una pista —musitó Leire planteándose si eso podía contribuir realmente a delimitar la búsqueda.

Igor Eceiza contempló pensativo la hoguera. La intensidad de las llamas era algo menor, aunque todavía ardía furiosa.

—Romero, lleva a los obreros a sus barracones. Que cenen tranquilos y se retiren a dormir. Quiero a los guardias de seguridad despiertos toda la noche, custodiando las casetas. Nosotros mismos estableceremos turnos de vigilancia —anunció sin dejar de mirar aquel fuego hipnótico—. Por mis huevos que esta vez no va a conseguir su objetivo. Aquí no va a haber ni una sola muerte más.

Leire sonrió para sus adentros. Le gustaba la determinación de Eceiza. Ojalá hubiera llegado antes. Abría la boca para comentarlo cuando un potente foco la deslumbró.

—El miedo sacude la Fábrica de Orbaizeta. Las llamas anuncian una nueva muerte. ¿Quién será esta vez? —Una reportera se había colocado a su lado y hablaba con énfasis a la cámara que bailaba lentamente a su alrededor—. Estamos con Leire Altuna, la escritora que desenmascaró al Sacamantecas. ¿Tiene miedo? ¿Cree que morirá alguien esta noche?

Igor Eceiza dio un manotazo al micrófono con el logotipo de la agencia Atlas.

—¡Fuera de aquí! ¡Romero, llévatelos!

El subinspector los apartó a empujones, entre lamentos exagerados de la periodista y con el foco de la cámara bañando con un torrente de luz la patética escena.

—Es impresionante. Da miedo, ¿verdad? —Eneko se había acercado hasta ellos. Señalaba la hoguera. Los ojos le brillaban de emoción.

—¿Verdad que te he invitado a correr conmigo y no has querido venir? —le inquirió Leire sin perder un segundo.

El aizkolari comprendió que la pregunta debía respondérsela al inspector y fue a él a quien le explicó que no había podido ir con ella porque se reservaba para un desafío al día siguiente.

—Hay testigos que te han visto llegar en moto —se interesó Eceiza—. ¿Adónde habías ido?

Eneko esquivó su mirada y la bajó hacia sus manos.

—Ya sé qué está pensando, inspector —admitió incómodo—. No fui yo quien encendió esa hoguera. Solo me acerqué a la serrería en busca de algo que necesitaba para mi apuesta de mañana.

—¿A la serrería? —preguntó Eceiza visiblemente alterado—. Espero que no se te ocurriera violar el precinto.

Leire aguardó nerviosa la respuesta del aizkolari. Romper un precinto policial como el que se había establecido en Aezkoana de Maderas tras el tiroteo que costó la vida a Garikano podía llevarlo a la cárcel.

—El precinto estaba roto. Alguien se me había adelantado —admitió Eneko—. Al verlo, me asusté y di media vuelta.

—¿Roto? —exclamó el inspector sin dar crédito—. ¿Quieres decir que alguien ha entrado a la serrería?

El aizkolari asintió.

—¿Y tú qué cojones ibas a hacer allí? —continuó Eceiza, cada vez más fuera de sí.

—Iba a buscar mis hachas. Chocarro me permite entrenar en el patio aprovechando los tocones desechados de los troncos, aquellos que son demasiado nudosos para salir a la venta. Hace un par de días, poco antes de todo aquel lío de su detención, estuve practicando. Las hachas se quedaron allí, en mi taquilla. Solo pretendía recuperarlas para la prueba de mañana —explicó mirando también a Leire—. No sabía lo del precinto. Cuando lo vi, y roto además, di media vuelta y volví a casa. Fue entonces cuando encontré a todos en la plaza.

—¿Dónde está la otra taladora? —preguntó Eceiza.

Romero señaló a Sagrario. Permanecía junto a Celia, algo apartada del grupo principal.

—Tráemela —ordenó su jefe buscando con la vista a alguien más—. Y a las viudas también.

—Tengo que pedirte un favor —le susurró Eneko a Leire aprovechando que el policía había perdido el interés en él—. ¿Puedes llevarme mañana a Garralda?

La escritora se alegró de que se lo pidiera.

—Claro —respondió esbozando una sonrisa.

—¿Has forzado el precinto de la serrería? —Oyó a Eceiza. Sagrario había llegado junto a él. La vieja profesora la acompañaba.

—¿Yo? ¡Qué dices! Si he pasado la tarde con Celia —se defendió la taladora.

A Leire no se le escapó que la anciana la miraba de soslayo al oírlo. El inspector no prestó atención al detalle.

—¿Estabais juntas cuando se ha iniciado la hoguera?

Ambas mujeres cruzaron una mirada antes de asentir.

—Estábamos en su casa tomando una infusión cuando hemos oído a las Aranzadi dando voces —apuntó Sagrario señalando la casa de Celia—. Si miras en su cocina, todavía encontrarás las dos tazas a medio beber.

La anciana se limitó a corroborarlo con un movimiento de cabeza.

—Humillar a Dios metiendo vacas y cerdos en su casa no traerá más que desgracias. A ver qué pasa esta vez. La hoguera no se enciende en balde. Seguro que va a vengar el crimen del padre. ¡Herejía! —Era la primera vez que Leire oía la voz de la mayor de las Aranzadi. Llegaba sujeta del brazo de su hija. Era sorprendente comprobar que ambas tenían el mismo color de cara. La oscilante luz azul lo volvía verdoso, lejos del gris pálido habitual.

—¿Dónde habéis estado esta tarde? —preguntó Eceiza.

—Encerradas en casa —musitó Leire con una risita de la que se arrepintió al recibir un gesto reprobador del policía.

—En casa —corroboró la más joven—. Solo salimos a última hora para ir a rezar ante la iglesia por el alma del padre Eugenio. Mi madre se sintió mal, mareada, y la acompañé a la cama. Al volver a salir para terminar con las oraciones, vi el fuego.

—¡Herejía! —clamó su madre. Su rostro mostraba un profundo horror.

El potente foco de la cámara de televisión la iluminó mientras lo repetía una y otra vez con la cara desencajada. Aquella imagen iba a ser demoledora cuando los espectadores la vieran desde la comodidad de su sillón.

Eceiza se llevó la mano derecha a la frente mientras suspiraba. Agachando la cabeza, dejó que la mano llegara hasta el flequillo para agarrarse de él. El caso de la Fábrica Maldita estaba acabando con su paciencia.

43

Domingo, 28 de diciembre de 2014

Leire encontró el móvil en el asiento del coche. No había llamadas perdidas. Tampoco cobertura de red. La complicada orografía de los Pirineos tenía esas cosas. Lo mismo podía hablar por teléfono en medio de un bosque impenetrable que quedarse sin línea en el centro de uno de los pueblos más poblados de la comarca. Lo metió en el bolsillo del plumífero y arrancó el motor. Eneko le hizo un gesto para que esperara. Charlaba animadamente con varios hombres que celebraban haber ganado dinero gracias a él. La derrota de Manegia, por inesperada, había llevado a quienes habían apostado por el de Orbaizeta a multiplicar las sumas que habían puesto en juego.

—Nos quieren invitar a una última ronda —le dijo el aizkolari abriendo la puerta del copiloto.

Leire dudó unos instantes antes de mirar el reloj.

—Me gustaría volver. Llevamos aquí casi cuatro horas —se disculpó.

Tenía ganas de salir de allí cuanto antes. En realidad era de Orbaizeta de donde quería alejarse. La Fábrica y su pequeño mundo comenzaban a resultarle extremadamente opresivos. Estaba harta de las intrigas de los vecinos, de la sensación de vivir aislada en medio de una selva de hayas que parecía no tener fin y, sobre todo, de lo irresistible que le resultaba Eneko. Quería volver a su faro, perderse en los brazos de Iñaki, salir a navegar en alguno de los barcos antiguos del astillero y dejar vagar la mente por el mar. Cada día que pasaba echaba más de menos su vida.

Eneko no ocultó su decepción, pero ocupó el asiento del copiloto.

—Tampoco tendrás tanto que hacer en Orbaizeta —le reprochó mientras dejaban atrás las últimas casas de Garralda.

Aquello era demasiado. Claro que tenía cosas que hacer. Quería subir a Urkulu, ver con sus propios ojos los restos de la hoguera de la víspera. Tal vez ella pudiera dar con alguna pista que se le hubiera escapado a la policía. También pensaba volver a hablar con algunos vecinos cuyas explicaciones a Eceiza le habían parecido poco claras.

—Si no tuviera nada que hacer me volvería a mi pueblo —le espetó indignada—. ¿O crees que estoy aquí por gusto?

—Nadie te obliga —replicó el aizkolari al cabo de unos segundos. Olía a patxaran, aunque no mostraba signos de estar bebido.

En eso tenía razón. Quizá fuera mejor tirar la toalla y que Eceiza y los suyos resolvieran el caso. Cestero lo comprendería. Lo único que había empujado a la ertzaina a pedirle su ayuda era que la policía navarra hubiera dado por hecho que la muerte de su prima había sido un suicidio. Ahora que estaba claro que se trataba de un asesinato, su presencia en Orbaizeta no era tan necesaria.

¿Y su libro? ¿Qué sería de la novela en la que trabajaba? Perder la conexión con el lugar de los hechos le restaría realismo. Aunque a decir verdad tampoco estaba avanzando tanto. En la soledad de su faro podría inspirarse mejor que en la caseta de obra. Al fin y al cabo, ya había tenido suficiente inmersión en la realidad del valle como para escribir no una novela, sino una enciclopedia entera.

Sí, tal vez fuera mejor volver a Pasaia.

La campanita que avisaba de los mensajes entrantes en su móvil la devolvió al presente.

—Es el tuyo —anunció Eneko mirando la pantalla de su teléfono.

Leire asintió. Había sentido la vibración en el bolsillo. Sin apartar la mano izquierda del volante, buscó el aparato con la derecha y lo levantó a la altura del parabrisas.

—¿Quieres que te lo lea yo? —se ofreció el aizkolari—. Estás conduciendo.

—Es igual —murmuró la escritora comprobando que se trataba de un aviso de llamadas perdidas mientras había estado sin cobertura.

Tres de su hermana y dos de Iñaki.

Con un suspiro de resignación, lo dejó en el salpicadero. Después les devolvería la llamada. ¿Qué querría Raquel? Deseó con todas sus fuerzas que no fueran de nuevo malas noticias sobre su madre.

El teléfono volvió a sonar cuando pasaban junto a la serrería precintada de Aezkoana de Maderas, que anunciaba la llegada a la Fábrica de Orbaizeta. Era Cestero. Leire estuvo tentada de contestar, pero siguió conduciendo. Podría llamarla en un par de minutos, en cuanto llegara a su destino. ¿Tampoco ella descansaba en domingo?

—Estás muy solicitada —comentó Eneko. Había permanecido en silencio la media hora que separaba Garralda de Orbaizeta.

—Demasiado —replicó Leire frenando para no arrollar un balón naranja que invadió de pronto la carretera.

Un niño rubio de ocho o nueve años salió de entre los endrinos que jalonaban el asfalto y corrió a por él. El muchacho no le devolvió el saludo, limitándose a observar el paso del coche desde la orilla de la carretera. Leire siguió mirándolo por el retrovisor y vio como Elsa Lujanbio salía del caserío para regañarle. La curva cerrada que desembocaba en la plaza le robó enseguida la visión.

—¿Es que no piensan parar ni en domingo? —protestó Eneko.

Leire se fijó en la frenética actividad de los obreros. Ni siquiera la amenaza de la hoguera de Urkulu parecía haberles afectado. Tenía razón Jon Albia cuando le dijo que los portugueses que había contratado iban en serio y que no pensaban parar hasta terminar el trabajo. La escritora sospechaba que, tras tanta seguridad en sus palabras, se escondía alguna cláusula que los obligaba a acabar la obra completa si querían ver un solo euro.

—Está complicado llegar a tu casa —apuntó Leire señalando un camión naranja cargado de escombros que maniobraba en el camino que unía la plaza con el hogar de Eneko.

—No te preocupes, déjame aquí. Es un minuto —replicó el joven.

—¿Podrás con todo? —preguntó Leire pensando en la enorme bolsa de deporte que portaba en el maletero.

—¿Tú qué crees? —bromeó Eneko llevándose la mano al bíceps, bien definido y brillante a causa del sudor. Sin hacer ademán alguno de abrir la puerta, la miró fijamente y le dedicó una de esas sonrisas que Leire consideraba irresistibles—. No sé por qué estás enfadada, ni me importa. Me encantaría que te pasaras esta tarde por mi casa. No todos los días se gana a Manegia y no hay nadie con quien me apetezca celebrarlo más que contigo.

Leire asintió, manteniendo la distancia y luchando por no abalanzarse sobre él para comerle a bocados esos labios tan sugerentes.

—Hasta luego, Eneko —se despidió señalando la puerta. Por más que intentaba mostrarse seria y fría, fue incapaz de no dejar escapar una sonrisa cómplice.

El aizkolari se dio por satisfecho. Había logrado aflojar la tensión entre los dos. Eso no era una victoria, pero podía conducir a ella.

Lo vio alejarse sin bajarse del coche, agarrando con rabia el volante y quejándose en silencio por lo complicado que era el mundo. Pensaba en ello cuando alguien abrió la puerta del vehículo. Alzó la vista alarmada y comprobó que era una cara conocida.

—¿Qué haces aquí dentro hablando sola? —le preguntó Cestero con una sonrisa burlona.

—Uf, cosas mías. Me estoy volviendo loca aquí —apuntó Leire sorprendida—. ¿Y tú qué haces en Orbaizeta?

—Tengo dos días libres y me parece que ya era hora de venir a echarte un cable —explicó la ertzaina colocándose bien la goma que le recogía en una coleta su indomable cabellera rizada—. Te he llamado cuando he llegado y no te he visto por aquí. Es un sitio bonito, me lo esperaba peor. Tiene su encanto; el río a través de los arcos, el bosque... ¿Vienes de Urkulu? ¿Qué has averiguado de la hoguera de ayer?

Leire sintió que se ruborizaba.

—No, vengo de Garralda. Es una larga historia —musitó avergonzada—. A Urkulu iba precisamente ahora. ¿Vienes?

—Claro. ¿Para qué estoy aquí si no? —contestó Cestero ocupando el asiento del copiloto.

La escritora giró la llave para arrancar el motor.

—Me alegro de que hayas venido —dijo. No era un cumplido; la ertzaina no podía haber llegado en mejor momento.

Cestero se ajustó el cinturón de seguridad y la miró fijamente.

—En realidad quería contarte en persona algo que puede ser crucial para la investigación. Agárrate fuerte. Te va a alucinar lo que he averiguado sobre Elsa Lujanbio.

44

Domingo, 28 de diciembre de 2014

—No me puedo creer que haya pasado todo este tiempo ocultando la verdad. ¡Sus hijos tienen casi diez años! —exclamó Leire subida a lo alto del torreón. Apenas medía tres metros de altura y tenía una perfecta traza circular—. ¿Hace cuántos llegaría al valle?

—Eso lo sabrá tu amiga la profesora. —Cestero sacaba fotos de las rodadas. La lluvia y la niebla, tan habituales en los últimos días, mantenían la tierra saturada de agua en los pastos sobre los que se alzaba la torre romana, de modo que el vehículo en el que fue subida la madera había dejado unas profundas huellas embarradas.

—¿Celia? Sí, ella lo sabe todo. Además no le tiene ninguna simpatía a Elsa. Dice que Sabino, el marido, era un chico alegre hasta que la conoció a ella; nada que ver con el amargado que es ahora.

—Vaya visión más machista. El tío se vuelve un amargado y la culpa es de su mujer. ¡No te jode! —protestó la ertzaina guardando la cámara de fotos—. Es bonito todo esto, ¿eh?

Leire movió afirmativamente la cabeza. A pesar del olor a quemado, el paisaje era una auténtica delicia. Al norte tomaban forma las tierras vascofrancesas, de un verde que refulgía bajo un cielo gris que amenazaba lluvia. Sorprendía la falta total de árboles en un terreno ondulado y surcado por estrechas carreterillas. Conducían a pequeñas majadas junto a las que, en verano, pastaban miles de ovejas. Ahora, en cambio, con los meses más duros llamando a las puertas, no había un solo animal a la vista. Al sur, hacia Navarra, la visión era completamente opuesta. Nada de pastos y amplios horizontes, sino una implacable masa boscosa que se extendía hasta donde alcanzaba la vista. La selva de Irati resultaba apabullante también a vista de pájaro.

—No me extraña que los romanos eligieran este alto para su torre —apuntó la escritora—. Se ven un montón de kilómetros a la redonda.

—¿Es verdad que encendían aquí una hoguera para reafirmar su poder? —inquirió Cestero ayudándose de las manos para trepar a lo alto de las ruinas.

—Eso dicen en el pueblo. Si hubieras visto la hoguera anoche... Fue espectacular. No sé a los vascones que habitaban aquí en tiempos del Imperio romano, pero a mí consiguió asustarme —explicó Leire tendiéndole la mano para ayudarla a subir.

Habían llegado a pie desde el collado de Arnostegi, remontando una ladera herbosa en la que se echaba de menos un bastón para poder afrontar la dura pendiente. Era el camino habitual para subir a Urkulu, el mismo seguido por la escritora la noche que subió con Eneko, aunque las rodadas dejaban claro que quien hubiera encendido el fuego la víspera había subido en coche hasta el propio torreón. El 206 de Iñaki, sin embargo, no daba para tanto. Eso era algo reservado a vehículos muy potentes y con tracción a las cuatro ruedas.

—¿Ves algo? —inquirió la ertzaina agachada sobre la superficie ennegrecida.

—Solo ceniza y algún que otro tocón demasiado verde para arder. Como pista no vale mucho ya —admitió Leire mostrándole un pedazo de madera que se había salvado del fuego—. La Foral comprobó anoche que alguien había violado el precinto policial de la serrería. Dice Eceiza que la madera la cogieron de allí. La gasolina también, porque el depósito en el que la almacenan para las motosierras estaba abierto. No recuerdan haberlo visto así durante el registro que siguió a la detención de Chocarro.

Dos pitidos seguidos, que se repitieron tres veces, se solaparon con sus palabras.

—Es mi móvil —anunció Cestero llevándose la mano al bolsillo—. Algo del curro, ya verás. No saben parar ni en mi día libre.

—Es lo que tiene ser la mejor —bromeó la escritora.

—Pues no. Son mensajes de la compañía telefónica dándome la bienvenida a Francia.

—Uf, yo estoy acostumbrada. En el faro de la Plata tengo más días cobertura francesa que española. Parece una tontería, pero como me despiste acabo pagando un dineral por llamadas que deberían salirme gratis —protestó Leire sacando el teléfono del bolsillo—. Yo también tengo cobertura gabacha. La tecnología no entiende de mugas. Mira —dijo señalando el mojón fronterizo que se alzaba junto al torreón romano—. Estamos en el lado navarro y pagamos nuestras llamadas a Francia.

—Todo por sacarnos los cuartos —se quejó Cestero—. Seguro que lo hacen a propósito. Oye, ¿qué tal con Eceiza? Parece un tío enrollado, al menos por teléfono.

—Sí, no puedo quejarme —se limitó a decir Leire. Tenía la sensación de que estaba pasando por alto algo importante.

—Si no es idiota, sabrá que le puedes ser de mucha ayuda y, si sabe hacerlo, podrá colgarse medallas que te corresponderían a ti.

—Ya.

¿Qué era lo que se le estaba escapando? Había tenido un destello de lucidez tan fugaz que no conseguía volver a conectar con él. Sin embargo, sabía que podía ser una clave importante.

—¿Está bueno? Es joven, ¿no? —siguió preguntando la ertzaina.

Leire ni siquiera escuchó sus palabras.

—¡Joder! ¡Tenemos la solución en nuestros bolsillos! —exclamó mientras caían las primeras gotas del cielo—. Solo tenemos que averiguar qué móvil entró en cobertura francesa en este mismo punto cuando se encendieron las dos hogueras.

Cestero la miró en silencio durante unos instantes.

—¿Y si no tiene teléfono móvil? —inquirió.

—Vamos, Ane. ¿Quién no tiene teléfono a estas alturas? Apostaría que incluso los más viejos de Orbaizeta tienen uno.

La ertzaina seguía sin tenerlas todas consigo.

—No es tan fácil. Hace falta una orden judicial y que las compañías de telefonía se avengan a colaborar. Es un proceso lento. —Hizo una pausa para abrir la cremallera que ocultaba la capucha en el cuello de su cazadora—. Nos servirá, eso sí, como prueba para situar aquí arriba al asesino en el momento en cuestión. En un juicio será determinante.

A pesar de que el chaparrón arreciaba, Leire ni siquiera sentía las gotas de agua que chocaban contra su rostro. Estaba exultante.

—Hablaré con Raquel —anunció recordando avergonzada que no había vuelto a hablar con ella desde que le colgó el teléfono días atrás. Iba a tener que aguantar unos cuantos reproches si quería lograr su colaboración—. Seguro que ella puede echarnos una mano.

—¿Quién es Raquel? ¿No crees que deberíamos volver al coche? Nos vamos a empapar aquí arriba.

—Mi hermana. Trabaja en Telefónica. Lleva toda la vida allí metida. Seguro que puede evitarnos todos esos trámites burocráticos.

Cestero negó con un gesto.

—No es tan fácil. No serviría como prueba en un juicio por haber sido obtenida de forma ilegal. Las compañías tienen que cumplir la ley de Protección de Datos, no pueden ir explicando por ahí detalles personales de sus clientes.

Leire no se desanimó. Aquello no tenía por qué ser un escollo.

—No es necesario que trascienda. Nos servirá de manera confidencial para saber quién está detrás de la hoguera y, por ende, de los crímenes. Una vez que lo tengamos, ya tendrá el juez tiempo de pedir informes oficiales a las compañías de telefonía. ¡Se trata de ganar tiempo y de cercarlo de una vez antes de que vuelva a matar!

—¿Me estás hablando de saltarnos la ley? —preguntó Cestero con una mueca sarcástica—. Creo que te olvidas de que soy policía. Me podrían abrir un expediente que reventaría mi carrera.

Leire creyó adivinar una mirada que la invitaba a seguir adelante.

—En cuanto bajemos, llamaré a mi hermana. Tú no sabes nada. ¿De acuerdo? —dijo con decisión.

—Está entrando niebla. ¿Nos vamos, o piensas pasarte aquí el resto del día? —protestó la ertzaina con un guiño cómplice que anunciaba su beneplácito.

El teléfono de Leire comenzó a sonar. Tal vez no hiciera falta esperar para hablar con Raquel.

Miró la pantalla y sintió que se le hacía un nudo en la garganta al comprobar que era Iñaki. Estuvo a punto de responder, pero volvió a guardarlo en el bolsillo. Tenía una conversación pendiente con él, de eso no cabía duda, aunque aquel no era el momento ni el lugar.

Mientras seguía con largas zancadas a Cestero hacia el coche, se preguntó, sin poder quitarse de encima el sentimiento de culpa, si algún día sería capaz de encontrar ese momento y ese lugar.

—Ya va siendo hora de que informemos a Eceiza de lo que he averiguado sobre Elsa. ¿No te parece? —comentó la ertzaina sin molestarse en girarse hacia Leire.

—Sí. Creo que tiene un interrogatorio pendiente con doña Simpatías.

45

Domingo, 28 de diciembre de 2014

—Ya va —anunció la voz de Elsa acercándose a la puerta.

El batiente superior, ese que permitía asomarse al exterior a modo de ventana, estaba entreabierto. Igor Eceiza solo hubiera necesitado introducir por él la mano y correr el pestillo que bloqueaba la parte de abajo para poder entrar, pero quería hacer las cosas bien. El mero hecho de tener una orden de registro expedida por el juez Arjona no era una invitación a saltarse las normas de cortesía.

—Buenos días. Necesito hacerle unas preguntas —saludó el inspector en cuanto la cara malhumorada de la mujer se asomó por el quicio—. Mis compañeros echarán un vistazo a su casa si no le importa —añadió mostrándole el folio firmado por el magistrado.

Con cara de circunstancias, Elsa se hizo a un lado para dejar pasar a los tres policías forales, capitaneados por el subinspector Romero.

—Usted dirá a qué viene esta escenita. Menos mal que mis hijos están en Orbaizeta con su abuela, porque no se merecen tener que soportar semejante humillación —espetó la mujer recuperándose del susto inicial.

—Siéntese, por favor —le indicó Eceiza señalando una de las cuatro sillas blancas de jardín que rodeaban una mesa redonda de plástico dispuesta frente a la puerta del caserío.

—Gracias, pero no tengo ganas de ponerme cómoda mientras tres polis husmean mi casa.

—He dicho que se siente —ordenó el inspector arrastrando lentamente las palabras.

Elsa lanzó un suspiró dejándose caer en una de las sillas. Asintiendo satisfecho, Eceiza ocupó la que estaba frente a ella. Iba a apoyar los brazos sobre la mesa cuando reparó en que estaba sucia. El polvo acumulado aparecía surcado por regueros más limpios allí donde los aleros del tejado dejaban caer el agua los días de lluvia. Estuvo tentado de bajar la vista hacia la silla. A esas alturas debía de tener el uniforme hecho unos zorros. Sin embargo, decidió que era mejor mantener la compostura ahora que había logrado demostrar quién mandaba allí. Si aquella mujer insolente no sabía cómo se debía tratar a un policía, él no tendría ningún problema en dejárselo bien claro.

—Se están equivocando. Bastante pena tenemos aquí con todo lo que está pasando —se defendió Elsa mirando hacia la ventana de la cocina, tras la que se adivinaba la silueta de un policía rebuscando en los cajones.

Eceiza hizo oídos sordos a sus advertencias.

—Todo el mundo la conoce por el apellido de su marido —apuntó señalando con la mano el cartel de madera colgado en la fachada. En él aparecía grabada en letras redondas la palabra Lujanbio—. ¿Cuál es el suyo? ¿Me deja ver su DNI, por favor?

—Salmerón —replicó Elsa señalando hacia el perchero que se veía a través de la puerta abierta—. Tengo la cartera en el bolso.

—Yo se lo traigo —se adelantó el inspector haciéndole ademán de que volviera a sentarse.

Apenas necesitó dar dos pasos en el recibidor para cogerlo, pero fueron suficientes para quedar embriagado por el aroma que flotaba en aquella casa; un olor que trasladó a Eceiza a la cocina de su madre.

Abrumado por el recuerdo, volvió a ocupar su silla, tendiéndole el bolso de cuero negro a su dueña. Estuvo tentado de ser él quien buscara el carnet en la cartera, pero finalmente se lo entregó a Elsa.

—Creo que tiene algo al fuego —indicó el inspector—. ¿Quiere que diga a mis hombres que lo apaguen para que no se queme?

—Sí, no vaya a ser que tengamos para rato —murmuró la mujer abriendo el bolso. Eceiza tuvo la fugaz impresión de que una sombra se cruzaba en su rostro mientras sacaba apresuradamente la cartera. Tendría que echar un vistazo ahí dentro—. ¿Lo ve? Elsa Salmerón —leyó entregándole la tarjeta al policía.

Eceiza la tomó en sus manos antes de acercarse a la puerta.

—¡Romero! —llamó.

—¡Presente! —bromeó el subinspector desde el piso superior.

—Apagad el fuego, no se le vaya a quemar la comida a esta gente —ordenó.

—Que por cierto huele que alimenta —apuntó Romero bajando las escaleras.

—¿Cómo va? —inquirió Eceiza antes de girarse para volver al interrogatorio.

Su compañero hizo una mueca de circunstancias.

—Aquí no hay nada —reconoció en voz baja—. Tampoco creo que nadie en su sano juicio venga a su casa a esconder ropas ensangrentadas o algo por el estilo.

—Peores cosas hemos visto —sentenció el inspector haciéndole un gesto para que siguiera buscando.

En realidad sabía que lo tenían difícil. No había pistola en los crímenes de Orbaizeta. Ni siquiera el arma homicida había sido la misma. Solo en los dos últimos casos había habido sangre y era ahí donde se estaban centrando. En algún lugar escondería el asesino sus propias ropas manchadas, aunque era probable que hubieran sido pasto de las llamas en la chimenea que casi todas las casas de Orbaizeta mantenían encendida en días fríos como aquellos. O en la propia hoguera de Urkulu, por supuesto.

—¿Dónde está el coche? —inquirió consciente de que en él podían dar con alguna prueba.

—Mi marido ha ido a arreglar un cercado. No tardará —explicó desganada la sospechosa.

Eceiza asintió bajando la vista hacia el DNI.

—Elsa Salmerón Elizondo —leyó en voz alta. En la foto, la enfermera aparecía seria, cortante. Ni siquiera era capaz de sonreír a la cámara. Y, sin embargo, sonreía a los suyos con sus guisos. Tal vez esa cara avinagrada no fuera más que una postura hacia el exterior. Tal vez. En cualquier caso, él no estaba allí para comprenderla, sino para averiguar si estaba o no detrás de los terribles crímenes de aquellos días.

—Ya se lo dije, Salmerón —insistió Elsa mientras el inspector volvía a sentarse frente a ella.

—No es ese el que me interesa —la interrumpió el policía—, sino Elizondo. Es usted la nieta del dueño de la serrería al que Chocarro arruinó. ¿Me equivoco?

Elsa, hasta entonces confiada y hasta cierto punto desafiante, bajó la mirada hacia sus manos. Apretaban con fuerza el bolso contra su pecho.

—¿Y qué, si lo soy? —acertó a decir con voz más firme de lo que Eceiza esperaba.

—Pues que eso explicaría los motivos que la han llevado a sembrar el valle de cadáveres.

El motor de un coche llamó la atención del inspector hacia la carretera. Era un todoterreno blanco. Sabino Lujanbio se apeó con gesto alarmado de su interior.

—¿Ha pasado algo? —le preguntó a su mujer acercándose con presteza.

Ella se limitó a negar con la cabeza.

—Espere junto a su vehículo, por favor —le indicó el inspector antes de alzar la voz para hacerse oír por sus compañeros—. Chicos, está aquí el coche. Bajad a echar un vistazo.

Si sus sospechas eran acertadas, aquel era el todoterreno en el que había sido trasladado hasta Harpea el cuerpo de Pedro Merino; y también en el que debían de haberse subido hasta Urkulu la madera y la gasolina necesarias para la hoguera.

Sabino Lujanbio torció el gesto, aunque mantuvo la boca cerrada obedeciendo a una señal de su mujer.

—¿Quiere que le cuente qué ha pasado aquí? —preguntó Eceiza clavando la mirada en la sospechosa, que se limitó a guardar silencio—. Pues que usted vuelve a Orbaizeta ocultando su pasado y con la intención de recuperar lo que cree que le pertenece: la serrería. Por lo que se cuenta en el pueblo, Chocarro fue el culpable de que su abuelo lo perdiera todo. Se lo robó, por así decirlo. —Los ojos de Elsa brillaban mientras le escuchaba—. La mala suerte quiere, sin embargo, que todo se ponga en su contra y una operación urbanística que idean ustedes le hace a Chocarro aún más millonario. Usted, mi querida Elsa, y aquí viene lo bueno, no está dispuesta a soportar más humillaciones y decide pasar a la acción para intentar que el proyecto de construir los adosados no llegue a realizarse. Se empeña en hacer creer que las ruinas de la fábrica están malditas y para ello no duda en matar a los dos directores de obra, simulando su suicidio. —La sospechosa negaba con la cabeza al tiempo que abría los ojos horrorizada—. Como la intervención sigue adelante, asesina al obrero, simulando que son las criaturas del bosque las que lo han hecho, irritadas por la rehabilitación. Para colmo, en todo este embrollo se encuentra con la complicidad inesperada de todos sus vecinos, que alimentan el miedo con sus supersticiones y logran que los obreros abandonen su trabajo.

—Está usted loco. Yo no soy ninguna asesina —protestó Elsa con expresión incrédula.

Su marido dio un paso para acercarse, pero Romero le apoyó una mano en el hombro para obligarle a mantenerse junto al coche. Sus dos compañeros habían comenzado a registrarlo.

—He de reconocer que me ha hecho dudar con el asesinato del cura —admitió Eceiza alzando la mano para pedir silencio—. Una vez detenido Chocarro, que se pasará el resto de su vida entre rejas por el homicidio de nuestro compañero, usted debería haberse dado por satisfecha, pero apareció la inesperada amenaza de Eugenio Yarzabal. —Eceiza sonreía al tiempo que asentía, convencido de que estaba dando en el clavo—. El cura citó a Leire Altuna para contarle secretos de confesión que delatarían al asesino, y ese secreto no era otro que la verdad sobre su parentesco con Celestino Elizondo; ese del que ni siquiera su marido estaba al corriente y que usted se vio abocada a contarle al sacerdote en algún momento de flaqueza.

—¡Es mentira! Elsa no me ha engañado. Su familia es de Otsagabia, no son los Elizondo —clamó Sabino zafándose de los brazos del subinspector—. ¿Verdad, cariño? ¡Diles que están equivocados!

—¡Es ridículo! —protestó Elsa con el rostro crispado por la rabia y los ojos hundidos por el temor—. ¡Jamás en mi vida he cruzado palabra alguna con ningún cura! No creo en Dios ni en la Iglesia. ¿Me entiende? ¿Cómo pretende que vaya a confesarse una persona que no cree en la religión? ¡Es ridículo!

—¿Sabe qué es lo único que no entiendo? —preguntó Eceiza—. Lo de la última hoguera. ¿A qué venía ese numerito ahora que ya no tiene ningún interés especial en que los obreros abandonen la rehabilitación de la fábrica? —Esperó unos segundos para permitirle responder. Elsa se limitó a mirarlo con expresión hastiada—. Chocarro está en la cárcel y no saldrá de allí aunque se construyan los adosados —le explicó con tono condescendiente—. Por cierto, le gustará saber que todos sus crímenes han ido en realidad en su contra, Elsa, porque su odiado empresario ha cobrado ya por los terrenos. Lo que le interesa realmente al viejo es que no se lleve a cabo la edificación de los chalets. Al matar a quienes llevan a cabo la obra, usted estaba trabajando sin saberlo para su mayor adversario.

Elsa se llevó las manos a la cara, desesperada. Eceiza, satisfecho con su propia explicación, se puso en pie y se acercó al coche.

—¿Qué tal va eso? —preguntó asomándose al maletero.

—No parece haber nada de sangre —le explicó el agente más joven, un muchacho de Caparroso que solo llevaba unos meses en la comisaría—. Eso sí, no hay duda de que se ha utilizado recientemente para transportar madera.

—Es invierno —explicó Sabino Lujanbio indignado—. ¿Qué pretenden que lleve? ¿Dónde creen que transportamos la leña para calentar el caserío?

—Y esto. Habían caído al hueco bajo el asiento trasero —apuntó Romero mostrando una bolsa de las empleadas para introducir pruebas. El plástico transparente dejaba ver tres ampollas del tamaño de un dedo índice—. Son viales inyectables. Están rotos.

Eceiza lo miró estupefacto.

—Saioa Goienetxe fue drogada —musitó.

—Eso he pensado al verlo —admitió el subinspector.

—¿De qué se trata? ¿Nos lo dirá usted, Sabino? —inquirió Eceiza intrigado por el rictus de preocupación que se había adueñado del rostro del ganadero.

—Soy enfermera. ¿Lo ha olvidado? Serán dosis inyectables de alguna medicación que he perdido algún día —anunció su mujer levantándose de la silla y acercándose al todoterreno.

Romero estudió detenidamente el contenido de la bolsa.

—No hay serigrafía alguna en el vidrio —anunció antes de entregársela al inspector.

Eceiza le imitó. A simple vista no había manera de saber qué contenían la ampollas.

—El laboratorio nos lo dirá —anunció introduciéndose la prueba en el bolsillo—. Me temo que les traerá problemas.

La mente del inspector corría a toda velocidad. Estaba a punto de pedir a sus hombres que detuvieran a Elsa para continuar interrogándola en comisaría, cuando reparó en que la mujer seguía abrazando con fuerza su bolso.

—Déjeme verlo —le pidió tendiéndole la mano para que se lo entregara.

La enfermera dio un paso atrás.

—¿No le parece suficiente con rebuscar en nuestra casa y en el coche de mi marido? —se defendió—. ¿Hasta dónde piensa llevar esta humillación?

—Hasta demostrar que es usted quien está detrás de tantas muertes —le espetó el inspector arrebatándole el bolso—. Romero, las esposas. Retenedla mientras reviso esto.

No pesaba mucho a pesar de tener un tamaño considerable. Sin grandes ceremonias, Eceiza lo volcó sobre la mesa sucia. No paró de sacudirlo hasta comprobar que no quedaba nada en su interior. A pesar de los lamentos de Elsa, que aseguraba que aquello era un atropello, inspeccionó detenidamente cada uno de los objetos que habían quedado desparramados sobre la mesa. Un encendedor, un paquete de Lucky Strike, unas gafas para ver de cerca, la cartera... Todo bastante normal. Lo único que llamó la atención del policía fue un saquito de terciopelo negro. Deshaciendo el nudo corredizo que lo cerraba, extrajo el pequeño frasco que cobijaba. Medía apenas tres centímetros de alto y el color oscuro del cristal no dejaba adivinar el color del líquido que se veía en su interior.

—¿Y esto? —preguntó mostrándoselo a su dueña.

Elsa apretó las mandíbulas con rabia, haciendo que sus carrillos oscilaran levemente. Sus ojos mostraban temor.

—Soy enfermera —dijo en tono de reproche.

Igor Eceiza bajó la vista hacia la mesa. No había en el bolso nada que delatara el oficio de su dueña.

—¿Qué es? —insistió secamente.

—Medicamentos. Luego iré a Orbaizeta a buscar a los niños y pasaré por casa de una paciente que espera que le inyecte su dosis —murmuró. Cualquier atisbo de seguridad en sí misma se había difuminado.

El inspector negó lentamente con la cabeza. Sabía perfectamente cuándo alguien se sabía atrapado.

—Si quiere seguimos jugando al gato y al ratón —le espetó con fingida parsimonia. Le encantaba deleitarse cuando sabía que había logrado dar caza a su presa—. ¿Dónde está la jeringuilla? Necesitará una, ¿verdad? —Le hizo una señal para que se mantuviera en silencio—. No, ya le respondo yo. Está en el bolso que utiliza para su trabajo. Exactamente igual que los medicamentos que lleva a sus pacientes. Esto no es ninguna medicina —explicó mostrando el frasco antes de introducirlo en una bolsa de pruebas—. ¿Me va a decir lo que es, o me la voy a tener que llevar detenida?

Elsa Salmerón bajó la mirada. Parecía a punto de romper a llorar, aunque no abrió la boca.

—Métela en el coche —le ordenó el inspector a Romero—. Está detenida.

—Diles lo que es. ¡Por Dios! —rogó su marido forcejeando con los otros dos agentes—. ¿Qué es? ¡Elsa! Están ustedes equivocados. Seguro que no es nada.

Su mujer, perdido todo su aplomo, rompió a llorar.

—Yo se lo diré —anunció Eceiza sin girarse hacia Sabino, sino clavando la mirada en la detenida—. Es un concentrado de benzodiacepinas. El mismo con el que fue sedada Saioa Goienetxe antes de ser ahorcada. Su mujer es una asesina. Vino aquí por venganza y su odio se le ha ido de las manos.

—Eso no es verdad. —Sabino lloraba con el rostro desencajado por el dolor—. No es verdad. Elsa vino por amor. Se están equivocando de persona. No es verdad.

Los agentes que lo retenían no le impidieron caer de rodillas para llevarse las manos a la cara. Sus sollozos y lamentos acompañaron a su mujer mientras Romero la introducía esposada en el coche patrulla.

—Se está equivocando, inspector —musitó mientras se cerraba la puerta—. Yo solo soy una enfermera.

Eceiza dedicó una última mirada a la casa. Largas jardineras con geranios adornaban las ventanas. Todas salvo la de la cocina, tras cuyos cristales se dibujaba la cazuela granate en la que el estofado quedaba a medio cocinar. Como siempre que se llevaba a alguien detenido, sintió una punzada de culpa. Ojalá no estuviera equivocándose.

—El laboratorio lo dirá —se respondió en voz alta—. Chicos, recoged todo del hostal. Nos volvemos a Pamplona —anunció con cierto alivio. No veía el momento de abandonar Orbaizeta y regresar a su casa.

46

—Así que nuestra querida Elsa es la hija de Encarna —murmuró Celia con gesto de incredulidad—. Todavía la recuerdo. Era una chica muy guapa. No había ninguna otra joven rubia en el valle. Bueno, ni joven ni mayor. En aquella época eso del tinte no había llegado aún. Al menos a pueblos como Orbaizeta. Quizá se tiñeran en las ciudades, pero aquí no.

—¿Le diste clase? —le preguntó Leire. Ella y Cestero habían aceptado la invitación de la anciana a tomar una infusión con la esperanza de poder arañar algo más de información sobre Elsa.

Celia no necesitó esforzarse para recordarlo.

—No. Solo era cinco o seis años menor que yo. Cuando empecé a trabajar de maestra, ella se había ido de aquí. Siempre se dijo que los Elizondo estaban en Pamplona, que habían rehecho allí su vida. —Hizo una pausa, pensativa—. Lo que nunca hubiera imaginado es que una muchacha que parecía tan alegre pudiera alimentar en su hija tanto odio por el canalla que había arruinado a su familia. Porque Elsa tiene que haber crecido en un ambiente que clamaba venganza para haber sido capaz de volver al valle para destruir a Chocarro. Alguien que crece en un entorno normal no es capaz de matar a personas inocentes con tal de perjudicar al que considera el culpable de la desdicha de los suyos. ¿No os parece?

Cestero asintió sin convencimiento. En el año que llevaba en la Unidad Central Criminal de la Ertzaintza había visto demasiados casos de mentes enrevesadas.

—Tampoco estamos seguros de que haya sido ella —admitió Leire—. El inspector la está interrogando. Tiene una orden de registro.

Celia no la escuchó. Su mirada perdida viajaba por sus recuerdos.

—Cuando se fueron tras la ruina de la serrería, se habló mucho sobre Encarna. Las malas lenguas decían que se había ido preñada —apuntó sin dejar de observar la nada—. No tenía novio, ni lo tuvo nunca mientras vivió en el valle, que yo sepa. Era muy guapa y siempre la andaban cortejando, pero nada más. Si es verdad lo del embarazo, aquello pudo ser una enorme desdicha para la familia. Eran muy conservadores, debió de caerles como un jarro de agua fría. Vaya vergüenza pasarían. —Miró a Leire con gesto apenado—. Eran otros tiempos... El desprecio de sus padres podría haber amargado la vida a Encarna y eso se habría trasladado a la recién nacida. No es de extrañar que una cría que crece en ese ambiente lo haga entre espantosos deseos de venganza.

Sus dos invitadas asintieron con admiración. Celia acababa de trazar un impecable perfil psicológico de la familia. Pocos peros podían encontrarle, salvo que lo del embarazo no era nada confirmado, sino meras suposiciones.

—Habrá que ver la partida de nacimiento de Elsa para comprobar si fue engendrada en el valle o cuando su madre vivía ya en la ciudad —decidió Leire mirando a Cestero, que movió afirmativamente la cabeza—. ¿En qué año se fueron?

La anciana entornó los ojos para calcularlo.

—En el sesenta y seis. Era verano. Hacía un calor como no se recordaba igual —apuntó con la mirada perdida—. Pobre gente. Todo se les puso en contra de repente.

Leire respetó el silencio que siguió a sus palabras. Después preguntó algo que llevaba días deseando compartir con alguien, pero temía que la tomaran por loca:

—¿Alguna vez has oído llorar a la selva? Quiero decir... Un llanto de bebé…

Celia dibujó una sonrisa enigmática que fue tornándose burlona.

—Es desgarrador, ¿verdad? —apuntó llevándose la taza a los labios. Leire aguardó impaciente a que se decidiera a hablar—. Lo que has oído no es llanto alguno. Son los tejones. En invierno se acercan a las zonas habitadas en busca de comida y es habitual oír sus aullidos. Hasta que te acostumbras, es un sonido que produce un gran desasosiego.

—Tenía que haberte preguntado antes —se lamentó la escritora—. Empezaba a pensar que me estaba volviendo loca.

Celia se rio.

—Si vinieras en octubre todavía asistirías a algo más inquietante: la berrea del ciervo macho. Es un canto reproductivo, un bramido largo y grave que resuena desde lo más profundo de la selva. Llevo aquí toda una vida y todavía me impresiona oírlo cada otoño.

Mientras Leire asimilaba sus palabras y celebraba una explicación tan terrenal, la anciana se puso en pie para acercarse a remover el guiso que tenía al fuego. Al destapar la cazuela, un agradable aroma a hierbas aromáticas se expandió por la cocina.

—Huele bien —comentó Cestero.

—Solo es un estofado de conejo. Nada del otro mundo —explicó Celia majando un ajo en un mortero de piedra—. Si hubieras visto el cordero al chilindrón que preparé el otro día para la cena de Nochebuena... Eso sí que era de concurso de cocina.

—¿Qué es eso que le echas? —le preguntó Leire al ver que vertía un buen chorretón de color caramelo en la cazuela.

—Kina San Clemente. Cosas de viejas —se rio la anciana—. Mi madre me enseñó así. El vino dulce siempre les da un poco de alegría a los guisos de carne. Y el conejo aún pide más. Así se le mata un poco el sabor a granja.

—¿Vinieron tus hijos a cenar? —inquirió la escritora mirando el móvil para comprobar que le acababa de llegar un SMS. No necesitaba abrirlo para saber que era de Jaume. Solo su editor seguía enviando mensajes de texto en lugar de wasaps. Más de lo mismo. Disculpas y ofertas difíciles de rechazar. Leire sonrió para sus adentros. Disfrutaba teniéndolo en vilo cuando en realidad había tomado la decisión de publicar su nueva novela con él. No solo porque sintiera que se lo debía después del último fiasco comercial, sino porque las condiciones que Escudella le proponía eran las mejores que jamás le hubieran ofrecido. Y eso denotaba una confianza en ella que, en momentos así, era de agradecer.

—Sí. Vienen cada año. Antes celebrábamos también aquí la Nochevieja, pero mis nietos van creciendo y prefieren quedarse en Pamplona. Solo les gusta venir en verano. Entonces sí que se lo pasan bien. —Se acercó la cuchara de madera humeante a la boca y probó un poco de salsa—. Más sal —murmuró abriendo el salero que descansaba sobre la encimera de azulejo—. No se les puede culpar. Pobres críos. ¿Qué pueden hacer aquí con este frío y lo cortos que son los días en diciembre? Aburrirse —se respondió ella misma.

—¿Cenarás sola? —preguntó Cestero.

—Sí. No hace falta que pongas esa cara de pena —le echó en cara Celia.

—¡Si no he dicho nada! —protestó la ertzaina girándose hacia Leire en busca de apoyo.

—No hace falta decir. Recuerda que estás ante una maestra. La vida me ha enseñado a leer en el rostro de los demás —replicó la anciana sentándose de nuevo junto a ellas.

La escritora decidió intervenir para cambiar de tema.

—Te habrás enterado de lo de Eneko, ¿no? —preguntó—. En Garralda lo celebraban como si hubiera ganado a Goliat. Estarás contenta de que un hijo del valle haya destronado a un campeón como Manegia.

Celia la miró con el ceño fruncido mientras daba un sorbo a su infusión.

—Una cosa es que celebremos que un chico que vive aquí haya ganado el desafío, y otra muy diferente que podamos considerarlo un hijo del valle. Para eso tendría que haber nacido en Orbaizeta —replicó sosteniendo la taza de porcelana con las dos manos—. Pero claro que lo celebro. Es un buen muchacho. Siempre está dispuesto a echar una mano. A mis años no puedo hacer acopio de leña por mí misma y, si no fuera por Sagrario y Eneko, tendría que pagar a alguien para que me llenara la carbonera cada otoño.

Leire removió pensativa el poso que las hierbas habían dejado en el fondo de su taza. Algo no le cuadraba.

—¿No nació en Orbaizeta? —inquirió sin levantar la vista—. Pero su familia vivía aquí, ¿verdad?

—¿Su familia? —Celia negó con la cabeza—. Eneko llegó hará ahora quince años, cuando era un muchacho de menos de veinte. Fue algo raro. ¿Cómo te explicas que un hombre joven lo abandone todo para venirse a vivir a este lugar apartado de todo? Lo único que nos dijo al llegar fue que quería poder dedicarse en cuerpo y alma a su afición de cortar troncos.

—¿Y la casa? —Leire estaba cada vez más extrañada. Tenía que tratarse de un error—. ¿No era de su familia?

—Ni mucho menos. Ahí vivía Vicente, un *mutilzar* que murió joven. Aún no tenía mi edad cuando una pulmonía se lo llevó. Eneko compró la casa. Para mí que ni siquiera se molestó en venir a verla, porque el primer día que lo vimos aparecer por aquí traía ya las maletas para quedarse.

La escritora no entendía nada.

—Eneko me contó que había vivido aquí con sus padres y su hermano hasta que se fueron a la ciudad en busca de una vida mejor, y que fue su amor por el bosque el que le animó a quedarse en lugar de acompañar a los suyos —apuntó desconcertada.

Celia se limitó a negar con la cabeza al tiempo que daba un largo sorbo a la infusión. Sus ojos inteligentes las escrutaban por encima del borde de la taza.

—¿Hay alguien aquí que sea quien dice ser? —preguntó Cestero con gesto de estupefacción—. ¿Cómo se apellida ese tío? —añadió marcando el número de la comisaría en su teléfono móvil.

—¿Barrena? —apuntó Leire pensativa—. Sí, así estaba anunciado hoy en el desafío. Eneko Barrena.

—Sí, es Barrena —confirmó la anciana.

Cestero les hizo un gesto para que se mantuvieran en silencio.

—Hola, Ramontxu… Sí, es mi día libre. No, todavía no tengo más avances en el caso de Tolosa. Descuida, en cuanto haya algo serás el primero en enterarte. Oye, tengo que pedirte un favor. Necesito que averigües todo lo que puedas sobre un tal Eneko Barrena que vive en la Fábrica de Orbaizeta… No, ni idea del segundo apellido —reconoció mirando a Leire, que negó con la cabeza—. Es aizkolari y parece que no es quien dice ser… Sí, me he venido a Navarra… Tranquilo, no voy de uniforme y el inspector de la Foral está de nuestro lado… Todo lo que puedas. Cualquier dato insignificante puede ser clave en un caso así… *Eskerrik asko*, te debo una. Cuídate.

47

Lunes, madrugada del 29 de diciembre de 2014

Fue un aullido mantenido y desgarrador, como si una espantosa carcajada brotara de las profundidades de la tierra para hendir el silencio de la noche como un maléfico cuchillo afilado. Porque si algo caracterizaba la Fábrica de Orbaizeta a esas horas de la madrugada era un silencio sepulcral que solo el rumor del río se atrevía a profanar.

—¿Qué ha sido eso? —preguntó Cestero despertándose angustiada.

Leire se había puesto en pie de un salto y daba manotazos al interruptor de la luz. No respondía. La estufa tampoco funcionaba; no bañaba la caseta de obra con su habitual resplandor anaranjado. Sin embargo, estaba aún caliente.

El *irrintzi* se repitió con la misma intensidad. Sonaba terrorífico en aquella completa oscuridad. Leire había oído muchos, aunque jamás hasta entonces había tenido la sensación de que ese grito ancestral le helara la sangre en las venas. Normalmente era un aullido festivo, propio de celebraciones y fiestas, nunca una amenaza como la que se adivinaba en el que todavía resonaba en el exterior.

—Está muy cerca —apuntó la escritora poniéndose deprisa los tejanos que encontró palpando el escritorio.

Cestero se le adelantó. La luz lejana de las farolas que iluminaban la plaza dibujó tímidamente su silueta conforme abría la puerta para salir del contenedor modular.

El *irrintzi* se extinguió sin que hubiera un tercero. Leire apenas tardó unos segundos en seguir a la ertzaina. Para entonces, el espacio central que se abría entre las casetas de obra se había convertido en un caos de carreras asustadas y lamentos en portugués. Los haces de luz de varias linternas se entrecruzaban ansiosos, aumentando la angustiosa sensación de que la situación estaba fuera de control.

—¡Quieto todo el mundo! —oyó gritar a Cestero, a la que alguien enfocó con la linterna. Llevaba una pistola en la mano.

Leire no tuvo tiempo de acercarse a ella. Antes de que diera un solo paso, una sombra se abalanzó sobre la ertzaina y la derribó. Los portugueses salieron corriendo en todas direcciones.

—¡La tengo, la tengo! —exclamó una voz de mujer que Leire reconoció como la brasileña de la empresa de seguridad.

Las potentes linternas de sus compañeros la iluminaron. La uniformada estaba sentada a horcajadas sobre Cestero, que había perdido su arma reglamentaria y parecía desorientada.

—Es un error —anunció Leire corriendo junto a ellas—. Es policía. Estaba conmigo.

La brasileña la miró desconfiada.

—¿A qué venían esos aullidos? —preguntó sin hacer ademán de levantarse.

—Ella no ha sido. Dormía conmigo —insistió Leire alzando la voz para hacerse entender. La algarabía iba perdiendo fuerza, aunque la confusión aún reinaba en el poblado de los obreros.

—Suéltala —ordenó Jon acercándose—. Es verdad lo que te dice.

La empleada de seguridad se puso en pie a regañadientes. Cestero aceptó la mano que le brindó para ayudarla a incorporarse y se guardó la pistola que le entregó uno de los compañeros de la brasileña.

—Casi me abre la cabeza contra el suelo —murmuró llevándose la mano a la nuca—. Suerte que es tierra y no asfalto.

—¿Qué está pasando aquí? —preguntó el jefe de obra girándose hacia los guardias de seguridad—. ¿Quién ha roto la ventana?

—A mí no me mires. Yo estaba dormida —se defendió la única mujer del grupo—. Era Pablo quien estaba de guardia esta noche.

El interpelado, un hombre de unos cuarenta años con gafas y perilla de chivo, enfocó con su linterna la ventana a la que se refería Jon.

—No sé —reconoció—. A mí también me sorprendió el aullido.

—El *irrintzi* —le corrigió Cestero—. ¿No te habrías quedado dormido, por casualidad?

—¿Yo? ¿Qué dices? —se defendió el guardia haciéndose el ofendido.

Uno de los portugueses se acercó a la carrera.

—Han saboteado el cuadro eléctrico —anunció.

—¿No piensan dejarnos en paz? —se lamentó el jefe de obra con gesto hastiado—. Solo intentamos hacer nuestro trabajo.

—Están intentando solucionarlo —apuntó el obrero.

Leire dirigió la vista hacia las casas que jalonaban la plaza. No había luz tras ninguna ventana. Los vecinos parecían dormir, pero tuvo la desagradable certeza de que alguien observaba el caos oculto tras una de aquellas fachadas. ¿No se iba a acabar nunca esa pesadilla? Hacía solo unas horas de la detención de Elsa y, aunque no las tuviera todas consigo, fantaseaba con la idea de que ese podía ser el punto final que todos esperaban. El sabotaje, sin embargo, indicaba que el caso aún no estaba resuelto.

—¿Qué opinas? —le preguntó Cestero apartándose del grupo.

—No sé —reconoció a su pesar—. Tengo la sensación de que se me está escapando el caso.

—Tampoco te pases. No han sido más que un par de *irrintzis* —apuntó la ertzaina.

—¿Solo? —se solivianto Leire—. Te parecerá poco. Alguien corta la electricidad para asegurarse que nadie le vea, rompe la ventana de los obreros en plena noche y los despierta con un alarido que ellos jamás antes habían oído. No olvides que han muerto ya cuatro personas; cinco contando a Garikano.

—No te lo tomes así. Solo intentaba quitarle hierro al asunto —se disculpó la ertzaina—. Sé muy bien que lo de hoy es una amenaza aún más grave que la hoguera de Urkulu. Esta vez, y a pesar de la seguridad privada, el agresor ha logrado llegar hasta el corazón del poblado obrero.

Leire veía desfilar por su mente los rostros de todos los vecinos.

—Alguien sigue empeñado en que no se haga la obra —murmuró pensativa—. Con Chocarro y Elsa detenidos, tenemos que descartar a quienes más se jugaban.

—Aparentemente —la interrumpió Cestero—. Quizá todavía no sepamos toda la verdad sobre este lugar. Mira tu amigo, el aizkolari. Ni siquiera es quien dice ser. Vete a saber qué otros secretos puede guardar.

La escritora movió la cabeza afirmativamente. Había pensado en ello.

—Era una mujer la del *irrintzi*, ¿verdad?

Ane Cestero arrugó la nariz.

—Creo que sí, pero era un tono tan agudo que es difícil jurarlo —reconoció.

Una hipótesis tomaba forma en la mente de Leire mientras observaba que algunos obreros se habían agolpado en la plaza. Buscaban allí la seguridad que les brindaba la luz de las farolas. El miedo comenzaba a hacerse notar.

—¿Y si no ha sido más que una maniobra de distracción? ¿No crees que puede haber sido Sabino Lujanbio para intentar desviar la atención de su mujer? —preguntó conforme se le ocurría.

La ertzaina guardó silencio unos instantes mientras lo valoraba.

—Es una opción. Si consiguiera hacernos sospechar que el asesino sigue suelto, es evidente que descartaríamos a Elsa —añadió pensativa.

—Los Lujanbio son los que más tienen que ganar con lo de hoy —se reafirmó Leire.

—Salvo que estemos sencillamente ante el enésimo intento de detener una obra que alguien parece empeñado en que no se haga —repuso Cestero—. Cuando amanezca iré a ver al aizkolari. Hay que saber por qué oculta su verdadero pasado.

Leire sintió que se le hacía un nudo en la garganta. Todavía no le había devuelto a Iñaki sus llamadas. Antes quería aclararlo todo con Eneko. Lo suyo había sido un desliz y nada más. No quería llamadas ni visitas, ni volverlo a ver una vez que regresara a Pasaia.

—Iré yo —anunció secamente—. Tú si quieres me cubres, pero déjame hablar con él a solas. Tenemos cosas pendientes que aclarar.

Cestero soltó una risita maliciosa.

—No me digas que te has liado con él —se burló apoyándose en el brazo de la escritora—. ¿No estabas con ese del astillero? ¡Vaya tela, tía! ¡No pierdes el tiempo!

Leire agradeció para sus adentros que la luz de las farolas de la plaza llegara hasta ellas atenuada, porque se había ruborizado. Estuvo a punto de pedirle a la ertzaina que le guardara el secreto, pero se lo pensó mejor antes de abrir la boca. Al fin y al cabo, Iñaki y ella no se conocían.

Una luz cegadora la obligó de pronto a cubrirse los ojos.

—Ya era hora —celebró Jon a pocos pasos de distancia.

Los focos halógenos que brindaban su claridad blanquecina al poblado de contenedores habían vuelto a la vida. De pronto todo era menos amenazador. Una explanada, casetas de obra, empleados de seguridad con su uniforme marrón, obreros desperdigados en pequeños grupos y un río que saltaba bullicioso. Nada inducía al miedo. Los últimos ecos del *irrintzi* se habían apagado.

—Es increíble lo que puede hacer la luz —reconoció Cestero mientras echaba a andar hacia la ventana rota con la esperanza de dar allí con alguna pista.

Leire se disponía a ir tras ella cuando algo llamó su atención hacia la puerta del contenedor que se había convertido en su habitación. No podía ser. Seguro que era una mala pasada de su subconsciente. Sin embargo, cuanto más se acercaba, más segura estaba de que aquello era lo que parecía ser.

—¡Jo-der! —exclamó sintiendo que el *irrintzi* volvía a brotar desde lo más profundo de la tierra para resonar con fuerza en los rincones que su mente reservaba para el miedo más atroz.

Un día de verano de 1966

Aún no eran las cinco de la tarde cuando Tomás llegó a casa. Era una suerte que Isidro hubiera ofrecido la suya para esconder al portugués mientras se recuperaba, porque él no sabía cómo reaccionarían sus padres si se lo pidiera. Además, había demasiados vecinos a los que sería difícil ocultar la presencia del extranjero.

Su amigo, en cambio, vivía en un lugar apartado y tenía una madre de ideas revolucionarias y mente abierta. Tanto que muchos la apodaban La Socialista. Ambos vivían en un anexo de la casa del guarda del pantano desde que Cipriano, el padre de Isidro, muriera hacía ya muchos años en un accidente de trabajo. Una compuerta de la presa quedó trabada por un pesado tronco y, al intentar liberarla, la riada se lo llevó por delante. Su cadáver apareció casi una semana después en unos sotos cercanos a Aribe. Con él habían perdido la vivienda oficial de los guardas del pantano, pero el nuevo encargado les ofreció una pequeña casa adyacente. Una exigua pensión y lo que ganaba el joven como talador les permitían seguir adelante.

Mientras Elvira y su hijo se ocupaban de João, Tomás corrió a Orbaizeta en busca del médico. Era una incógnita cómo recibiría la idea de tener que asistir a un portugués que intentaba pasar ilegalmente a Francia. Sorprendentemente, no opuso ninguna pega, sino al contrario. Entre palabras bienintencionadas sobre la importancia de ayudar a las personas que lo estaban pasando mal, introdujo apresuradamente gasas, alcohol, hilo y aguja en su maletín y salió en busca del herido.

—Qué pronto llegas hoy —le dijo a Tomás una vecina que volvía a su casa con dos lechugas del huerto. El joven se había despedido hacía unos minutos del doctor, que había tomado el camino hacia la presa.

—Sí. Hemos tirado muchos árboles y nos han dado fiesta por la tarde —mintió empujando la puerta. Como era habitual, el batiente superior estaba entreabierto. Solo necesitó asomarse por él para abrir desde el interior.

—Ya estoy aquí —saludó.

No hubo respuesta. A esas horas, Maritxu estaría limpiando la iglesia o ayudando en casa de los Ibarguren; y Manuel lo mismo podría estar cazando que trabajando en el huerto o el cobertizo donde guardaban los cerdos.

Sin embargo, un crujido en el techo le puso alerta. Había alguien en el piso superior. La estructura de madera de la casa se quejaba a menudo cuando alguien se movía allí arriba.

—¿Hola? —preguntó asomándose a la escalera.

Antes de que pudiera plantearse que tal vez no hubiera sido más que fruto de su imaginación, la viga volvió a quejarse. Había alguien ahí arriba, no cabía duda. En apenas unos segundos, y con el corazón corriendo encabritado en su pecho, se le pasaron por la cabeza mil posibles intrusos. El teniente de la Guardia Civil, los portugueses, Chocarro... Al pensar en él sintió un enorme deseo de venganza.

Estaba asustado. Sin pensárselo dos veces, volvió sobre sus pasos hasta el comedor. Allí, tras la mesita donde su padre llevaba meses anunciando que iba a instalar el televisor que pensaba comprar, estaba su escopeta. Manuel la guardaba siempre cargada, no fuera a darse el caso de que un intruso entrara en plena noche con malas intenciones. Maritxu le decía que eso no eran más que tonterías, que esas cosas solo pasaban en la ciudad, no en un pueblo de apenas un puñado de familias. Su marido, en cambio, no las tenía todas consigo.

El frío tacto del cañón le dio confianza. Jamás en su vida la había disparado, pero al menos podría dar un buen susto a quien aguardara arriba. Tragó saliva y comenzó a remontar las escaleras intentando hacer el menor ruido posible. Ojalá fuera Chocarro. No sabía qué podría llevarle a entrar a hurtadillas en su casa, pero si fuera él aprovecharía para darle su merecido. Con una rabia creciente, pensó que tal vez incluso le descerrajara un tiro entre ceja y ceja. Alguien tenía que pararle los pies y, si se lo sirviera tan en bandeja, no desaprovecharía la ocasión.

Llegó al descansillo donde se abría la puerta de la carbonera sin que las escaleras emitieran ningún quejido. Si seguía así, lograría pillar desprevenido al intruso. Iba a poner el pie en el primer escalón del segundo tramo cuando oyó un sollozo ahogado que le resultó familiar.

¿Cómo no había pensado en ella? Seguro que su hermana ya estaría de vuelta de la escuela. Probablemente hubiera corrido a esconderse para darle un susto. A los ocho años era lo que hacían los niños.

Con una cierta sensación de decepción, siguió avanzando en silencio, decidido a ser él quien la sorprendiera. Conforme ascendía creció en él la certeza de que algo no cuadraba. Si estaba jugando, ¿por qué un sollozo? Quizá hubiera discutido con su madre. Lo hacían casi cada día a cuenta de los deberes. ¿Y si realmente hubiera un intruso y la pequeña fuera su rehén?

Tomás volvió a sujetar la escopeta en posición de ataque. Solo faltaban dos escalones. Después estaría a tiro si hubiera alguien armado allí arriba.

Los subió con los latidos del corazón resonándole en las sienes y, al asomarse a la habitación de sus padres, vio una estampa que supo de inmediato que no podría olvidar mientras viviera.

—¡Maldito seas! —aulló con el corazón desgarrado por el dolor.

Manuel, con el pantalón en las rodillas, retenía a su hermana, a la que había quitado la falda y le cubría la boca con la mano para evitar que protestara.

—Tú calla —le ordenó su padre con una mueca de desdén—. A ti bien que te gustaba.

Tomás se quiso morir. Aquello no podía estar pasando. No otra vez.

—No me gustaba —fue lo único que acertó a balbucear antes de que el disparo resonara con fuerza en sus tímpanos.

48

Lunes, madrugada del 29 de diciembre de 2014

Igor Eceiza se levantó de un salto. No precisó encender luz alguna para poder orientarse en la oscuridad de su casa. La vocecita venía de donde siempre. Conocía el camino.

A tientas, con los ojos entornados para intentar no desvelarse demasiado, avanzó por el pasillo hasta alcanzar la puerta de la habitación de sus hijas.

—*Aita*, tengo sed —sollozó Itziar, la mayor. A sus cuatro años, todavía no había habido noche que durmiera de un tirón. La pequeña, en cambio, lo hacía cada día.

—Ya sabes que tienes aquí el vaso —le indicó Eceiza cogiéndolo de la mesilla de noche.

Hacía más de un año que se lo dejaba allí, a mano, antes de acostarla. De poco servía; Itziar insistía cada día en despertarlo con sus angustiados lamentos.

—Naroa ronca —protestó la niña tras dar un corto sorbo del vaso—. No me deja dormir.

Eceiza se asomó a la cuna donde dormía la pequeña.

La tenue luz azulada que brindaba el caparazón de una tortuga de peluche realzaba la paz que emanaba de su rostro relajado. Como siempre, dormía boca arriba y con los brazos y las piernas estirados en una equis perfecta. Solo con mirarla, su padre sentía una inmensa felicidad.

—¿A que ronca? —insistió Itziar sentada en su cama.

El inspector había olvidado por qué estaba allí asomado.

—Tiene la nariz un poco tapada —excusó a la pequeña—. No puede ser que eso te moleste. Tú ya eres mayor. Mayor y valiente —recalcó arropando a Naroa con el edredón. Sabía que no serviría de nada. La pequeña no tardaría en destaparse.

—¿Te vas a ir otra vez? —le preguntó Itziar acostándose.

Eceiza pensó en Lujanbio. Los resultados de los análisis de las sustancias halladas en el coche y en su bolso no tardarían. Estaba seguro de que serían concluyentes.

—No, cariño. Me quedaré aquí con vosotras —anunció dándole un beso en la mejilla.

—Gracias, *aita*. Espera —pidió al ver que se disponía a salir de la habitación—. Tengo más sed.

Eceiza torció el gesto. Se estaba desvelando y sabía lo que eso significaría. Le costaría volver a conciliar el sueño cuando volviera a la cama.

—Está bien —admitió ofreciéndole de nuevo el vaso a la niña.

La observó mientras se terminaba toda el agua y no pudo evitar un sentimiento contradictorio. Por un lado, se sentía feliz de ver a su pequeña convertida en toda una señorita; por el otro, le embargaba una profunda tristeza al ser consciente de que aquellos primeros años se le habían escapado sin apenas poder disfrutarlos. No parecía tan lejano el día que llegaron a casa con ella recién nacida y, sin embargo, no había más que ver a aquella pequeña que apuraba el contenido del vaso, para comprender que el tiempo había corrido como el viento del sur en un día de otoño.

—Quiero más —dijo la niña tendiéndole el vaso vacío.

Eceiza sabía que no era más que una artimaña para retenerlo más tiempo a su lado, pero fue a la cocina a por más agua.

—Venga, bebe un poco y deja el resto para luego. Si no, te harás pis en la cama —le susurró cuando regresó al dormitorio.

—Yo no me hago pis en la cama. No soy ningún bebé —refunfuñó Itziar dejando el vaso sobre la mesilla.

Su padre la arropó y le dio un beso en la frente.

—Que descanses —le deseó abandonando la habitación.

Al llegar a la suya, miró el reloj de la mesilla. Eran poco más de las cinco de la mañana. Estaba demasiado despierto. Le iba a costar dormir, pero no pensaba madrugar. Mientras los del laboratorio no tuvieran el resultado de la analítica, no había nada urgente.

—Están así desde que te fuiste —le susurró Aitziber acurrucándose contra él—. Vaya días me han dado.

Eceiza sonrió para sus adentros. Le gustaba saber que sus hijas lo echaban de menos cuando faltaba. Él también se había acordado de ellas en Orbaizeta.

—Bueno... Solo ha sido una noche —apuntó restándole importancia.

Se arrebujó bajo las mantas con la esperanza de que el sueño lo atrapara pronto.

—Yo también te he echado de menos —reconoció su mujer abrazándolo.

El inspector, de espaldas a ella, iba a girarse para darle un beso cuando reconoció la melodía de su teléfono móvil.

—Ya empezamos —protestó cubriéndose la cabeza con la manta.

—Deberías apagarlo antes de meterte en la cama —le regañó Aitziber—. ¿Qué menos que poder descansar en condiciones?

Eceiza suspiró desanimado. No era la primera vez que se lo echaba en cara. Sabía que, en el fondo, tenía razón, pero era inspector de la Policía Foral, no un agente cualquiera. El puesto conllevaba sus sacrificios y ese era uno de ellos.

Esta vez no pensaba responder. Hacía solo unas pocas horas que había regresado de Orbaizeta y tenía la firme intención de pasar esa noche tranquilo con su familia. No iba a permitir que una noticia, cualquiera que fuera, le impidiera desayunar con Aitziber y las niñas. Después, una vez en la comisaría, o quizá de camino a ella, tendría tiempo de sobra para devolver la llamada a quien le estuviera llamando en plena noche.

—¿No piensas cogerlo? —le apremió su mujer cuando el teléfono comenzó a sonar por tercera vez—. Despertará a las niñas y será peor.

—Vaya mierda de trabajo que tengo —renegó Eceiza entre dientes mientras abría el cajón de la mesita de noche.

La luz de la pantalla del móvil se reflejó en el rostro del inspector, crispado por la tensión al comprobar que era Leire Altuna quien le llamaba. Algo había ocurrido en Orbaizeta.

—¿Qué pasa ahora? —espetó arrepintiéndose al instante por su brusquedad.

—¿Eceiza? —preguntó la escritora. Se oían voces exaltadas de fondo y tanto ruido como si su interlocutora lo llamara desde un bar de copas.

—¿Dónde estás? —inquirió el inspector incorporándose—. ¿Qué ha pasado?

—En la Fábrica —apuntó Leire—. Alguien sigue empeñado en aterrorizar a los obreros. Un *irrintzi* nos ha despertado a todos mientras dormíamos.

—Joder, Leire. ¿Me llamas a estas horas por esa chorrada? —exclamó Eceiza resoplando indignado—. Habrá sido cualquiera de esos locos. Las viudas, los de la iglesia o Sabino Lujanbio... ¡Qué sé yo!

—No —le interrumpió la escritora alzando la voz para hacerse oír sobre el jaleo—. No es el *irrintzi* lo que ha causado aquí tanta conmoción. ¿Me oyes? —preguntó—. ¡Mierda! ¿Os queréis callar de una vez?

—Claro que te oigo —anunció alzando aún más la voz—. ¿Qué coño ha pasado?

Un llanto infantil obligó a levantarse a Aitziber. La pequeña Naroa se había despertado con las voces que daba su padre y lloraba asustada mientras su hermana mayor pedía a gritos que alguien acudiera a consolarla.

—¿Recuerdas el peine dorado que le clavaron a Pedro Merino en la garganta? —La voz de Leire sonaba ahora más clara, sin tantas otras que se le superpusieran—. Cómo olvidarlo, ¿verdad? Pues acaban de aparecer peines idénticos clavados en las puertas de las casetas de obra. —La escritora hizo una pausa a la espera de que Eceiza dijera algo, pero el inspector bastante tenía con asimilar la noticia—. ¿Se te ocurre un mensaje más aterrador?

49

Los poemas al sudor y el esfuerzo que adornaban las paredes de la cochera de Eneko no lograron conmoverla. Le gustaban más los que dedicaba a la selva que supuestamente lo había visto nacer. Sin embargo, era de justicia reconocer que el santuario en el que el aizkolari había convertido su lugar de entrenamiento a cubierto estaba adornado con gusto. Nada estaba fuera de su sitio, ni las toallas ni las cremas y afeites con los que le gustaba cuidarse el cuerpo. Mucho menos las hachas, dispuestas todas sobre una mesa en riguroso orden de menor a mayor.

—Tú dirás —la animó él mientras afilaba una de ellas.

Leire tragó saliva. Le iba a costar aquello. Se había presentado ante su puerta cuando pasaban pocos minutos de las ocho de la mañana y le había dicho que tenían que hablar. Cestero no estaba lejos. Permanecía agazapada en el exterior de la casa, dispuesta a entrar por la fuerza si las cosas se torcían.

—¿Quién eres? —le preguntó Leire mirándole fijamente a los ojos—. ¿Por qué me has mentido?

Eneko dibujó un gesto de incredulidad.

—¿A qué viene esto? —se defendió—. Te esperaba ayer para celebrar lo de Manegia y no apareciste. Y ahora te presentas aquí para preguntarme quién soy —protestó airado.

La escritora suspiró incómoda. Había decidido limitarse por el momento a la investigación. De los temas personales se ocuparía después, si le quedaban tiempo y ganas. Las evidencias sobre el aizkolari que le habían llegado a Cestero no invitaban a perder el tiempo.

—Cuando detuvieron a Chocarro y le dieron la opción de realizar una única llamada, te escogió a ti —apuntó Leire abriendo las manos a la espera de una explicación.

Si a Eneko le quedaba un mínimo rastro de sonrisa, lo perdió en el acto. No iba a resultarle fácil argumentar aquello.

—Soy su empleado —se defendió dejando el hacha sobre la mesa.

La escritora asintió con gesto grave. Todavía no había terminado. El informador de Cestero había hecho un trabajo excelente.

—¿Por eso te pagó esta casa? No está a tu nombre. Es propiedad de Aezkoana de Maderas.

Eneko fue incapaz de mantenerle la mirada. Se le veía derrotado. Ni siquiera sus músculos se veían tan firmes como de costumbre. Apoyado en la mesa con ambas manos y los brazos estirados en señal de tensión, volvió a alzar la vista.

—¿Has estado indagando en mi vida? —le espetó indignado—. ¿Con qué derecho?

Leire sintió que el nudo en la garganta se hacía insoportable.

—No ha sido fácil —replicó intentando imprimir fuerza a la voz, consciente de que ahora venía lo más duro—. No hay ningún Eneko Barrena en el registro. Tu nombre es en realidad Eneko Ferreira. El apellido lo heredaste de tu madre Emilia, de origen portugués, porque tu padre es desconocido.

—¡Mierda! —exclamó Eneko dando tal puñetazo en la mesa que hizo saltar las hachas—. ¿Te parece normal lo que has hecho? —Sus ojos brillaban por las lágrimas—. ¿Qué ganas aireando mi mierda de vida? ¡Dime!

—Ha habido cuatro muertes en la puerta de tu casa en solo dos semanas —alegó Leire—. Cualquiera puede haber sido.

—¡Maldita sea! ¡Haberme preguntado! —Un nuevo golpe en la mesa hizo caer dos de las hachas al suelo.

Alertada por los gritos, Cestero dio una patada en la puerta y entró con la pistola en la mano.

—¡Alto! Contra la pared, vamos —ordenó empujando al aizkolari.

—¿Qué haces? —exclamó Leire apartándola de un manotazo—. Todo iba bien. ¡Guarda esa pistola! Como te vea Eceiza, te va a caer un puro.

—¿A qué venían esos golpes? —inquirió la ertzaina escondiendo el arma bajo el cinturón.

La escritora tomó por el brazo a Eneko, que permanecía contra la pared, y le invitó a girarse hacia ella. Al hacerlo, el aizkolari dirigió una desconfiada mirada a Cestero.

—¿Por qué no me dijiste que eres hijo de Serafín Chocarro?

El aizkolari recibió la pregunta como si le acabaran de dar una bofetada. Intentó decir algo, pero apenas logró balbucear una negación. Las lágrimas comenzaron a correr por su rostro. Estaba absolutamente hundido.

Leire tuvo que morderse la lengua para no romper a llorar con él. ¿Qué estaba haciendo? ¿Hasta dónde estaba dispuesta a llegar por resolver aquel caso?

—Todo apunta a que lo eres —insistió Cestero acercándose.

Eneko dedicó a la ertzaina una mirada glacial. Después clavó su mirada en la escritora y rompió su silencio.

—Mi madre era prostituta. Lo supe desde que era bien pequeño. Veía hombres llegar a casa cada día para encerrarse con ella en el dormitorio. A veces me colaba debajo de la cama y lo oía todo mientras lloraba asustado porque sabía que aquello no estaba bien —explicó deteniéndose de vez en cuando para sollozar—. Vivíamos en Pamplona, en un piso diminuto que ella mantenía bien limpio. Era una buena mujer, sin estudios que le permitieran tener un trabajo mejor. —Se secó las lágrimas con la camiseta, dejando a la vista unos abdominales cincelados a golpe de esfuerzo—. Murió joven, cuando yo tenía quince años. La sífilis se la comió viva. Cuando supo que aquello era ya inevitable, vino a ver a Chocarro. Ella sabía que era mi padre porque cuando se quedó embarazada trabajaba de sirvienta en una casa de Aribe. Tuvieron un romance, o algo parecido, pero cuando nací él no quiso saber nada. Después no se portó mal. Una vez que ella murió, Chocarro me metió en el internado de Lekaroz. Lo pagaba todo sin rechistar. El resto ya lo sabes —apuntó encogiéndose de hombros—. Me compró esta casa y me dio trabajo.

Leire asintió comprensiva. No sabía qué decir. Acababa de remover el triste pasado del aizkolari y no tenía nada claro que tanto dolor tuviera alguna utilidad de cara a la investigación.

—¿Sabes que tu historia te convierte en sospechoso? —espetó Cestero a su lado—. Como heredero de Chocarro, la paralización de la obra te beneficiaría tanto como a él.

Eneko ni siquiera la miró. Las hachas que habían caído al suelo se llevaban toda su atención. Estaban brillantes y recién afiladas, seguramente esa misma noche. La escritora reparó en que, junto a ellas, se encontraba la txapela de ganador que le habían entregado la víspera en Garralda. El aizkolari la contemplaba decepcionado.

—Perdona, Eneko —se adelantó Leire apoyando una mano en su espalda y reprendiendo a Cestero con la mirada—. Estamos investigando unos asesinatos espantosos y eso implica conocer la verdad sobre todos los que vivís en la Fábrica. De todos. No era mi intención hacerte daño.

Se sentía mal. Solo pensaba en arrancar el 206 y abandonar aquel lugar para siempre.

—Marchaos de aquí —ordenó el aizkolari alzando la cabeza y señalando hacia la puerta.

—Eneko —comenzó a decir Leire.

—¿Podrías decirnos dónde estabas cuando...? —comenzó a preguntar la ertzaina.

—¡Fuera! —La tristeza del rostro del aizkolari había cedido el testigo a la indignación.

Cestero cogió a la escritora por el brazo y la acompañó hacia la salida. Leire esperaba algún comentario, bien sobre la posible culpabilidad del aizkolari, bien para intentar justificar la necesidad del dolor causado. Sin embargo, las palabras de la ertzaina fueron por otros derroteros.

—Está bien bueno. Y yo que pensaba que te hacía una faena pidiéndote que vinieras a Orbaizeta... Si lo sé, me vengo yo. ¿Has visto qué abdominales? Joder, claro que los has visto. ¡Y los has tocado! —exclamó en cuanto pisaron la gravilla del exterior.

50

Lunes, 29 de diciembre de 2014

—Tengo a media comisaría buscando los peines. —El inspector Eceiza mostraba orgulloso su teléfono móvil. En la pantalla se veía la foto de un objeto dorado que Leire y Cestero conocían bien. Era uno de los cuatro aparecidos en las casetas de obra.

—No será tan fácil. Quizá los comprara hace tiempo, o incluso al otro lado de la muga —advirtió la ertzaina.

Eceiza la fulminó con la mirada.

—Si funciona, puede ser una prueba clave —intervino Leire para suavizar la tensión. En realidad tampoco creía en ello. Lo que esperaba que fuera decisivo era lo de la cobertura francesa, pero Raquel no daba señales de vida. La víspera, cuando la llamó para pedírselo, no paró de recordarle que en solo tres días pensaba mudarse y que estaba harta de no poder moverse de casa. Temía que, si salía, Irene se las ingeniara para darse a la bebida. Con tanto reproche, lo del móvil apenas logró arrancar de su hermana un «lo intentaré».

Estaban de pie ante la iglesia de los Roncal. Las vacas mugían en su interior, alteradas por su presencia. La escritora miró el reloj. Eran casi las diez de la mañana. Era extraño que Paco aún no las hubiera llevado a los pastos. Acostumbraba a hacerlo poco después del amanecer.

—Jefe, los de seguridad dicen que ha sacado la pistola —apuntó el subinspector Romero acercándose.

—¿Es eso cierto? —inquirió Eceiza girándose hacia Leire con gesto circunspecto.

—Me lo puedes preguntar a mí. ¿No te parece? —se adelantó Cestero—. Claro que la he sacado. Cualquiera lo hubiera hecho en tales circunstancias. El campamento era un caos. Todos corrían aterrados de un lado a otro mientras el *irrintzi* resonaba en la noche.

—Te dije que tendríamos problemas —dijo Romero apoyándose en el coche patrulla—. Das la mano y te cogen el brazo. Primero una chica que juega a ser James Bond, ahora una agente de una policía que no tiene competencias en Navarra...

—Perdona, pero yo estoy aquí a título personal, no como ertzaina —se defendió Cestero.

—¡Ja! Por eso llevas encima tu pistola reglamentaria.

El inspector alzó las manos pidiendo silencio.

—Romero tiene razón. No deberías estar aquí —anunció mirando a Cestero.

Leire no se sorprendió al comprobar que a ella no le decía nada. Eceiza no era idiota y sabía perfectamente que sus pesquisas estaban siendo de utilidad.

—No te preocupes —dijo Cestero con sorna—. Mañana tengo que volver al trabajo. Mi autobús sale en dos horas. Te podías haber evitado el echarme de aquí.

Sin esperar respuesta, se dio la vuelta y se alejó hacia las casetas, donde tenía preparada la mochila para marcharse. Leire estuvo a punto de seguirla, pero el inspector le hizo un gesto para que se quedara.

—¿Y la otra? —inquirió Romero—. Ya verás como nos traerá problemas. ¿Tan difícil es entender que las investigaciones policiales las tiene que llevar la policía?

Eceiza resopló llevándose una mano al arco de la nariz.

—Basta, subinspector —espetó poniendo especial acento en la primera sílaba del cargo—. ¿Acaso tendríamos a la principal sospechosa detenida de no haber sido por su colaboración?

—Tampoco tendríamos a Garikano muerto por culpa de una pista falsa —le echó en cara su compañero.

—¡He dicho que basta!

El silencio que siguió a su orden amplificó el martillo hidráulico que repicaba en las ruinas. La obra seguía adelante. Ni las hogueras, ni los *irrintzis* en plena noche, ni los comentarios supersticiosos de los vecinos lograban detener a los portugueses.

—Suena tu teléfono —advirtió Romero señalando al interior del coche.

Su superior asintió desganado mientras abría la puerta. Tomó el terminal del asiento del conductor y se lo llevó a la oreja.

—Aquí Eceiza —saludó sin detenerse a comprobar quién le llamaba—. Hola, Egaña. No me digas que ya lo tienes... ¿En serio? ¿Sin margen de error? —La expresión de su cara mostraba decepción—. Claro que esperaba otra cosa... Sí, ya sé que es aún más grave, pero eso no la incrimina. ¿Y de lo otro...? ¡Qué dices! Madre mía, vaya dos personajes... No, en su casa no encontramos nada... Sí, claro que tendrá un corral. No se me ocurrió registrarlo... Ya te contaré. Gracias por tu rapidez.

—¿Qué pasa? ¿Ya hay resultados? —preguntó impaciente Romero en cuanto colgó el teléfono.

Eceiza tiró el aparato sobre el asiento y se rascó la cabeza con ambas manos mientras cruzaba una mirada cómplice con Leire.

—¡Cianuro! —anunció—. Lo que Elsa Salmerón llevaba en el bolso era veneno.

Leire se sintió decepcionada. Esperaba que el contenido del frasco fuera una disolución de benzodiacepinas como las utilizadas para sedar a Saioa Goienetxe.

—El cianuro no es prueba alguna para incriminarla en el asesinato —se lamentó.

—No directamente, aunque está claro que es una asesina. Las enfermeras no van por ahí con frascos de veneno —discrepó el subinspector sin dirigirle la mirada.

—No tan rápido, Romero —advirtió Eceiza—. El cianuro es una evidencia de su voluntad de matar, pero no demuestra que lo haya hecho ya. Ni siquiera nos servirá como prueba para mantenerla entre rejas.

La nube de polvo que levantó un camión naranja cargado de escombro le obligó a cubrirse la boca mientras hablaba.

—¿Y lo del coche? ¿Se ha podido saber qué contenían los viales antes de romperse? —preguntó Romero.

Eceiza volvió a fijarse en Leire, que aguardaba intrigada su respuesta.

—Creo que tenemos el motivo por el que se comportó de forma sospechosa en la carretera —anunció—. Sabino Lujanbio regresaba con el maletero cargado de clembuterol, una sustancia ilegal empleada para el engorde del ganado.

—¿La de Contador? ¿Esa por la que le expulsaron del Tour de Francia? —se sorprendió la escritora.

—La misma. Demasiado de moda también entre los culturistas para inflar artificialmente los músculos.

Una ventana se abrió en la vivienda adyacente a la iglesia.

—Ese cabrón hace años que anda con eso —anunció Paco Roncal asomándose al exterior—. Desde que se casó con la enfermera, sus vacas siempre han sido las más hermosas del valle. A veces me cuesta vender las mías porque todos los carniceros prefieren las de Lujanbio. Siempre he sospechado que andaba con algo de eso. Los pastos son los mismos. —El ganadero miraba indistintamente a Leire y al inspector—. ¿Y qué decir de su nivel de vida? ¿Desde cuándo un puñado de vacas da para llevar a los niños a Disneylandia? Para mí que trafica con esa droga. ¡Muchas incursiones hace ese al otro lado de la muga!

Su mujer le propinó un empujón para apartarlo de la ventana.

—Venga, Paco. No te metas en problemas —le regañó pasando la cortina.

—Lo de este lugar es increíble. Estaban ahí agazapados espiándonos —murmuró Romero con gesto estupefacto.

—Es una locura —admitió Eceiza alejándose de las viviendas—. Como sigamos aquí mucho tiempo acabaremos en el manicomio.

Leire pensó que tenía razón. Estaba harta de tantos chismes, de tantas supersticiones, de que todos parecieran conspirar continuamente contra los demás vecinos. Tenía ganas de volver a casa. Se planteó aprovechar la marcha de Cestero para irse con ella. Al fin y al cabo, el caso parecía bastante resuelto.

—¿Crees que ha sido Elsa? —le preguntó a Eceiza. Necesitaba oírle decir que sí, que estaba seguro de su culpabilidad. Ella quería estarlo también y no lo lograba.

—Claro. ¿Quién si no? —Fue Romero quien se adelantó para dar su opinión.

Eceiza lo miró largamente antes de abrir la boca. También él necesitaba que alguien tuviera alguna certeza.

—¿Y los peines? —preguntó desafiante—. Imagino que das por hecho que los ha puesto su marido para intentar desviar la atención. Con Elsa en comisaría, tiene que haber sido otro quien ha montado el circo de esta noche.

—Estoy casi segura de que se trataba de una mujer. No creo que un hombre pueda alcanzar esos agudos con la voz —discrepó Leire.

El inspector movió afirmativamente la cabeza.

—Eso es lo que han dicho todos. Obreros y personal de seguridad. —Hizo una pausa para remarcar sus siguientes palabras—. Una mujer.

Romero no estaba dispuesto a darse por vencido.

—Muchos han reconocido que no están del todo seguros. Incluso nuestra amiga la escritora lo ha admitido antes.

—Tiene razón —apuntó Leire torciendo el gesto—. Tendemos a asociar los sonidos graves con lo masculino y los agudos con lo femenino. No podemos descartar que fuera un hombre, pero apostaría por una mujer.

Eceiza giró la cabeza hacia el cielo y masculló un juramento.

—No perdamos más el tiempo —decidió recuperando la compostura—. Romero, te quiero en el corral de los Lujanbio. Busca cualquier indicio de tenencia o tráfico de sustancias ilegales. Yo me voy a Pamplona a interrogar a Elsa Salmerón.

—¿Yo solo? —protestó Romero.

—Viene de camino una patrulla de refuerzo. —Mientras abría la puerta del coche, el inspector pareció recordar algo—. ¿Qué era eso que querías decirme sobre el aizkolari?

Leire no contestó. Lo había estado pensando y había decidido no decirle nada. Esperaba no tener que arrepentirse.

—Oh, nada. Después de oír todo esto, creo que no tiene ninguna importancia.

Eceiza la estudió con la mirada. Parecía estar diciéndole que sabía que mentía. Tras unos tensos segundos, se sentó en el asiento del conductor y cerró la puerta.

—¿Dónde está el corral de ese tío? —le preguntó Romero golpeando la ventanilla con los nudillos.

Antes de que el inspector tuviera tiempo de bajarla, Paco Roncal abrió la puerta de su casa.

—Olvida su cobertizo y busca en la borda —advirtió—. Más que una chabola de pastor, se diría que es una prisión de alta seguridad. Tiene tantos candados esa puerta que no sé cómo no se viene abajo.

—¿Dónde está esa borda? —inquirió Eceiza asomándose por la ventanilla.

—En Azpegi. Hay varias allí. Yo también tengo una. Os puedo acompañar.

—No, gracias. No es necesario —se apresuró a decir el inspector—. Bastará con que nos la muestres en el mapa. —Después señaló algo con el mentón y se dirigió a Leire—. ¿Ya ves? Estoy seguro de que entenderás por qué estoy harto. Los que hemos nacido en una capital no estamos preparados para esto.

La escritora siguió su mirada. Asomadas tras una ventana, las viudas Aranzadi observaban la plaza con su habitual rostro inexpresivo. Salvando la distancia de la edad, sus rasgos dejaban claro que por sus venas corría la misma sangre.

No eran las únicas. Algo más cerca, Celia también miraba. Ella sí le devolvió el saludo.

—Me voy para Pamplona —anunció el inspector entregándole el mapa a Romero—. Hay una patrulla en camino. En poco más de media hora tendrás compañía.

Leire vio alejarse el coche con una sensación agridulce. Por un lado se sentía satisfecha por no haber traicionado a Eneko; por otro temía no haber actuado como debía. Al fin y al cabo, ¿no era el aizkolari el sospechoso perfecto? A los motivos económicos de las primeras tres muertes se sumaría la obsesión por mantener el secreto de su pasado. Un secreto que Chocarro podía haber confesado algún día al cura, cuya muerte silenciaba para siempre.

Cerró los ojos y alzó el rostro hacia el cielo, suspirando. Ojalá no se tuviera que arrepentir.

51

Lunes, 29 de diciembre de 2014

La detenida llegó con las manos esposadas. La expresión de su rostro no era tan altiva como de costumbre. Era lo habitual. La primera noche en el calabozo causaba estragos en la moral de quienes pasaban por él. Mejor así, porque los interrogatorios del día después siempre resultaban más fructíferos. Eceiza contaba con ello, y más una vez que la analítica había arrojado datos tan implacables.

—Siéntate —le ordenó señalando la silla que había frente a él.

La única puerta estaba cerrada. Sobre la mesa solo había una carpeta y una grabadora digital que se activaba con la voz.

—Pensaba que me preguntarías qué tal he dormido —espetó Elsa en cuanto estuvo acomodada. A pesar de que intentaba mantener un tono desafiante, su mirada derrotada estaba clavada en la mesa.

El inspector le dedicó un gesto condescendiente.

—¿Qué tal has dormido, Elsa? ¿Te ha tratado bien nuestro personal de habitaciones? Te habrán llevado el desayuno a la cama, ¿verdad?

La mujer alzó la mirada hacia él. Estaba furiosa.

—Os habéis equivocado conmigo. Yo no soy ninguna criminal. Solo una madre que lucha cada día por sacar adelante a sus hijos. —Se detuvo unos instantes a la espera de una réplica que no llegó—. ¿Qué sabrás tú de eso? No tienes críos, ¿verdad?

Eceiza suspiró recordando que había tenido que salir de casa en plena noche para volver, una vez más, a Orbaizeta.

—Dos niñas. ¿Y sabes qué? Por tu maldita culpa me estoy perdiendo estas Navidades con ellas. ¿Crees que me apetece pasarme día y noche en vuestro pueblo de mierda? —Eceiza sintió que estaba siendo demasiado sincero, pero necesitaba vomitar sobre ella su frustración.

Una sombra de tristeza se cruzó en el rostro crispado de Elsa.

—Es injusta la vida. Siempre quise tener una pequeña y mi marido no me dio más que varones. Balones, fútbol, peleas de gallitos... Estoy cansada de llegar cada día a casa y no encontrar más que hombres en ella —murmuró desanimada.

Eceiza le escuchaba irritado. No estaba entre aquellas cuatro paredes desnudas para perder el tiempo hablando de las frustraciones de la sospechosa.

—Cianuro. El juez Arjona ha abierto diligencias —espetó cortando en seco la conversación. Sacó el informe del laboratorio de una carpeta y se lo tendió a la detenida.

—¿Y qué? —se defendió Elsa recuperando su altivez—. ¿No eran benzodiacepinas lo que le dieron a la historiadora?

El inspector temía que se agarrara con fuerza a esa línea de defensa.

—No he terminado. Antes de romperse, los viales hallados en vuestro coche contenían clembuterol —anunció mostrando un nuevo documento—. Mis compañeros acaban de inspeccionar vuestra borda y han incautado más de ochocientas dosis. Estáis traficando con drogas para el engorde ilegal del ganado.

Todo rastro de resistencia se borró del rostro de la enfermera conforme oía que su marido había sido detenido y viajaba en esos momentos hacia Pamplona.

—¿Y los niños? —inquirió angustiada—. ¿Qué habéis hecho con ellos? ¡No tenéis humanidad!

—Se ha hecho cargo Servicios Sociales. No te preocupes, allí donde estarán no es molestia alguna que jueguen al balón o hablen de fútbol —apuntó Eceiza con una sonrisa burlona.

Elsa Salmerón se derrumbó. Las lágrimas comenzaron a rodar por su rostro roto por el dolor.

—Yo no he matado a nadie. Lo juro por mis hijos si hace falta —balbuceó. Era ahora otra mujer: más humana, más real.

Reclinado en la silla, Eceiza celebraba el cambio, aunque no se dejó doblegar.

—Te alegrará saber que Sabino ha sembrado el miedo esta noche entre los obreros. Peines dorados, *irrintzis*... Todo por hacernos creer que hemos detenido a la persona equivocada.

—¿Cómo tengo que decirlo? ¿En ruso? —se indignó Elsa—. No he matado a nadie —recalcó sílaba a sílaba.

—¿Por qué llevabas cianuro, entonces? —preguntó el inspector apoyándose en la mesa con ambas manos.

La detenida se observó las esposas sin dejar de llorar. La confesión estaba a punto de llegar, o eso decía la experiencia de Eceiza, que reprimió la intención de ofrecerle un pañuelo de papel para que se secara las lágrimas. Todavía no. Debía seguir mostrándose duro mientras no reconociera su culpa.

—Lo odio. Toda mi vida lo he odiado. Hizo desgraciada a mi madre. Incluso en su lecho de muerte no paraba de hablar de él —explicó entre sollozos—. Cuando ella se fue, tan joven la pobre, juré sobre su cadáver que vengaría su sufrimiento. Por eso volví al valle del que mi familia jamás debió ser expulsada y logré que Sabino se fijara en mí.

—¿Y el cianuro? —inquirió Eceiza impaciente.

A pesar de sus lágrimas, Elsa aún tuvo fuerzas para dedicarle una mirada glacial. Cada cosa a su tiempo, parecía decirle.

—Desde que me mudé allí, y ya han pasado doce años, aguardo el momento de poder acabar con él. Como enfermera, he tenido que acudir a casi todas las casas del valle. ¿Quieres creerme que el cabrón todavía no ha requerido que le ponga una miserable inyección? —Sus ojos destilaban un odio que remarcaba la fuerza de sus palabras—. ¡Nada! ¡Y tiene casi setenta años!

—Llevas todo este tiempo acarreando el veneno con la esperanza de tener la ocasión de inyectárselo a Chocarro —comprendió Eceiza estupefacto.

—Ese perro no merece morir de viejo —sollozó la detenida. El odio de su mirada iba cediendo el terreno a una inmensa impotencia—. Por su culpa, mi madre vivió una vida que no le correspondía. ¿Sabes qué es para una mujer ser repudiada por su propia familia?

El inspector tenía la sensación de que algo se le escapaba.

—¿Por qué tanta inquina? Él fue el culpable de la ruina de tu abuelo, pero eso no le hace responsable de que a tu madre la dejaran de lado por quedarse embarazada.

—No lo entiendes, ¿verdad? —le reprochó Elsa pasándose las manos esposadas por la cara en un vano intento por secarse las lágrimas—. Ese malnacido dejó preñada a mi madre y después no quiso saber nada de mí. Sí, no pongas esa cara de lástima ahora. ¿Entiendes ahora por qué lo odio? —balbuceó a duras penas—. Serafín Chocarro, el cabrón que arruinó a mi familia, es mi padre.

Un día de verano de 1966

Manuel se miró el agujero en el pecho con una mueca de incredulidad. Después comenzó a caminar estirando las manos hacia la escopeta humeante que sostenía Tomás. Parecía un sonámbulo. Su mirada perdida y aterrorizada mostraba un profundo reproche. Antes de dar el tercer paso cayó postrado de rodillas y vomitó una bocanada de sangre. Después se desplomó sobre el suelo de madera, donde quedó tendido sin vida.

Mientras el charco escarlata se extendía por el dormitorio y el aullido de la pequeña resonaba en toda la casa, Tomás comenzó a ser consciente de lo que había hecho. Acababa de matarlo. No sintió arrepentimiento. Tampoco alegría. Solo ganas de abrazar a su hermana, de protegerla para que nadie volviera a hacerle daño.

Corrió junto a ella, que gritaba fuera de sí al pie de la cama, y la estrechó entre sus brazos.

—Ya está. Tranquila. Ya no lo hará más —la animó.

La niña hundió la cabeza en su pecho y lloró desconsolada. Estaba asustada.

Sin dejar de acariciarle el cabello, Tomás miraba el charco de sangre haciéndose más grande cada segundo que pasaba. ¿Cómo podía caber tanta en un cuerpo humano? Una neblina de irrealidad se adueñó del momento. Era como si todo aquello no fuera más que una espantosa pesadilla de la que despertaría en cualquier momento.

—¿Qué es esto? —se oyó de pronto una voz conocida. Era su madre. Había dejado caer los tomates que portaba en un cesto de mimbre y estaba postrada de rodillas junto al cadáver aún caliente—. ¡Manuel! ¡Maldita sea, Manuel! —decía Maritxu zarandeando desesperada a su esposo—. ¿Qué te han hecho? ¿Por qué? —Sus lamentos desgarrados apenas sacaron a Tomás de su ensoñación.

—Era un monstruo —balbuceó con la mirada perdida en sus propios recuerdos—. Estaba violándola.

Maritxu alzó hacia él una mirada velada por las lágrimas.

—¿Has matado a tu padre? —preguntó con gesto de estupor—. ¡Estás loco!

—A mí también me lo hizo —musitó el joven rompiendo a llorar. De pronto se sentía como el niño desvalido al que su padre forzó en la borda de Miguel. Estrechó con fuerza a su hermana, que seguía ahogando sus lamentos contra su pecho.

—¡Él os quería! —se le encaró su madre convirtiendo en ira su pena—. ¡No puedes culparle si esa era su forma de querer a sus hijos!

—Tú lo sabías —comprendió Tomás. Una inmensa impotencia se adueñó de él.

Maritxu guardó silencio antes de abrazar a su marido.

—¿Qué te han hecho, amor mío? —dijo con la voz rota por el llanto mientras le acariciaba el pelo rizado con una mano ensangrentada—. ¡Yo te quiero! ¡Te quiero!

Cuando volvió a alzar la vista se encontró con la mirada herida de Tomás.

—Lo sabías y no hiciste nada —la acusó el joven con la voz cargada de un odio repentino.

Su madre se secó las lágrimas con las mangas de la blusa mientras se apoyaba en la pared para ponerse en pie.

—Voy al cuartel —musitó girándose hacia la escalera—. La Guardia Civil tiene que saber lo que ha pasado aquí.

Tomás tomó la escopeta. La había dejado sobre la cama.

—No vas a ninguna parte —anunció con voz firme.

Maritxu se giró para encararse con él. Antes de que pudiera abrir la boca, oyó el disparo que le arrebató la vida. Su cuerpo rodó escaleras abajo para quedar tendido junto a la puerta de la carbonera. El grotesco agujero de su frente rivalizaba con la boca abierta en un último grito de horror.

52

La pantalla mostraba apenas unos renglones. No lograba escribir. A pesar de que se empeñaba en culpar al ruido de los martillos hidráulicos, sabía que no era eso lo que le robaba la concentración. Estaba hecha un mar de dudas. Lejos de aclarar el caso, la confesión de Elsa le resultaba demasiado sincera como para creer, como defendía Eceiza, que pretendía ocultar los asesinatos tras su dramatismo. No, algo no encajaba en todo aquello.

La Policía Foral llevaba horas registrando a conciencia todos los lugares donde Elsa Salmerón podía haber ocultado pruebas de los crímenes. Sin ellas no había nada que hacer. El cianuro solo probaba su intención de matar a Chocarro, no que fuera una despiadada asesina en serie.

Minimizó la ventana del procesador de textos y buscó en el escritorio el último capítulo que había escrito. Lo abrió y leyó entusiasmada su descripción de la hoguera de Urkulu. Sobre el papel, el asesinato de Pedro Merino, a quien ella había bautizado Jean Baptiste Larceveau, resultaba aún más aterrador que en la realidad. Se felicitó por ello y recordó que la víspera, al escribirlo, no se sentía del todo satisfecha. Era demasiado perfeccionista y eso a menudo le impedía avanzar en la narración.

«Está genial. Quien lo lea, lo vivirá como si estuviera allí mismo», celebró recuperando fuerzas para enfrentarse a la hoja en blanco.

Escribir le ayudaba a ver el caso de otra manera. Cuando se sentaba ante su portátil, no estaba en un rincón olvidado del Pirineo navarro, sino en su faro. No importaba que por la ventana viera la iglesia de los Roncal, ni que el ruido de la obra fuera la molesta banda sonora. No, nada de aquello le impedía entrar en su mundo literario y volar lejos de allí. Aquella distancia irreal le permitía verlo todo sin los velos de simpatías y fobias que suponía estar en contacto con los protagonistas del caso.

En su novela, que tenía pensado titular *La fábrica de las sombras*, no conseguía que Elsa pareciera tan mala, ni Celia tan entrañable. Con Eneko, al que llamaba Pierre, le sucedía algo aún más curioso. Desde el principio los ojos del lector verían en él al posible asesino, lo que resultaba especialmente turbador porque se pasaba el libro acostándose con la agente de la Gendarmería que comandaba la investigación. Porque en la Bretaña francesa, en el paraje torturado por las olas del Atlántico donde había instalado la fábrica de salazones abandonada, no había ertzainas ni policías forales. Tampoco guardias civiles enterrados. Todo lo demás se parecía mucho al pueblo en el que Leire estaba pasando las Navidades más inquietantes de su vida.

Cada minuto que pasaba se arrepentía más de no haber compartido con Eceiza las novedades sobre Eneko. Si su subconsciente la había llevado a convertirlo en el sospechoso principal de su libro, por algo sería. Tampoco Sagrario, la mística Françoise, salía bien parada. En la novela era una profesora de yoga que celebraba, entre los árboles, sesiones que pretendían obrar cambios en el alma del bosque. Leire no sabía qué era lo que la había llevado a plasmar así a una taladora, pero lo había escrito conforme brotaba de su interior.

Tecleó una frase y, tras leerla una y otra vez, la borró. Nada de lo que escribía desde que se había sentado después de comer le convencía.

Demasiadas emociones en apenas unas horas. Ojalá Cestero siguiera allí para poder hablar de todo. Su autobús hacía tres horas que había partido.

¿Cuántos hijos más tendría Chocarro? En solo una mañana habían aparecido dos. ¿Sabrían ellos que eran hermanos? No, seguramente no.

Pensando en ello, recordó que Raquel aún no había dicho nada sobre el asunto de la cobertura fronteriza. Probablemente no hubiera hecho indagación alguna, a pesar de que sería vital en la investigación.

Cogió el móvil y buscó su nombre en la agenda. Iba a pulsar la tecla de llamada cuando se arrepintió. Tampoco ella había buscado solución alguna al tema de su madre. Los acontecimientos de los últimos días la habían obligado a dejar de lado un problema que requería una solución urgente. Con un suspiro, alzó la vista hacia la ventana. El cielo gris plomizo amenazaba nieve. Hacía días que una idea le rondaba por la cabeza. Había llegado el momento de mostrarse más generosa con Irene. También con su hermana. Raquel tenía derecho a ser feliz en su nueva vida. Había cuidado de su madre demasiados años como para seguir exigiéndole nuevos sacrificios.

Buscó un nuevo número en la lista de contactos y, esta vez sí, pulsó la tecla verde.

Los tonos de llamada se extinguieron sin que nadie respondiera. Leire suspiró desanimada. Con lo que le había costado tomar la decisión, era una lástima no poder dar el paso definitivo. Giró la vista hacia el ordenador. Las pocas líneas que ocupaban el documento bailaron burlonas ante ella. Quizá fuera mejor dejarlo y salir a tomar el aire.

Iba a ponerse en pie cuando el teléfono comenzó a sonar.

Era Amparo, la dueña de la Bodeguilla de Pasaia.

—Hola, guapa —saludó Leire reconociendo a través del auricular la algarabía propia de la taberna varada en el tiempo en la que almorzaba cada día—. No sabes cuánto daría por estar ahora allí. ¿Qué tal estás? Tengo ganas de verte.

—Tú lo que echas de menos son mis pintxos de bonito con anchoas —refunfuñó la mujer—. ¿No me habrás llamado para pedirme que te envíe uno?

La escritora esbozó una sonrisa al visualizarla detrás de aquella barra de madera con su habitual gesto gruñón. Se imaginó en su lugar. También ella se cobijaría detrás de esa careta de mandona si tuviera que lidiar, cada día, con jubilados metomentodo y pescadores cansados de la vida. Porque si algo tenía claro Leire a esas alturas era que tras la fachada de Amparo se escondía un gran corazón.

—Espero poder ir muy pronto a comerme unos cuantos en persona —anunció la escritora.

—Ya puedes darte prisa. El treinta y uno echo la persiana y no la vuelvo a levantar. Estoy muy cansada ya. Esto es muy esclavo.

La escritora sabía que tenía razón. Amparo abría cada día al alba para recibir a los pescadores que acababan de descargar en la lonja. Cuando comenzaban a retirarse después de unos cuantos chupitos del famoso aguardiente de estraperlo de la Bodeguilla, llegaban los jubilados y, con ellos, las clientas de la tienda que se abría en un extremo del bar. Sus conservas eran reconocidas a muchos kilómetros a la redonda. Había quien llegaba desde la propia San Sebastián para comprar anchoas en salazón.

Era un trabajo a todas luces excesivo para una mujer sola. Amparo no tenía a nadie. La vida no había sido justa con ella. Su marido, su siempre añorado Peio, murió en alta mar, como tantos otros marineros de Pasaia. El bacalao lo llevó a Terranova en busca de sustento para su familia y jamás lo devolvió. Apenas tuvo tiempo de llorarlo, porque sus dos únicos hijos sucumbieron poco después a los estragos de la heroína, esa traicionera promesa que arrasó las ilusiones y el futuro de una generación entera de jóvenes.

—Tengo una propuesta que hacerte —apuntó Leire. Temía que no fuera fácil convencerla, pero sabía que, si aceptaba, saldría bien.

—No me vengas con que no cierre. Bastante me ha costado decidirme —advirtió Amparo. A pesar de su tono serio, la escritora sospechaba que era una más de tantas veces que aseguraba que echaría la persiana y no llegaba a hacerlo.

—Escúchame, por favor. No seas cabezota —le rogó Leire reconociendo el tintineo de los vasos que la anciana colocaba en una esquina de la barra una vez limpios y secos—. Me voy a llevar a mi madre a vivir a Pasaia. Necesita trabajar. El dinero no importa, cobra una buena pensión de viudedad. Lo que quiero es que esté ocupada y he pensado... —Tragó saliva para aclararse la garganta que los nervios le atenazaban—. Verás, creo que podría echarte una mano con el negocio.

Amparo se mantuvo en silencio.

—Es buena gente. También ella perdió a su marido muy joven —añadió Leire buscando la conexión sentimental.

—No puedo permitírmelo —reconoció finalmente la anciana—. Apenas llego a fin de mes trabajando sola. ¿Cómo iba a poder pagar un salario?

La escritora no estaba dispuesta a tirar la toalla fácilmente.

—Podrías abrir más horas. Siempre te quejas de que no das abasto, que no puedes desdoblarte entre la barra del bar y el mostrador de la tienda. —Raro era el día que Amparo no cerraba antes de las doce del mediodía. A partir de esa hora los txikiteros comenzaban su ronda y el trabajo volvía a recuperar intensidad, algo que la veterana tabernera no estaba dispuesta a sufrir—. Con mi madre ocupándose del colmado, solo tendrías que estar pendiente de la barra.

—No podré pagarle gran cosa —se oyó a través del auricular.

Leire celebró que la idea comenzara a cuajar.

—Ni falta que hace. Ya te he dicho que el dinero no es problema. Necesito que se sienta útil, que esté ocupada Si a fin de mes le puedes dar algo, pues mejor. Quiero que se sienta valorada.

—¿Qué tal se apañará con los clientes de la Bodeguilla? —La voz de Amparo sonaba animada—. Ya sabes que no son fáciles.

Leire tomó aire a fondo. Sabía que estaba a punto de salvar un escollo complicado que requería de una sinceridad que le incomodaba.

—Amparo, mi madre tendría que estar siempre en la tienda, nunca en la barra. —El silencio que le llegaba a través de la línea telefónica indicaba que la tabernera la escuchaba con atención—. Eso es algo que tiene que quedar muy claro. Bajo ningún concepto debería ocuparse del bar. No es fácil para mí decírtelo, pero...

—Para, para. No hace falta que sigas —la detuvo la tabernera—. Las adicciones me han arrebatado a mis dos niños y sé desgraciadamente cuándo hablamos de ellas. Tu madre no tocará una botella mientras esté en la Bodeguilla. Como que me llamo Amparo que no la tocará.

—¿Eso es un sí? —preguntó Leire con la voz rota por la emoción.

—Es un lo vamos a intentar. No te imaginas la pena que me daba el cierre. Las últimas semanas han sido muy emotivas. ¿Sabes lo que es sentir el cariño de tus clientes? Luego me hacen la vida imposible, pero hasta un jamón me han regalado. Lo tengo aquí encima de la barra.

—Ya me darás a probar, ¿no?

Amparo se rio. Su optimismo era contagioso.

—No sé si quedará. Cada mañana le damos un buen meneo... Sí, ya voy. Leire, ya hablaremos. Tengo gente esperando en la tienda.

La escritora comenzó a hilvanar un sincero agradecimiento. El vacío que le llegó a través del teléfono le indicó que llegaba tarde. La tabernera había cortado la comunicación.

Su madre recibió la noticia con alegría. A pesar de sus «no te preocupes, no quiero ser una carga» y subterfugios varios, su tono de voz dejaba entrever que estaba encantada de irse a vivir con su hija menor. La idea de trabajar en una pequeña tienda de ultramarinos la motivaba especialmente, aunque no tanto como el vivir a la orilla del mar. Nacida en Santurtzi, a orillas del Abra, volver a tener el mar tan cerca tras tantos años en el Casco Viejo bilbaíno le parecía el mejor de los regalos.

—Gracias, hija. Voy a buscar las cañas. En Pasaia se van a enterar de quién es la mejor pescadora.

—Solo una condición —advirtió la escritora—. Tendrás que seguir asistiendo a las reuniones de Alcohólicos Anónimos. No estoy segura de que haya un grupo en el pueblo, pero puedes ir al de Errenteria.

—Ni una gota de alcohol. Te doy mi palabra —anunció su madre con tono solemne.

Leire deseó que fuera verdad. No quería encontrarla tirada como un trapo empapado de ginebra en la puerta del faro. Ojalá no se estuviera equivocando.

—Hazme un favor, *ama* —le pidió—. Llama a Raquel y cuéntaselo.

—Ahora mismo. No sé qué le parecerá que me vaya tan lejos. Seguro que ya contaba conmigo como niñera —apuntó Irene con una risita.

Leire se giró hacia la puerta. Alguien había llamado.

—Está abierto —anunció.

Era Jon Albia.

—Tienes visita —anunció haciéndose a un lado.

A Leire le dio un vuelco el corazón.

—*Ama*, ya hablaremos. Tengo que dejarte —anunció cortando la comunicación—. ¿Qué haces aquí? —preguntó dándole un sentido abrazo al recién llegado.

—¿Qué haces tú? —replicó Iñaki—. Llevo días llamándote y no me coges el teléfono.

El jefe de obra cerró la puerta y se alejó sin despedirse.

—Perdona. Perdóname —rogó Leire antes de fundirse con él en un beso apasionado—. No me vas a creer, pero te he echado mucho de menos. —En su interior tenía lugar una cruenta batalla. ¿Debía explicarle algo de lo ocurrido con Eneko? No, mejor no hacerlo. Solo podía estropearlo todo—. Te quiero, Iñaki. Te quiero con toda mi alma —reconoció. Era la primera vez que se lo decía. Él, en cambio, se lo repetía desde el primer día—. Me gustaría que vinieras al faro a vivir conmigo.

Iñaki la sujetó por los hombros y la estudió con la mirada. No tardó en esbozar una sonrisa que no necesitaba palabras para decirlo todo.

—¿Eso es un sí? —inquirió Leire. Se sentía feliz. Por primera vez en mucho tiempo se encontraba en paz consigo misma.

—¿Tú qué crees? —replicó el joven apartando de un manotazo los papeles que había en la mesa de trabajo y tomándola en brazos para sentarla sobre ella. La escritora le rodeó la cintura con las piernas y lo atrajo hacia ella.

El mundo exterior había dejado de existir. Tanto que no fue consciente de que el sonido de la obra había cesado. Las máquinas se habían detenido y las incansables voces de los trabajadores acababan de ceder el testigo a un tenso silencio.

Las manos de Iñaki le arrancaron la camiseta y se pasearon por su espalda antes de detenerse en sus pechos. Con un gemido de placer, Leire se dejó caer sobre la mesa para invitarle a que la siguiera desvistiendo. El joven no tenía prisa; le dedicó una sonrisa insinuante antes de acercar los labios a unos pezones que respondieron endureciéndose.

Las hábiles manos de Iñaki comenzaban a desabrochar el pantalón de la escritora cuando el suave murmullo de voces que llegaba del exterior se convirtió en un griterío. Las palabras de los portugueses, tamizadas por la distancia y la confusión, resultaban incomprensibles, aunque era evidente que estaban asustados.

—Espera —suplicó Leire sin dejar de acariciar la cabeza de Iñaki. Había logrado desatarle los botones y le acariciaba el vientre con los labios de camino a su sexo—. Para, de verdad. No puedo ahora —jadeó deseando en realidad que no se detuviera.

—¿Qué pasa? —inquirió el joven alzando una mirada ardiente de deseo. Su lengua trazó un círculo alrededor del ombligo de la escritora mientras aguardaba su respuesta.

Leire aguzó el oído. ¿Era Jon el que daba órdenes por encima de las voces desordenadas? Tenía que ir. Aquello no pintaba nada bien. Apoyándose en los codos, se incorporó y recuperó su ropa.

El rostro de Iñaki bailaba entre la decepción y la incomprensión.

Leire lo sostuvo por la barbilla y le propinó un sensual beso en la boca. Después abrió la puerta. No le sorprendió que todos los obreros se hallaran agolpados en un mismo lugar. Era lo que esperaba.

El corazón, que apenas unos segundos atrás ardía de deseo, se heló en el centro de su pecho.

Había vuelto a ocurrir.

53

Esta vez eran dos. Yacían en un viejo almacén de material cuya cubierta había sucumbido a los rigores de los elementos. Apenas quedaban en pie cuatro paredes de mampostería que los portugueses estaban reforzando para evitar un deterioro mayor. La intervención incluía retirar los restos del tejado y excavar el interior hasta los cimientos en busca de restos arqueológicos. En lugar de preciados tesoros del pasado, fueron dos esqueletos lo que sacaron a la luz.

Una vez más, la confusión se había adueñado de la obra.

Al verla llegar, los obreros le abrieron paso. Le incomodó sentir todas sus miradas fijas en ella.

—Antes de dar con los huesos, hemos encontrado esta cruz —anunció Jon mostrando un crucifijo de gran tamaño que alguien había clavado sobre un montón de cascotes.

Leire observó sus brazos metálicos oxidados y torcidos, probablemente por la propia presión de las máquinas con las que había sido desenterrado.

—¿Dónde estaba exactamente? —preguntó intrigada.

Jon tomó la cruz de su emplazamiento y la dispuso sobre los cadáveres, centrada entre ambos.

—Aquí más o menos, aunque medio metro por encima de ellos. Cuando la han encontrado —explicó señalando a dos obreros que permanecían a un lado—, me han llamado. Con tantas historias supersticiosas circulando por ahí, no sabían qué hacer. Hemos seguido sacando tierra hasta dar con los primeros huesos.

La escritora se fijó en los esqueletos. Los cráneos asomaban sobre la tierra removida. Las órbitas huecas la observaban sin interés. Las mandíbulas estaban entreabiertas en una tétrica sonrisa que se había congelado para siempre. Otros huesos, como las caderas y algunas costillas, emergían también ligeramente del suelo. Lo demás permanecía oculto bajo la pesada mortaja de tierra a la espera de que los forenses de la Policía Foral hicieran su aparición.

—Es una tumba. Con su cruz y todo —apuntó Leire pensativa—. Quien los enterró pretendía darles un descanso cristiano. Están dispuestos juntos, respetuosamente, boca arriba, no como el teniente de la Guardia Civil, que apareció en la postura que cayó a la sepultura.

Al alzar la vista se arrepintió de haber hablado en voz alta. Un coro de obreros la rodeaba, silencioso, expectante. Necesitaban respuestas. No comprendían qué estaba pasando allí. Alguno preguntó en voz alta si trabajaban en una fábrica abandonada o en una fosa común. Sus rostros, sin embargo, no mostraban miedo. Solo fastidio, hartazgo.

—El de la derecha es un hombre. La de la izquierda, una mujer —anunció la brasileña de la empresa de seguridad con los brazos en jarras.

—¿Cómo sabes tú eso? —inquirió el jefe de obra con ademán desconfiado.

—La pelvis —señaló la otra—. Es evidente.

A Leire no le sorprendió que los obreros no fueran el único público. Los vecinos también se habían agolpado al recibir la noticia. Las Aranzadi, con gesto sombrío, rezaban en una esquina. Los Roncal murmuraban en voz baja entre ellos. Seguramente trataban de poner nombre a aquellos muertos. Más allá, Celia, apoyada en un bastón, observaba los esqueletos con una mueca de incredulidad en el rostro. ¿O era tristeza?

—Venga, fuera todos. Dejad estas cosas a la policía. —El subinspector Romero, que seguía en Orbaizeta dirigiendo el registro a las propiedades de los Lujanbio, portaba una cinta de plástico con la que pretendía establecer un cordón policial. Le acompañaba uno de esos agentes jóvenes que se habían incorporado al caso tras la muerte de Garikano y la baja por depresión de Campos. —Tú también. Déjanos trabajar y no toques nada. Ahora llegará la Científica —añadió señalando a Leire.

Los portugueses obedecieron. Sin hacer preguntas y con gesto decepcionado, abandonaron aquel rincón de la fábrica para regresar a sus puestos.

—No, dejadlo por hoy. Ya es tarde para volver a empezar —les indicó Jon Albia señalando un cielo que era más negro que azul.

Los vecinos, en cambio, no estaban dispuestos a moverse. Los Roncal apenas dieron un paso atrás cuando Romero los empujó para extender su cinta, y Celia tampoco era capaz de apartar la vista de los muertos.

Leire tenía la extraña sensación de que esta vez era diferente. No se oían las habituales soflamas cargadas de supersticiones. Al contrario, el silencio era la nota dominante. Un silencio tenso, triste incluso. Aquello solo podía tener una explicación.

—¿Es que no tenéis casa? —les espetó Romero mientras instalaba un foco en un trípode para iluminar la escena una vez que la escasa luz del día se extinguiera por completo.

Las Aranzadi se santiguaron una vez más antes de girarse para marcharse por las escaleras que subían a la plaza. Cuando aún no habían llegado arriba, se cruzaron con Sagrario. La taladora llegaba entonces. No se dirigieron una sola palabra, tampoco un gesto, ni siquiera una mirada. Eso no resultaba extraño, pero sí que la más vieja volviera la vista para seguir a su vecina mientras se acercaba al talud donde estaban los demás vecinos.

Paco Roncal susurró algo al oído de su mujer. Marisa miró disimuladamente a la recién llegada. Leire intentó leer en el rostro de Sagrario. Un rictus de tristeza se abrió paso en sus facciones a pesar de que luchaba claramente por evitarlo.

—Esta vez son dos —dijo la taladora con una voz que intentaba a duras penas sonar firme y distante—. ¿Es que no entenderán nunca que remover el pasado no trae más que desgracias?

Nadie contestó. Los Roncal se limitaron a asentir con la cabeza. Celia, en cambio, estudiaba a su vecina con una mirada que bailaba entre la incomprensión y la pena. Una sombra se movió a lo lejos. Leire alzó la vista hacia allí. La viuda había desaparecido.

Romero le hizo un gesto a su compañero para que encendiera el foco. Un torrente de fría luz blanca lo inundó todo al tiempo que resonaba en la distancia la sirena de un coche policial. Eceiza y los de la Científica llegaban de Pamplona.

Hacía apenas dos minutos que Sagrario había llegado cuando decidió que tenía suficiente. Sin despedirse de nadie, se dio la vuelta y se marchó por donde había llegado. Leire la siguió con la mirada. Tuvo la impresión de que estaba llorando.

Miró a los demás. No se movían. Lo más sorprendente de todo era que no decían nada. Nada de fábricas malditas ni selvas vengativas. Nada. Solo un respetuoso y extraño silencio.

Leire tragó saliva con una certeza incómoda en la cabeza.

Era evidente.

Todos sabían quiénes eran aquellos muertos, y Sagrario, mejor que nadie.

54

Leire encontró el batiente superior de la puerta entreabierto. Lo contrario le hubiera resultado extraño. A pesar de los asesinatos y de la tensión que flotaba desde hacía semanas en el barrio, la mayoría de los vecinos dejaba las casas abiertas. Resultaba desconcertante. Cualquier recién llegado esperaría un lugar sobre el que planeara el silencio inquietante de los pueblos fantasmas, pero eso no ocurría en la Fábrica de Orbaizeta.

Llevó la mano hacia el timbre y la apartó en el último momento para apoyarla en la puerta. Los diferentes tonos de verde, agrietados por el paso de los años, delataban incontables capas de pintura aplicada sin detenerse a lijar la anterior. Al empujarla emitió un lento chirrido.

—¿Sagrario? —llamó alzando la voz.

Estaba nerviosa. El comportamiento de los vecinos ante el hallazgo de los cadáveres era desconcertante. Las miradas, los silencios, las muestras de una tristeza que hasta entonces no habían manifestado... Los escasos metros que separan la fábrica de las antiguas viviendas de los operarios le habían servido para madurar una teoría. Sabía que estaba en lo cierto. Y ahora solo faltaba constatarlo.

—¿Qué quieres? —le preguntó la taladora asomada a una

ventana del piso superior. Su tono era cortante, no había rastro de amabilidad en su rostro.

Al alzar la vista, Leire no se sorprendió de que fuera ya completamente de noche. El día se extinguía demasiado pronto en esa época. Tenía ganas de que llegara pronto la primavera y el mundo comenzara a quitarse de encima el pesado sayo del invierno.

—Necesito hablar contigo —anunció llevándose la mano a la cara para amortiguar la luz de una farola que la deslumbraba.

—¿Y tiene que ser ahora? —protestó la otra con una mueca de fastidio.

Leire decidió que debía lograr un golpe de efecto si quería que le atendiera.

—Son tus padres, ¿verdad? —dijo señalando con el pulgar hacia el resplandor del foco que había instalado el subinspector Romero.

Solo había sido necesario atar algunos cabos para llegar a esa conclusión.

Alguna de esas tardes en las que Celia le desgranaba la vida en la Orbaizeta de antaño, le contó lo de esa pareja que desapareció de la noche a la mañana dejando a sus dos hijos solos. A todos en el pueblo les resultó extraño todo aquello, aunque se rumoreaba que andaban metidos en algún lío. Quizá fueran comunistas, o anarquistas incluso, y se supieran en el punto de mira de la policía secreta. Todo podía ser en unos tiempos duros en los que a un joven del cercano pueblo de Orbara lo metieron en la cárcel porque alguien le acusó de poner un crucifijo del revés.

Eso explicaba la reacción de unos vecinos que, tras tantos años, acababan de descubrir que aquella historia que tanto dio que hablar en su día era falsa. De ahí la lástima con la que observaban a Sagrario y la sorpresa que se adivinaba en sus rostros. ¿Quién y por qué había matado al matrimonio?

La taladora la observó unos instantes en silencio. La expresión de su rostro era de estupor. Leire había conseguido el efecto que pretendía con sus palabras.

—Entra. Está abierto.

Conforme empujaba la puerta, la escritora respiró hondo. Sabía que no iba a ser una conversación fácil. Algo le decía que aquellos dos esqueletos podían ser el detonante de las muertes de las últimas semanas. Sin embargo, no las tenía todas consigo. Lujanbio seguía siendo una buena sospechosa. Además, con Chocarro ya se había equivocado al acusarle de estar detrás de los asesinatos para ocultar el crimen prescrito del teniente. No creía que a Eceiza le hiciera mucha gracia que ahora le fuera con una historia similar, cuando aquello le había costado la vida a uno de sus agentes.

—Perdona mi brusquedad —se disculpó al ver aparecer a Sagrario por las escaleras.

—Estás muy equivocada —apuntó la taladora con gesto disgustado—. Mis padres huyeron a Francia por motivos políticos y se siguieron preocupando por nosotros desde allí.

—Entonces ¿quiénes son los muertos? —inquirió Leire señalando hacia las ruinas—. No me negarás que lo sabes. Tú y todos los demás.

Sagrario se encogió de hombros al tiempo que movía negativamente la cabeza.

—Te mostraré pruebas de que no son mis padres. Tengo paquetes y cartas que nos enviaban —anunció subiendo al piso superior.

—¿Dónde están ahora? Ya no hay motivos políticos que los retengan en Francia —quiso saber Leire sin moverse del vestíbulo.

Sagrario se detuvo a media escalera.

—Murieron hace demasiado tiempo. —Su rostro mostraba de pronto tanta tristeza como hacía apenas unos minutos, en la fábrica—. Un accidente de coche antes de que la llegada de la democracia les permitiera regresar.

Un teléfono comenzó a sonar. Era el de Leire. La taladora aprovechó para ir en busca de las cartas.

Era Raquel. Tal vez tuviera noticias sobre lo de Urkulu.

—Hola, hermanita —la saludó la escritora.

—Oh, qué cariñosa —se burló su hermana—. Me ha llamado la *ama*. Está entusiasmada con la idea de ponerse a trabajar.

—Me alegro —dijo Leire ocultando su decepción. ¿Tan difícil era pulsar un par de teclas y decirle quién era el asesino?

—Oye, tengo ya lo que querías. Me ha insistido el informático que ni se te ocurra filtrar esta información. Utilízala solo a modo confidencial. ¿De acuerdo?

Leire se descubrió asintiendo con la cabeza. El corazón le latía desbocado.

—Dile que puede estar tranquilo —reconoció impaciente.

—Ya se lo he dicho. No me falles o se me cae el pelo —le advirtió Raquel—. El único cliente de la zona cuyo terminal se registró esas dos noches en el repetidor de Bouygtel en Saint-Jean-Pied-de-Port fue el seis, siete, ocho...

—¿No me vas a decir el nombre del titular? —Apoyada en el batiente inferior de la puerta, Leire observaba impaciente el exterior. El coche de Eceiza estaba aparcado junto a la escalera que bajaba a la fábrica. Aún no sabía cómo, pero de algún modo tendría que hacerle partícipe de lo que acababa de saber.

—Sagrario Rodero Etxabe. ¿La conoces? ¿Te sirve de algo? —quiso saber Raquel.

Leire apenas llegó a abrir la boca. Un fuerte golpe en la nuca lo tiñó de pronto todo de negro.

Un día de primavera de 1974

—¡No! ¡No me gustaba! ¡Déjala! —gritó Tomás sentado en la cama y envuelto en fríos sudores.

Odiaba aquellas pesadillas. Quería pasar página de una vez, pero aquellos horribles sueños se repetían una y otra vez. Habían pasado ocho años desde lo de sus padres y no había habido una sola noche en la que Manuel y Maritxu no se le aparecieran para recriminarle lo que había hecho con ellos. Algunos días, los peores, su padre lo forzaba en la soledad de la borda y Tomás se despertaba entre dolores que su subconsciente convertía en reales.

Temía acostarse. Sabía que cerrar los ojos suponía ir directo a su cita con el pasado. Al principio intentó dejar de dormir. Lo logró tres días seguidos. Al cuarto se dio por vencido y las pesadillas fueron las más atroces que recordaba.

Estaba decidido a poner el punto final a ese infierno.

Había esperado ocho años. No habían sido fáciles, pero quería que su hermana pudiera crecer feliz en el valle. Tomás se había convertido en padre y madre, en hermano y amigo. La adoraba. Era lo único que le quedaba y quería lo mejor para ella. Al contrario de lo que temió en un primer momento, la chiquilla no se hundió tras la muerte de sus progenitores. Lo vivió como algo normal, liberador incluso tras los abusos a los que la sometía Manuel, y nunca más se habló de ello en casa.

Su risa contagiosa era el mejor de los regalos. Solo por ella merecía la pena vivir. Tomás la oía cuando volvía del trabajo y se la encontraba jugando con sus amigos en las ruinas de la fábrica. En esos momentos, que siempre recordaría como los más hermosos de una vida que había sido injusta con él, sentía que su corazón sonreía con ella.

Eso era los primeros años, porque ahora tenía ya dieciséis y se había convertido en una jovencita que a Tomás le parecía la más bonita del mundo. Las carreras infantiles habían dado paso a los enamoramientos adolescentes y las preocupaciones que conlleva el paso a la vida adulta. Las risas se habían espaciado; ya no lo recibían cada día al volver de talar árboles. La escuela también hacía tiempo que había quedado atrás, aunque Tomás se empeñó en que siguiera formándose y trabajó en jornadas de doble turno para poder pagarle un curso de corte y confección en Garralda.

Era el momento. Tenía la grata sensación de haber hecho lo que tenía que hacer. Ella había alcanzado ya una edad en la que podría elegir qué camino tomar y él podría dejar definitivamente atrás los fantasmas del pasado.

Se puso en pie a pesar de que aún no había amanecido y encendió la luz. Tenía la maleta preparada sobre la cómoda. Solo necesitaba echársela al hombro y marcharse. Miró el reloj. Eran las cinco y media de la mañana. Tenía tiempo. Aún faltaban muchas horas para que el coche de Pamplona saliera de Orbaizeta.

Intentando no hacer ruido, bajó las escaleras. Dejó la maleta en el comedor y entró a la cocina para beber un vaso de agua. Le costó tragar. Estaba demasiado nervioso.

No era para menos. Durante los últimos ocho años había hilvanado una gran mentira que, a menudo, había sido complicado mantener en pie. Que unos padres huyeran a Francia de la noche a la mañana dejando a este lado de la muga a un hijo de diecisiete años al cuidado de su hermana de ocho era extraño, y más cuando no se les conocía ningún tipo de vinculación política que los empujara a escapar de la dictadura.

Para acallar las dudas, el propio Tomás pasaba cada cierto tiempo a Esterenzubi y preparaba paquetes con víveres y regalos que se hacía llegar a Orbaizeta a través de contrabandistas. Esa estratagema fue la que terminó por aplacar las sospechas de los vecinos, que veían la mano de Maritxu detrás de esos fardos donde nunca faltaban bombones con los que el joven obsequiaba a las mujeres del pueblo.

Ahora, sin embargo, cuando todos habían dejado de hacer preguntas incómodas, Tomás iba a romper el secreto. Necesitaba hacerlo para poder seguir viviendo. No quería llevarse los fantasmas nocturnos de sus padres a la ciudad. Si quería comenzar una nueva vida tenía que enterrarlos como era debido.

Abrió la puerta y salió a la calle. Era la hora fría que precede al amanecer. El lucero del alba brillaba con fuerza en un cielo que aún no había comenzado a teñirse de azul. Miró hacia las ruinas de la fábrica. Por primera vez en tantos años no parecían malditas. Llenó confiado sus pulmones y tomó el camino de Orbaizeta. Si todo iba bien, en un par de horas estaría de vuelta.

El padre Eugenio abrió la puerta con el pelo alborotado y sin su habitual sombrero redondo.

—¿Qué pasa? ¿Qué quieres tan pronto? —le preguntó frotándose los ojos. El cielo apenas comenzaba a clarear—. ¿Una extremaunción?

Tomás sintió el sabor de la sangre en la boca. Se estaba haciendo daño de tanto morderse el labio. Aquello tenía que salir bien o su esperada nueva vida en Pamplona se convertiría en una larga temporada entre rejas.

—Padre, quiero confesarme —suplicó dejándose caer de rodillas. Todavía se le hacía extraño tener que dirigirse así a un chico más joven que él. Según decían las vecinas, que asistían encantadas a sus misas, pasaba por poco de los veinte años y había tenido que pedir dispensa porque el código canónico no contemplaba que hubiera sacerdotes tan jóvenes.

—¿Ahora? —inquirió el cura con tono de incredulidad—. ¿No podías esperar a que abra la iglesia, como todo el mundo?

—Es demasiado grave, padre. Por favor. —La voz del visitante se quebró por la emoción.

El capellán lo miró fijamente unos instantes en los que Tomás tuvo la desagradable sensación de que era capaz de leer en lo más profundo de su alma. Finalmente, se hizo a un lado y señaló hacia el interior de la casa.

—Pasa, anda. Espero que sea algo suficientemente importante como para levantarme de la cama —le advirtió tendiéndole la mano para que se pusiera en pie.

Tomás sintió un profundo agradecimiento. Con el viejo padre Ángel habría resultado mucho más difícil. Suerte que, tras tantos años sermoneando al pueblo durante sus interminables misas, hubiera decidido jubilarse en una de las muchas residencias que la Iglesia tenía en Pamplona.

—Confieso que he pecado —comenzó a decir siguiendo las fórmulas tradicionales.

El sacerdote le hizo un gesto para que se dejara de ceremonias y le señaló una silla del despacho parroquial. Tomás jamás había visto tantos libros como en las estanterías que cubrían las paredes.

—¿Qué has hecho, hijo? —inquirió el joven capellán tomando asiento frente a él. Sus ojos eran vivarachos, mostraban toda la fuerza de la juventud.

—He matado a mis padres —confesó bajando la vista hacia las manos. Las tenía sudadas a pesar de que no hacía calor alguno.

Lejos del reproche que esperaba recibir Tomás, el sacerdote se limitó a asentir con gravedad a la espera de que siguiera explicándose. Lo hizo durante casi una hora, vaciando su corazón sobre aquella mesa de madera ajada por los años y las manos de barniz. Cuando por fin terminó, don Eugenio soltó un largo suspiro.

—¿Por qué ahora? —inquirió—. ¿Por qué no te confesaste antes?

Tomás estaba preparado para esa pregunta.

—Porque me voy. No hubiera soportado ir cada domingo a misa y que su mirada me recordara que sabía mi secreto.

El cura asintió comprensivo.

—Lamento lo que tuvisteis que pasar, pero a unos padres no se les puede quitar la vida —anunció con gesto severo—. No hay nada, por grave que pueda parecer, que motive un asesinato. Menos aún el de la propia sangre de uno, por supuesto. Lo que hiciste es una abominación. Por mucho que yo te pueda mandar cien padrenuestros y mil avemarías para otorgarte el perdón, Dios te juzgará y no creo que te abra la puerta para entrar en el reino de los cielos.

—¿Puedo pedirle algo? —preguntó Tomás ajeno a sus palabras—. ¿Podría acompañarme al lugar donde yacen enterrados para rezar por sus almas? Me tortura saber que su descanso eterno no es posible porque no recibieron la última unción.

Era eso, y no su arrepentimiento, lo que le había llevado en realidad a confesarse. Sabía que, si sus padres podían por fin descansar en paz, él podría dormir tranquilo. El tormento al que lo sometían cada noche cesaría si sus almas dejaban de vagar sin rumbo por las ruinas de la fábrica para encaminarse hacia el cielo, el infierno, o dondequiera que les correspondiera estar.

El capellán se puso en pie y tomó el maletín donde llevaba todo lo necesario para sus bendiciones. Después se giró hacia Tomás y le hizo un gesto con la cabeza para indicarle que le siguiera.

—Vamos —anunció don Eugenio sin permitirse la más mínima sonrisa—. Después te irás para no volver. Guardaré el secreto que me confías en confesión, pero tampoco yo quiero verte cada domingo en misa para recordarme que estoy protegiendo a un asesino ante la justicia.

Tomás asintió obediente. Era exactamente lo que pretendía hacer.

55

Lunes, 29 de diciembre de 2014

Cuando se despertó, le dolía la cabeza. Sentía un fuerte zumbido en su interior, como si un enjambre de abejas se hubiera adueñado de su cerebro. Abrir los párpados fue en vano. No veía nada. Temió que el golpe la hubiera dejado ciega. Al llevarse las manos a la cara para ver si le había vendado los ojos, se percató de que las tenía atadas. Algo le unía ambas muñecas. Las acercó a la boca y palpó con la lengua y los labios. Era una cuerda áspera y deshilachada, como la empleada para colgar a Saioa Goienetxe. Estiró los brazos para intentar averiguar dónde se encontraba, pero enseguida chocaron contra una pared de tacto metálico. Allá donde los moviera había algo que le impedía estirarlos; lo mismo que las piernas, que tenía recogidas en posición fetal.

«Es un maletero», comprendió al reparar en el ruido del motor del coche.

Un bache le hizo rebotar la cabeza, aumentando el dolor hasta el límite de lo soportable.

—¡Socorro! —gritó con todas sus fuerzas.

—¿Ya te has despertado? —le preguntó una voz. A pesar de sonar apagada por el asiento que separaba el interior del vehículo del portaequipajes, supo perfectamente que se trataba de Sagrario—. Más te valdría volverte a dormir si no quieres sentir como el agua te cubre hasta no dejarte una gota de aire que respirar.

—¡Saben que estoy contigo! ¡Te detendrán! —le advirtió Leire recriminándose por no haber permitido que Iñaki la acompañara. Le había obligado a quedarse en la caseta de obra con la excusa de que iba a hacer unas pesquisas sin importancia. Él no había insistido en acompañarla; asumía que la presencia de un nuevo forastero podía resultar contraproducente cuando se trataba de lograr que los vecinos se sincerasen.

—¡Mentira! —se jactó Sagrario—. ¿Quién lo sabe, esos polis de Pamplona? ¡Ja! Ya quisieras tú. Allí seguían, mirando los esqueletos como si nunca hubieran visto uno. —Aceleró con fuerza aprovechando una larga recta—. Es una pena echar a perder este cochecito, con lo bien que anda. Elegiste bien.

Leire se llevó las manos atadas al pantalón tejano. Las llaves del 206 no estaban en el bolsillo.

—¡Para el coche ahora mismo! —ordenó tan firmemente como el miedo le permitió—. ¿Adónde me llevas? Deberías entregarte o será peor.

Estaba aterrorizada. Si Sagrario había matado a todas aquellas personas, no le supondría desvelo alguno acabar con ella. Todo indicaba que era lo que pretendía hacer.

—No debería preocuparte tanto mi suerte. En unos minutos descansarás en el fondo del pantano de Irabia. Tú y el coche. Juntos para siempre —anunció Sagrario lentamente, arrastrando las palabras—. Entonces pasaré a Francia y empezaré una nueva vida.

—Como tus padres —espetó Leire sarcásticamente.

El silencio que siguió a sus palabras y el aumento de la velocidad, evidente por el vaivén del coche y el rugido del motor, delataron que no habían sido bien recibidas.

—¿Por qué? —inquirió Leire intentando desatar el nudo con los dientes—. ¿Por qué tantas muertes?

Sagrario aceleró aún más. Las ruedas silbaban en las curvas y la escritora se golpeó la cabeza contra la chapa del vehículo.

—Para protegerle —confesó la taladora con voz queda—. Para que nadie vaya a hurgar en su pasado. ¡Lo hizo por defenderme!

—¿Quién los mató? ¿Fue tu hermano? —alcanzó a decir Leire a pesar de que una nueva curva le hizo temer que se saldrían de la carretera.

—¿Sabes qué es que quien esperas que te proteja se convierta en tu mayor pesadilla? —Las palabras de Sagrario llegaban con fuerza a pesar de estar rotas por el dolor—. Tomás lo mató para que no me lo hiciera más. —Cuanto más avanzaba en la narración, mayor era la velocidad. Leire temió que acabarían chocándose contra un árbol—. Ella quiso denunciarle. Lo sabía todo. Traicionó a sus hijos por proteger a su marido.

La escritora había logrado soltar un primer nudo. Aún había más, muchos más. No era fácil concentrarse. Estaba mareada. No sabía si era debido a la falta de aire o por la propia carretera, pero tenía ganas de vomitar.

—Aquello está prescrito. Tu hermano no hubiera ido a la cárcel —apuntó luchando contra las náuseas.

—¿Qué más da la cárcel? ¿Acaso no es peor el escarnio público? ¿Qué crees que dirían los vecinos si conocieran el secreto de la familia? ¡Se pasarían el día señalándonos! ¿Y mis sobrinos? ¿Qué pensarían de su padre si supieran que mató a los abuelos que jamás llegaron a conocer? —Hizo una pausa que Leire evitó aprovechar para responder. Algo le decía que aquellas preguntas no requerían réplica alguna—. Tomás merece vivir sin que vuelvan los fantasmas del pasado. Sus nietos son su vida. Es el mejor padre, el mejor abuelo, que nadie pudiera soñar.

El asfalto había cedido el testigo a una pista de gravilla. Las ruedas levantaban pequeñas piedras que impactaban contra el chasis del 206. Leire temió que hubieran llegado al camino que circundaba el embalse. Si era así, su tiempo se agotaba. En cualquier momento, Sagrario saltaría del coche y lo dejaría rodar ladera abajo. El agua se ocuparía de hacer el resto del trabajo.

—Es inútil que me mates. Lo saben —advirtió forcejeando ansiosa con la cuerda.

—¡No! ¡No lo saben!

No había manera de soltarla, tenía demasiados nudos. La oscuridad no ayudaba. Se dobló aún más sobre sí misma y presionó con las rodillas la bandeja superior. Era la zona más débil del maletero y su única posibilidad de salir de él. Por más que lo intentó, apenas se combó ligeramente, dejando entrar un hilo de luz por el lugar donde se unía al asiento trasero.

—¿No has visto cómo te miraban? Tus vecinos lo saben —insistió llevando las manos a la rendija. No pasaban por ella.

—¡Calla! ¡Cállate ya!

—¿Te ha ayudado Celia? ¿Es tu cómplice? —Leire temía que la ayuda de la anciana hubiera sido necesaria en el caso de Saioa.

—No. La pobre vieja me ayudó sin saberlo. Su infusión fue clave para poder echar los ansiolíticos en la taza de la historiadora —reconoció la taladora—. Contigo lo intenté, pero no hubo manera de que te apartaras de la mesa ni un segundo.

El coche se había detenido. El tiempo se acababa. Tenía que salir de allí como fuera. Apoyó las rodillas de nuevo en la bandeja y empujó con todas sus fuerzas. La rendija se hizo mayor.

—Te vas a pasar la vida en la cárcel. Has dejado de ser víctima de tu padre para convertirte en verdugo de una gente inocente —espetó Leire intentando alargar la conversación para ganar tiempo.

—¡Cierra la boca o yo misma te estrangularé! —replicó Sagrario fuera de sí. Su respiración se había vuelto tan intensa que parecía que hubiera un enorme animal jadeando dentro del coche.

Esta vez Leire consiguió pasar las manos a través de la abertura. Con movimientos nerviosos, las llevó hasta el extremo del respaldo del asiento trasero y buscó la palanca que permitía abatirlo. Aún no había dado con ella cuando un sonido familiar le heló la sangre. Jamás hubiera pensado que el clac de una puerta al abrirse le pudiera resultar tan aterrador. Sagrario se marchaba. El coche de Iñaki comenzaría su viaje hacia la muerte en cuanto el pedal del freno quedara libre.

—¡Te arrepentirás! —Leire se extrañó de la potencia de su propio grito, que apenas logró enmascarar la respiración ansiosa de Sagrario.

—Final de trayecto —anunció la taladora—. No te quejarás. He elegido un bonito sitio para tu descanso eterno. No tenías que haber sido tan entrometida.

El vehículo comenzó a deslizarse lentamente en el preciso momento en que Leire lograba abatir el respaldo trasero. No había un solo segundo que perder. Con la puerta abierta de par en par, Sagrario aún ocupaba el asiento del conductor y jugueteaba con el pedal del freno. Comenzaba a girarse para comprobar qué ocurría atrás cuando la escritora se abalanzó sobre ella. No era fácil actuar con las manos atadas, pero pasó los brazos por encima de la cabeza de su captura y la atrajo con fuerza hacia el respaldo. La propia cuerda que le ligaba las muñecas se convirtió en una improvisada arma estranguladora.

—¡Frena! —ordenó Leire aterrorizada al ver que el 206 ganaba velocidad.

Los faros delanteros mostraban una ladera empinada que acababa en una oscura lámina de agua. Los troncos de las hayas que se interponían entre el coche y el pantano estaban más espaciados de lo habitual, señal inequívoca de que se había llevado a cabo recientemente una saca de madera. Sagrario la había elegido para que el riesgo de que el vehículo quedara empotrado a medio camino fuera el menor posible.

—¡Maldita sea! ¡Que frenes!

La velocidad era cada vez mayor y el terreno irregular sacudía el coche, que avanzaba fuera de control hacia una muerte segura. El tronco de un árbol impactó contra la puerta abierta y la cerró de golpe. Una lluvia de esquirlas de vidrio cayó sobre

Sagrario mientras luchaba por liberarse de los brazos que le impedían respirar.

Leire decidió que tendría que parar el vehículo ella misma. Con un movimiento rápido, levantó los brazos, dejando libre a la taladora, y se lanzó hacia el freno de mano. Tiró de él con ambas manos y contuvo el aliento. Fue en vano. El coche continuó deslizándose cuesta abajo por la tierra mojada. Era demasiado tarde para detenerlo.

De pronto tuvo la certeza de que iba a morir.

Sagrario tosía ruidosamente con las manos en el cuello, intentando a duras penas recuperar el aliento. Las hayas pasaban junto al Peugeot con una rapidez endiablada y los faros alumbraban cada vez de forma más nítida un agua negra que se intuía profunda.

Con la cadera encajada entre los asientos delanteros, Leire sujetó el volante con fuerza. Era su última oportunidad. Tampoco estaba segura de que fuera una buena opción; también podía suponer la muerte, pero tenía que intentarlo. Buscó con la vista un árbol que estuviera cerca de su camino y trató de dirigir el vehículo hacia él. Solo un choque evitaría que cayeran al embalse.

El 206 varió ligeramente su rumbo. Leire se felicitó para sus adentros mientras se preparaba para el impacto. A tanta velocidad, sería terrible.

Al ver el árbol acercándose implacable, se planteó si no hubiera sido mejor caer al agua. Aquel choque podría resultar mortal.

—¡Hija de puta! —alcanzó a decir Sagrario mientras se aferraba con fuerza al volante y forcejeaba para que la escritora lo soltara.

El vehículo giró bruscamente a la izquierda. Después todo fue muy confuso, porque las vueltas de campana no cesaron hasta que el 206 cayó a las gélidas aguas del pantano.

56

Lunes, 29 de diciembre de 2014

Una neblina de irrealidad lo envolvía todo. Los altos troncos de las hayas trepaban rectos como columnas interminables que pretendieran sostener el firmamento. Su corteza era de plata, como las estrellas que no veía pero intuía diluidas en el manto lechoso que se había adueñado del cielo. El aleteo de las aves nocturnas resultaba reparador, una señal de vida en un mundo que se había detenido de repente. Incluso el chapoteo de las exiguas olas que el viento levantaba en la superficie del pantano parecía un sonido feliz, un guiño a los acantilados de Pasaia, que había llegado a temer que no volvería a ver. Lo único que era demasiado real era el frío, un frío atroz y húmedo que la empapaba hasta los huesos.

—¡Traed mantas térmicas, vamos! —oyó gritar a una de las figuras azuladas que bailaban a su alrededor.

No recordaba haber salido del coche. Solo la espantosa sensación de que le faltaba el aire mientras una gélida fuerza desconocida tiraba de su cuerpo hacia las profundidades. Cuando lo daba todo por perdido, se vio en la superficie. Las manos atadas le impidieron nadar, aunque de algún modo logró alcanzar la orilla.

No sabía cuánto tiempo había tardado en llegar la policía con sus luces oscilantes iluminando la noche. Tenía la impresión de que su aparición había sido casi inmediata.

—Has tenido suerte. —Era la voz de Eceiza. Se había agachado a su lado para soltarle la cuerda que ligaba sus antebrazos—. Con este frío no hubieras podido aguantar mucho tiempo. Ya puedes dar gracias a tu novio. Vio cómo te introducía en el maletero y vino a buscarnos. Os pisábamos los talones. —Se mantuvo en silencio unos instantes, concentrado en desatar los nudos—. Todavía no me creo que hayas podido sobrevivir. ¡Vaya vueltas de campana! Es una suerte que no estuvieras inconsciente al caer al pantano.

Leire apenas le escuchaba. Nunca hasta entonces había oído a nadie referirse a Iñaki como su novio. Abrió levemente los labios y repitió la palabra con voz queda. Sonaba bien.

—Mira, aquí lo tienes —anunció el inspector señalando una nueva silueta que se acercaba a través de las sombras.

Al verlo, la escritora esbozó su primera sonrisa. Estaba agotada. ¿Quién era ese pequeño que venía de su mano? Estiró la mano con la esperanza de poder acariciar a su hijo, pero solo tocó la manta que Iñaki traía colgada de la mano. A pesar del cansancio, Leire se sintió decepcionada. No era ella quien esperaba un niño.

—¿Estás bien? —le preguntó el joven arrodillándose a su lado.

Ella asintió abrazándose a él con las escasas fuerzas que le quedaban.

—No te levantes —la instó Eceiza—. Ahora te llevaremos nosotros. Estamos montando una camilla. No podemos esperar a la ambulancia. —Buscó a sus compañeros con la mirada para apremiarlos—. Si no fuera porque acabas de resolver el caso, te caería un buen rapapolvo. ¿Cómo se te ocurre meterte en casa de la sospechosa sin decirme nada?

—¿Dónde está? —quiso saber Leire alzando la cabeza para mirar alrededor—. ¿Ha muerto?

El inspector negó con la cabeza mientras Iñaki le acariciaba suavemente las muñecas doloridas.

—Ha corrido peor suerte que tú, pero vivirá —explicó el

policía agachándose para apartarle los mechones de pelo empapados que le tapaban parte de la cara—. El coche le aplastó las piernas antes de caer al agua. Si le queda algún hueso entero, será un milagro. No sé cómo fue capaz de alcanzar la orilla en ese estado.

Leire recordó el golpe de volante de Sagrario y sintió un profundo desasosiego.

—Quería morir —murmuró—. Intentó que nos matáramos las dos. Prefería sacrificar su propia vida a arriesgarse a que yo sobreviviera al choque y pudiera contar el secreto de su familia.

—¿Qué secreto? —inquirió Eceiza.

—El que ha motivado tanta desgracia. Una infancia de mierda. Un padre que sembró la desdicha y que jodió la vida de dos críos que no lo merecían —musitó Leire sintiendo una punzada de lástima.

El inspector se giró hacia el pantano con gesto circunspecto.

—¿Cómo alguien puede dañar lo que más debería amar? —preguntó como para sí mismo.

Leire supo que pensaba en sus hijas. Ahora, por fin, podría estar con ellas.

El sonido bronco de una moto hendió el silencio del bosque.

—¿Cómo está? ¿Está viva? —preguntó una voz que creía que no volvería a oír jamás.

—Estoy bien. Muy bien. —Fue ella misma quien contestó. Lo hizo alzando una mano para llamar su atención. Mientras lo hacía se fijó en Iñaki, que se hizo a un lado para dejar sitio al recién llegado. Algo en su rostro le dijo que sabía de quién se trataba.

Eneko le tomó la mano. La tenía caliente. Leire se estremeció de frío bajo sus mantas térmicas.

—Temía que hubieras muerto. Los Roncal lo aseguraban —reconoció el aizkolari. El brillo de su mirada delataba que quería decir algo. Sin embargo, alzó la vista hacia Iñaki y asintió comprensivo volviendo a fijarse en la escritora—. Espero que te recuperes pronto.

Apenas había terminado sus palabras cuando se puso en pie y se alejó de allí. La moto no tardó en ponerse en marcha y Leire sintió que los ojos se le humedecían.

—Los mató para ocultar su pasado —apuntó Eceiza volviendo al caso. Las luces oscilantes de los coches patrulla realzaban su mirada perdida, con el blanco de los ojos teñido de un frío color azul—. Son terribles las cicatrices que causa una infancia profanada.

—Los asesinó por amor; por proteger a su hermano y la vida feliz que Tomás ha sido capaz de construir a su alrededor —sentenció Leire sentándose a pesar de las advertencias para que continuara tumbada. Al perder el contacto con el abrigo natural que le brindaban las hojas secas de las hayas, sintió que el frío se le extendía a la espalda. Apenas fueron unos segundos, porque Iñaki se sentó tras ella y la rodeó con sus brazos.

Leire se apoyó en su cuerpo cálido lanzando un largo suspiro. Una tímida luna comenzaba a asomar sobre los bosques que cubrían la orilla opuesta para crear un ancho camino plateado entre las aguas revueltas. Buscó a Sagrario con la mirada. No llegó a verla, aunque la imaginó en medio de los policías que formaban un corro a escasos metros. No sintió odio ni deseos de venganza, solo una profunda lástima.

Aquel no era el final que ella soñaba para su novela, pero era el final. Había imaginado una trama económica o algún asunto banal como motivación de los crímenes. La realidad, en cambio, había decidido por sí misma con toda su crudeza y había estado a punto de costarle la vida.

—Ya ha pasado todo —intentó consolarla Iñaki abrazándola con fuerza para transmitirle su calor—. Mañana estaremos en casa.

Leire asintió. No dijo nada. No hacía falta. Había estado a punto de morir en esas aguas que ahora veía hermosas. Cerró los ojos y soñó que la luna ganaba intensidad hasta convertirse en un sol reconfortante. El calor de sus rayos le impregnó cada poro de su piel y le devolvió una vida que había estado a punto de diluirse para siempre. El cielo se volvió azul, optimista, y las ramas de las hayas se vistieron de jóvenes hojas, tamizando la luz primaveral para bañarlo todo de verde. El rumor de los arroyos del deshielo se adueñó del ambiente y el corazón se le alegró con el canto de los pájaros que regresaban a Irati tras el letargo invernal.

—Volveré —prometió. No se lo decía a Iñaki, ni a Eceiza, ni siquiera a sí misma. Hablaba con el alma de una selva que sentía que, por primera vez, le sonreía.

NOTA DEL AUTOR

Quien haya llegado a la Fábrica de Orbaizeta en un desapacible día invernal habrá tenido la sensación de que estaba en una suerte de final del mundo. La carretera muere entre los escasos edificios habitados del barrio y más allá solo se extienden los bosques de Irati, un lugar de indescriptible belleza y dimensiones abrumadoras.

Es así como nació esta novela, una obra de ficción donde los personajes no guardan ninguna relación con personas reales. El escenario, en cambio, he intentado plasmarlo tan fielmente como la historia me ha permitido.

No faltan pequeñas licencias que espero que los vecinos del lugar me perdonarán: he convertido un puente de hormigón en un vado resbaladizo y han desaparecido algunos de los edificios de la colonia. Que nadie busque tampoco el hostal Irati ni el estanco, que es en realidad el de Igantzi, otro encantador pueblo navarro.

La Real Fábrica de Armas permanece precariamente vallada por riesgo de derrumbe, una incomprensible desidia a la que las instituciones siempre prometen buscar solución. La rehabilitación es un compromiso que no termina de cumplirse. Tal vez tenga razón uno de los parroquianos del hostal Irati cuando se queja de los políticos. Su afirmación de que la suma de los votos de los valles pirenaicos no alcanza siquiera la de un barrio pequeño de Pamplona es una triste realidad. Los gobernantes se olvidan de estas tierras hermosas donde la vida no es fácil. Tener que recorrer decenas de kilómetros para ir a la escuela o al médico no parece propio del siglo XXI, pero aquí es así. Algún día las acciones de quienes nos gobiernan dejarán de medirse en votos. Nuestro mundo rural lo merece.

AGRADECIMIENTOS

Son muchas las personas que han hecho posible que estas páginas hayan llegado a buen puerto. Sin su ayuda, sin su tiempo, hoy no podría estar escribiendo este punto final a la novela.

Algunos son habituales, nunca fallan. Su ayuda es vital a la hora de dar credibilidad a la trama: Gorka Hernández, Patirke Belaza, Ion Agirre, Iñigo Martín, Sergio Loira, Unai Carreras, Aitor Llamas. Sus comentarios al manuscrito son a veces dignos de enmarcar.

Esta vez, además, ha sido un lujo contar como lectores de guardia con la buena gente de Amigos de Papel, ese foro literario que organiza la librería Garoa, en Zarautz. El experimento ha sido un placer. Gracias, Patricia, Ana, Sindo, Arantza, Sandra, Joxe Angel, Consuelo, Susana, Pilar, Isabel...

No puede faltar aquí un sincero agradecimiento a Xabier Guruceta, por ayudarme con los requiebros más enrevesados de la historia.

A Iñaki Moreno, apasionado de la fotografía, al que encontré casualmente entre los arcos de la fábrica. Su saber hacer fue importante para lograr una buena portada. No era fácil, y menos con el agua del Legarza hasta más allá de la rodilla.

A Juan Bautista Gallardo, el mejor profesor, que evitó más de una metedura de pata. Las que hayan podido quedar son mías y solo mías.

A Fausto Cestero, por sus recuerdos sobre su servicio militar en Orbaizeta en los años sesenta y por invitarme a la bodeguilla clandestina de su trastero. Llegué a este exboxeador entrañable a través de un buen amigo, Josema Cestero, que presta su apellido a Ane, la ertzaina.

A Maria, mi pareja, por leer y releer distintas versiones de un mismo capítulo, y siempre con una sonrisa en los labios.

A Álvaro Muñoz, por ser el bastón en el que me apoyo.

Y un agradecimiento muy especial a Feliciano Goyeneche, taxista de Lesaka en los años del contrabando y maestro de la vida. Me habría hecho muy feliz que pudieras leer estas páginas en las que tanto colaboraste. No me di la suficiente prisa. Un sentido abrazo, amigo.

Descubre la serie de
Los Crímenes del Faro

Una tetralogía impactante, adictiva
y estremecedora, de la mano del maestro
del thriller euskandinavo